望春风

格非 著

译林出版社

图书在版编目（CIP）数据

望春风 / 格非著. —南京：译林出版社，2024.8
（格非作品）
ISBN 978-7-5753-0000-1

Ⅰ.①望… Ⅱ.①格… Ⅲ.①长篇小说－中国－当代 Ⅳ.①I247.5

中国国家版本馆 CIP 数据核字（2024）第 005596 号

望春风　格　非 / 著

责任编辑	袁　楠　姚　燚　管小榕
装帧设计	金　泉
责任校对	梅　娟
责任印制	闻媛媛

出版发行	译林出版社
地　　址	南京市湖南路 1 号 A 楼
邮　　箱	yilin@yilin.com
网　　址	www.yilin.com
市场热线	025-86633278
排　　版	南京展望文化发展有限公司
印　　刷	南京爱德印刷有限公司
开　　本	850 毫米 ×1168 毫米　1/32
印　　张	13
插　　页	4
版　　次	2024 年 8 月第 1 版
印　　次	2024 年 8 月第 1 次印刷
书　　号	ISBN 978-7-5753-0000-1
定　　价	69.00 元

版权所有·侵权必究

译林版图书若有印装错误可向出版社调换。质量热线：025-83658316

我瞻四方，蹙蹙靡所骋。

——《诗经·小雅·节南山》

我将继续怀着这秘密

默默走在人群中，他们都不回头。

——蒙塔莱《也许有一天清晨》

目 录

第一章 父亲

走差　1

半塘　11

刀笔　19

履霜坚冰至　26

德正的新房　44

天命靡常　56

背起包，跟我跑　65

妈妈　76

预卜未来　86

便通庵　94

第二章 德正

碧绮台　101

一时瑜亮　114

猪倌　128

新田　139

曼卿的花园　149

白虎堂　160

亲事　176

一九七六年　188

告别　202

第三章　余闻

章珠　　217

雪兰　　231

朱虎平　　246

孙耀庭　　262

婶子　　274

高定邦　　283

同彬　　290

梅芳　　297

沈祖英　　307

赵礼平　313

唐文宽　325

斜眼　331

高定国　336

老福　337

永胜　338

牛皋　339

春琴　339

第四章　春琴

第一章

父 亲

走差

腊月二十九,是个晴天,刮着北风。我跟父亲去半塘走差。半塘是个位于长江边的小渔村,不久前的一场火灾,使它一时间远近闻名。父亲挎着一只褪了色的蓝布包袱,沿着风渠岸河道边的大路走得很快。我渐渐就有些跟不上他。我看见他的身影升到了一个大坡的顶端,然后又一点点地矮下去,矮下去,乃至完全消失。过不多久,父亲又在另一个大坂上一寸一寸地变大、变高。

最后,他停在了那个坡顶的大杨树下,抽烟,等我。

道路两侧的沟渠中结着冰碴。在起伏丘陵背阴一面的草窠中,星星点点的积雪尚未融化。四下里看不到什么人。灰灰的鹞鹰一路跟着我,时而扶摇直上,时而仰身停翅在云端。

当它急速俯冲向下，掠过我头顶的时候，我能够清晰地看见它那纺锤般漂亮的腹部以及翅膀上的白斑。一眨眼的工夫，它又借着呼啸的北风，翻转急升，在朵朵新棉似的白云之间，变成了一个几乎看不见的铁屑般的小灰点。

父亲是个好脾气的人。我不时停下脚步，望着天上的鹰，他一次也没有催促过我。等我走到跟前，他顺手折下一根杨树枝，帮我刮干净鞋底和鞋帮上的淤泥，然后蹲下身来，捏了捏我的手，对我说："得走快点了。一会太阳出来，地上封冻一化，路就烂了。"随后，他忽然冲我眨了眨眼睛，轻轻地拍了拍我的脸，笑着说，如果我在他脸上亲一口的话，他就让我骑在他肩上走一段。父亲的许诺让我有些吃惊（那时我毕竟已经九岁了），但我还是乐意立刻照办。我跨在他脖子上，双手抱住他的头。有时，我也会淘气地突然蒙住他的双眼。即便在这时，父亲也不会生气。他只是嘿嘿地笑着，装着酒醉一般，跌跌撞撞地在路上扭着秧歌，并威胁我说："再不放手，我们就要走到池塘里去了。"

在我们当地，父亲对儿子过于亲昵，被认为是一件极不恰当且有悖伦常的事。一般来说，呵斥、殴打或视而不见的沉默不语，是父亲向子女传达爱意的惯例。不过，凡事都有例外。我父亲在村子里做出任何出格的事，只要不妨碍别人，大伙都会听之任之，乐得眼睁眼闭。这倒也不是说父亲的社会地位有多么尊贵，或者拥有什么任意妄为的特权。村里人不屑于与父亲一般见识，恰恰是因为他长年背着一个令人羞耻的坏名声，似乎还不够资格成为一个"正常人"。在过去，村里人都叫他"赵呆子"。当我被人亲切地称为"小呆子"之后，父亲则被尊为"大呆子"，或"赵大呆子"。当然，有时候，人们也会称他为"大仙"——一半的原因，是父亲"赵云仙"的名字中，有一个"仙"字，至于另一半的原因，我们马上就要谈到。

太阳终于在砖窑高高的烟囱背后露了脸。那熔岩般的火球，微微颤栗着，从窑头赵村的荒树间一点点地浮出来，顷刻间，天地绚丽，万物为之一新。与此同时，我听见了隐隐约约的锣鼓声。有一阵子，当咚咚锵锵的锣鼓声被肆虐的北风刮得没了声息，我仍能听见村子里传来的鸡鸣。年关将近时，听到锣鼓声，那感觉与平时完全不同。它烘托出了节日的气氛，为本来毫无生气的山川、河流、村舍染上了悦丽之色。我提醒父亲，与我们同属一个大队的窑头赵村也许正在唱花集。父亲想了想，做出了完全不同的判断："那是大队干部在给各村的军烈属送喜报。快要过年了嘛！"

我知道，所谓的"喜报"，不过是一副春联，外加一封由公社统一印发的慰问信罢了。大队干部们敲锣打鼓，来到军属或烈属的家门口，给他们贴上春联，递上粉红色的慰问信，寒暄片刻，猛敲一通锣鼓，就算完事。年年如此。

果然，没过多久，窑头赵村前的池塘边上突然走出几个人来。他们从齐人高的枯苇丛中一个个地闪了出来，在通往外村的官道上走成了单行。高定邦、高定国兄弟走在最前面。

他们一个敲锣，一个打镲。在他们身后，小木匠赵宝明胸前吊着一面大鼓，系着红绸的鼓槌上下翻飞，他打鼓的章法与他做木匠的手艺一样为人称道。宝明身后跟着朱虎平。他是大队救火会的会长——谁都知道，他们家的柴屋里趴着一尊神奇的水龙。据说一旦发生火灾，那老龙就会发出呜呜的悲鸣。朱虎平手里倒是有一面小锣，但他并不怎么敲，而是不时转过身去，与身后一个穿红棉袄的姑娘说笑。这个姑娘，我虽有点眼熟，却叫不出她的名字，似乎来自另一个村庄。

落在最后面的那个人，不用说，正是梅芳。

在我的童年记忆中，如果说我曾经深深地记恨过什么人的话，梅芳是唯一的一个。尽管我父亲自作聪明，加快了脚步，但仍然没能避免我们在两条大路的交会点撞在一处。随着锣鼓声的骤然停歇，传来了高定邦那喑哑而威严的一声断喝：

"大仙！"

我感到父亲的身体猛地哆嗦了两下，马上就站住了。

"大早上不出工，你们父子两个，这是要去哪儿装神弄鬼啊？"还没等高定邦发话，他弟媳梅芳就抢先开了腔。你看，我之所以那么恨梅芳，不是没有道理的。她的话比茅坑里的屎还要臭。俗话说，新开茅坑三日香，可我从来就没听她说过半句入耳的话。她看人的眼神，就像用刀子在剜你的肉。

父亲的答话一点也不含糊：

"山脚下的驼背老舅，今年八十岁，也是烈属。他是三十夜里生的，今天做九，我们去望望他。"

他的脑子里有的是说不完的瞎话，张口就来。听他这么胡编，就仿佛世界上真有"驼背老舅"这么个人似的。父亲的话，梅芳自然也不会相信。因此，父亲紧接着马上又补充了一句："已经向德正请过假了。"

"你别成天德正长、德正短的，拿了鸡毛当令箭！"梅芳冷冷道。

大概是因为鼻子流血的缘故，高定邦的鼻孔里塞着一团草纸。这使他那张方方的麻子脸更显得凶悍。不过，这一回，他似乎并没有为难父亲的意思。他往前挪了两步，压低了声音，对父亲道："你身上有没有带烟？"父亲赶紧从衣兜里摸出烟盒和火柴，讨好地笑着，给他递了过去。在高定邦点烟的那工夫，他弟弟高定国在一旁对父亲打趣道：

"昨夜老牛皋犯病了。天不亮我去看他，已经穿好了寿衣，搁在棺材盖子上了。有进去的气，没有出来的气。老哥替他算算，什么时辰归西？"

"高会计说笑了。"父亲不冷不热地支吾了一句，也给他递了一支烟，脸上那副巴结、胆怯的神色略显复杂。与定邦相比，高定国的模样显得斯文清秀一些，白白净净，戴着眼镜。他是我们大队的会计。

"哎，我说大呆子，我们家的那头老母猪，肚子大得拖在了地上，跟你说，连奶头都磨破了。你给算算，来年春上能生多少头小猪？几公几母？"那个穿红棉袄的邻村姑娘，也来凑趣。

她既然称父亲为"大呆子",说明他们是认识的。她似乎对自己的玩笑话很是得意,笑着捅了一下身边的梅芳。可梅芳铁青着脸,没搭理她。

父亲的回答多少有点出人意料。他朝那姑娘看了一眼,谦恭地笑了笑,一本正经地道:"行啊!你把她老人家的生辰八字报一报,我这就替你算算,来年春上,你们家会添多少小口。"

话音刚落,定邦就笑得喷出一股烟来,连嘴里的槽牙都露出来了。朱虎平、小木匠宝明也都咧着嘴笑。父亲给他们送上烟去,他们都欠身道谢。梅芳的脸上尽是鄙夷和不屑。她没有笑。

虽然我不太明白父亲的这句话有何出彩之处,但当我看见那个穿红棉袄的姑娘在众人的大笑中窘得红了脸,一时不知如何是好,心里倒也觉得解恨。这说明,父亲这个人,虽说生性温和、怯懦,但面对公然的羞辱,也并非总是一味忍让。

等到高定邦吸完了烟,这伙送喜报的人再次打起锣鼓,朝魏家墩方向去了。太阳在不知不觉中升到了枯树之巅。化了冻的田间小路油黑油黑的,又酥又软。父亲拉着我的手,自己走在路的正当中,却让我踩着路边的青草走。如果路的一侧有池塘,父亲就把我抱到另一侧。好在这段田塍小路不算太长。我们穿过一块打谷场,绕过磨坊尖尖的山墙之后,又重新踅回到大路上。

我问父亲还有多远,他指了指眼前那条满是车辙的大道,对我说：

"顺着这条大路往前走上二三里，就能望见西厢门的牌楼。过了西厢门，就是东厢门。然后，就会看见一道长长的山墩。山墩中间有一个方方的大洞。穿过大洞，就可以看见一条小河。河对岸有一个乱坟岗，那是这一带有名的狐狸窝。小河上有座石桥，只有一边有栏杆。过了小石桥，沿着河岸往北去，再走上三四里，就能看到半塘村头的那棵大白果树了。那棵树，有六百多年了吧？早就枯死了。听人说，这棵树是东海舰队飞机的识别标，所以不准砍伐。"

"我们能看见狐狸吗？"

"这可说不准。"

"你给算算。"

父亲忽然停下了脚步，回头斜睨了我一眼，阴郁的脸上露出了一丝怪异的笑容。他果然扳起手指头，闭上眼睛，表情夸张地算了起来。等到他睁开眼睛的时候，就用十分肯定的语调对我说："会看到的。有两只。一只白狐狸，一只红狐狸。"

"真的吗？"

"真的。"

这时，父亲突然毫无来由地将我揽入怀中，在我的额上亲了一口。随后，他长长地叹了一口气，说了一句有点令人费解的话："办完了今天这件事，我们接下来的日子就要好过多啦！"

这不由得让我联想到，父亲大清早把我从床上叫起来，赶往十里外的半塘，似乎并不是去给人算命，而是在办一件足以改变他未来命运的大事。

现在，你应该知道了，我父亲是一位算命先生。

我们当地的算命先生，根据其手法和仪轨的不同，可以大致分为四类。第一类最为普遍，算命先生一般是瞎子，或是伪装成瞎子的人。通常，他们依据你所报上的生辰八字，推算你的命理和定数。很多人相信，正是双目失明，触发了天眼的开启——他们能"看见"常人看不见的事物。当一个瞎子翻动着满眼的白翳，端坐在你面前，说着瞎话，为你预测未来时，你那颗悬着的心往往会陡然安静下来，对他产生一种莫名其妙的信赖感。这是因为，瞎子那特殊的神态（沉思中透出安详和警觉），使他看上去很像一位智者。只要你把瞎子和聋子的神态比较一下，就不难得出上述结论。

第二类算命人，我们通常称为相面先生。他们通过看面相，预知祸福灾祥。这里所说的"相"，除了一般意义上的长相之外，还包括骨相。骨相可以看，也可以摸。摸骨者通常是男性，他们服务的对象十有八九都是急于想知道命运底牌的庸常妇女。摸骨算命法容易招人物议，其实并不难理解。我们当地最有名的摸骨师是一位还俗的和尚，名叫吴其麓（他出家时的法号是"惠明"）。他在一九五三年因流氓罪被人民政府判刑八年，就是一个可悲的例子。请他摸过骨的"老鸭子"回忆说，惠明法师替人摸骨时，确实不太规矩，"不该摸的地方,他也乱揉乱捏,弄得人脸热心跳,好不害臊!"吴其麓的最终被捕,可以说是咎由自取。

第三类算命法,可称为"黄雀叼牌",如今已经失传。算命先生将预先写有"吉凶休咎、富贵穷通"的命牌(一般由竹、木制成)平铺于桌上,然后从鸟笼里取出一只黄雀,交由问卜者放飞。一个人的命运如何,最终取决于黄雀会叼起哪只命牌。实际上,这种算命的方法,不过是"求签"的一个变种。"黄雀叼牌"的失传,据说是因为捕捉和训练黄雀的过程,实在过于费事。

最后一类,也就是所谓的"灵童扶乩",在我们那一带较为少见(在整个童年时代,我也只见过两回),这里略过不提。

其实,在我们乡下,所谓的算命先生,也不限于以上四类。如果我们把走村串巷的测字者、龟卜者、阴阳先生、风水师、画符的道士都算上的话,你可以大致想象一下,在我父亲的幼年时代,他生活在一个怎样的乡村环境中。这可以解释,我父亲早年在上海虹口的一家南货店当学徒,快要满师时,为什么会突然投到一个名叫戴天逵的命相师门下,干起了算命这个行当。

我父亲算命的方式,可以归入第二类。也就是说,既看相,也摸骨。在我的记忆中,父亲并不怎么忌讳自己算命先生的身份。在他给我讲述的"睡前故事"中,关于他师傅戴天逵的种种灵异传说,就占了相当大的比例。我推测,其中的绝大部分都出于他的虚构,目的仅仅是为了吸引我的注意力，从而换取我对他懵懵懂懂的崇拜。

那天上午，在跟随父亲去半塘走差的途中，我曾经问过父亲这样一个问题："老牛皋今天到底会不会死？"

本来，父亲尽可以用"也许""可能""说不定"一类的字眼来打发我，但这回他好像不屑于用这种模棱两可的话来敷衍了事。"哦，牛皋！"父亲说，"他已经死过三次了，对不对？这一次跟以前也没什么不同。他就是作死。等过完年，你就会看见他好端端地坐在门前，嗑着瓜子，晒太阳。他死不了。"

父亲跟一个在路边拾狗粪的老头打了招呼。两个人隔着一片桑林寒暄了几句。老头显然听到了我们刚才的话，他笑眯眯地打量着我，随后感慨道："有些人看着要死，偏偏死不了。而另一些人，活得好好的，没病没灾，说死就死。本来活蹦乱跳的一个人，一眨眼的工夫，就蹬腿翘了辫子，这样的事，我见得太多啦。"

父亲客气地表示同意。

琢磨着老头刚才的那番话，我心里忽然生出了一个不太健康、甚至有些恶毒的念头。我对父亲说，今天晚上，当我们从半塘回到村里，要是听说梅芳突然蹬腿死掉了，那该多好啊！父亲立刻止住脚步，转过身来，板起面孔，严肃地望着我，轻声问我道："你就这么恨她？为什么？"

我说我就是恨她，没什么原因。我就是巴望着她忽然死掉，立刻死掉。

父亲愣了半晌，摸了摸我的头，沉默了许久，这才对我说："其实，她是一个可怜人。这人命不好。"

很多年以后，到了梅芳人生的后半段，当霉运一个接着一个地砸到她头上，让她变成一个人见人怜的干瘪老太的时候，我常常会想起父亲当年跟我说过的这句话。唉，人的命运，鬼神不测，谁能说得清呢？

我们穿过山墩下的那座方洞，走上了一边有木栏的石桥。我对父亲的神机妙算产生了很大的疑问。我看见河道对岸的乱坟岗中，一只狐狸拖着长长的尾巴，正在蒿草丛中快速穿行。狐狸只有一只，与父亲所推算的"两只"大有出入。而且，这只狐狸既不是白色的，也不是红色的，而是浅灰色。它肚子滚圆，毛皮油亮，看上去有点憨痴，一点也不像传说中的那样狡狯。它跃上一座坟包，傻傻地、一动不动地望着我们，像是在思索着什么玄奥的问题，又像是在问我们：

"哟，瞧这父子俩！着急忙慌的，你们这是要去哪儿啊？"

半塘

虽说只隔了十里路程，半塘的风光、景物，乃至说话的口音，都与我们村有着很大的不同。低矮的泥墙茅舍隐在一片片竹园之后，数不清的港汊沟湾，将整个村庄分割得七零八碎。村庄和长江的岸堤之间，有一大片亮汪汪的水沼，长满茂密的芦苇、红柳和菖蒲，犹如一面被打碎的巨大镜面，在中午的艳阳之下，泛着银灰色的波光。枯树上的老鸹嘎嘎地叫着。家家户户的房舍，都隐没在竹林的深处，较为显眼的，反倒是屋后用芦柴秆围起的茅缸。我们刚进村，就看到了一个胖婶子从茅缸上露出的大白屁股。

父亲说，到了仲春，等到村里的桃树、梨树和杏树都开了花，等到大片的柳树、芦苇和菖蒲都返了青，江鸥、白鹤和苍鹭就会从江边成群结队地飞来，密密麻麻地在竹林上空盘旋，那时半塘就是人世间最漂亮的地方。他还说了些别的。比如，坐在院子的老槐树下喝茶，就可以看到江边大堤上露出的尖尖帆影。再比如，半夜里躺在床上睡觉，都能听见江里的摇橹声和时而低沉、时而高亢的船工号子。他这么说，无非是想告诉我这个村庄离长江有多么的近，但却在不经意间泄露了一个秘密，让我既惊讶又疑惑。怎么说呢？就好像他曾经在这个村子里住过很久似的。

请我父亲去算命的这户人家，位于村东头的一块高地上。院子里确有一棵老槐树，它高出屋檐的枝丫在北风中瑟瑟抖动，已经快要碰到屋顶发黑的茅草了。大概是担心大风会把屋顶的茅草卷走，上面胡乱压了几块青石板。门上的对联还是旧年的，在日晒雨淋中，褪尽了红色：

　　四海翻腾云水怒
　　五洲震荡风雷激

一个穿蓝布褂的妇人，大约四十来岁，坐在槐树下的一张矮凳上纳鞋底。这人窄窄的脸庞，头上挽着一个高高的发髻，脸上黄惨惨的。大概是家里刚死了人的缘故，白布鞋子上缀着一朵红色的绢花。怎么看，这个女人都有些面熟，想了半天，我终于记起来：她似乎和我们村的赵锡光先生沾着点亲，四时八节，她时常会带着一个小男孩来村里走动。

一看到我们进了院子，她就把麻线飞快地绕在鞋底上，从矮凳上站起身来，笑容还没来得及从脸上退去，就开始抹眼泪。这也难怪。不知是如何冲犯了太岁，在过去短短的一年中，他们家的三个男人先后离世。先是七十来岁的公公无疾而终；然后是她丈夫——他在去江北运米的途中翻了船，尸体在三十里外的沙港被人捞上岸来的时候，已经发了臭；再接着，就轮到了她十九岁的大儿子。关于她儿子的死，有多种说法。即便是我父亲，对于其中的曲折也始终守口如瓶，讳莫如深。这等于说，在不到一年的时间里，他们家的人口陡然减少了一半。这样的事当然不同寻常。

半塘寺的一个癞痢和尚，被请来算命。他认为问题出在一个名叫春琴的女孩身上：颧骨太高，泪堂太深，嘴唇太薄，腰身太细，仪态太过妖媚。他的结论也有些吓人：这户人家命中注定"不存男丁"。言下之意，最小的儿子恐怕也保不住。"如果是在旧社会，事情倒也好办，"癞痢和尚卖关子说，"让这个小把戏跟我去庙里做和尚，我保管他无病无灾，寿比彭祖。可如今是新社会，不兴出家的。"妇人一听慌了手脚，跪在地上向他苦苦哀告："一切但凭师父做主，好歹替我保住这点骨血。"

我们进门的时候，那个被瘌痢和尚目为"灾星"的春琴，正在堂屋的一角摇着纺车。她穿着一件男人的老棉袄（很可能是她父亲留下来的），不时抬头朝我们暗探，目光既胆怯，又充满警惕，带着一丝明显的厌恶和恨意，与她母亲对我们过分的亲昵和热情形成了很大的反差。妇人端来饭菜，招呼我们上桌。她往我碗里夹了一块豆腐，不住地催我快吃。可我不安地瞅了瞅父亲，坐在那里没动。我之所以迟迟没有下筷，当然不是不饿。我瞥了一眼墙边供桌上袅袅上升的烟柱，又看了看碗中的白米饭（上面隐隐约约落着几点香灰），颇有点疑心，这碗饭是刚刚从祭奠死人的香案上撤下来的，心里有点忌讳。不过，在父亲严厉目光的敦促下，我不得不横下心来，大口大口地往嘴里扒饭。

在四仙桌的另一端，坐着一个羸弱的小男孩。大概就是春生。年纪似乎和我差不多大。他拢着袖管，伏在桌子上，面色苍白，看人的眼神泛着虚光，连喘气都有点吃力。他嗓子里像是堵了什么东西，像风箱一样呼呼有声。

为了在父亲算命时把春生支出去，我们刚吃完饭，妇人就把他拽到自己的两腿之间，摸了摸他刚刚剃过的小脑袋，又在他背上抚了两下，柔声细气地对他说："宝啊，听妈的话，你带小哥哥到外边去玩吧。别去水边，当心温家的狗。"听她这么说，我正求之不得。说实话，在我那样的年纪，置身于这样一个光线暗淡、鬼气森森的屋子里，要说心里一点不害怕，恐怕也不是事实。

在路上，春生告诉我，自从庙里的癞痢和尚来家看相算命之后，他的名字被改成了文绉绉的"绍祖"，相反，姐姐春琴的名字则被改成了比较俗气的"锁娣"。母亲挨家挨户向村里人通报姐弟俩改名的消息。有事没事，她总爱当着众人的面大声地叫着拗口的"绍祖"和俗气的"锁娣"。若遇到有人叫他们原名，母亲则不厌其烦地予以更正。不过，这么做的效果极为有限。村里人叫惯了老名字，一时半会儿是改不过来的。他们仍叫姐弟俩春琴、春生。他们的新名字被母亲一个人独自叫了两个月之后，终于弃用。最直接的原因，正是腊月初五晚上半塘寺的那场大火。癞痢和尚被大火烧成了焦炭。既然他无法让自己免于一场火灾，他所吹嘘的法术和禳解秘技，自然被证明是无稽之谈。

我猜测，这大概就是我父亲最终被请出山的原因之一吧。

春生本来想带我去江边看船。我们沿着苇丛中的一条小路，没走多远，路就断了。大约两丈长的路面，浸泡在浑浊的江水中。我和春生都穿着棉鞋，根本过不去。我们只好回到村子里，循着猪叫的方向，去了一个名叫温德林的人家，看杀猪。等到那口肥猪被人吹足了气，正要烫毛时，春生忽然说，他受不了那股热烘烘的膻腥味，有点想吐。我们就去了村里的打谷场，和几个年纪稍大的孩子玩了一会儿陀螺。最后，七转八转，就转到了村前那座被大火烧塌的寺庙前。

据父亲说，半塘这个地名，大概是因为"这个江边的小渔村，有一半都是水塘"得来的。可是春生的说法略有不同。半塘很有可能是因寺庙而得名——这座寺庙，有一半建造在宽阔的水塘之上。一九七一年八月，为了纪念毛泽东畅游长江五周年，这里举办过轰动一时的游泳比赛。我们村的"小武松"潘乾贵，在一百二十多名游泳好手中脱颖而出，获得了第二名。池塘对岸是开阔的麦地。在麦地尽头，隐隐现出一带灰蒙蒙的大村庄。那个地方名叫"竹簧"，虽然近在咫尺，但已经属于丹阳县地界了。

春生说，刚解放那一年，庙里的十多名僧人，一夜之间全都跑光了，庙产连同周围的土地全被没收，只剩癞痢和尚一个人看门。这座寺庙后来成了大队的蚕房，有时也在那儿开社员大会。失火那天晚上，方圆几十里的人都赶来救火，光是水龙，就来了十八尊。春生由姐姐领着，远远站在高高的船闸上，眼看着天王殿、伽蓝殿和药师殿，一座接着一座被烈焰吞噬，最后，整座寺庙只有东边的山门得以幸存。癞痢和尚连同被烧死的另外三个人，都被埋葬在寺庙后的一片竹林里。

我知道，半塘寺失火的那天晚上，朱虎平和他心爱的水龙一定也在其中。

我们绕过瓦砾中残存着的矮墙，穿过倒伏的椽子，来到伽蓝殿前被火烧焦的两棵柏树边。"你会不会有点瞌睡？"春生忽然这样问我。

"怎么会呢，天这么冷，怎么会打瞌睡？"

"你闭上眼睛试试。"春生固执地让我在台阶上坐下来，背靠烧焦的树干，笑道，"凡是来到伽蓝殿的人，只要闭上眼睛，马上就会做起梦来。"

我有点不太明白他的意思，但我瞅见他嘴角虚弱的笑容中满含怂恿和期待，就闭上了眼睛。我听见风从树梢上刮过，长江上的汽笛声在很远的地方响起。我听见黄鹂和乳燕在枯树林中啼鸣，那声音脆脆的，碎碎的，使得这个已成废墟的禅林更显阒寂。有两个女人，不知在什么地方高声说话。当然，我也听见了春琴正在呼喊她弟弟的名字。

我睁开眼睛，除了微微有点头晕之外，没觉得有什么异常。春琴已经出现在我们的视线中。她站在山门边上向我们招手，身后是正在西沉的落日。她仍穿着那件男人的老棉袄，腰上随便绑着一条布带。皱巴巴的棉裤明显短了一大截，吊在身上，露出了小腿和脚踝。她的脚上穿着一双脏兮兮的解放牌球鞋，也是男人的。或许是父亲在算命时说了什么不太入耳的话，春琴气咻咻的，满面怒容，不太愿意搭理我。她一把拽过春生的手，连看都没看我一眼，就领着她弟弟，头也不回地走了，把我一个人撇在了原地。

回家的路上，天已经黑了。晚上封了冻，四下里寒气逼人。走在硬邦邦的大道上，一路都是冰碴"吱吱嘎嘎"碎裂的声音。我们只花了来时一半的时间，就已经回到了风渠岸的河道边。

我跟父亲提到了春生让我做梦的事。父亲解释说,这座半塘寺,自宋代修建以来,一直香火不断。但这座禅寺真正的奥秘,藏在祈梦的伽蓝殿之中。传说中,每个进庙烧香的人,只要一踏进山门,就会昏昏欲睡。他们由小沙弥领着,来到伽蓝殿,席地而卧,几乎立即就会做起梦来。在梦中,"你不仅可以看到自己的前世,也能看见未来。一生的吉凶祸福,都在其中"。

父亲说,他在七八岁时,跟着我奶奶第一次去半塘。那是一个烈日炎炎的夏末午后。他陪着奶奶,在伽蓝殿的一张草席上睡了一觉,"还真的做了一个梦"。他梦见自己坐在一条小船上,水底也倒映着一条船。岸边覆盖着厚厚的积雪,水里也倒映着积雪。天上浮动着白云,水里也倒映着白云。一个尼姑坐在船头,背对着他。他一直看不见她的脸。父亲说,他正是跟着南货店的一个名叫汤四宝的伙计,去曹家渡找人圆梦,才遇见他后来的师傅戴天逵的。我正想问问戴天逵是怎么跟他圆梦的,那个坐在船头的尼姑到底是谁,父亲忽然想起另一件事来。他有点得意地对我说:

"告诉你一件事,先不要往外说。春琴很快就要嫁到我们村里来了。"

说实话,这次跟父亲去半塘走差,并不怎么令人愉快。在以后很长一段时间里,每当我回忆起这天的经历,都会伴随着一种浮荡虚幻之感,心里空落落的。不论是春琴家连死三人的诡异灾难，还是半塘寺瓦砾中的断墙残垣，都给人很不真实的感觉。因此，当我跟着父亲走到风渠岸边，闻到带着微微甜腥的河水的气味，嗅到村里烟囱中飘来的草木灰香气，听到村子里那熟悉而温暖的舂米声，看见邻居老福奶奶手里擎着一盏油灯，在院子里喔嘘喔嘘地叫唤着，正在把母鸡赶入鸡窝，你一定能体会到我心里的宁静、踏实和甜蜜吧。

刀笔

每当凌晨，天色将明未明之时，我躺在阁楼的东窗下，伴随着叽叽喳喳的鸟鸣，时常能听见弄堂里传来的开门声。那多半是隔壁的赵锡光，去村头的燕塘边下网捕虾了。我懵懵懂懂地在心里骂一声"讨厌"，随着他的脚步声和可恶的咳嗽声渐渐远去，立刻又重新沉入梦乡。只要燕塘里不结冰，只要不遇上刮风下雨，张网捕虾是他每日必做的功课。

老福奶奶说，河里的虾都听赵锡光的话，"没准他前世就是一只虾"。

谁说不是呢？夏日的拂晓，他趿拉着木拖，光裸着精瘦精瘦的上身（有时穿一件薄薄的黑色鞣革对襟马夹），手执长长的钩竿，胳膊上挎着几十张纱布竹篾网，在薄雾笼罩的池塘边时隐时现，怎么看，都像是一只成了精的大钢虾。

我们村前的这方水塘，被一道土坝分隔成上下两个独立的部分。上塘是村里人淘米洗菜、挑水做饭的地方；下塘则用来浣洗衣物，宰鸡杀鱼，处理一切不洁之物。这虽说是祖祖辈辈传下来的规矩，但到了我记事的年纪，村里的妇女们嫌下塘的码头过于简易窄小，也将衣物拿到上塘来洗。这样一来，下塘反而无人使用，久而久之，水中漂满了绿萍和水浮莲，码头也为青苔和荒草所覆盖。

　　赵锡光只在上塘下网。他用钩竿小心翼翼地将一张张绑着田鸡肉的虾网沉入水中，就算完事。随后，他哼着小调回到家中，照例是吸鸦片烟，睡回笼觉。等到太阳升得老高，赵锡光才会出来收网。捕来的虾，不论多少，都归他一个人享用。通常是加入姜丝、小葱，用花雕酒拌匀了，隔水蒸熟，中午用来佐酒下饭。赵锡光天生就有一个特别娇贵的胃，自打娘胎里出来就是如此，装不得任何粗粝之物。只要一天不沾鱼腥肉膻，他就会打摆子生病，可不是闹着玩的。据说，在饥荒最盛的那个年月中，赵锡光被逼无奈，在村中的祠堂里吃了几天的"龙糠粥"，就忽然生起病来，差一点送掉了老命。在赵锡光卧病竹榻、奄奄待毙之时，他的小脚老婆冯金宝，一路小跑来到了村西的龙英家。那时，龙英刚生下儿子小满。冯金宝好说歹说，让龙英给挤了满满一碗奶端回去，捏住他的鼻子直灌下去，赵锡光这才喘出一口气来。

　　去年冬天，这个龙英拿着月经带到上塘的水码头来洗，被赵锡光瞅见了，跳起脚来，一顿臭骂。生性胆小的龙英哭着认了错，可就这样，赵锡光还是觉得不解气，一脚将她踹入了水中。她被渔佬柏生救起后，曾发誓赌咒说："死刀笔！除非太阳从西边出来，除非长江倒流，除非秤砣漂在水面上，永生永世，再不理你这老狗日的！"事隔不过一年，她又有了新的说辞："反正小满一个人也吃不完，奶水白白挤掉也可惜，等于我多养了一个儿子。"

赵锡光本有两个老婆。临解放前，那位脾气暴躁的原配夫人，不失时机地害了场"瘩背"，一命归西。赵锡光原先住在前后三进的大院宅里，家中田地百余亩，还有两处碾坊，一处油坊。到了一九四九年春天，善观天象的赵锡光，将碾坊、油坊连同百十亩田地，全都卖给了他"唯一的知己"赵孟舒。到了五二年土改时，只被定了一个中农。至于那位擅长古琴的赵孟舒，其命运说来令人不胜唏嘘。一九五五年盛夏的一天，他在被第一次公开批斗后的当晚，就在蕉雨山房服毒自尽，留下他那貌美如仙的年轻妻子，在村中任人糟践，落得一个"逢人配"的骂名。

对于赵孟舒的死，赵锡光是这样评论的："我的那位老兄，别的都好，就是神经未免太脆弱了一些。"

因我奶奶的妹妹嫁给了赵锡光的三哥，说起来，我们家与赵锡光还算是沾着一点葭莩之亲。在吸饱了大烟而又无事可干的下午，赵锡光在教他孙子同彬念书的时候，也允许我和堂哥礼平在一旁陪着，多少识几个字。赵锡光有三个儿子。两个小儿子在南京"做大官"，同彬的父亲作为长子，则留在了乡下。那两个被赵锡光称为"国家柱石，等同于朝廷重臣"

的儿子,在省城究竟做了多大的官?村里人大多不明究竟。到了一九九一年八月,我在南京与他们见过一面。当时,他们都已退休。一个是街道办事处的副主任,一个则是重光电子管厂的生产科长。

在我们三个孩子中间,同彬因为是长房嫡孙的缘故,赵锡光对他多有偏爱,自是人之常情。平心而论,同彬机趣颖悟,慧心慧口,确有过人之处,很符合他们家"做人不必穿金戴银,凡事要能触景生情"的庭训。与同彬相比,我的堂哥赵礼平则"根本不是读书的料",早早被赵先生判定为"呆鹅"和"朽木",言语之间颇多轻蔑,责罚乃至打骂也是家常便饭。这也难怪,读了半年的书,礼平竟然连"伯乐一过冀北之野,而马群遂空"这样一句简单的话都背不周全。我的叔叔是个猪倌,他成天赶着猪郎到处为母猪配种,偶尔也给人劁猪。他劁猪划拉下的猪卵子,都会尽数送给赵锡光下酒。每当婶子给赵先生送去猪卵子时,赵锡光总要似笑非笑地对婶子重复同样的一句话:"礼平这孩子,心术不正啊。他倒不是笨,只是心思没用对地方。"

至于我,赵锡光从来不予置评。不说好,也不说歹,只是喜欢对我翻白眼。每当我遇到不懂的字句,跟着同彬去向先生请教,他老人家总是把我轻轻一推,用一种温和而亲切的口吻对我说:"你嘛,算了吧。"

其实,赵锡光教我们读书写字的时候并不多。大好光阴,多半用来讲史论古,念叨那些令人不胜其烦的陈年旧事。比方说,我们赵姓一脉,原籍山东琅琊,是世代簪缨的高门望族。永嘉时迁至风光秀丽的江南,择吉地而居。我们的祖先曾出过一个右丞相、六位进士、两任方伯,还有一个武状元。昭明太子在读书之余,常到这一带赏玩山野风光;刘裕起兵时,曾在村后的磨笄山上射下一只金雕;刘备招亲那会儿,他们在甘露寺喝的酒,就是从我们村运过去的;苏东坡在常州卧床不起,还专门请我们村的神医赵龙豹给他诊病;至于乾隆皇帝,那就更不用说了,他每次下江南,都会在这里驻跸。"就是如今在上海做大官的陈毅,也曾请赵孟舒给他弹过琴呢!"

比起我们村显赫的历史,"窑头赵"那一脉则要穷酸得多。他们是在靖康之乱时,跟着逃难的流民,从河南汝州落荒而来。两个赵家村,虽相隔不远,原本却不是一脉,各有各的来路。

"两个村都姓赵,都叫赵家村,这可怎么办呢?为了不至于搞混,我们这个村,如今被人叫作'儒里赵',很容易理解是不是?我们村读书人多嘛!"赵锡光忽然掏出一团皱巴巴的手绢,擤了一下鼻涕,两眼放着精光,定定地看着我们,"而另一个,被称为'窑头赵'。你们来说说,为什么叫他们'窑头赵'呢?"

我见礼平眉头紧锁,不敢搭腔,就贸然答道:"是不是因为他们村的人,都喜欢摇头啊?"

"你就算了。"赵锡光瞪了我一眼,冲我摆摆手,随后将目光转向他的孙子,"同彬,你来说。"

同彬说:"不是摇头的摇,而是烧窑的窑。那个村的人原本在河南时就是窑工,到了我们这儿,也只会烧窑。只因村头建了几座砖窑,因此被人称为'窑头赵'。"

父亲让我跟着赵锡光念书,也有不得已的苦衷。他似乎很看不上赵锡光的为人。在我们当地,若论有学问的人,除了死去的赵孟舒之外,恐怕就要算观前村的周蓉曾了。据说,我父亲也曾托人上门说项,想让我跟他读两年书。周蓉曾以"年老衰病"为由委婉拒绝了。此人头顶一块"理学名家"的招牌,衣衫鲜洁,品性端方,解放之前就以遗老自居,闭门谢客,不爱结交俗人。

自从当上农会主任的那天起,赵德正做梦都想办一座学校,但一时半会儿,我们还指望不上——报告一次次打上去,不知什么原因,公社一直压着没批。而梅芳他们张罗的农民夜校又过于儿戏。她挨家挨户动员那些目不识丁的妇女去夜校扫盲,也只是教她们唱唱歌而已。但她本人的学识如何,用赵锡光的话来说,"只怕是木偶唱戏,还差口气呢!"。

"不是我小看她,你写个'土'字给她看,没准她还晓得怎么读。"赵先生揶揄道,"可两个土摞一块,她就不知道该念什么了。"

这话传到父亲的耳中,他只是笑。在他看来,赵锡光本是个刀笔,学问其实也很有限。"不信,你明天上课时问问他,要是把三个土搁一块,这字该怎么念?"

我当然没敢去问。

村里人若是在路上遇见赵锡光，照例会客气地尊他一声"赵先生"，可在背地里，大家都称他为"刀笔"。在我们那一带，所谓的刀笔，指的是专门替人做合同、写状纸的一类人，言语间颇多贬损之意。

若不嫌我饶舌啰嗦，我在这里倒可以给各位讲个小故事。

临解放前夕，我们村忽然来了一个独臂的中年人，名叫唐文宽。此人虽然衣衫褴褛，不修边幅，却是一个滥好人，见人就鞠躬，说话三分笑。他对自己的过往经历，家居何处（包括他的那条胳膊是怎么丢失的），始终三缄其口。他从赵锡光的一个堂叔手中，买下了村东一处带小院的砖房，在村里落了脚。买房契约当然出自保人赵锡光之手。

唐文宽见房契上明明白白地写有"天之所覆，地之所载，上连砖瓦木料，下连地基石墩"之类的套话，就爽快地签字画押，并付清了全部款项。没想到，三个月后，一帮打手找上门来，讨要猪圈和柴屋的钱。猪圈盖在门廊的右门前，柴屋则在后院，两者均未写入契约。唐文宽找来合同，细细看了两遍，只得自认倒霉。他不仅如数偿付了猪圈和柴屋的钱，还请那伙打手吃了一顿山芋粥。这帮打手后来见人就说，唐文宽实在是个"仁厚知礼"的人。不过，此事也导致了另外一个意想不到的结果：因对赵锡光怀着怨恨，无论在什么情况下，唐文宽都拒绝与赵先生说话。

唐文宽有一个绰号，叫作"老菩萨"。到了夏天的夜晚，村里的孩子们一扔下碗筷，就会往唐文宽的家里跑，坐在他们家的天井里，听他说《封神榜》和《绿牡丹》。他们的父母来找孩子回家睡觉，有时也会倚在门边听一段，听着听着就入了迷。只要村里的小狗摇头摆尾地跟着唐文宽走上一段路，他都会停下来，跟小狗说会儿话。可是，唐文宽从不与赵锡光说话。每当村里有了婚丧嫁娶一类的事，喝酒的时候，总有好事之徒故意将两人往一个桌上凑，然后躲在一旁瞧热闹。

顺便说一句，一九五五年，当赵孟舒服毒自杀后，他那妓女出身的遗孀的归宿，一时成了村里人议论的话题。最后，她出人意料地嫁给了老菩萨唐文宽，让人颇觉蹊跷。说"嫁"也许不很确切，因为他们并未办理任何法定的结婚手续，用村里人比较通俗的话来讲，他们只是搬到一块住，"成天日屄捣鬼罢了"。

履霜坚冰至

父亲天不亮就被人叫走了。

隔壁的接生婆老福奶奶去水码头洗菜，顺便告诉我，父亲和村里的壮劳力都被派到青龙山去了，不知去做什么。他说恐怕要很晚才回来，让我有空给圈里的羊喂点草，中午就去婶婶家吃饭。

我刚给羊喂完草,就看见同彬踩着高跷,一颠一颠地走到我们家门口,来了一个漂亮的转身,得意地望着我笑。我问他,村里的大人们去青龙山干吗去了?同彬再次让高跷离地,反向腾空,转了半圈,向前打了好几个趔趄,这才算把高跷稳住,"屌毛!差一点摔我一跟头。听说青龙山那边发现了铁矿,要搞什么大会战。我妈和赵会计也去开矿了,我一个人乐得自在。"

同彬所说的赵会计正是他爹赵长生。他以前是大队的会计,去年秋收时偷了一袋小麦回家,被赵德正给免了。会计一职,改由高定国担任。

同彬还说,"老家伙"让我去一趟,马上就去。"谁知他葫芦里卖什么药?"同彬传了话,就踩着高跷,沿着池塘边的小路往西去了。他说要去祠堂前的大晒场练练后空翻,可刚走到红头聋子家的山墙边,就摔倒在他们家的茅坑上,溅了一脸的粪。

师娘冯金宝正在门首照壁前晒被褥。我低低地叫了她一声"冯先生",师娘笑呵呵地应了一声,告诉我赵先生正在杩子上出恭,让我等一会儿再进去。平常,赵锡光不让我们叫她师娘,而要叫她冯先生。称呼女人为先生,听上去多少有点别扭。可赵先生说,师娘原本也读过书,按老规矩,应该叫她先生。我们只能照办。据说,老两口坐在家里吃顿饭,也要先生请、娘子请地谦让半天,互相争着往对方碗里夹菜。可是,据同彬说,两人一旦闹起别扭来,发了急,与村里的愚夫愚妇"一个屌样"。赵先生拍胸打肚，婊子长、婊子短地骂不绝口，而师娘骂起赵先生来，也是一口一个"烂屌芯子"。

赵先生穿着一件褐色的绸面印花棉袄，头戴绒线暖帽，端坐在书房的写字桌前，像是正在给什么人写信。他背后的墙上，有一幅《溪山狩猎图》。旁边还挂着一幅字，据说是周蓉曾的手笔：

　　履霜坚冰所由渐
　　麋鹿早上姑苏台

我们每天上课时，都看着这幅字，却始终不知道是什么意思。倒是先生书桌上的那对乌木镇尺，写有对联一副，读上去通俗易懂：

　　读古书变化气质
　　友多闻开拓心胸

书房的北墙，有一扇木格子窗，露出后院的一角。檐下挂了十几张纱布虾网，还在不住地往下滴水，空气中隐隐有一股腥味。东北角的一棵海棠花树上栖息着两只白鹭，深黑的枝条上，缠着去年的丝瓜藤，衬出一派蓝色的晴空。院子里的大片空地暂时还荒着。每年的七八月间，当火红的罂粟花开满了院子时，我在阁楼上远远就能望见。赵锡光偷偷地在院里种罂粟，已经很多年了。到了秋末，赵锡光摘下棉桃似的果实，用小刀划开桃壳，挤出白白的汁液，用来熬制鸦片膏。

"说吧，腊月二十九这一天，你和你爸到什么地方去了？"赵锡光用嘴唇抿了抿毛笔尖，皱着眉，继续写信，头也不抬地对我说。

我忽然记起，父亲曾私下嘱咐我，不要将去半塘走差的事告诉别人，只得胡编了一通瞎话来对付他，"山脚下的驼背老舅三十晚上生人，今年八十岁，也是个烈属。我们去给他做寿。"

赵锡光没吱声。直到他终于写完了信，把笔一扔，两只鹰隼似的眼珠直勾勾地看着我，嘴角逼出一丝冷笑来，对我说：

"村里人（这时师娘推门进来，先生招呼她：你也过来坐坐），村里人都叫你呆子，对不对？我也差一点被你骗了。你呆吗？"

这句话，我不知道该怎么回答。因为我意识到，在这样的场合，无论我表示肯定或否认，都是极不合适的。

"其实，你一点都不呆。村里人才是呆子。别跟我翻白眼好不好？你脑子里的鬼点子一点都不比你那没出息的爹少！"先生怒威渐盛，口气也变得峻厉起来。

师娘见状，赶紧打圆场说："你好好说话，可别吓着人家孩子。"

我知道，倘若一味死扛硬顶，先生接下来就要走过来揪我耳朵了。他过来揪我耳朵也不要紧，只是我受不了他嘴里那股难闻的大烟味。说实话，赵先生还是第一次这么认真地跟我说话。应当说，与礼平相比，先生平时很少骂我。就算我背不出书，他也只是打个哈欠，摆摆手，让我离开。这倒不是他有意对我另眼相待，而是我这样一个人，也许根本就不值得他较真吧。因此，你可以理解，当我怀着对父亲深深的愧疚，将半塘走差的全部过程向他和盘托出之时，心里多少也有一点自己终于受到了认真对待的受宠若惊。

赵先生听完了我的话，与师娘对望一眼，半晌不说话。

最后，师娘怒气冲冲地说："如今不是新社会吗？不是有婚姻法吗？春琴那孩子，才多大年纪？顶多也就十五六岁，怎么能说嫁人就嫁人呢？我原本想再等上几年，把她说给定邦。她娘也是应承过的，风都放出去了，这大呆子冷不防插上一脚，什么意思嘛！四儿也真糊涂，红口白牙许了我，怎好说变卦就变卦？再说了，他赵德正，轿夫出身，家里穷得连根针都找不见，日子怎么过得出来？要不，今天下午我就到半塘跑一趟？"

"没用的。"赵先生说，"你那老表妹吃了呆子的魔法，五迷三道的，早就失了心性。你去了，这话怎么说？依我看，这事不简单！一年不到，家里先后死了三个人，怎么说都有点邪门。这事不简单！"

赵先生再次冲我摆摆手，示意我可以走了。

我走到他们家天井里，还听见书房里飘出一句话来，是先生说的:"都说瓦注者巧,金注者昏,呆子这个本钱下得可真大呀!"

说真的,刚才,师娘与先生的那几句话,我有一大半都听不明白。可从他们的口风判断,春琴要嫁的那个人正是大队书记赵德正。不要说赵先生和师娘,就连我听了,也觉得两人不般配。不知为什么,一想到春琴就要落到又老又丑的赵德正手里,我心里就有一种说不出来的难受。我本来是要去池塘前的打谷场上找同彬的,却没头没脑地穿过弄堂,来到了后村婶子家的大门前。

不过既然来了,时间也到了中午,那我就进去吃口饭吧。

奇怪啊!刚才,我明明瞅见婶婶坐在门前的碌碡上,跷着二郎腿正在吃饭,怎么一眨眼的工夫就没影了呢?这才多大工夫,婶子家的大门忽然关得严严实实。我敲了半天的门,堂哥赵礼平这才把门打开。婶子和堂妹赵金花坐在一张矮桌边,都用一种奇怪的眼神看我。婶子问我有什么事。我那时已经感觉到气氛有点不太对劲,还只得硬着头皮对她说,我是来吃饭的。

"吃饭?"婶子笑了笑,"这时候哪还有饭?我们早就吃过了。一粒米都不剩。真是不巧,你要是早来一步就好啦。"

我的堂哥礼平飞快地摸了一下他的小油嘴,也在一旁帮腔道:"早上剩了点红薯粥,我们早就喝了个精光,没啦!"

我那小堂妹赵金花,那时才五六岁,竟然也跟着他们拼命地点头。我后来一直不太喜欢这个堂妹,甚至于有点厌恶,大概跟记忆中这个铭心刻骨的场景有点关联吧。我瞅见婶子家的灶台上还冒着缕缕热气，空气中弥散着一股好闻的香味。不用说，那是青蒜末和腊肠丁混合着焦米饭的特殊香气。我只好自认倒霉。

父亲不是会算命吗？他或许已算出我去婶子家讨碗粥喝，大概没有多大问题，却没有算出他们家煮了珍贵的蒜末腊肠焦米饭。为了不至于让自己的处境显得过于可怜，我假装没事人似的冲着婶子笑了笑，说："没关系，爸爸早上出门，在锅里给我烙了张大油饼。我回家去吃油饼好啦。"

没想到，婶子一听我这么说，立刻就把脸沉了下来，"你说你这孩子，怨不得人家叫你呆子呢！你们家明明有油饼，还到我家来要饭吃！"

"要饭吃"三个字锥心刺骨。我拼命地咬着嘴唇，尽量不让自己的眼泪掉出来。跟婶子告了别，我迈开大步往家里走，就好像家里真有油饼等着我似的。我走到弄堂口，迎面撞见叔叔披着一件漏着棉花的灰袄，手里拿着一根剥了皮的杨树枝，赶着他那头白花花的大猪郎，正朝我走过来。叔叔张口就问我吃过饭没有。我只能据实以告。叔叔愣了半天，用杨树枝在公猪的屁股上抽了一把，像是赌气似的对我说了一句："你跟我来。"

我跟在叔叔身后，一步也不落下。他去猪圈，我就跟着他去猪圈。叔叔把猪郎牵到猪圈里，往公猪的食槽里扔了一把青草，在猪栏外的木桶里抄水洗了洗手，这才进了屋。这一回，婶子打量我的眼神里，嫌恶和愤怒已经懒得掩饰了，似乎在问：你又来干什么？

叔叔把裤子往上提了提，对婶子说："我哥一大早就被队上派去青龙山开矿了。他在姚家桥遇见我，叮嘱我给孩子管顿饭。你给他随便弄点吃的吧。"

婶子道："我们自己也是有上顿没下顿的。喝了早上剩下来的一点粥汤，这会儿肚子还在咕咕叫呢，哪来吃的呀？"

婶子公然地给叔叔递眼色，毫无防备之心，大概是打心眼里认为我就是个呆子吧。叔叔是个实诚人，听见她这么说，就吩咐道："那你赶紧舀点面来，好歹替他摊一张面饼，垫垫饥吧。"

没想到，叔叔这一说，婶子突然就暴怒起来。她随手将抹布往灶台上使劲一丢，指着叔叔的鼻子骂道："狗日的，这么不明事理！成天牵着你那猪郎，日完东家日西家，我看你是日昏了头！你哥哥放个屁，闻着也是香的，他的话就是圣旨啊？吃了黄狗屎，不识好歹。我们家哪来的面啊？过年包馄饨的面，还不是到更生家借出来的？"

被婶子这一骂，叔叔也没了主意。他抄起一个葫芦瓢，从水缸里舀了一瓢水，咕咚咕咚地灌了下去，把瓢一扔，推开门，到里屋"挺尸"去了。他这一走倒不要紧，落下我一个人，实在不知如何是好。在那个时刻，我忽然对广播里天天在说的"吃二遍苦，受二茬罪"这句话，有了更为深切的体会。

事到如今，我已经忘了那天中午我是如何离开婶子家的。只记得，当我经过婶子隔壁的更生家时，更生的老婆突然从门里出来，让她儿子永胜给我送来一个染有红点的馒头。

父亲从青龙山回来的时候，已是满天的星光了。他没有像往常那样轻手轻脚地走路（惟恐把我吵醒），而是一进门就兴奋地喊我起床。我在睡梦中被他吓了一跳，还以为出了什么事呢。我穿好衣裳，睡眼惺忪地从阁楼上下来。父亲已经把带回家的一大碗白米饭，隔水蒸热了，端到了我面前。

那碗白米饭上还盖着一层萝卜烧肉。我用筷子扒拉了一下，肉只有两块，也不像父亲吹嘘的那样又大又肥。父亲将落在蓝布包袱上的饭粒捡起来，塞到嘴里，一边得意地问我，是不是很长时间没有闻到肉味了？他坐在桌边，抽着烟，一动不动地看我吃饭。我每吃一口，父亲的喉结就缩一下。我不由得停下筷子，问父亲有没有吃过饭。

他想了一想，说："要不你给我剩一口？你要是饿，全吃光了也没事。"

听父亲这么说，我就知道他没有吃饭。很有可能，这碗饭本是他一天的伙食。他走了十多里地，给我捎回来，就是为了让我闻闻肉味。我只吃了小半碗饭，用筷子将那两块肉埋在碗底，装出吃饱的样子，对父亲打了个饱嗝，就上阁楼睡觉去了。父亲央求我再多吃一点，我没搭理他。

我站在阁楼的小木窗前，看着父亲坐在灶前的板凳上吃饭。当他吃到我藏在碗底的那两块肉时，我看见他的肩膀剧烈地抖动，开始抹眼泪了。这是我第二次看见父亲流泪。第一次是在去年夏天，我因为吃了掺了龙糠的油泥，拉不出屎，肚子胀得像鼓一样，父亲往我嘴里灌韭菜汁时，哭过一回。

父亲在灶堂里流泪，我也在阁楼上哭。

父亲并不在乎我知道他在哭。

我也一样。

那天的后半夜，我蒙眬中听见父亲蹑手蹑脚地爬上楼来，在我的床边坐了很久。就在黑暗中那么呆坐着，不说话。我背过身去装睡，也不搭理他。后来，在不知不觉中，真的睡过去了。

第二天一早，我起床后，发现自己的裤腰带不见了。哪儿都找不到。开始，我有点疑心，会不会是父亲把我的腰带自己拿去用了，转念一想，又觉得不太可能。父亲凡事心细如发，不会如此行事。

我揪住裤腰，从阁楼上的梯子上下来，发现那根腰带在父亲的床铺上被摆成了一个圆圈。父亲这么做，一定有他的道理。我拿开腰带，掀开被褥，发现里面有一个用麻布衬衫包裹的圆鼓鼓的东西。打开衬衫，里边是一个大号搪瓷缸。揭开瓷盖，里边有一个烤白薯，还有半截玉米。手一摸，还是热的。

我坐在门口的路槛上啃玉米，看着被风吹皱的塘水。隔壁的老福奶奶带着一个四十出头的女人，来到了院子里。老福手里捏着一把湿淋淋的荒荽，对那个陌生女人道："这就是他家。"随后又转身嘱咐我说，爸爸让我寻点草来喂羊，中午就去德正家吃饭。说完，她就颠着小脚摇摇摆摆地走了。

那个妇人身穿黑棉袄，头戴绿方巾，颧骨高耸，脸颊被北风吹得红红的。大脚，大手，大脸盘。说的是江北话，满脸带着笑。

她说她从泰州来，早上坐头一班船到大港，然后一路打听，来到了我们村。她没说有什么事，只是问我父亲什么时候回来。随后，又反复追问我，到了天黑，父亲会不会一准回来。听她的口气，她本来是准备待到天黑的，只是到后来临时又变了卦。

她在跟我说话的时候，毫无必要地把我拉到身边，用两腿紧紧地箍住我。摸我的手。摸我的胳膊。摸我的头。最后，她又让我坐在了她的腿上。她的眼睛里亮汪汪的，身上有一股好闻的香味。我还是第一次与一个女人挨得这么近，有点不太习惯，下腹部有一阵既舒服又难受的抽搐。

她摸了我半天，忽然问我，家里有没有石碱？我在水缸边的灶台上找到一块石碱递给她，她就起身烧了半锅水，把我按在木盆里，给我洗头。洗完了头，又帮我洗了脸，洗了脖子。满盆的清水不一会就变得乌黑。她在给我洗头的时候，告诉我三句话。她让我牢牢记住这三句话，一字不落地转告父亲，而且只能在我和父亲两个人的时候，也就是说，在绝对没有第三个人在场的情况下，才能把这些话告诉父亲。要是别人问起，"打死了也不能说"。

第一句，泰州那边来人送信；
第二句，南通的徐新民被抓，事情不太好；
第三句，要做最坏的打算。

她说完了这三句话，又让我重复了两遍，这才放心。我问她，"徐新民"是哪三个字，妇人说，她也不懂是什么字，只晓得是这个音。据此，我马上就可以判断出，这个女人不识字。她从门背后找来一块围腰，替我把头擦得干干净净。然后，她又端详了我半天，轻轻地碰了碰我的脸，说了一句让我终身受用的话："我还从没见过眉眼生得这么俊秀的孩子。"通过这句话，我对自己的相貌第一次有了一个基本概念。她在我肩上拍了一下，让我到院子里去待一会儿，顺便把头发晒干。正因为多了"顺便"这两个字，我立刻意识到，她是在把我支开，以便用一下我们家的马桶。

妇人来到院中，抬头看了看天色，对我说，她得赶紧走了，一会就要变天了。下午会有一场大雪。

说实话，虽说她嘱咐我的那三句话，已经在我们之间建立了牢固的信任感，对她的离开，我多少有那么点依依不舍，但她说下午会下雪时不容置疑的口吻，使她的形象再度变得陌生起来。我不得不再次抬头打量她。我觉得她是在说梦话。

太阳还好端端地在天上挂着呢!一朵朵雪白的云絮,堆在蘑菇房的屋顶上,瓦蓝瓦蓝的天空下,没有一丝风。更何况,眼下早已开了春,池塘边的柳枝上已经垂下缕缕鹅黄色的丝绦,这时节怎么会下雪呢?

她已经沿着风渠岸边的大路往前走了一段,好像是想起了什么事,又转身走了回来。她来到我身边,也不说话,抓过我的一只手,塞给我两块包着玻璃纸的水果糖。我看见她的身影在风渠岸的大坡上一点点地变小,一会就看不见了。过不多久,她头上的绿方巾,又在对面的土坡上一点点地变大,一直升到坡顶,然后向西,很快就消失在一道灰蒙蒙的山梁背后。

我对于父亲让我去德正家吃饭感到困惑不解,也可以说有点恼火。好像他嫌我昨天在婶婶家所受的折辱还不够似的。德正家正在起房造屋,家里木匠、泥瓦匠、帮工一大堆,饭菜自然不会差,但在我眼中,德正要比婶婶可怕一千倍。这是人人都知道的事。不过,父亲既然这么吩咐了,恐怕自有他的道理吧。我是抱着父亲交代给我的某种使命(而非单纯的口腹之欲)前往德正家的。我还带上了竹篮和镰刀,打算吃完饭就去他们家后面的磨笄山寻草。有了竹篮和镰刀打掩护,我心里踏实了一些——一旦在德正家碰了壁,没人招呼我吃饭,我就可以装作是出来寻草的,悄悄走开就是了,面子上也不至于太难看。

我走到红头聋子家的小院边上,迎面遇见唐文宽挑着粪桶站在了路当中。他朝我不怀好意地傻笑。我要从篱笆这边穿过去，他就用右边脏兮兮的粪桶挡我的路；我要从挨近池塘的一边绕过去，他又用左边的粪桶来拦我；我要从他扁担下钻过去，唐文宽就蹲下身来。没办法，我只得停下来与他搭话。他见我站住了，索性歇下担子，把扁担往粪桶上一搁，坐在担子上与我说话。他的笑有点不太正经。

"你妈妈来看你啦？"

"我妈？在哪里？"

"刚才从你们家出来的那个大屁股女的，不是你妈妈？"

"她不是我妈。她从泰州来，给我父亲捎口信来的。"话一出口，我就被自己的轻率吓得魂飞魄散。那个好心肠的女人再三叮嘱我，不要把她到访的枝节告诉任何人，可她人还没走远，我就已经将这个秘密泄露给了第一个遇见的人。好在唐文宽对这些不感兴趣，他继续一本正经地朝我眨眼睛，笑道：

"傻孩子！她就是你妈妈。我认得她。如果我是你的话，现在就去追。别愣着呀，放下篮子赶紧去追。她这会最多走到十八亩，你要去追，完全来得及。快跑，咚咚地跑！抄近路，追上她，什么都别说，缠着她，跟她回家。她们家就住在城里的糕饼街。右边有一个油条铺子，左边有一个麻花铺子。她家里养着两只雀子。一只金雀子，一只银雀子。每天早上，金雀子从油条铺子叼回一根油条，银雀子从麻花铺子衔来一根麻花……"

第一章 父亲

我知道他在愚弄我，可也拿他没办法。他就喜欢与村里的孩子嬉闹，一旦编起故事来，出口成章，用不着打底稿。这就好比在他家听说书，我们永远无法知道，哪些故事是书上写着的，哪些故事是他随时编出来的。关于我母亲的这篇故事还没有说完，他老婆王曼卿已经在水码头边叫他了。唐文宽笑嘻嘻地站起身，挑起粪担，似乎意犹未尽，又对我说了一大串古里古怪的话，我连一个字都听不懂。每当他说出那些谁也听不懂的鬼话时，总是一动不动地观察我们的反应。他大概很喜欢欣赏我们脸上疑惑不解的神情吧。说怪话，是唐文宽与孩子们恶作剧的最后一幕，好比餐后的点心，而最后，照例是旁若无人的哈哈大笑来收场。

好不容易摆脱了唐文宽的纠缠，我刚走到祠堂边，就看见堂哥赵礼平也拎着篮子，从柏生家的草垛边闪了出来。我有点不想搭理他，就装出没有看见他的样子，并暗自加快了步子。

礼平很快就撵上了我。

他问我到哪里去。想到昨天中午他对我的无情无义，我故意大声对他说："赵德正请我去家里吃饭。"礼平明显地愣了一下，似乎有点不敢相信自己的耳朵。但他并没有就此放过我，像影子一样在我身后紧紧地跟着。我走他走，我停，他也停。每往赵德正家走近一步，我对他的厌恶就增加一分。

有两个妇女在打好的地基上往墙缝里灌浆。德正和更生两个，拉着尼龙绳，正在地上撒石灰线。我到了近前，故意在德正身前身后晃悠，以便让他看见我，好招呼我去吃饭。可德正画完了石灰线，又帮着马老大拌麦秸泥去了。直到马老大问我，那个戴绿方巾的女人打哪儿来、是我们家什么亲戚时，德正总算是意识到了我的存在。他转过身来，看了看我，又看了看礼平，吭的一下擤出一把鼻涕来，搓了搓手，慷慨地对我们命令道："你们两个小鬼，这时候才来？赶紧去吃饭！"

他说的是"两个小鬼"。明明白白。我和礼平同时扔掉了手里的草篮和镰刀。在奔向饭桌的过程中，礼平跑得飞快，把我扔下了一大截。

德正家的新房就建在磨笄山下。除了几座坟包和一丛丛的杂树，附近没有一户人家。因为新房还没有建起来，没有生火做饭的地方，赵德正就借了离那儿最近的小武松家，给木匠和泥瓦匠供饭。我和礼平一口气跑到小武松家，工匠们早已吃完了饭，歪在桌边剔牙了。虽说饭桌上只剩下了些冷菜残羹，但没有大人的管束，我和礼平都吃得十分尽兴。等到小武松的老婆银娣把一碗剩汤热好了重新端上桌来，我们因吃得太多，已经感到微微有些头晕了。

从武松家出来，礼平建议我们去山上的便通庵寻草。他腊月里曾去过一次，便通庵前的池塘边长满了肥嫩的青草。去便通庵要翻过一座山包，路途虽然远一些，但我们撑得满满当当的肚子，正需要一段山路来消食。

我在路上吃了一颗糖。我把漂亮的玻璃糖纸剥开，将糖捡入口中，再将红色的糖纸在手心里抚平，凑在阳光下，两面看了看，这才小心翼翼地将它叠好，放入裤兜中。整个过程，多少有点炫耀的意味。我原以为礼平会立刻跟我要糖吃。如果他要，我当然会给。可礼平一声不吭，假装没看见。那颗糖反而成了负担。等到我们开始爬山的时候，礼平一只手箍住我的肩膀，假惺惺地对我笑道："你嘴里什么味？怎么这么好闻？"我马上就把兜里的那颗糖掏了出来，给了他。

我们走到半山腰的树丛里，看见雪兰拎着满满一篮猪草，后边跟着她弟弟小斜眼，正从山坡上下来。礼平就叫住了她，要和她斗草。雪兰看了看礼平，又扭头看了看我，也不说斗，也不说不斗，而是怯怯地笑了一下，对我们说："你们两个都有糖吃，哪来的？能不能也给我一颗？"礼平就笑嘻嘻地朝她走过去，将脸凑向她耳边。雪兰傻呵呵地笑着，主动把耳朵侧向他。小斜眼拽着姐姐的裤子，仰头看着他们。礼平说："你嘴巴张开，我把糖吐在你的舌头上。"

雪兰的脸陡然阴沉下来，凶狠地瞪了我们一眼，对着礼平骂了句"我日杀你家妈妈"，一把拽过她弟弟，头也不回地走了。

站在磨笄山的山顶，矗立在对面山梁上的便通庵便可尽收眼底。这座古庙不知何时所建，我们只是听说，村里的媒婆马老大在还俗之前，曾在这座寺庙里修行多年。这座荒寺是我们大队最北的边界。寺庙的北坡下，有一道清澈的溪流，人称"金鞭湾"。金鞭湾月牙形的河道围住了一个郁郁葱葱的

望春风

小村庄，名叫"野田里"。

野田里再往北，就是滚滚长江了。

便通庵虽说近在眼前，仿佛伸手可触（我甚至能够看见池塘里凫游的野鸭），但要走到那里，却并非易事。因为它与磨笄山之间还隔着一条长满荒草和荆棘的深壑。在闹饥荒的那些日子里，父亲成天躺在床上，眨巴着眼睛算命。他最终算出的结果是：既然便通庵的池塘夏天开满了荷花，到了深秋时节必有莲藕可挖。可是，当父亲叫上瘸腿的叔叔，扛着铁锹，提着马灯，连夜赶到那里的时候，还是晚了一步。那座池塘早已被人掘地三尺，翻了个底朝天。

"还去吗？"礼平缩着脖子，抖抖索索地朝便通庵的方向指了指，语调中有一丝为难和担忧。我立刻就明白了他为何要这样问。刚才还是好好的晴天，转眼间已变得一片昏黄。风向稍稍偏向东北，大片的乌云缓缓地朝我们头顶压过来，细盐似的雪粒，扑扑簌簌地打在我们身上，在山上的乱石中跳跃着。紧接着，雪珠变成了雪霰。很快，雪霰又变成了纷纷扬扬的飞絮，天空转而变得阴暗沉黑。

不大一会工夫，在漫天的雪幕中，便通庵已经看不见了。

一直等到地上有了一层积雪之后，我和礼平才转身往家走。我的脑子里一直在想着上午来家的那个女人。这个来无踪去无影、头戴绿色方巾的妇人居然如此神通，明显不是一般人。她大清早急匆匆地赶来送信，想必有什么大事正在发生。如果她的家果然在泰州，如果她走得足够快，这会儿应该已经在过江的船上了吧。

我又想起了"徐新民"这个名字，想起了她让我转告父亲的那三句话。不知为什么，我忽然有些害怕起来，周身掠过一阵冰冷的颤栗，心里像是压了块石头。

德正的新房

德正原是村里的一名轿夫。

他出生后不久，母亲就过世了。他的父亲赵永贵是个酒鬼，每天靠挖树根得来的一点钱，差不多都被他换成了酒，喝到了肚子里。赵德正五岁那一年，父亲在吐了满满一钵头鲜血之后，趴在桌上死了。村里那些有见识的人凑在祠堂里一合计，就由赵锡光做主，把他们家两间破砖房变卖了。大部分钱用来还债，剩下几文铜板，连棺材都置办不起。最后，他们好说歹说，从更生的父亲手里买下了一个旧衣橱，把中间的槅板去掉后，将赵永贵的尸体斜塞了进去，草草安葬了。村里人觉得帮人应该帮到底。过了头七，他们就派人把赵德正送到了江北的高桥，让他去投靠开豆腐店的舅舅。没想到，不到一个月，赵德正又从江北回来了。多半是他娘舅嫌他累赘，不肯收留他。

这么一个瘦骨嶙峋的孩子，连裤子都没有，成天在村子里晃荡，时间一长也不是事。几个好心人又来找赵锡光，让他出面拿个主意。那时，赵锡光因小老婆冯金宝刚生了一个死胎，心绪正恶，就对来人蹙眉道："俗话说，救急不救穷。他们家的事，我已替他料理停当。他嫡亲的娘舅不要他上门，我有什么办法？随他去吧！"村里人只得转过身来去找赵孟舒。孟舒略一思索，就对来人建议说，不妨把这孩子安顿在祠堂里。看守祠堂的三老倌，八十多岁了，也正缺个帮手。事情就这样定下来了。老人们因记挂着这个没爹没妈的小可怜，家里有了好吃的，总要匀出一点往祠堂里送。到了刮风下雪的冬天，村里穷人家的孩子也不一定个个都有棉裤穿，赵德正倒是一样都不缺，虽然是旧的，却也足以御寒。

大概是因为吃百家饭长大的缘故，德正成年后反而比一般孩子长得敦实健壮。他是村里仅有的两个能把碌碡举过头顶的人之一（另一个就是赫赫有名的小武松）。他平常除了给人抬轿之外，偶尔也会在邻近各村给人打短工。有时，也会帮人抬棺材。赵德正平常不爱说话，但性情刚烈。不论哪家有事请他帮忙，他总是随叫随到，分文不取，村里人倒也心安理得。每个人心里的盘算都是一样的：既然众人合力将这个孤儿抚养成人，如今已经到了他回报村人的时候了，让他卖点力气，理所应当。

转眼间就到了一九五〇年初。村里来了土改工作队。他们召集全村的男女老幼到祠堂开大会，推选农会主任。邻村为争当农会主任而打破头的事时有所闻，但在我们村，情况恰好相反。大会一连开了三天，就是无人愿意出头担任农会主任一职。工作队的干部们分头上门，挨家挨户地调查研究、说服动员，最终仍然一筹莫展。到了后来，就连村民大会都开不起来了，勉强到会的几个妇女照例是蔫头巴脑，一声不吭。工作队在村里待了三个月，连个农会主任都选不出来，他们意识到了问题的严重性。情况逐级上报，一直报到县里的主要负责人严政委那里。严政委也不敢怠慢，二话不说，乘坐一辆吉普车，亲自来到我们村一探究竟。

据说，严政委是从徐蚌战场的死人堆里爬出来的，脑子里还有一枚弹片没有取出来，什么世面没见过？他在村里东转转，西逛逛，见到人就拉住他们聊家常，不到半天的工夫，心里就有了底。

第二天早上，又开村民大会。村里的男男女女都想看看县里的大官长什么样，也不用敲锣，都早早地赶到祠堂里，听他讲话。严政委倒也没有多余的套话，一开口就单刀直入。他说：

"儒里赵村之所以三个月还选不出一个农会主任，是有人暗中捣鬼。有人暗中捣鬼，是因为他自己想当这个农会主任。这些人从旧社会过来，总是用老眼光来打量我们共产党人。他们认为，只要给我们出个难题，让我们出个洋相，给我们一点难堪，我们的事情就办不成了！事情办不成了，我们就会回过头去求他。三请四邀，三顾茅庐，还要用八抬大轿去请他出山，来维持地方（严政委说到这里，坐在前排的几个小年轻，都不约而同地回过头来瞅着冯金宝。冯金宝则低声骂道：'日你妈的烂屄芯子！看什么看？我脸上也没写着字。'）。好嘛，你不是要跟我们唱对台戏吗？我们就跟你唱一唱。你不是想让我们上门去求你当这个农会主任吗？我们偏不让你当！也罢，今天我们大伙聚在一起，先不选什么农会主任。选什么呢？就选村里最穷的人。你们村里谁最穷，就让他来当这个农会主任。本来嘛，新社会就是要让穷人当家做主，天经地义。谁最穷，谁就来当这个家，做这个主。"

严政委的这番讲话，是由父亲后来绘声绘色地告诉我的。他说他记得一字不差，恐怕有点吹牛。但村里其他人的转述，也大致差不多。严政委刚讲完话，红头聋子朱金顺就第一个站了起来，嚷嚷说："若要论我们村里最穷的人，那就是赵德正了。根本不用选，这个人，穷得叮当响，打小没爹没娘，可以说上无片瓦，下无寸地，一人吃饱，全家不饿。"他这一嚷，祠堂里传来了一阵哄笑。

严政委倒是不笑，他和工作队的几个人严肃地商量了一阵，果真就招呼德正站起来"亮亮相"。可惜，德正那天不在现场。他送一个会弹琴的和尚回镇江的金山寺去了。据说，那天傍晚，赵德正从镇江回来，听说自己被选为农会主任，吓得腿都软了，半天不敢进村。

确定了农会主任的人选之后，接下来就是民主评议。严政委让大家知无不言、言无不尽，随心所欲地发表意见。村里人大概一时半会还没从巨大的疑惑和震惊中回过神来，一个个都低着头，没人吭气。严政委见无人反对，正要宣布散会，一个年轻妇女突然红着脸站了起来（我婶子拉了她好几把，愣是没把她拉住），大喇喇地说：

"我不同意！"

严政委仔细地打量了她半天，随后就笑了。他问她为什么不同意，语调突然变得十分和蔼。那位妇女高扬着脖子，大大方方地说了赵德正不能当农会主任的几条理由，而严政委则耐心地逐条加以解释。她说，赵德正不识字。严政委就说，不识字没关系，可以慢慢学嘛！没有人生来就是识字的。她说，赵德正是个闷屁虫，要是上台做报告，保险一句话也说不出来。严政委说，我小时候也不会说话，见了人就躲，没关系嘛，只要他不是哑巴，锻炼锻炼就好了。她说，赵德正出身微贱，靠村里人的施舍长大，现在反过来了，让他在全村人面前吆五喝六、发号施令，有点不太合适。这抬轿子的管着坐轿子的，自古以来没这规矩！严政委说，那好，我们今天就来破一破这规矩！她还说了些别的，严政委笑呵呵地都给她逐条驳了回去。

最后，这个妇女看上去有点恼火，她扯着嗓子对严政委喊道："照你这么说，这个农会主任，我也能当！"

祠堂里又是一阵哄笑。

严政委也笑了起来，"我看也没什么不可以。"

三天后，乡长郝建文带着几个乡干部，来村里正式宣布对赵德正的任命，那名妇女也同时被增补为农会副主任。他俩很快就被送到乡里，在基层干部学习班培训了两个月。在这之后，赵德正换上了一身新衣新帽回到了村里，像模像样地当起了农会主任。而那位妇女却被抽调到县里继续学习去了。一年后，她改任乡里的妇女主任。乡里就临时安排刚刚从部队复员回来的高定邦，与德正搭班子，当了他的副手。

五十多年后，我在蚊声如雷的炎炎夏日写下上述这段文字时，内心感到了一种难言的痛楚。唉，世事变幻，鬼神不测，不说也罢。我相信，聪明的读者读到这里，多半已经猜到了其中的缘由了吧。关于这件事的种种曲折，我们不久以后就会谈到。

赵德正当上农会主任后，村里人不得不用全新的眼光来打量这个孤儿。他们说，赵德正天生就是做官的料。你看他一米八的身板，脸色阴沉地往台上一站，确实有一点不怒自威的气派。他平时不爱说话，反而成了他最大的优点——因为只要他金口一开，往往就是命令，容不得你去跟他讨价还价。念报纸和读文件一类的事，他是不屑于干的，全由高定邦代劳。他做起报告来虽说脏话连篇（据他自己说，若不带脏字，他连一句话也说不上来），居然也能条分缕析，把事情说得头头是道，一二三四五，点点不漏。连郝乡长都夸他"这狗日的，话糙理不糙"。后来，德正入了党，他的官职由农会主任变成了指导员和教导员，再后来人民公社成立，他就成了我们大队第一任支部书记。

可德正也有一样不好：他习惯把自己的副手高定邦当家奴一般使唤。开始，定邦还能隐忍，再往后，就有点面和心不和。特别是当农会的另一名骨干梅芳嫁给了他弟弟高定国之后,三个人"连起党来",开始公然与赵德正作对。到了一九五八年"大跃进",高定邦撇开赵德正,成立了一个军事化的组织,名为"青年突击营",高定邦自任营长。他们有一句响亮的口号,成天挂在嘴边,村里人人皆知,叫作:"背起包,跟我跑!"

后来,村子里有传言说,梅芳实际上同时嫁给了兄弟俩。她前半夜与定国睡,后半夜则由哥哥定邦享用。这多半是村里人闲极无聊而编出来的瞎话,根本不足为信。据说,这事首先是从小武松的老婆银娣口中传出来的。而银娣之所以知情,是因为她与村中几个胆大的妇女,有半夜潜入人家窗下听壁根的恶习。我记得去年秋末的一天,我的堂哥礼平不识相地向银娣求证此事的真伪,后者气不打一处来,一个巴掌在他脸上拍出了五道手印,仍觉得不解气,又在礼平的屁股上踢了一脚。这件事也是我婶婶和银娣多年失和的原因之一吧。

一年春天,严政委来乡里检查工作,专门来到儒里赵村,看望自己亲手提拔起来的这位部下。他没有回到乡里去住宿,而是在赵德正居住的祠堂里过了一夜。那天晚上,春雷一夜未停,瓦缝中的漏雨打湿了半边床,两人索性披衣坐起,在昏暗的油灯下谈了一夜。第二天早上,严政委临走前,特地交代赵德正说:

"老伙计,艰苦朴素是必要的,但我们共产党人也不是苦行僧。你琢磨琢磨,选个地方,给自己造个房子吧。砖瓦你自己想办法,木料我替你解决。"

那个年代的官,说话还是算数的。严政委给大路林场的厂长打了个招呼,没过多久,厂长就派人给德正拉来了七八根粗大的圆木。这些木料长年堆放在祠堂院中的阅台上,任其日晒雨淋,木色渐渐发了黑。很快,阅台上的蒿草就把它们盖住了。

德正一直没想为自己盖房。当他缠着郝乡长,要在村里办一所学校时,这批木料被他作为重要的筹码,与郝建文软磨硬泡:"你看,建校舍的木料,我们都已准备齐了,只要上面批下来,我们可以立刻开工。"

他在祠堂里住惯了,觉得这样挺好。可那些由新珍或银娣介绍过来的对象却不这么看。她们抱怨说,人长得丑一点倒也无所谓,若在破败、潮湿、散发着霉味的祠堂里成亲,不说别的,一想到旮旮旯旯里的那些老鼠、蜈蚣(说不定还有赤练蛇),就让人受不了。据说,三老倌当年就是晚上睡觉时被老鼠咬破了鼻子,得破伤风死的。父亲后来告诉我,当他第一次去半塘为德正提亲时,春琴的母亲一听说德正还住在祠堂里,就拉下脸来,皱眉道:"要是没有新房,所有的事都免谈!"

窑头赵村有一个名叫骆金良的窑工,原先与赵德正一起给人抬过轿子,两人私交甚密。骆金良是个有心人。每当砖瓦出窑,骆金良就把那些缺边少角的断砖残瓦,悄悄地捡出来，堆放在窑厂边的一个草棚里。到了去年年底，他估摸着这些砖瓦足以建造三间大瓦房了，就让他女儿来到我们村给德正送信：砖瓦有了，新房可以随时开工。

小木匠赵宝明对德正说，正月里天寒地冻，不宜大兴土木。可既然春琴已答应嫁过来，德正根本就不管这一套。元宵节一过，他的新房就在刚劲的北风中开了工。

在随后的那些日子里，同彬已经在焦急地计算德正家上梁的日期了。他让我一旦打听到上梁的准确日子，就"马不停蹄"，立刻向他通报。"他妈的，上梁的前一晚，老子豁出去了！不睡觉等天亮，你呢？"同彬还说，要是等听到鞭炮声响起，再从床上爬起来冲过去，馒头和糖早就被人抢光了。对于我们这些孩子来说，一过正月十五，德正家上梁的日子，已经成了我们唯一的指望。上梁时的情景，我们闭上眼睛都能想象得到：领头的木匠师傅赵宝明，嘴里叼着烟，耳朵上夹着短铅笔，牛逼哄哄，跨在大梁上，一边放着鞭炮，一边满天满地地撒下糖果、糕点和馒头，别提有多神气了！他把糖果撒向东边，人群山崩海啸般涌向东边；他撒向西边，人群又潮水般地涌向西边。这样的机会，谁愿意错过呢？

德正的新房快要完工时，忽然停了下来。停工的原因，说来让人觉得不可思议，竟然是屋顶的椽子没有着落。按照银娣的意见，不如赶到乡里，给县上的严政委打个电话，让他再给大路林场的姚厂长批个条子，"弄它百十来根椽子回来"。可德正说，严政委早已不在县里了，他调到地区行署当专员去了。小武松觉得老婆的想法有点太过费事："大队的树多的是，我连夜带人去砍，要多少有多少，这样最省事。你居着官，谁敢放个屁？"他们夫妇的主张，赵德正最终都没有采纳。他想出来的办法，在日后的几十年中，始终是村里人闲言碎语的话题之一。

他让小武松带几个人把磨笄山上那些无主的坟包挖开，尸骨拾掇拾掇集中掩埋，棺材板剖开刨光，刷上桐油，就是现成的椽子。小武松一听有理，连夜就找人平坟去了。木匠们嘴上不好说，心里都担心沾上晦气，伤了阴骘，背地里把赵德正的祖宗八代都骂了个遍。

把棺材板剖开做椽子这件事，不知怎么就传到了江北他舅舅的耳朵里。听说了外甥的这个荒唐举动，夫妇二人就坐头班船从高桥赶了过来。舅妈一把眼泪一把鼻涕，一会儿说"用棺材板盖房子生下的孩子没屁眼"，一会儿又说"那么多无名鬼聚在你屋里，三天一小闹，五天一大闹，过什么安生日子？你是我们嫡亲的骨肉，话不中听，都是为你好"。舅妈这么一嚷，舅舅彭传才也赔着笑对外甥道："头顶上净是棺材板，这人待在屋子里，跟躺在坟墓里有何区别？这事断断不行。你爹妈不在了，这事得依我。"

正在一旁抽烟的小木匠赵宝明一直铁青着脸，听见老舅不停地絮絮叨叨，最后也失去了耐心，"你老人家现在知道做主了。当初，五岁大光屁股的孩子投到你门首，你怎么就不替他做主呢？你老不让他用棺材板做椽子，那就别废话，赶紧回家运一船木料来是正经！"

一番话，说得老者面红耳赤，闭口无言。

叫舅舅、舅妈这一闹，原本铁了心的赵德正此时也有点忐忑。一天晚上，我和父亲都已睡熟了，忽听见德正在院外叫门。我看见阁楼下亮了灯，随后是开门声。德正进了屋，先是骂了一大堆脏话，然后把舅舅、舅妈出面阻拦一事，从头到尾说了一遍。最后他对父亲道："不如这样吧，你是算命先生，懂得命理阴阳。你给说句话，用棺材板做椽子，行，还是他娘的不行？"

父亲陷入了长久的沉默。

我静静地躺在阁楼上，心里暗暗替父亲着急，出了一身汗。我在心里说，这事若是让我来回答，应当怎么说呢？如果说行，那房子将来真是闹了鬼，责任就将由我父亲一个人来承担；若说不行，那么多的木匠泥瓦匠等在那儿，你让德正一时半会到哪去找那么多椽子呢？所以说，这确实是一个难题。想来想去，没有什么好办法。

不过，很快，父亲的回答就让我长长地松了一口气。他没说行，也没说不行，而是嘿嘿地干笑了两声，说道：

"你们共产党人都是唯物主义者，连鬼神都会怕你们的。"

德正一听，哈哈大笑，拍拍屁股，走了。

在一场绵绵春雨中，德正家的新房悄无声息地封了顶。不论是我，还是同彬，都没能听见上梁的鞭炮声。到了这一年的国庆节，春琴就从半塘村嫁了过来，与德正成了亲。家家户户都随了礼，可因为人太多，酒席上坐不下那么多人，德正就让每家派一个代表来喝喜酒（当然，我们家和小武松家是例外，都是全家出动）。定邦和定国两兄弟没在婚礼上露面，由梅芳一人做了代表。她带来了一床被面、一对枕巾，也带来了一大堆阴阳怪气的刻薄话。

在婚礼的前一天深夜，父亲让我把家里那头又肥又壮的母羊献宝似的牵到了德正家。到了第二天，这只羊作为宴席上仅有的肉类，很快被宾客们分食一空。按理说，大人在一起喝酒，我们小孩子照例是不许上桌的，但德正却一定要让我和父亲并排坐在一起，对于什么"父子不同席"一类的规矩，完全不予理会。按风俗，在宴席的末尾，新娘子春琴，得由德正领着，挨个给宾客们敬酒。当她来到我们桌前敬酒时，却板着脸，在众目睽睽之下，故意跳过我们父子俩，就当没看见我们。德正抱歉似的朝父亲笑了笑，也只得随她去了。

当春琴端着酒杯，走到赵锡光身边时，赵先生拱了拱手站起身来，像是不经意地对春琴道："新娘子今年贵庚？"春琴脸一红，转过身看德正。德正又回过头去看他的岳母。春琴的母亲正端着一盆豆腐来上菜，赶紧笑了笑，接话道："虚岁二十一了。"

赵锡光当时没说什么，可一下酒桌，就在村里四处放风说，春琴这孩子，最多不过十五六岁，还在长身体呢。"真是作孽，也不怕天打雷劈！"

听见赵先生在河边大发感慨，正在院子里晒衣裳的老福实在听不下去，就冷笑着回了一句："都说赵先生好记性，你们家金宝当年嫁过来的时候多大？"赵锡光一听有人跟他较真，提着虾网，趿拉着木拖，一猫腰，消失在燕塘对岸的树丛里。

不过，赵锡光的话想必不会错。因为春琴嫁到我们村后，不到一年，个子又蹿高了一大截。

天命靡常

"世上没有什么事是无缘无故的。"父亲说，"风雨雷电、时节更替、祸福寿夭、穷达贵贱，各有原因。如果一个人遇到不可解之事，把脑子想穿了，也找不到其中的原因，怎么办呢？他或许就会去庙里烧香，把自己的难题交给算命先生，听任他们摆布。一桩事情的真相和奥妙，通常并不藏在最深的地方，有时就在表面。只不过，一般人视若无睹。要想成为一个好的算命先生，首先就必须学会观察，比如说——"

父亲在说这番话的时候，我们已经走到了野田里的村头。父亲向一个白发苍苍的老奶奶问路。她的嘴瘪塌塌的，说话不是很利索。

自从德正与春琴结婚之后，父亲果然受到了特殊的优待。他所说的"好日子"真的来了。德正搬进了新房，那处祠堂就成了大队的仓库。既然有了仓库，自然就需要一位仓库保管员。父亲及时得到了这个任命,再也用不着披星戴月,去青龙山搞什么"大会战"了。他不用跟社员们一起下地干活,甚至不用参加群众大会。腰里别着一大串钥匙,他无论走到哪里,都咣当咣当地响。村里人见到他,终于不再叫他赵呆子,而是尊他为"赵保管"。偶尔外出算命赚点外快,赵德正也眼睁眼闭,一概不问。但说来奇怪,父亲当上保管员之后,好像也并不怎么高兴。相反,他的眉头皱得更紧了。

"比如说,如果有人请你算命,"父亲接着说,"多半是因为遇到了迈不过去的坎、解不开的结,或者有什么重大变故,简单来说,有些走投无路。但一般来讲,人家请你去算命,不会把事情原原本本地说给你听,而是要你算出来。算得对,才肯花钱请你设法禳解。所以,算命先生这碗饭其实也不好吃。你跟人家见了面,先别忙着看相摸骨,推算生辰八字,而是要通过察言观色,预作判断。三言两语之间,就要知道对方究竟遇到了怎样的麻烦。对于我们这一行的人来说,这是最起码的。"

"可是,我听同彬说,算命先生全都是骗子……"我打断了父亲的话,提出了我多年堆积在心头的疑虑。其实,赵同彬从未说过这样的话,我把它栽到同彬头上,不过是一个委婉的说法。我不想直接提出这个问题,刺伤他的自尊。

"也不能这么说。"父亲平静地答道,"人其实都非常脆弱。当他遇到大的灾难和不幸而无力承受的时候,就需要有个人来替他扛着,并给他最后的安慰,让他安时顺变。他可

第一章　父亲

能压根就不信,但他还是需要一个安慰,好把自己的苦难交出去。俗话说,人在家中坐,祸从天上来。你大早上起来还觉得自己无所不能,是这个世界的主宰,可是到了晚上,说不定就会变成一只四肢无力、软弱可怜的鼻涕虫。所以说,三寸气在千般好,一日无常万事休。"

"有钱人也会算命。"我提醒父亲说,"他们没病没灾,可就是喜欢算命,这是怎么回事呢?"

"你说得没错。"父亲笑道,"有钱人最蠢,也最好打发了。他们算命大多是为了孩子的前途、自己的官运和财运。这样的主顾,我们求之不得。你只要晓得多说些奉承话就行了。这些人往往也就是图个吉利,发个利市,准与不准,没什么说法。"

说话间,我们来到了村中一户人家的门前。一对六十来岁的老夫妻,早已在院外迎候了。老太太十分和善,也很热情,说话时嗓门很大,唾沫星子乱溅;而老头则中山装笔挺,上衣口袋里插着两支钢笔,面容古板,有点拿腔拿调,一看就是个干部。

这户人家院落很大,也很洁净。院子当中有一口水井,水井两侧各有一处土堆的花台。东边的花台里,栽着一棵大橘树,结满了橘子,累累果实把树枝都压弯了。右边的一棵石榴树早已落了果,晒瘪的石榴撒得满地都是,在阳光和雨水中静静腐烂。

我跟在父亲的身后进了堂屋。屋里的桌边还坐着另外两

望春风

个人。一男一女，不过三十出头。见我们进来，两个人都站起身来，给父亲让座。

一开始还好，大家还只是拉拉家常。那位干部模样的人自己抽着卷烟，跷着二郎腿，面无表情。父亲站起身来给那位年轻男子摸骨的时候，我的手心微微有些出汗，心也怦怦直跳。毕竟，算命先生因算得不准，或者说了什么不该说的话，遭人奚落甚至痛打的事，在我们当地也并不少见。父亲替那人看了相，摸了骨，一句话没说。他又转过身去，端详着那位年轻的妇女。父亲彬彬有礼地问了问她的年龄和生辰八字，随后轻声地说了一句什么话，那女人就捂着嘴咯咯地笑了起来。

父亲没有替她摸骨。

这个妇女在面对父亲问话时，态度娴静，语调轻柔，脸色微微泛着潮红。亮晶晶的目光中，有一种对父亲无条件的崇敬与信赖。而父亲却像一位正在给人诊病的郎中，举手投足之间，有一种不由得你不信的安稳与从容。

等到他看完相，四个人都不约而同地望着父亲。屋子里有一种难捱的紧张与静谧。不料，父亲沉思了半晌，忽然站起身来道："我先出去解个手。"

大家都松了一口气。那个干部模样的人微微一笑，又拿出一支烟来，两头都在桌子上顿了顿，这才叼在嘴上，抖着腿，似乎在说：我倒要看看，你这瞎话怎么往下编？

父亲解完手回来，坐定了，喝了一口茶，就说出了一大堆谁也听不懂的话来。对于算命者来说，这些唬人的鬼话恐怕也是必不可少的吧。我相信，父亲的这些话，不仅我听不懂，在场的其他人也完全不知道他在说什么。他们并不在意这些胡话，而是在焦急地等待着父亲说出他的结论，或者说，做出最终的判决。而父亲的结论是：

"你们这户人家，什么都好。可有一样，不招小口。"

话音刚落，那个妇女情绪陡然变得有点激动。她吃惊地望着父亲，嘴唇微微颤抖。而她的婆婆，那个干瘪瘦小的老太太，则大腿一拍，长叹了一声：

"一点不错！"

父亲接下来的一句话，则让在场的所有人都面面相觑，目瞪口呆。他用一种略不经意，却分明是不容置疑的口吻，对老太太道：

"孩子是前年没的呗？"

"一点不错。"老太太重复了一遍刚才的话，跟着就哭了起来，"这小祖宗是前年春上走的。这个前世的冤家生得胖墩墩、白嘟嘟的，聪明乖觉，百伶百俐。自打他投胎到我们家，捧在手心里怕伤，含在嘴里又怕化，没成想……"

老太太伤心过度，很快就泣不成声了。那个干部模样的人，此时已经明显地转变了态度。他终于从烟盒里取出一支烟来，递给父亲，赔着笑，谦恭地问道：

"先生是抽烟的呗？"

父亲倒也没有推让。当他与老者吞云吐雾并小声交谈的时候，我早已如释重负。我知道，对于父亲今天的差使来说，最难熬的一关已安然度过。接下来的事情，已处在父亲的全面掌控之下。当他们急不可待地向父亲央求"破解之法"的时候，像往常一样，父亲将随身带来的青布包裹打开，从里边取出一截包着红纸的桃木桩，让他们将树桩埋在祖坟的东南角（在另外一些场合，我记得父亲也会让人家埋在西南角）。

"别担心，"父亲安慰老者道，"不出两年，你还会有一个孙子。只是有一样，十五岁前，千万别让他近水。比如河边、池塘，尤其是茅坑。"

"一点不错。"老太太兴奋地叫了起来，"先生真是神算！不瞒你说，我们家的这位小天主，前年春上就是掉在茅坑里淹死的。"

临走前，他们如数付给了事先讲好的酬金。老太太死拖活拽，一定要额外送给我们一包赤豆、一小袋糯米。

我们离开了那户人家，走到了村子里。父亲问我愿不愿意抄近路，经由便通庵，翻过磨笄山回村，这样，我们说不定可以赶在太阳落山之前回到家里。我们绕过一处采石场，沿着金鞭湾绿树成荫的河堤往前走。月牙形的湾流，波光粼粼，夕照给它镀上了一层碎碎的金箔。等到周围只剩下了我们两个人时，我终于有机会向父亲请教这次算命的奥妙之处。

"你是怎么算出他们家不招小口的？"

"你还记得我们刚进院时，他们家院子里的情形吗？"

"当然记得。正当中有一口井,左边有一棵橘树,右边有一棵石榴树。"

"橘树和石榴都结满了果实,可是无人采摘,任果子掉在地上烂掉。两边的花台上长满了青苔,花台的边沿也很齐整,没有孩子爬过的痕迹。如果这户人家有孩子,只怕果子还没长熟,就被摘光了。另外,院中的那口井,井盖没有盖上。明明有井盖,却没有盖上,这是不同寻常的。再说,他们让我给那对年轻的夫妇算命,可一照面,我发现他们红光满面,不像是有病有痛的样子。通常,年轻夫妇请我算命,有一多半是因为没有生育或孩子出了事。再有,你是不是还记得,他们家堂屋的墙角,搁着一个稻草编的箩窠?箩窠里堆满了杂物,这说明什么问题?"

"要么孩子已经长大了,要么,他已经翘了辫子。"

"聪明啊!要是我师傅还活着,他一定会高兴收你做徒弟的。以后别人要叫你呆子,千万别答应。"父亲用赞许的目光看了我一眼,又接着道:

"我坐下来替他们摸骨看相之前,对于这户人家到底出了什么事,心里已经有了七八分把握。后来,我去外面解手,无意中看到他们家的茅坑用土填平了,但茅坑四周围着的篱笆还没有来得及拆除。好好的茅坑,为什么要填掉呢?我有些疑心,如果他们家的孩子真的死了,多半就是掉在茅坑里淹死的。所以说,事情的真相,其实就在眼前。只要留心观察,你总能看到别人看不到的秘密。"

"那你又是怎么算出那孩子是前年死的？"

"噢，这个也很简单。他们家堂屋的墙上，并排张贴着三张年画。第一张是观音送子图，第二张画的是孩子戴着红肚兜，跨着一尾红鲤鱼，第三张是孩子在柳林边放风筝。你注意到了没有？（我摇了摇头）这户人家每年都贴张画，但贴到前年，忽然就停了，这难道不奇怪吗？这也许表明，孩子去年已经不在了。当然，这只是猜测，我心里也不十分肯定。"

"万一你说错了怎么办？"

"这倒也没什么关系。如果我猜错了，我就会一口咬定说，那孩子从命相来看，应该是前年离世，由于种种原因，时间被提前或推迟了。这方面的说辞，对于受过专门训练的算命先生来说，简直是小菜一碟！"

父亲再次亲昵地摸了摸我的头，补充道："现在是新社会，算命这一行没有什么前途。你用不着学这个。但学会观察，预作判断，将来对你大有用处。"

有一件事，这里也许应当顺便提一下。

当我们经过便通庵的时候，我注意到父亲一连两次回过头去张望。尤其是第二次，他站在池塘边，呆呆地望着这处古庙，渐渐地就出了神，眼睛里有一种难以捉摸的悲戚。我去拉他的袖子，他猛地打了个寒战，似乎被我吓了一跳。

池塘边雪白的芦花丛中，有一艘倒扣的小木船。那是采菱角或夹塘泥用的小划子，尖削，破旧。船上栖息着两只白鹭，一大一小。它们悠闲地踱着步子，似乎也在朝我们这边张望。寺庙的屋顶有一半已经坍塌，上面落满了树叶。绚丽的云朵，在树林的背后堆积着，一轮红日缓缓西沉，正在下山。

当天晚上，我和父亲就着一盘韭菜炒鸡蛋，吃着香喷喷的糯米饭，再次把话题扯到了算命这件事情上来。在野田里，父亲曾亲口给人家许诺说，两年之内老夫妻俩就能抱上孙子，可万一到时候生不出孩子来，"人家会不会上门来找你算账？"

我向父亲提出了这个问题。他莞尔一笑，有点心不在焉地对我说："既然那夫妇是生过孩子的，身体应该没什么问题，对吧？孩子突然亡故，夫妻俩想必伤心欲绝，度日如年。而摆脱悲伤的唯一方法，就是立刻再生一个孩子。这是可以想见的事。可生孩子这样的事，急不得。往往越是急火攻心，越是事与愿违。这种事，我见得多了。只要他们心情平复，迟早还是会生的，不用担心。"

"万一呢，比如说万一生下来的是个女孩，那可怎么办？"

我有点胡搅蛮缠，丝毫没有觉察出父亲其实已经在心中盘算着另一件事且心绪烦乱。我看见他脸色突然阴沉下来，心里也暗暗吃了一惊。这时，父亲说了一句让人提心吊胆的话——在接下来的岁月中，我曾反复咀嚼，体味再三。直到现在，当我回忆起父亲说话时忧悒的面容，仍然能够感觉到一阵阵心悸和自责。

"两年时间，在你看来，也许就是一眨眼的工夫，对不对？可对我来说，它实在是长得没边。我用不着为两年后的事情操心。"

父亲一字一顿地说，他不像是在回答我的问题，而是在自言自语。

随后，父亲回过神来，起身从锅里盛了满满一碗糯米饭，嘱咐我给婶子家送去，让礼平和金花他们也尝尝新。

背起包，跟我跑

一天傍晚，天刚擦黑，村子里突然响起了紧急集合的哨声。

高定邦、高定国兄弟，嘴里各衔着一枚铁皮哨子，在村里挨家挨户地召集青年突击营的队员，让他们到祠堂前的大晒场列队待命。营长高定邦背着一个军用挎包，脖子上搭着白毛巾，窜到了红头聋子家的院门口，说了句："快，打背包，跟我跑！"朱金顺的儿子朱虎平赶紧喝完了最后一口粥，扔下饭碗就往大晒场去了。高定邦又来到小木匠家，没进门，远远地喊了一声："背起包，跟我跑！祠堂门前集合。"小木匠赵宝明肩上挎着一个帆布包裹，拿着一把雪亮的手电筒，风风火火地出了门，去晒场排队了。高定邦来到了更生家。他隔着池塘喊了一嗓子，更生的妈妈老鸭子手里擎着一盏油灯，从窗口露出脸来："更生不在家，兴许是被老菩萨找去砸象棋了。"于是,高定邦向村东一阵猛跑,很快就来到了唐文宽家门口,哔哔哔地吹起了哨子。

过不多久,只见一个黑影从天井里出来。高定邦也没顾上多想,冲着那人喊了一句:"走,打背包,跟我跑!"

没想到,出来的这个人不是更生,也不是唐文宽,而是他老婆王曼卿。

曼卿一边系着腋下的扣子,一边扭动着她那风骚柔软的腰肢,趿拉着鞋子,人还没到跟前,一阵浓浓的异香早已把高营长熏得筋酥骨软了。王曼卿笑吟吟地斜靠在门框上,扬起脸,柔声细气地对定邦道:"跟你跑?跑哪儿去?"

高营长毕竟在部队待过多年,他略微定了定神,使劲地晃了一下脑袋,以便让自己恢复清醒,同时挺直了腰板,对王曼卿说:"我是来找更生的。"

说来奇怪,当这句话从他嘴里冒出来的时候,早已变成了软塌塌的喃喃低语,且带着一种讨好似的暧昧。王曼卿说,更生今天没来家下棋,老唐这会儿也去了江都的二姨家。随后,她扑闪着让人销魂蚀魄的大眼睛,似笑非笑地对一身正气的高营长轻声道:

"要不,我跟你去?"

高定邦这时已经舌头僵硬,不怎么会说话了。他说,这个。这个。这个。曼卿上前一步,不经意中指尖轻轻地碰了碰他的脸颊,嗲声嗲气地说道:"什么这个那个,能不能给句痛快话,你要,还是不要?"可高营长那会早已魂不附体,仍在这个那个地低声嘟囔，最后王曼卿也急了，一伸手，捉住了定邦的袖子，把他往门里顺势一拽，顺手将门一关，就此缴了他的械。

那天晚上，高定邦在王曼卿屋里一直待到次日凌晨才出来。同彬的妈妈新珍早晨起来刮锅底灰，偶然撞见了他，一时间，彼此都有些不太自在。

高营长的弟弟高定国和梅芳两个人在祠堂门前集合齐了人马，就是不见高定邦露面，左等右等，就到了半夜。最后，梅芳只能临时取消原本的拉练计划，将队伍解散，让他们各自回家。

这件事，是第二天上午同彬一五一十告诉我的。同彬这个人，说话爱夸张，见到风就是雨，口若悬河，打小练就了撒谎不打底稿的过硬本领。据同彬讲，祖父赵锡光曾教训他说，如果说个小谎没有人相信的话，你撒个大谎，人家就信了。不过，我总觉得，即便赵锡光真的说过这样的话，同彬也怕是错解了赵先生的原意。

同彬将那晚高营长与王曼卿的故事绘声绘色地给我讲了一遍（就像他亲见一般），末了这样总结道：

"妈的，什么打背包，跟我跑！狗屁！到最后，人人都他娘的跟着王曼卿跑！"

正因为他说得有鼻子有眼，我反而有点不敢相信。昨晚的那件事到底有没有发生，仍然是一个疑问。

王曼卿与村里的男人之间的各种故事，早已被传得沸沸扬扬。我父亲有一次在码头上与老福奶奶开玩笑，说到村子里哪些人与王曼卿有勾连，父亲的一番表白很能说明问题：

"我只晓得，我和她绝对没有任何瓜葛。其他人，是个男的，都不好说。"

我知道，父亲对高定邦兄弟俩都抱有很深的戒备之心。但我的看法与他有很大的不同。有时，我躺在阁楼上，在睡梦中被村里哗哗的铁哨声惊醒，总要从床上爬起来，打开朝东的窗户，向外张望。每当这个时候，楼下总会传来父亲的呵斥声：

"少管闲事，睡你的觉！"

于是，我只得重新钻到被窝里，面对这浓稠而静谧的漫漫长夜，久久难以入眠。在一种被整个世界排斥在外的孤寂之中，我总是一遍遍在心里默默地盘算着，还要过多少年，自己才能加入到他们的行列中，成为青年突击营的一员，从而获得在野外露营宿夜的资格。

现在回想起来，我心中对高定邦暗暗的好感（若说是崇拜也不过分），大概与他军人的身份有关。不论是说话还是做事，定邦总有一种干净利索、雷厉风行的军人气派。他长得高大俊朗（星星点点的几颗麻子，当然可以忽略不计），长年穿一件洗得发白的旧军装，腰扎武装带，走起路来呼呼生风。

有一年夏天，社员们在风渠岸边的水田里插秧。高定邦与小武松不知因为什么事拌起嘴来。你说我老卵，我说你老卵。看着他们打了半天的嘴仗，谁也不服谁，老鸭子就从秧

田里直起身来,捶了捶腰,随口开了一句玩笑:

"你们两个大男人,快别学女人样斗嘴磨牙!要不你们到岸上去打一架,见个高低?"

没想到,愣头愣脑的小武松二话没说,把手里的秧把子往水里一扔,就蹿上了岸,回头低声吼了一句:

"要是有种,你就上来!"

到了这个时候,高定邦想不应战也已经不可能了。只见定邦一边解开腰上的武装带,一边朝岸上走去。梅芳担心大伯子吃亏,伸手就要拦他,被定邦当胸一推,差点倒在水田里。村里人一看事情要闹大,赶紧都跳上岸来阻拦,但为时已晚。两个人早已扭打在一处,众人都近不了身,干瞪眼。

在一般人眼里,高定邦虽然也有把力气,但无论如何也不是小武松的对手。在四乡八村,小武松素有"跤王"之称,早已声名远扬。众人都为定邦捏着把汗。两个人从风渠岸斜坡上打到了秧田里,又从秧田里打到了岸上,最后,在谁都没注意的时候,不知定邦使出了一个什么怪招,小武松突然呵呵地笑了两声,身子就斜斜地飞了出去,压倒了河边的一棵小树后,落在了河中。

小武松潘乾贵自打娘胎里出来,从未受过这等奇耻大辱!他浑身透湿,从河里爬上来,气急败坏,早已失去了理智。他顺手抄起一把铁锹,冲着高定邦的脑袋就抡过去了。眼看就要出大事,朱虎平眼疾手快,上前用胳膊拼死一格,算是避免了一场惨祸,但他因胳膊粉碎性骨折,在公社的卫生院躺了一个多月。

当天晚上，梅芳找到了大队书记赵德正，让他对小武松的"冒险主义"和"资产阶级盲动主义"行为进行严肃处理。"要不是虎平伸手拦了一下，我们这会儿就要忙着开追悼会了。"赵德正微微一笑："也就是打个架，闹着玩的，你也别太当回事。不是没出人命吗？处理个屁呀！下一回，让你们家定邦跟我打。我只用一只手。"

高定邦在一场公开的较量中击败了"跤王"小武松，一时名声大噪。堂哥礼平不知从哪里听说，高定邦在部队服役时干的就是侦察兵，他学过少林拳，不要说一个武松，再有七八个鲁智深，也不在话下。雪兰一边当着我的面蹲下来撒尿，一边反驳说，高定邦是特务连出来的，抓起特务来一抓一大把。雪兰的弟弟小斜眼也插话说，据他所知，高定邦在部队是开坦克的，往往一次战役下来，就能消灭成百上千的日本鬼子。可问题是，定邦一九四八年才参的军，那时候哪来的什么日本鬼子呢？

我们几个小孩正为此事争论不休，小武松的老婆银娣刚好挑着一担豆荚从我们身边经过。她歇下担子，用一种轻佻的语调对我们说：

"屌毛啊！什么少林寺，特务连，坦克兵，都是瞎说八道。他姓高的，在湖北当的是炊事兵。除了烧火做饭，什么也不会。那天要不是朱虎平出来多管闲事，挡了那么一下，高定邦狗日的脑袋早就搬家了。到这时，他们家的头七都该烧完了吧。天要落雨了，你们几个小鬼头，赶紧家去吧。"

见她这么说，我们几个都没吭气，可心里都有点不服。自己家的男人，明明是败了，却要编造出这么一篇鬼话来污蔑人家，有点不太厚道。不过，后来的事实证明，银娣的说法是有根据的。

那是很多年以后的事了。一年秋天，我在朱方镇的一个名叫"平昌花园"的小区里，与高定邦不期而遇。那时候，无官无职的高定邦已年过六旬，腰也驼了，头发也白了。看上去，就是一个平平常常、邋里邋遢的糟老头子。他因烧得一手好菜，每日带着他那瘦弱的儿子，挑着一担碗筷瓢盆，走东家，串西家，见人就哈腰。他仗着自己在部队食堂练就的本领，给人烧菜做饭，艰难度日。

青年突击营这个组织，原先是为了应对一年一度的洪水泛滥而临时成立的。每到初夏，暴雨大至，江水猛涨，绵亘数十里的长江大堤需要有人日夜蹲守。另外，公社每年的文艺汇演、运动会、篮球比赛也需要投入大量的人力。郝乡长很快就发现，这些思想单纯、行动迅捷的年轻人召之即来，挥之即去，用起来十分得心应手。这个机构的运转效率，远非那些个老迈冬烘的行政班底可堪比拟。渐渐的，公社每有紧急突发事件，郝乡长首先想到的，就是这个采取军事化管理的机动力量。再到后来，就出现了高定邦整天在公社开会，而作为大队书记的赵德正反而无事可干的奇怪局面。虽说村里人对此一直议论纷纷，赵德正倒也不管不问，乐得清闲自在。

赵锡光夜观星象，发现有彗星出现在村子的西北方。其光波掠过三台，渐及文昌、四辅二星，历时四十一天。很快，他又发现荧惑侵入斗宿。按照他的推算，这些奇异天象的出现，正是儒里赵村易姓换代的征兆。他认为，在不久的将来，会有一个异姓的人取代赵德正，接管整个村庄的权力。而这个人不是别人，正是"有文化、有远见、有担当的复员军人"高定邦。

春琴嫁给德正后不久，师娘很快在水牛巷找到一位女孩，由马老大出面说媒，介绍给定邦做媳妇。据说这个姑娘生得眉清目秀，妩媚多姿，虽说比不上王曼卿风骚，但也差不了多少。高定邦与这个姑娘在师娘家见了一面，喜欢得合不拢嘴。两家说好，过了年，就在正月里成亲。可是到了这一年的秋末，婚事陡然生变。同彬悄悄地告诉我，这个姑娘原本就是狐狸精转世，专门去吸男人的精血。"你等着看吧，等他们同了房，新郎官捱不到天亮，保险一命呜呼！"

狐狸精一说，当然不足为信。事情的真相是，在高定邦与这位姑娘见面时，不经意中发现后者的腋下隐隐飘出难闻的狐臭。"有点像泔脚水的馊味，又有点像臭椿，他妈的！这事怎么弄？"婚事黄了倒也不打紧，高定邦送出去的彩礼（尤其是托人从上海弄回来的一台缝纫机）却再也收不回来了。

不过，那时的高定邦，暂时还没有精力去水牛巷索要缝纫机，他的烦心事多着呢！

像往年一样，秋天的粮食收上来，颗粒归仓，交完公粮之后，郝乡长将平均亩产和总产量拟了一个数字，报到了县上。满以为可以好好休息几天，去公社的卫生院拔掉"浮在嘴里"的三颗门牙。怎么也没想到，县里忽然派来了一个工作组，要来各村紧急抽查过冬的存粮状况。郝乡长只得把高定邦叫到了公社的卫生院，托着肿得老高的腮帮子，对下属诉苦道："这公粮一交，余粮分到各家各户，还不到年关，有的人家已经断炊了。我到哪里去找粮食，让他们过目？哎，我怎么觉得嘴里的每一颗牙齿，都是他妈的松的？"

高定邦见状赶紧安慰郝乡长说："你就把检查团派到我们大队来吧。一切由我负责。你在医院安心拔牙。"

高定邦回到村里，召集定国和梅芳他们几个，连夜开会。快到天亮时，定国终于想出了一个办法。他提议说，干脆用芦柴卷在祠堂门口打上四个稻墩子。

"可稻墩子里装什么呀？"

"板凳，桌子，什么都可以。"定国说。

"还有水桶，粪桶，有什么装什么呗，我们又不会变戏法！"梅芳说。

高定邦睡眼惺忪地瞅着他的弟弟和弟妹："万一人家要打开稻墩子查验怎么办？"

定国说："现在我们只能假设他们不查验。除此之外，屌办法！"

第一章　父亲

事情就这样定下来了。

三天后，检查组一行六人，早早来到了村里。高定邦杀了一只鸡，宰了一只隔夜逮到的野兔，好酒好饭招待。从中午一直吃到天快黑，检查组这才来到了大晒场边，远远地朝那几个稻墩子瞥了一眼，组长就腆着肚子，打着饱嗝，一连说了七八个"好"字，由两人架着，跌跌撞撞地回公社住宿去了。

粮食检查组刚走，县里又派下来另一个督导组。他们是来检查冬肥的囤积与堆放的。郝乡长因在卫生院拔牙引发了感染，牙龈化脓，不得不转去镇江的医院治疗。临走前，他把接待督导组的任务再次下派给儒里赵村的高定邦。

那时已快要入冬，路上的杂草叫寒霜一打，已经枯了。这时候发动社员们去积肥，显然不太现实。定国说，还是老办法，把粮墩子拆了，用芦柴卷在村头搭上十几个肥堆，在外面糊上一层塘泥，"让他们过过眼罢了"。

"他们要是掘开肥堆，查查查，查验呢？"定邦冷得直打哆嗦，笑眯眯地看着他足智多谋的弟弟。

"我们现在只能假设他们不查验。除此之外，屄办法。"高定国说。

而梅芳想出了一个更好的法子。"其实，根本就用不着那么费事。老菩萨唐文宽他们家东边是一片桑树林，对不对？桑树林里本来就有十七八个坟包，对不对？我们让人从池塘夹上一些污泥，往那十多个坟包上一糊，就算完事。"

事情就这样定下来了。

几天后,督导组一行五人,早早就来到村子里。定邦杀了一只鹅,让渔佬柏生从燕塘打上五六尾翘嘴白,好酒好菜,招待他们吃喝。问题是,督导组的人可不像上回粮食检查组那么好对付。领头的胡组长是苏北泗洪人,酒量大得惊人。高定邦、高定国兄弟早已醉眼蒙眬,不辨东西了,胡组长还没过瘾呢!他拿起桌上的空酒瓶看了看,笑道:"酒是好酒,只是没劲。"

梅芳一看要坏事,赶紧飞奔到小木匠家,把他家最能喝酒的大哥赵宝亮拖了来。他们从中午一直喝到傍晚。最后,赵宝亮哼哼唧唧地唱着歌,脚底打着旋子,被他父亲和弟弟架回去了。胡组长这才站起身来,放了一个响屁,由梅芳带路,一伙人沿着池塘边的小路去村东的桑树林检查肥堆去了。

那时节正刮西北风。天上寒星点点,地上荒草凄凄。数不清的老鸹黑压压地在桑树林里盘旋,呀呀地叫着,四下里一派肃杀阴森。老胡跟着梅芳,深一脚,浅一脚,来到桑树林边,刚刚站稳,草丛中突然蹿出一只黄鼠狼来,把他吓得倒退了好几步。胡组长定了定神,一只手顺势就搭在了梅芳的肩上:"鬼东西!真是怪吓人的噢!你妈,你要不告诉我这林子里是肥堆,我还只当是来到了乱坟岗呢。要说你们村的肥堆,跟死人的坟一个屌样!哎,我说梅主任,你顺着我手指的方向看,前边那道山梁上,是不是有一个黑影在晃动?什么东西?是人是鬼?"

第一章　父亲

梅芳抬头朝远处一看，果然有一个黑影站在磨笄山的山脊上，在微微的星光下显得又高又远。梅芳虽然不相信人世间有鬼，但这时候心里也有点犯嘀咕。正在踌躇之间，那个人影倏忽一晃，便不见了踪影。

胡组长悄悄地捏了捏梅芳的手，在她耳边问道："梅主任，你会打升级不会？会噢？那好，走走走，赶快离开这个鬼地方，回去打牌。"

妈妈

亲爱的读者朋友，我相信诸位在阅读这本书的时候，随着情节的逐步展开，心里也许会出现这样一个疑团：你已经给我们讲了不少的故事，各类人物也都纷纷登场，可是为什么我们一次也没有见你正面提到过自己的母亲？这究竟是怎么一回事啊？

当然，人人都会有一个母亲。我自然也不例外。

我之所以一直小心地避免谈论她，绝不是故意卖关子。我知道，作为一个作家，他能拥有的最好的品质就是诚实。我应当坦率地承认，我不愿意提及我的母亲。个人的痛苦乃至于多年来一直压在我心头的羞耻感，只能算是一个很小的因素。最根本的原因在于，我确实不知道应当如何去谈论她。母亲没有给我留下任何印象，而村子里所有的人（当然也包括我的父亲），在说起我母亲的时候，都无一例外地闪烁其词。各种戏谑、推诿甚至相互矛盾的说法，不仅无助于揭示事实背后的真相，相反，这些说法将那个真相层层包裹起来，越包越紧。不过，我意识到，不管事实究竟如何，我在这里都应该尽量忠实地把我所知道的情况记录下来，呈现在各位读者面前。

在我七八岁的时候，一个仲春的午后，我和村里的小伙伴们来到村东的唐文宽家听他说书。那天他所讲的故事是《水浒传》，还是《聊斋志异》，抑或是《小五义》，我现在已经完全记不清了。故事听到一半的时候，我在不知不觉中就打起了瞌睡，伏在天井的一张小矮桌上睡了过去。不用说，我很快就做起梦来。

我梦见自己走入了一个山中小院。山间苍翠阒寂，小溪淙淙，屋宇修洁。门前桃杏繁丽，杂以细柳和天竺。野鸟格磔其中。我的母亲坐在院中的石凳上，一刻不停地跟我说着话，始终在笑。但奇怪的是，不论是笑，还是说话，我怎么也无法听见她的声音。仿佛她说的每句话，刚一出口，就让四月的熏风给吹得没影了。她的面容看上去也很不真切，影影绰绰的。打个比方说，就好像在井中和池塘里所看见的倒影——每当我就要看清她的面容时，一阵风来，吹起一片涟漪，她的形象就在无声无息中变得扭曲、破碎，最终消迹于无形。

我从小矮桌边上醒过来，身上汗津津的。我能够记住的，就是母亲那甜美、虚幻而又破碎的影子。当时,村子里的小孩都走光了。天井的地上落满了花瓣,春风吹拂着池塘边的青草,午后的村庄安静极了。一个外村来的拾荒老妪,背着一个破竹篓,手拿一根竹钳,沿着风渠岸边的大路,正朝村子里走来。

唐文宽的老婆王曼卿见我独自抽泣,一个人呆坐在桌边不走,就去灶下热了一碗红枣汤,端过来,放在我面前。一开始,她没有搭理我,也坐在桌边,皱眉,叹气,掉眼泪。后来,她悄悄地移身到我坐着的板凳上,摸了摸我的头,然后轻轻地将我搂在怀里,用一种我听到过的人世间最令人心醉的声音轻轻对我说:

"是不是梦见了妈妈?"

我能感觉到她的泪珠掉在我脖子里——开始是热的,很快就凉了。我喝完了那碗枣汤,抬起头,看着妓女王曼卿那张好看的脸——它被浓密的乌发遮住了一半,心里偷偷地闪过这样一个念头:要是这个人就是我的妈妈,那该多好啊!

你现在已经知道了,我心里藏着一个小秘密:在我漫长而纷乱的一生中,我一直是以王曼卿的形象来记忆母亲的。每当我半夜醒来,置身于阁楼的黑暗中,我就会躲在被子里,悄悄地对母亲说:妈妈,妈妈呀,你究竟去了哪里?你会不会像老福奶奶说的那样,到了春天,当河边的野蔷薇全都开了的时候,你就会"一下子"出现在风渠岸的春风里?每当这个时候,我的眼前就会浮现出王曼卿那俏丽而娴静的面容。

有时候，当我无缘无故地走到唐文宽家中，他们夫妇俩茫然不解地望着我，问我有什么事的时候，我才猛然惊醒：我频繁造访他们家，其实就是为了多看王曼卿一眼。

那天中午，王曼卿把碗收走之后，被更生的老婆叫去打牌了。独臂的老菩萨笑嘻嘻地来到跟前，在我的鼻子上刮了一下，做了个鬼脸，对我说了一堆谁也听不懂的鬼话。见我不搭理他，唐文宽就指了指门外的树林，对我说：

"你看见那个在树林中捡破烂的女人了吗？"

我点点头。

"她就是你妈妈。你看她穿得破破烂烂，对不对？我告诉你一件事，你可千万别告诉旁人啊。她其实一点都不穷，家里有的是钱。她是在装。每到春天，她就会化装成一个拾垃圾的，悄悄地到村子里来，为的是看你一眼。她的家住在江对过的高桥。他们家隔壁有一个油条铺子，有一个麻花铺子。他们住的那条街就叫糕饼街。他们家养着两只雀子，一只金雀子，一只银雀子。金雀子飞到油条铺子里叼油条，银雀子专门去叼麻花。他们家的油条麻花从来吃不完。她就是你妈妈。你走到她跟前，叫她一声妈妈，你看她答应不答应？就是不答应也不要紧。你一步不落地撵着她就行。她到东，你到东。她到西，你到西。一直跟着她，回高桥。将来你们家的麻花油条要是吃不完，别忘了捎两根回来给我……"

在老菩萨唐文宽一再怂恿下，我迟疑不决地走到了屋外，来到了村头的树林里。当时，那个老妪正在垃圾堆里翻拣她认为有用的东西：像什么碎纸片啦，生了锈的铁钉子啦，玻璃瓶子啦，牙膏壳啦，诸如此类。我就蹲在草坑边望着她。

她看上去五十出头，头上包着一块脏兮兮的毛巾，身上有一股难闻的汗酸味。见我在不住地打量她，老妪就朝我笑了笑，露出了一口稀疏的大黄牙。面对这样一个老人，你大概可以想见，"妈妈"这两个字，是无论如何也叫不出口的吧。不过，我还是按照唐文宽的吩咐，一步不离地跟着她。当她走到燕塘与菱塘之间的石桥边时，她见我仍然跟着她，就突然冲我吱哇乱叫起来，一边叫，一边胡乱比划。到这时我才发现，这个老妪原来是个哑巴。她的话我虽然听不懂，但从她挥舞手中竹钳的动作来判断，她明显是希望我不要再跟着她，赶紧回家。

我又跟着她走了一段。老人似乎失去了耐心。她不由分说，举起了手中的竹钳，朝我猛跑过来，装出要打我的样子，想把我吓回去。我只得返身往回跑。等到她继续往前走的时候，我又不远不近地跟上了她。她走我也走，她停我也停，就像老菩萨所预料的一样。她拿我毫无办法。

最后，我们走到了窑头赵村前堆放砖瓦的场院边，我听见了身后远远传来的父亲的叫喊声。父亲没有沿着小路走，而是从麦地和棉花地里斜插过来。他跑到我身边，什么话也没说，就把我抱起来，放在他肩头，慢慢往回走。

这时候，我看见村头的池塘边已经聚集起了很多看热闹的人。虽然隔着很远，可我还是能听见他们的说话声和哄笑声。我们回到燕塘边,那伙人就像过节一样,嘻嘻哈哈地议论着,与父亲打趣。说什么的都有。我看见老菩萨唐文宽也在其中。不过,他倒是没有说笑,只是一个劲地冲我眨眼睛,做鬼脸。父亲嘿嘿地跟着他们笑了几声,这才轻轻地对我说了一句:"我平常怎么跟你说的?别人的话可以听,老菩萨的话是绝对不能相信的。这个人老没正经。"

虽说那天在全村人跟前出了丑,可这件事,我倒没怎么往心里去。当天晚上在吃饭时,我下了一个很大的决心:关于我母亲的事,我也许应该认真地与父亲谈一谈了。可他对我提出的所有问题,一概不予解答。一个人板着脸,闷闷地吃饭。最后他这样对我说:

"就我们两个人在一起过日子,有什么不好呢?你看,丽娟偷了生产队的香瓜,被她妈妈打成什么样子?你还记不记得,去年礼平把洋钉钉在了牛屁股里,被婶子吊在猪圈里打得嗷嗷叫?小英不肯去寻猪草,被她妈妈一脚踢在心门口,一口气差点没倒过来。可我打过你吗?一次也没有,对不对?所以说,有妈妈在,不见得是什么好事。就我们两个人,不是挺好嘛?自由自在,什么都不缺。"

第二天,龙英把我叫到他们家中,让我对着一只陶钵撒尿。我在撒尿的时候,她儿子小满褪下裤子,也凑过来撒尿,被他母亲一把推开了。龙英的丈夫牛皋病得快要死了。她要用童子尿做药引。趁着她心情好,我就向她打听我妈妈的事。龙英先是一愣,然后就纵声大笑起来。她一定是想起昨天的事来了，立刻撇下我，走到她丈夫的躺椅前，把昨天我跟哑巴去高桥的事说了一遍。牛皋身上盖着一条毯子，病得只剩下一口气了，可还是一只眼睁着，朝我哑哑地笑。等到他们笑够了，龙英就对我说：

"你妈呀，跑了，没了，飞了，上天了，没影了！"

说完，她把我粗鲁地往门外一推，顺手就把门关上了。

我细细琢磨着龙英的话，有些担心我母亲已经不在人世了。心里没着没落的，别提有多难受了。我在村里胡乱逛了一通，就去了老福奶奶家。我一提起母亲，老福就撩起围腰来擦眼泪。她搂住我的肩膀对我说："小天主，你知道你这条小命是谁给捡回来的吗？你那个妈呀，简直不算个人！孩子还没断奶，她怎能下这个狠心。那一年，你还不满周岁，不吃不喝，小眼睛闭得紧紧的，眼看就没气啦！你爸爸已经去桑树林里替你挖了一个小坑。要不是我把你抢过来，当晚就给埋啦！我把你抱在手上，撬开牙齿，一点点地往你嘴里灌米汤，灌菜汁。折腾了一个多月，算是白捡一条命。快别提你妈啦，就是做了官太太又怎么样？狗屎啊！我一点都不稀罕。"

听老福奶奶这么说，我心里就有了底。不管怎么说，我母亲还活着，心里总算还有点安慰。

有一年，我记得也是春天，我和婶子在桑树林里采桑叶。婶子的嘴唇紫黑紫黑的，全是桑葚汁。她拨开茂密的桑叶，摘下又大又肥的黑桑葚往嘴里送。

"你爸爸这个人，心术不正。"婶子打了个呃逆，顺手往我嘴里塞了一颗桑葚，对我说，"他头上戴着一顶富农的帽子，又是个算命的，谁能跟他一心一意地过日子？他出去算命是假，与那些不三不四的女人轧姘头是真。换成我是你妈，也不会跟他在一块过日子。人都有个命，其实根本就用不着算。运气这东西，是你的就是你的，不是你的，你就是捏在手里攥出水来，它还是要从你指缝里溜走的。你妈算是交上好运了。那年村里选农会主任，严政委多大的官？人家在台上讲话，她不过是一个童养媳，却偏要插嘴插舌，与人家没大没小，直上直下。那天她要站起来发言，我一下没拉住她，这下可好，跌跌捡了个金元宝，被送到县里学习去了，后来就入了党，回乡当起了妇女主任。有一次，你父亲在给人算命的时候，老不正经地摸人家黄花闺女的奶子，那户人家倒不含糊，找来三四十个亲眷，黑压压一片打上门来，你说这事怎么弄？你妈就狠了狠心，与他离了婚。再后来，她就傍上了一个大官，从此远走高飞，音信全无。别再惦记她了。妈不在，还有婶子呢。往后凡事不论大小，都由婶子给你做主，替你出头。村上要是有人敢欺负我们家宝宝，你只要跟婶子说一句，我一巴掌把他脑袋打得缩到屁眼里去！"

梅芳提到我母亲，话里话外总有一种不加掩饰的嗔怒与轻蔑。她甚至不屑于提我母亲的名字，总是称她为"有些人"。比如说，有一次，村里开社员大会，梅芳在台上做报告，曾公开这样说：

"有些人天生就是机会主义者。干革命是假，爱慕虚荣、投机取巧、贪图荣华富贵是真。这些人呐,不让出头强出头,临了虚晃一枪,这不,进了城,摇身一变,嚛!当起了官太太。黄鹤一去不回头,白云千朵空悠悠。"

我父亲脸一红,偷偷地打量了我一眼,赶紧把头低下了。坐在他旁边的小木匠赵宝明有些不忿,悄悄地捅了一下我的胳膊,对我小声嘀咕道:"你妈妈要是知道梅芳在背后这样编排她,只要勾一勾小指头,就够她喝一壶的啦!"

仔细琢磨一下宝明的话,似乎母亲后来嫁的这个人,官不是一般的大。

在所有那些对母亲的议论中,也许同彬的说法更接近事实。他的"情报"直接来自于师娘冯金宝。有一天中午,同彬一路小跑来到了我们家,没头没脑地对我说了句"有情况,十万火急",就拉着我往阁楼上爬。我们坐在阁楼的窗前,放下竹帘,他这才喘息未定地对我说:

"你妈妈姓章,立早章,叫章珠。平时在村里,大家都管她叫珠子。她老家在江北的兴隆镇。家里穷,很小就被卖到江南,给南徐巷的一户人家当养女。跟你爸爸成亲后,忽然就时来运转,被调去了县里。七弄八弄,就入了党。后来跟一个什么部队副司令认识了,两人搅在了一块。先是去了南京,后来又到了合肥,现在据说在湖北的襄樊。上街买菜都由警卫员帮着拎篮子。坐在马桶上拉屎,也有警卫员拿着一叠草纸在一旁蹲着。这都是老太婆亲口对我说的,错不了。你也别巴望着你娘能回来了,回不来啦!"

如果我们把村里有关我母亲的各种传闻拼合在一起，再适当地加以补缀，我想对于整个事情的来龙去脉，读者想必也能看出一些大致的轮廓：

我父亲在很小的时候，就被祖父送到了上海，在虹口区的一家南货店里当伙计。眼看学徒满师，就要另立门户了，父亲却迷上了算命这个行当，拜在曹家渡的戴天逵门下。再后来，祖父大概是听到了什么风声，于一九四九年三四月间，假托病危，一纸书信，把父亲给唤了回来。祖父为了拴住父亲的心，托人从南徐巷给他介绍了一门亲事，小两口匆匆忙忙地结了婚。

祖父的身体一向硬朗，自打父亲回来以后，忽然就真的生起病来，不到半年，就归了道山。

接下来，不用说，就是土改。祖父刚死，腿脚有残疾的叔叔便在婶子的撺掇下，以倒插门做女婿的名目，来到了婶子家。这一来，算是离门离户，与祖父撇清了关系，最后如愿以偿，被评了一个贫农。而祖父留下的几十亩田地，外加一处油坊，还有朱方镇的一家药店，只能算在我父亲的名下。那顶富农的帽子，结结实实地戴到了他头上。据说，刚开始定的是地主。赵德正上台以后，与工作队的人拍桌子打板凳，并以辞职相威胁，这才在第二次土改时，勉强把成分改为了富农。父亲放着好好的城里人不当，偏偏在历史的转折关头回到了村里，仿佛就是为了给自己安上一顶富农的帽子。到了后来，连老婆也跟人跑了，一时间，在村里被视为笑柄。

他那赵呆子的名号，就是从那时落下的。

至于说到我母亲的离婚或改嫁，倒不应该受到太多的指责。在这里，我也不是一定要替她辩护。你想想，在那个年头，对一心要求上进的母亲来说，一个富农出身的算命先生，会给她未来的人生道路带来多大的政治压力，是可以想见的。更何况，据我婶子说，母亲在当上乡妇女主任之后，她与父亲的婚姻已经出现了不可挽回的裂痕。她认为，父亲生活作风的不检点，是父母反目的根本原因。

但实际上，整个事情的真相，远比我想象的还要复杂得多。这涉及到一个鲜为人知的重大隐秘。

预卜未来

这是一个晴朗、温暖的冬日。村里忽然传出消息，村西的牛皋要死了。村里人像走马灯似的从龙英家进进出出。我和堂哥礼平到他们家看热闹，正巧撞见魏家墩的郭济仁，让人扶着，颤颤巍巍地打门里出来。郭济仁是我们当地最有名的郎中，九十多岁了，诊费高得吓人。这些年，因年老行动不便，他极少外出给人诊病。礼平说："郭济仁一出场，就说明老牛皋十有八九是不中用了。我赌他今天晚上就会翘辫子。"

礼平的话大概是不错的。我看见龙英和几个邻居已经在门口张罗着搭灵棚了。

老牛皋双目紧闭,悄无声息地躺在屋里的一扇门板上,头冲着门,脸上灰黄灰黄的,像是打了一层蜡。老鸭子和新珍正要帮他换寿衣,马老大手里拿着一缕丝棉,凑在他鼻子前试了试,又趴在他胸口听了听,对众人道:"莫慌莫慌,还有口气呢。喉咙里咕噜咕噜地响,还听得见痰音,再等等吧。"

当天晚上,父亲在油灯下打着算盘。当他第二次催促我上楼睡觉时,我怀着一丝恐惧和即将有大事发生的期待,问他老牛皋今夜会不会翘辫子。父亲抬头看了我一眼,对我道:

"放心吧,他死不了。"

随后,他用一根针挑了挑灯芯,又加了一句:"虽说一直是病病歪歪的,可他命硬,不妨事。我看他比村子里一多半的人都要活得长。"

我不知道父亲是如何得出这样的结论的。第二天一早,我和礼平到龙英家门口晃了晃,发现门前的灵棚已被人拆走了,院子里静悄悄的,像是什么事都没有发生过。又过了两天,老牛皋就在龙英的搀扶下,到外面来晒太阳了。半个月之后,牛皋已经能够独自一人拄着拐杖出来转悠了。他在燕塘的水码头边遇见了正在放虾网的赵锡光,就有些得意地对他说了句俏皮话:"我倒是想早点死,可人家阎王爷嫌我在阳间的罪还没遭够,不收啊!你说咋办呢?那就活着吧。"

赵先生接话道:"你这是得了便宜又卖乖。我劝你还是离水塘远一点。要不然,一个跟头栽到水里,你看阎王爷收不收？"

一天下午，我正要去赵先生家温课，正巧遇上父亲从仓库回来。他身上有一股"六六六"药粉的味道。"今天别去温课了。"父亲没来由地对我扔下这句话，把手里的一串钥匙丢在桌上，走到灶台前，揭开颈罐的盖子，舀了一勺水，直着脖子喝了下去，抹了抹嘴，示意我在桌边坐下。他用一种异样的眼神看着我，问道：

"赵先生这个人，你觉得怎么样？"

我知道，父亲与赵先生一向不睦，可也没到水火不容的地步，只是彼此之间有些冷淡罢了。我揣测父亲的心思，迎合他的好恶，说了赵锡光一大堆坏话之后，又说了他几句好话。父亲听了，眯缝着眼睛看着我，倒也没说什么。他的话问得如此突兀，我还以为他与赵先生有了什么龃龉，但他的提问很快就转移到村中的其他人身上：赵德正，高定邦、高定国兄弟，红头聋子朱金顺，老福奶奶，木匠赵宝明，更生，小武松夫妇，长生和新珍，包括奄奄待毙的老牛皋。我逐一对他们的为人进行了简单的评价，包括他们各自的优点和缺点。父亲听了我的话，满意地点了点头，夸奖我"小小年纪，就已懂得一分为二，很不简单"。我有点飘飘然，但心里总觉得哪儿有点不踏实。因为我不知道父亲为何会在这个时候，突然严肃地跟我谈起这个奇怪的话题。最后，父亲做了这样一个总结（我不能保证这里记下来的每一个字都是父亲的原话，但大意就是如此）：

"不管在什么地方生活，最重要的是要了解那个地方的人。越详细越好，越客观越好。照我看来，一个人好，也不是说这个人从里到外都好，没有任何缺点；一个人坏，也不是说这个人从头到脚都坏，一无是处。好和坏，除了天生禀赋之外，也与周围环境有关。也就是说，好和坏，不是每个人可以自由决定的。但问题在于，一个人的好和坏，却可以在某些关键的场合，决定另一个人的命运。所以说，了解人，观察人，在任何时候都是头等大事，其余的都是小事。我希望你牢牢记住我今天说的话。你将来若是到了一个新地方，换了一个新环境，我劝你在两年之内不要与任何人交朋友。说说看，这是为什么？"

老实说，父亲的这一番话已经明显超出了我的理解力，所以，我只能坦率地告诉他，我不知道。

"凡是有人的地方，就会有是非。你将来到了一个新地方，立足未稳，一团雾水，如果冒失地与人交朋友，等于是一头就扎进了本来与你无关的是非之中。这一点非常要紧。先观察两年再说嘛！等人和事都有了清晰的眉目之后再说嘛！懂不懂？"

父亲见我还是摇头，表情就略微有些失落。他犹豫了一下，决定换个话题。

"那么，我来问你，梅芳这个人，你到底怎么看她？"

对我来说，要回答这个问题，那就容易多了。我不假思索地告诉父亲，若要从世界上选出一个我最恨的人，这个人正是梅芳。父亲一听我这么说，就笑了起来：

"我以前也听你这么说她。她究竟什么地方得罪过你？你为何这么恨她？"

我想了半天，告诉父亲，她倒也没得罪过我，我也说不出什么理由，"可我就是恨她。如果我手里有一把枪的话，我恨不得朝着她的肚子连开二十枪。"

父亲立刻就不笑了，皱着眉头，略微沉思了一会，这样对我说："你看，你也说不出什么理由，就把人家恨到这种程度。这很荒唐。这好比说，你还没真正开始与她打交道，仅仅是因为某种个人的喜好和偏见，仅仅因为道听途说，就预先在心里造出了一个凶狠的敌人，这很愚蠢。你不能老是从自己的立场来看一个人。要学会从别人的立场看问题。比如说，梅芳这个人，如果从她的立场出发，那么她所做的所有的事，说的所有的话，都有她的道理。依我说，梅芳这个人并不坏。况且，人是会变的。一个人只要还没有躺到棺材盖子上，你就不能把人看扁了。凡事不要急于下结论。就像俗话说的，大风刮倒梧桐树，自有旁人论短长。"

在那天下午的谈话中，父亲还问了问我对村里的那些小伙伴的看法。说到同彬，父亲认为这个人虽说有些夸夸其谈、信口开河，可他对人很热情，心地干净，这就很难得。"你看他的眼睛，又亮又清对不对？表面有些流里流气，这没什么。你跟他要好，我很放心。你可以把他当成一辈子的朋友来结交。"

说到我的堂哥礼平，父亲的话多少有点让我吃惊："这是一个狠角色。如果我预料不错的话，这个人将来必然会在村子里兴风作浪，做出一番惊天动地的大事来。离他远点，但也不要轻易得罪他。"

接下来，父亲问我，倘若要从村里所有的这些人中，挑选出一位最善良、办事最公正、同时又值得我们信赖的人，"你会选谁呢？你好好想一下再说，不用马上回答"。

其实这个问题是用不着思考的，答案早就明摆在那儿。如果你拿这个问题去问村里的每一个小孩，他们的回答大概跟我也没有什么不同。这个人就是孩子王、说书人、口里没有一句正经话的老菩萨唐文宽。

"你难道已经忘了高桥哑巴那件事了吗？"父亲笑着提醒我。

虽说那年老菩萨的玩笑开得有些大，让我在全村人跟前丢了脸，可我从未在心里责怪过他。我们甚至心甘情愿地被他愚弄，被他欺骗。他的肚子里装着永远也不会结束的故事，他的脑子里有着永远也使不完的鬼点子，他的嘴巴里藏着永远也说不完的俏皮话。他在村东的那个带天井小院的房子，是我们整个童年最稳定的快乐之源。

父亲见我在言谈中流露出对老菩萨毫无保留的崇敬，大概是不愿意扫我的兴，没有马上表示什么不同意见，只是轻描淡写地问了一句："我听人说，他老爱跟你们说一些谁也听不懂的话，是这样吗？你能不能跟我学学，那到底是一种什么样的鬼话？"

"他的话要能学，那才怪呢！"我立刻就大笑起来，"那种话，我们从来就没听人说过，只有他一个人会说。他说一次，我们就笑一次。他若说上两次，我们就笑上两次。说三次，我们就笑三次。最后，保管被他逗得昏过去。有一次，同彬踩着高跷打他门前经过，看见他把那些发黄的故事书，从一个旧皮箱里一本本拿出来，放到板凳上去晒。同彬说：'老菩萨，你能再把那些鬼话跟我说一遍吗？这次我保证不笑。'老菩萨马上就一本正经地说起鬼话来，笑得同彬当时就从高跷上摔下来了。"

父亲仍然一脸疑惑。有好长一段时间，他茫然不解地望着我，眼睛渐渐地沁出一缕幽眇："这个人来历不明，行动有些可疑。我相信，他本来是一个十分严肃的人，而且极其聪明，他的好脾气和疯疯癫癫的样子都是装出来的。这一点，我有十足的把握。这个人来到我们村，也有十几年了吧，我一直在悄悄地观察他，可实在有些捉摸不透。你们去他家听说书当然没问题，凡事还是留个心眼比较好。另外，他那婆娘王曼卿，也不是省油的灯，没事别总往他们家跑。"

最后，我也向父亲提出了一个问题。我记得，那时太阳已经快要下山了，夕阳从西边的窗格中照射进来，在木桌上投下了四条平行的斑条，也照亮了父亲那在桌上不安敲动着的手指。

我问他，春琴姐姐嫁到我们村，已经快两年了，为什么她每次看见我，眼光总是恨恨的？她从来也不搭理我，就好像我们做了什么对不起她的事情似的，这到底是怎么回事？父亲听完了我的话，几乎立刻就站起身来（这是表明谈话结束的明确信号），像往常一样，他含糊其辞地搪塞说：

"有些事，以后你慢慢就明白了。"

春琴跟德正结婚后，她妈妈四儿也带着春生时常来村里走动。春生有时候也会一个人来，给姐姐捎来家里的菱角、豇豆和花生什么的。他比以前更瘦，脸也更黄了。每次他走，春琴都要把他一直送到大队蘑菇房的墙根下，才抹着眼泪一个人往回返。每次听到村里有人议论说"那孩子恐怕也活不长"时，我的心里就会猛然一紧。心里想，春琴他们一家不至于这么倒霉吧。

春琴的妈妈与师娘冯金宝是亲戚，所以每次她来探望女儿，总要在师娘家坐上半天。大概是因为我父亲替她女儿算过命、做过媒的缘故，她有时也会到我们家坐坐。每次她来，差不多都是傍晚时分。她和父亲坐在灶下，往往说不了几句话，院子外就会传来春琴的叫喊声。春琴好像不太愿意她母亲来我们家，当然，她更不允许她妈在我们家吃饭。她自己也从不跨进我们家的院子，而是站在老福奶奶家猪圈边上，远远地喊上两声。春琴一喊，她妈就算已经端起了饭碗，也会立刻放下，对我父亲无奈地笑笑，说："我们家这个丫头，脾气有些偏。上辈子不是王熙凤，就是王宝钏，如今嫁了人，连我也不敢招惹她。"

不过，春琴对我的冷漠和敌视并没能维持多久，情况很快就发生了意想不到的逆转。

便通庵

就在那次谈话后不久，有一天，父亲和我起了个大早，踏着满地的寒霜，来到了朱方镇，去公社的澡堂子洗澡。他先给我洗了头，然后帮我把浑身上下都擦洗干净，嘱咐我到隔壁的木椅上等他。他自己则趴在浴池宽宽的边沿上，让一个搓澡工替他搓背。

我还是第一次看见父亲赤身裸体的样子。当他回到热气蒸腾的换衣间，在潮湿的地上寻找木拖时，我有些难为情，别过脸去不敢看他。父亲在身上盖了一条浴巾，唤来了修脚工替他剪了指甲，这才侧过身来问我："过了年，你就十二岁了。假如爸爸要出去几天，你一个人在家能应付吗？"

我说我能应付。

"可你的个子刚够到灶台，怎么做饭呢？"

我说我可以站在小木凳上。

"你知道做饭时该放多少米，该放多少水？"

我说，我可以将一把铜勺沉到饭锅里。如果水与铜勺的边沿齐平，就说明水是合适的。他又问我，每天晚上睡觉前必不可少的一件事是什么，我回答说，看看灶膛里的明火有没有熄灭，特别要紧的，是仔细检查一下，有没有余烬掉在柴草上。最后，他问我，要是遇到什么自己应付不了的急事，那该怎么办？我说，大事找德正，小事找老福。父亲点点头，将随身带来的包袱打开，取出一件新做的卡其布裤子，一件藏青色的哔叽上装，让我换上。他说待会儿要带我去镇上的照相馆拍一张小照。

拍小照的大胡子，有点不太好打交道。从头到尾没给我们好脸色。就连父亲把手搭在我背上这样的小事他也要管。他阴沉着脸提醒父亲说，照相时最好不要勾肩搭背。我父亲虽说也是出了名的好脾气，可这回立刻就火了。他索性把我抱起来，坐在了他的大腿上让他照。大胡子最终让了步。

我们从红星照相馆出来，就拐进了附近的一家包子铺。父亲买了四个包子，他吃了一个，另外三个都留给我。在吃包子的时候，我问他这次出去要多久才回来，父亲想了想，眼睛看着别处说，他也拿不准。

我说："三天？"

父亲没吭气。

"四天？"

父亲还是没吭气。

我说："那么，五天？"

父亲咬着嘴唇，把脸转向墙壁。过了好一会，他才转过身来，笑道："差不多吧。不过，我出去这件事，你跟任何人都不要说。"

父亲是当天后半夜离开的。

那天晚上,我做了一个梦。天落着雪。我看见父亲在大港的渡口,上了一条下水船。他要去南通找一个叫徐新民的人。奇怪的是,在我的梦中,徐新民的长相竟然与照相馆的那个大胡子一模一样。我当时虽然年纪还小,凡事尽往好处想,但对于父亲当时的危险处境,并非全无察觉。可一想到"徐新民"这三个字,心里就像是获得了某种安慰似的,总觉得这三个字可以帮助父亲渡过难关。

两天后的一个中午,高定国挑着一担柴禾从我们家门口经过,将担子歇在了院门外。他朝院子里望了望,问我:"这两天没见你父亲的人影?他去哪啦?"我说,"哪也没去。他得了重伤风,鼻子不通,在家躺着呢。"高定国"噢"了一声,再次踮起脚来朝院内看了一眼,随后挑起担子,一脸疑惑地走了。

又过了一天,我在码头上碰见了老福奶奶。还没等她问我,我就抢先对她说,我爸爸出门了,去青龙山开矿去了,要过五天才会回来。老福看了看天上镶了金边的乌云,愣了一下,狐疑道:"青龙山那个铁矿,去年秋天不是就完工了吗?他去开什么矿?等你爸回来,叫他赶紧来我们家一趟,我有话要问他。"

终于到了第五天。

那天婶子家杀了一口过年猪，叫金花送来了一碗杂碎汤。我估摸着父亲就要回来了，就特地做了一锅米饭，想让父亲回来夸一夸我做饭的手艺。不管我怎样小心，米饭还是烧焦了。

油灯的油快要燃尽的时候，父亲还没有回来。我没去阁楼上睡觉，而是倒在父亲的床上过了一夜。等到第二天早上，我被一阵叫门声惊醒时，天光已经大亮。

我打开院门，发现外面站着几个公安局的人，其中有一个腰上还别着枪。

在他们身后，几乎全村的人都来了。他们挤挤挨挨地站在燕塘边，就连老福奶奶的家门口也都挤满了一堆一堆的人。我看见同彬和永胜两个，骑在池塘边的一棵楝树上，正伸长着脖子朝这边踅探。小斜眼拉着他姐姐雪兰的手，张着嘴，站在树下。小武松、更生和小木匠赵宝明也在那儿。他们都不说话。

我知道出了大事。

大约半个月后，高桥那个拾荒的哑巴，在便通庵的破庙里发现了父亲的遗体——他把蓝布包裹撕成了碎布条，吊死在缀满蜘蛛网的大梁上。

我不知道父亲犯了什么法，但从老福奶奶的嘴里"叫他们抓住了，没准也是个死"这样的话来判断，父亲的罪过想必十分严重吧。但父亲为何会选择在便通庵悬梁自尽，村里人的说法各不相同。这个疑问整整纠缠了我的一生。直到四十年后的今天，我才算找到了一个差强人意的答案。

按照叔叔和婶子的意见，不如就在便通庵随便找个地方，替父亲挖个坑，"用草席一卷，埋了便罢"。可赵德正坚决不同意，他执意要将父亲运回到村子里安葬。婶婶骂他多管闲事，逼问他棺材从哪里来？德正二话没说，就吩咐小木匠赵宝明去拆自己家的门板。后来，高定邦拿个主意。他让老牛皋把那个现成的棺材先让出来，等到往后村里的林木成了材，再做个棺材还他。他和小武松亲自上门去跟牛皋商量，可老牛皋死活不肯。最后，高定邦也急了，他把眼睛一瞪，从口袋里掏出一段麻绳来，不由分说就要绑他。龙英一看对方要动粗，只得出面打圆场。她开导丈夫说："你傻啊？有人替你死了，你就可以不死了。说不定，这棺材你根本用不上。"

老牛皋这才松了口。

父亲的遗体运回村来的那天，下着鹅毛大雪。全村的人都站在磨笄山的山顶，看着那口白木棺材，由十八个人抬着，顺着便通庵前的陡峭斜坡，一点点矮下去，矮下去，到了沟底，就看不见了。只有在这个时候，只有在父亲的棺木暂时消失的这个瞬间，我心里才会稍微松快一些：我眼前除了漫天的风雪，什么都没有。可我知道，此刻，那口棺材正从对面的山坡上一点点、一点点地升上来。正因为我暂时看不见它，当它一点点升到沟壑的顶端，突然出现在磨笄山的山顶时，才会显得更加惊心刺目。

棺材上已经积了厚厚一层雪。最先上来的是小武松和朱虎平。德正和定邦互相搭着胳膊，喊着上山号子，走在了最后。

在场的人，大人孩子无不落泪。梅芳站在我身后，用手紧紧地箍着我。我能感觉到，她的泪水掉落在我的额头上，顺着我的鼻梁往下淌。我能感觉到，她怀有身孕的大肚子紧紧贴着我的脊背。

在那一刻，在雪花纷纷下坠的山岗上，在灰蒙蒙空旷的苍穹之下，在失去父亲的巨大悲伤和恐惧中，我仍然能够感觉到天地的清明、周正和庄严。

父亲被安葬在村东的桑树地里。当天晚上，老福奶奶将我送回家的时候，我看见春琴已经在灶堂里生火做饭了。她假装不看我，只顾自己一个人流泪。灶膛的火照亮了她那张悲伤又带着怒气的脸。晚上，她照料我吃完饭后，没有回家，睡在了父亲的那张床上。我记得那天她跟我说过的唯一的一句话。那时，我已经在阁楼的床上躺下了。春琴爬到楼上，在黑暗中一直腰，额头就被楼顶撞出了一个包。她揉着额头，在我床边坐了一小会儿。半晌，她嚷着鼻子对我说：

"德正让我转告你，要是你婶婶提出来和你并家过日子，你可千万不要答应。你父亲刚死，他们已经在惦记你们家的这幢房子了。"

第二天，春琴的妈妈得到消息，特地从半塘赶了过来。

她对我说:"这些天我眼皮老是跳,心里慌慌的,就知道要出事。谁知应在他身上。你妈不在跟前,也没个人到他坟前哭一哭,送一程,不好。"

于是,她就趁着天黑,独自一人来到桑树地里,跪在父亲的坟包前,撕心裂肺地哭。从傍晚时分,一直哭到半夜。最后,王曼卿被她哭得实在睡不着觉,就起身去灶下烧了一碗红糖水,给她端了过去,费了半天的劲,才把她劝了回来。

第二章

德 正

碧绮台

赵孟舒平常用来弹奏的古琴有两床：一为"枕流"，一名"停云"。两琴均斫于宋代，联珠式，琴身遍布蛇腹断纹，琴音清越圆润，皆为琴中上品。据赵锡光先生说，孟舒所居住的蕉雨山房中，还藏有一床唐琴，乃绝世鸿宝，名为"碧绮台"。这张琴制于唐代天宝年间，为落霞式，琴身镶有金徽，琴背龙池之上，刻有魏碑体的行楷三十六字，填以石绿，不知何人所题。除"春风望野阔，秋痕入梦遥"一句外，其余文字已漫灭不可识读。此琴在明末流入民间之前，一直是宫廷重器，曾是明武宗最为宝爱的三张御琴之一。赵孟舒将这张琴珍藏于蕉雨山房的板壁之中，平常秘不示人。

"我与孟舒可谓管鲍之交，金兰之谊，平生也只见过两回。"赵锡光先生曾这样对我们炫耀说,"一回是陈毅元帅从洲上南渡长江,来听他弹琴。孟舒在广元寺操琴,用《流水》《醉渔唱晚》二曲酬客。第二回呢,就是孟舒死。王曼卿悲不能已,为碧绮台新安了轸弦,弹琴与孟舒永诀。"

赵孟舒自幼学琴,入广陵琴社。与扬州的孙亮祖(绍陶)、南通徐立孙、常熟吴景略、镇江金山寺的枯竹禅师相善,时相过从。一九四九年三四月间,赵孟舒北上徐州,在硝烟散尽的徐蚌战场寻访他小儿子的尸骨。返乡时路过南京,积忧成疾,一住就是两个月。等他从南京回到村里,带回了一个精通古琴的妓女,这人就是王曼卿。

当赵孟舒带着这名十八九岁的妓女回到儒里赵村时,村里人都吓了一跳。他们感到惊骇,不光是因为王曼卿妖冶多姿的美貌,还有赵孟舒衰老的速度。不到半年,他的头发全白了,背更驼了,门牙也没剩下几颗。他家唯一的用人红头聋子朱金顺,逢人就摇头叹息说:"孟舒这么一把年纪,刚死了儿子,又弄来这么一个宝贝,身子骨如何吃得消?"赵锡光对自己的老友也有同样的担忧,但他的话可比朱金顺要文雅多了:"丧子之痛攻于内,狐妖之媚攻于外,血肉之躯,蕉萃殆尽,顿成土崩之势。"

在那段纷乱的年月里,赵孟舒除了陪王曼卿在山房里弹琴自遣外,每天要做的事,就是在想象中追踪他大儿子节节溃败、逃亡台湾的踪迹。当然,他仍有足够的时间和精力来为自己的生命筹划一个悲剧性的尾声——在王曼卿和红头聋子"合算，合算，等于是天上掉馅饼"一类的鼓噪声中，平生不爱田产的赵孟舒，神差鬼使地从他的至交赵锡光手中，接下了百余亩田地和一处碾坊，同时接收下来的，还有儒里赵村仅有的一顶地主帽子。这也导致了他与女儿的彻底反目——她自从嫁到句容之后，几乎与老头子断了来往。到了这个地步，如果说性格孤僻耿介又有点洁癖的赵孟舒，还有一步棋没有来得及下，那大概就是死。

出于对新生的人民政府的愤恨，同时也源于对苍天不公的怨毒，戴上了地主帽子的赵孟舒，别出心裁地对全村人发了一个毒誓：他的脚决不踏上新社会的土地。要践行自己的这个诺言，其实也不难——他只消待在蕉雨山房的二楼，与曼卿厮守终日，弹琴自娱就可以了。每天与书琴和美人为伴，日子也还过得下去。至于说他偶尔要去金山寺与枯竹禅师喝上一杯，切磋技艺，那也不要紧，反正是坐在轿子上，脚不沾地。他想学他老师孙亮祖。可是孙亮祖当年足不出户，是因为日本人占领了扬州。他一连数载不下楼，所表现出的是民族大义和气节。相比之下，赵孟舒的邯郸学步，则多少有一点不自量力、螳臂当车的嫌疑了。好在新上任的农会主任赵德正，已打定主意对他的遗老作风网开一面。

德正曾劝他："下不下楼，都不要紧。只是你老人家说话千万要当心！不要张口闭口就说你儿子牺牲在徐州。小武当的是国民党的兵，人民的敌人嘛！陈老总来听你弹琴这件事，也别成天挂在嘴上，依我看，以后干脆就不要提。此一时，彼一时嘛!"

但赵孟舒觉得自己出口成章的捷才和满腹的学问,也不能烂在肚子里。他把"黨"这个字拆开来,编了一则谜语,让村里的孩子们去猜:

小字当头,
两手叉腰。
开口说话,
一团漆黑。

猜出了谜底的工作队的队员们,立刻提着枪,到蕉雨山房去绑人。红头聋子左拦右挡,只得一口咬定说,赵孟舒谜语中的党,不是共产党,而是万恶的国民党。"你想啊,他一个儿子,被国民党掳去,当了炮灰,另一个儿子又被他们绑架到了台湾。他对国民党能不恨吗?这事我敢拿脑袋担保!他骂的是国民党,国民党。没事,你们回去吧。"

鉴于朱金顺近乎赤贫的雇农身份,工作队的人一时不便动粗,只得一遍遍地跟他宣讲当时的斗争形势和相关政策,可朱金顺指了指自己的耳朵,一句话就把他们挡了回去:

"免谈。你们跟一个聋子说话,根本就是白费唾沫。"

他手里握着一把劈篾用的竹刀,拦在蕉雨山房的门口,死活不让他们进屋。工作队的侯队长,为了测试一下他的耳朵是真聋还是假聋,用极小的声音对他咕哝了一句:"我听好多人反映，那个谜语，原本是你编的？"

朱金顺一听，立刻勃然大怒，他那锃亮的头皮连带脖子和招风耳，都在瞬间红得像鸡冠一样，仿佛马上就要滴出血来，"放屁！谁在外面乱嚼舌头根子？老子大字不识一个。能编得出这么顺溜的话来吗？"

他这一吼，工作队的人全都笑了。

正在这时，赵德正带着更生、武松和银娣他们几个已闻讯赶到。他们说得口干舌燥，天昏地暗，才算把工作队的人劝了回去。

要说我们村子里的人，在古乐方面的修养，实在是贫乏得可怜。他们听不懂赵孟舒的琴声，毫不奇怪。平常除了推牌九、打扑克之外，最大的娱乐就是听听锡剧和扬剧。那个时候，安徽有一个草台班子，在秋收之后，时常会到村子里来。他们在祠堂外的打谷场上，搭个简易的戏台，演出村民们百听不厌的淫艳古戏。从月亮初升，一直唱到第二天的日出时分，俗称"两头红"。在王曼卿来到村子里之前，雇工朱金顺是赵孟舒鼓琴时唯一的听众。难怪村里会有这样的议论："可惜赵先生一手好琴，只能弹给聋子听。"

正如我们已经知道的那样，朱金顺的耳朵并不真聋（聋与不聋，完全取决于他听人说话时的心情好坏），但他显然对赵孟舒弹琴没什么兴趣。他在私底下把赵孟舒自命清高的古琴演奏，戏称为"打算盘"，其比喻倒也贴切传神。

转眼间就到了一九五五年的夏天。按照县里的布置，郝乡长决定在朱方镇的小学操场开一个万人群众大会,把乡里的十三个地主(俗称"十三太保")全都押去集中批斗。在大会的前一天,赵德正就接到了会议通知。他担心恃才傲物、又臭又硬的赵孟舒会闹出什么乱子来,就带了长生和新珍,连夜上门规劝。那天晚上,观前村的周蓉曾,恰好也在蕉雨山房喝茶谈天。任凭赵德正怎么劝,面无表情的赵孟舒始终是一声不吭,被逼急了,就从牙缝里挤出四个字来:

"有死而已。"

什么叫"有死而已",德正和长生他们都听不太明白。德正说:"这次批斗,既不挂牌子游街,也不用五花大绑,就是走走过场。你老人家往台上一站,在心里打打谱,一会儿就熬过去了。"新珍也插话道:"胳膊拧不过大腿,好汉不吃眼前亏。若是一味撑硬船,拉硬弓,也不是事。大舅你还是听我们一句劝,好歹去点个卯,应个景。"可赵孟舒依然黑着脸,还是那句话,"有死而已",弄得赵德正直挠头皮。

最后,他只得把目光转向旁边坐着的周蓉曾:"周先生,你老肚里学问大,帮我们劝劝呗。"

周蓉曾微微一笑,叹了口气,对孟舒道:"我劝你逆来顺受,随遇而安吧。"

好多年后,新珍对当时的情景仍然津津乐道:"真是见了鬼了!那天晚上,我和赵德正苦口婆心,嘴都说干了,还抵不上周先生的一句话。这有学问的人,就是不一样!"

赵孟舒既然答应去开会,接下来的事就好办多了。德正考虑到赵孟舒体弱多病，让他走着去朱方镇多有不便，可坐轿子又太过扎眼。最后，他决定让长生推着一辆独轮车，把他送到朱方镇，并嘱咐新珍在后面跟着，一路上好有个照料。他还特意让新珍带上绿豆汤，以防赵孟舒天热中暑。

第二天下午，当赵孟舒坐在长生的独轮车上去朱方镇开会时，沿途的路人无不为之侧目。不时有小年轻与长生夫妇打趣："你们这哪里是去批斗地主啊，分明是给劳模颁奖嘛！你们怎么不在他胸前别一朵大红花？"

长生只是憨憨地笑，并不搭话。赵孟舒头戴凉帽，坐在独轮车上，身板笔直，顾盼自雄，只当听不见。

至于说德正为何会对素无瓜葛的赵孟舒另眼相待，村里流传着两种截然不同的说法。其中之一就是所谓的"桑树地事件"。

在合作化初期，德正因见王曼卿体格风骚，弱不禁风，就将她分入老年丙组，让她跟着马老大、老福、老鸭子等几个老太太，干一些诸如选种、养蚕之类的轻省活。但王曼卿的工分却是按甲等劳动力来计算的。德正对曼卿明显的偏袒，不免招来种种闲言碎语。其中流传很广的一个故事是这么说的：

一天午后，村里的社员们都在歇中觉，王曼卿拎着竹篮去村东的桑树地里摘桑叶。她前脚进了桑园，赵德正后脚就跟了过去。这件事从老实、木讷的渔佬柏生嘴中传出，应该不是空穴来风。柏生当时正在菱塘对岸的树林中剥着红麻，

"警惕地"注视着桑林里的一举一动。他没有惊扰这对野鸳鸯的好事，却在事后去现场细细查看，据说是捡到了王曼卿落下的一枚发卡。

另外一个说法，听上去合情合理，似乎不容辩驳。

挖树根的赵永贵吐血而死，五岁的赵德正去江北投奔亲戚，"蛇蝎心肠"的舅妈却容不下他，把他赶了回来。德正瘦成个皮包骨头，像个叫花子，在村子里倚东家门，贴西家壁，最后是赵孟舒的一句话，让他在祠堂落了脚，吃上了百家饭。祠堂的管事三老倌提醒他：日后有了出息，不可忘记赵先生的一片慈悲之心。年幼的赵德正当时就对三老倌发誓赌咒说，他要用一辈子来报答这一句话。后来，他为赵孟舒抬轿多年，从来不肯收他一文钱。

那天下午，长生用独轮车将赵孟舒送到朱方小学的操场边，就和妻子分了手。他对新珍交代说，德正让他顺便去乡里的物资站，找一下老徐，帮他买一只生铁的犁头、两副牛鼻圈。他说等散会时再来大操场与妻子会合。

三小时的批斗会，倒也没出什么事。天气虽然燠热，但新珍一直担心的中暑并没有发生。赵孟舒在台上挨斗，她就靠在不远处的一棵老槐树下，手里抱着装有绿豆汤的大瓷缸，一直没动窝。等到大会结束，台上的地主们排着队，鱼贯下台，赵孟舒却愣愣地站在原地，纹丝不动。新珍好不容易挤到了他跟前，正要把手里的绿豆汤递给他，却看见赵孟舒满脸通红，焦躁地指了指自己的裤脚管，那样子，又像是笑，

望春风

又像是哭。滞热的空气中隐隐能闻到一股恶臭。

聪明的新珍脸一红，马上就判断出发生了什么事。

"没事。"她安慰赵孟舒道，"我扶你到学校的茅厕去弄一弄？"

赵先生道："弄什么弄，一塌糊涂！"

新珍低头一看，可不，稀屎已经把他的裤管印出了褐色的斑印，顺着裤脚一直流到了鞋帮上。新珍一面用"老年人嘛，这种事很平常"一类的话来宽慰他，一面飞快地在脑子里想着应对之策。

她终于想起来，自己在朱方镇有一个表姐。

大约半个多小时后，她领着赵孟舒来到了表姐家院中的一棵枣树下。表姐在柴屋里放了一只大脚盆，烧了一大锅热水，张罗着让赵孟舒去柴屋洗澡。随后，又嘱咐家里的大丫头，去乡粮管站把当站长的丈夫叫回来，让他顺便在集市上买点酒菜。表姐翻箱倒柜，找出了一条丈夫穿的开司米单裤，可怎么也找不出一条底裤来。最后，只得拿了一条她自己穿的花短裤，有些为难地望着她的表妹：

"人家是读书人，女人的短裤，他大概是不肯穿的吧？"

新珍认为不妨事，"反正穿在里边，也看不见，怕怎的？"

表姐让小儿子把干净的衣裤送到柴屋。赵孟舒倒也没有嫌弃（一个可能的原因是，柴屋里光线太暗，赵孟舒眼神又不太好，他大概根本就没看出那短裤上的红色小花点），穿上衣服，神清气爽地从柴屋里走了出来，朝着表姐又是抱拳，又是作揖。神色虽有几分古怪，但始终带着笑。

新珍悬着的一颗心总算放下了。

粮管所的罗站长似乎比表姐还要热情。他从集市上买回了一条鲢鱼，蹲在枣树下收拾干净了，在木桶里净了手，又过去招呼赵孟舒吃茶。太阳快落山时，新珍这才想起自己在物资站买犁头的丈夫。表姐听说了，就催促老罗赶紧去物资站找寻。罗站长在街上找了半天，哪还有长生的人影？

新珍后来回忆说，那天晚上，赵孟舒的心情似乎一直很好。赵先生平时心高气傲，不爱搭理人。可那晚在喝酒时，他还借着酒兴说了一个笑话，尽管大家都没听懂，还是胡乱地跟着他笑了一通。罗站长给他斟酒，赵孟舒也从不推辞，最后反倒是罗站长多留了个心眼，担心他晚上回家，走夜路跌跟头，有意压着点酒劲，不让他多喝。

临走时，罗站长从邻居家借来了一盏马灯，夫妇俩一直将他们送到了镇子外的水塘边。新珍搀扶着他，抄近路走进了夏夜的旷野里。

天上没有一丝风，四周一片岑寂。赵孟舒走不多远，就说走不动了。两人坐在路边的田埂上歇息。宝石般纯净的天宇，横贯着一条璀璨的星河。数不清的金屑，东一堆，西一堆，密密匝匝，铺成绚丽的缎带。不时有流星嗖的一下，像箭一样射向银河，拖着蝎尾似的光带，消失在耀眼的金粉堆里。

赵孟舒指着天上的星星，跟新珍说，这是哪颗星，那是哪颗星，新珍一句也没听进去。此刻，她的心里盘算着这样一个大胆的念头：要不要干脆背着他走一段？虽说有男女授受不亲的古训，只要把他想象成自己的父亲，那也没什么呀！可是，一想到王曼卿的年龄比自己还小，居然还与他同床共枕，她的羞怯最终占了上风。

他们又往前走了一段。黑暗中，不知什么地方传来了响亮的流水声。水禽在河边的草丛中唧唧地叫着。赵先生突然止住脚步，对她叹了口气，说了一句莫名其妙的话：

"要是能像你表姐那样，守着两个孩子，粗茶淡饭，一家人和和睦睦，过着平平安安的日子，那该多好啊！"

新珍不知道他怎么又想起表姐来了，笑着回答说："表姐家的日子，就是我们每个人都在过的日子啊，再平常不过了。有什么好的？我可看不出来。要我说呀，我们这样的人，做梦都想过赵先生的日子呢。待在小楼里，弹琴作画，好不清闲！衣来伸手，饭来张口，那才好呢！"

赵孟舒没再吭气。

无论新珍跟她说什么，赵孟舒总是嗯嗯啊啊，不再接话。一路上新珍都在心里嘀咕：刚才那番话，到底哪儿说错了？

当天夜里，赵孟舒就服了毒。

死者面目焦黑，表情狰狞，尸体停在蕉雨山房那间阴暗的门厅里。在搬动尸体的过程中，他那本来就不多的几缕白发，早已尽皆掉落。看热闹的人走了一拨，又来了一批。王曼卿坐在二楼的琴房里，也不哭闹，只是一声不吭地，望着窗外的一片绿荫发呆。新珍赶到那里的时候，涌向她心头的狂潮，并不是悲伤，甚至也不是惊悸，而是一种难以遏制的愤怒：

"赵先生啊，这就是你的不对了。假如人人都像你一样，仅仅因为把屎拉到裤子上，就寻了短见，这世上的人，恐怕早就死得一个不剩了！"

她觉得赵孟舒太脆弱，也太矫情了。虽说心里有些想不开，新珍还是没忘了提醒老鸭子和马老大，一定要将死者身上的那条花短裤换下来：

"赵先生是个文墨人。不能让他穿着女人的花裤衩踏上黄泉路。"

赵孟舒在自杀前，曾用漂亮的行书留下遗书半纸。他嘱咐王曼卿，将碧绮台琴身的那枚金徽撬下来，送给朱方镇的罗站长夫妇，以谢酒食款待、衣物相赠之情。多年后，小心眼的新珍当着同彬的面，跟我提起这件事的时候，仍为赵先生的遗嘱愤愤不平。"他愿意把金徽送给谁，我可管不着。可怜我们夫妻俩，好心好意送他去朱方镇，长生推着独轮车，我在后面抱着绿豆汤，末了，他把屎拉裤子上，又带他去表姐家洗澡吃饭，不说功劳，也有苦劳吧？他怎么就忘得一干二净。你可不要误会啊，我倒也不是要与表姐争那个金徽……"

那天，严政委恰好在邻乡的皮村视察防洪工作，闻听赵孟舒的死讯，也吃了一惊。在郝乡长的陪同下，他特地绕路赶了过来，正好遇上傍晚时分的大殓。

王曼卿一身缟素，给碧绮台安了轸柱和新弦，在赵孟舒的棺木前，弹了一曲《杜鹃血》，算是为赵先生送行。

赵孟舒弹了一辈子的琴，可村里绝大部分人从未听过碧绮台的琴声。如今，随着王曼卿扑簌簌掉下的眼泪在琴弦上破碎飞溅，在场的人一致公认，这首《杜鹃血》，大概就是世界上最好听的音乐了。严政委没有惊动大家，他远远地站在蕉雨山房的院门外，默默地听完了这首曲子，两次掏出手绢拭泪。随后，在郝乡长的陪同下，严政委没等遗体入棺，就悄悄地离开了蕉雨山房，消失在夏夜的黑暗之中。

这床名贵的碧绮台，在稍后的葬礼中被王曼卿付之一炬。至于赵孟舒留下的另外两张宋琴的下落，在很长一段时间中无人知晓，当然，也无人关心。一直要等到十五年之后，"枕流"和"停云"才重新出世——高定国带人去抄红头聋子的家，从他们家床底下偶然发现了这两件稀世珍宝。同时被搜出来的，还有一张用金丝楠木制成的琴案。

这里顺便说一下，一九七〇年夏末，高定国突然带人去抄红头聋子的家，其实并不是奔着这两床名琴去的。一个让我百思不解的说法是：高定国的真正意图，是为了查抄梅芳写给朱虎平的情书（当然，他最终一无所获）。那么，梅芳为什么会给朱虎平写情书呢？为了避免这个故事的枝节过于芜杂，我们这里先跳过不提。

后来我还听说，鳏居多年的朱金顺，在赵孟舒死后，对王曼卿的美貌产生了不切实际的非分之想。在葬礼后的第二天早上,他扑通一声跪在曼卿面前,抱住她的双腿,叫她"嫡亲的亲娘",叫她"最招人疼的小肉肉",叫她"勾人魂、摄人魄的前世冤家",央求曼卿看在他多年对赵家尽心尽责的分上,"两家并一家,从此往后,跟着我一心一计过日子。我为你夏日打蒲扇,冬天暖被窝"。王曼卿冷冷一笑,以"薰莸不同器,主仆不相交"一语,断然拒绝。

就像我们此前所提到的,她有些出人意料地嫁给了独臂的外乡人唐文宽。自从王曼卿搬到唐文宽家之后,蕉雨山房一直空关着,养蛇长草。绿树无人,青苔满窗。

后来,赵德正就来找曼卿商量,不如把那处房子让出来,将来时机合适,他打算将它改建成一所学校。王曼卿倒也爽快,她笑道:"现在是新社会了,不要说房子,就连我这个人也是国家的,你就看着办吧。"

等到儒里小学正式落成,已经到了一九七一年的秋天了。那时,春琴和赵德正所生的儿子龙冬,已经年满四岁。

一时瑜亮

赵孟舒葬礼后的当天晚上,银娣因见赵德正一整天神思恍惚,面露悲戚,就和丈夫小武松商量,置办了几样小菜,请赵德正来家喝酒。除了他们夫妇之外,小木匠赵宝明、朱虎平、更生和我父亲都在场。德正不说话，其他人也都不敢言语。都说是赵德正与赵孟舒情同父子，一点不假。不料，赵德正喝了几杯急酒之后，抹了一下嘴，忽然对我父亲感慨说，假如天假以寿，他要做完三件大事，了却平生心愿。小武松问他是哪三件大事，德正说："事情办成了，你们就知道了。"

关于赵德正要办三件大事的说法，我儿时也有所耳闻。本来是酒后闲话，没人认真地当回事。时隔多年，在龙冬的满月酒宴上，小木匠赵宝明多喝了几杯，却又旧话重提。他一只手揽着德正的肩膀，老哥、老哥地叫了半天，还亲热地用脑袋去蹭他的脸，把耳朵上的半支铅笔都蹭得掉在了地上："老哥，我记得你说过，这辈子要办完三件大事。可如今，不要说三件，五件事也都办完了。你盖了三间新房子，这要算一件吧？你和春琴成了家，可不是第二件？这第三件，就在眼前。龙冬过了满月，你们老赵家，革命事业后继有人。我劝你赶紧下台，把大队书记的位置让出来，我来过过瘾如何？"

赵德正笑而不答，两眼眯成了一条缝。

他与宝明一口气喝了三杯酒之后，这才正色道："你说的这些都不算。我要办的那三件事，一件都还没影呢！"

德正跟春琴结婚后，性情大变，里里外外都像是换了一个人。从前，他总是蓬头垢面，衣服邋里邋遢，几个月也不洗一回澡。村里人要去向他汇报工作，因受不了他身上那股酸味，同他打个照面都要后退三步。如今呢，他那笔挺的中山装口袋里，总是插着一支钢笔，皮鞋锃亮，走到哪一阵风过，空气里都是一股好闻的胰子味。在过去，他自己走路撞了人，都要骂人家"婊子养的，瞎了你狗眼"。可现在呢，他给社员做报告，被婴儿的哭闹声打断，抓破了头皮也想不起"最后一点"到底该怎么说时，也只是憨厚地一笑，提前宣布会议结束。

村里人不得不对那个半塘嫁过来的小丫头刮目相看。

可春琴也有她的烦恼。有一年冬天，她来我家帮我拆洗被褥，坐在脚盆前洗着洗着，一双手就停在了搓衣板上，呆呆地出了神，眼泪却像断了线的珠子，抛抛滚滚。我见她哭得伤心，就赶紧放下碗筷，蹲在她跟前，问她想起了什么伤心事。春琴猛地愣了一下，立刻板起脸教训我说：

"吃你的死人饭！大人的事你少管！"

其实她不说我也明白，她的烦恼多半与王曼卿有关。德正和春琴成亲后，仍与王曼卿暗中往来。有一次，社员们轮流在长江大堤上值夜巡逻，德正和曼卿在老鸦窝渡口的一个草棚里苟且，被春琴逮了个正着。她去找老福诉苦。老福纳着鞋底，不说话，只顾笑。春琴又向她讨教让男人收心断根之法。老福道：

"断不了啊。那骚货的大白屁股远近闻名。不知祸害了多少良家子弟。文宽倒是眼睁眼闭，不知他们两口子演的什么戏！要说收心，也没什么好法子。只有熬，熬到他胡子白，熬到他走不动道，熬到他连尿都撒不出一滴的那一天，不用你管,他自己就收心了。"

除了王曼卿这块心病之外,春琴也对德正另一件"邪门事"担着不少心。德正有事没事总爱背着手,去磨笄山转悠,成天在荒草乱石间"游魂撞尸",就像是前世的魂丢在了那座鬼山头上一样。有一天晚上,外面下着大雨,他在床上睡得好好的,不知是想起了什么事,一骨碌爬起来,提着马灯就上了山。直到第二天早上,春琴抱着龙冬,找遍了每一个山包,最后才在便通庵的一间破屋里找到了他。

德正当着大队书记,还兼革委会主任一职,可大小事务,一概不管不问。上级领导来检查工作,他往往也避而不见。就连两次去省城南京参加农业学大寨经验交流会的机会,他都让给了梅芳和高定邦。当梅芳拿着南京拍摄的几张照片在村里四处炫耀,跟人说这是"朱雀桥",那是"乌衣巷"的时候,春琴的牙根恨得直痒痒。

春琴的怨气,有时候也会劈头盖脸地发泄到我的头上:

"都是你那短命的爹干出来的好事!他装神弄鬼给我算命,害得我嫁给这么一个糟老头子,简直是跟鬼过日子!他这个大队书记,我看也当不长,迟早要给人撸下来。"

在春琴为丈夫的怪异举动忧心如焚的同时,大队会计高定国已经在干部大会上公开指责德正"占着茅坑不拉屎"了。

那年冬天,梅芳约了龙英去朱方镇洗澡。两人从澡堂出来,梅芳问龙英,敢不敢跟她去一趟公社?她要去郝乡长跟前,告德正一状。龙英想都没想,就同意了。可当两人来到

公社大院的门口,龙英忽然就变了卦:

"不行不行不行。郝乡长那么大的人物,我一个不识字的人,怎好去见他?你摸摸我的心,嘣咚嘣咚,都快要从嗓子眼里跳出来了。你去吧,我在外面等你。"

梅芳把脸一板,眼一瞪,说了句:"有我呢,怕什么!"

龙英要是成心耍起赖来,你也拿她毫无办法。她往门口的红墙上一靠,哧溜一下,就蹲在墙根下不动了。任凭梅芳怎样去拉拽,就是不起身。梅芳没辙,只得撇下她,一个人进去了。

差不多一个时辰之后,梅芳心思重重地出来了。她走到门口,对龙英怒气冲冲地喊了声"家去",一个人头也不回地先走了。

一直到了供销社的门口,龙英这才追上了她。她问梅芳状告成了没有,郝乡长怎么说。梅芳道:

"我把赵德正的革命意志薄弱、享乐主义、取消主义和虚无主义倾向,向他做了汇报。可郝建文竟然为他百般开脱,我跟他分辩了几句,嗐!郝大炮反倒批评起我来了!口口声声,让我要警惕小资产阶级山头主义和宗派主义。"

龙英笑得直不起腰来:"你一句话里面,有那么多主义,谁能听得懂?不过,要我说,你这告状等于白费劲。你想想看,人家赵德正是严政委一手提拔起来的。严政委又在地区行署当着大官,你这里要把德正拿下,不是给郝乡长出难题吗?俗话说嘛,打狗还得看主人呢!你琢磨琢磨,是不是这个理？"

梅芳想了想，又说，她最生气的还不是挨了郝乡长的一顿骂："他在跟我说话时，把嘴里的假牙一会抠出来，一会又塞进去，恶心死了！临了，还用他那脏兮兮的手，在我背上好一顿摸……"

见她这么说，龙英差一点没笑晕过去："在背上摸几下，有什么呀？我看他未必存了什么坏心。领导嘛，摸你两下，那是关心你！隔着棉袄呢，又不是贴皮贴肉，横竖让他摸两下就是了，你也没少什么。"

最近一段时间，龙英忽然与梅芳走得很近，是因为她们都对春琴怀有刻骨的仇恨。龙英与春琴结怨，起因还是为了老牛皋的那口棺材。

诸位也许还记得，我父亲死后，因一时寻不到合适的棺材，定邦就做主，让牛皋把那口现成的棺材让了出来。那年秋天，老牛皋的哮喘病再度发作，龙英就找到了高定邦，让他兑现当初的诺言，新做一口棺材还他。"要快，我看他怎么也挨不到十月底了。"

定邦说："这件事当初是我做的主，我认。但集体的事，还得请示赵德正。你去找赵书记吧，只要他点头，我马上就找人去伐树。"

龙英一听，定邦的话句句在理，就回过头来，在磨笄山上找到了正在闲逛的赵德正。德正说："棺材的事别慌，你帮我先拉一下皮尺。"龙英就和德正拽着皮尺，在磨笄山上量起地来。龙英跟着他，在山上的荒草乱石间走了半天，累得腰酸背疼。眼看天就要黑下来，她问起棺材的事，德正笑道："放心，你们家牛皋一时还死不了。别的话我不敢说，他肯定比我要活得长。你先回去吧。"

龙英果真就一声不吭地回去了。

几天后，龙英又在大队部门口截住了赵德正："这人眼看就要出尸斑啦，你就行行好，赶紧把棺材还给我。"德正还是那句话："废话少说。他什么时候咽气，我什么时候给他做寿材，误不了事。"

龙英在红头聋子朱金顺的怂恿下，一怒之下就跑到了赵德正家，把他们家的板凳桌子，连同一个五斗橱都搬回家去了。

春琴从娘家回来，还没进村，就被正在除草的银娣拦在了风渠岸边。银娣先是把龙英去他们家搬东西的事说了一遍，最后又补了一句："那骚货好不晓事理！若不是我骂了她两句，只怕连你们家的房门都要被她拆了扛走。"

春琴那会儿正为家里的诸事不顺压着满腹的无名火，一听银娣的话，那张白皙的脸，慢慢就紫了。她愣愣地望着银娣，呆了半天，忽然就把手里的孩子往银娣的怀里一塞，从她手里抢过锄头，咚咚地径直往龙英家跑。银娣一看要出事，就知道自己说错了话，后悔莫及。可是她手里抱着龙冬，又不好去追，一个人急得直跺脚。

春琴一口气跑到龙英家，挥舞着锄头，把他们家灶台上的两口大铁锅，连同碗碟，一股脑捣了个稀烂。她觉得还不解气，顺手一锄头，把水缸也砸了个粉碎。满满一缸水，哗的一声泻得满地都是。龙英手里端着一碗汤药，脸吓得煞白，僵在房门口，浑身上下抖个不停。

事后，胆小的龙英跑到了赵先生家，跟冯师娘哭诉说："我当时要是伸手拦她一下，这婊子保准一锄头把我脑袋给锄下来，你信不信？这是从哪冒出这么一个蛮子来，你不让她点灯，她立马就要放火烧房子，是个见狗杀狗、见佛杀佛的货！"

后来，德正掏钱，让小武松去公社供销社，给龙英家买回了两口铁锅，又让窑头赵的骆金良给他们家专门烧制了一口新缸。龙英也央求红头聋子，把桌子、板凳和五斗橱都还了回去，这事总算平息。随着老牛皋的病渐渐好转，棺材的事，龙英再也没敢提过。不久之后，牛皋能下地了，又在村里四处走动。他走到更生家门首，对正在竹匾里晒芝麻的老鸭子苦笑说："真是晦气！那口棺材再要不回来了。据说要搞什么日屄的殡葬改革，人死了，不让睡棺材，往火葬场一送，挫骨扬灰……"

若要论起梅芳与春琴之间的过节，那话说来可就长了。

自从德正当上大队书记之后，梅芳一直将反对德正的一切命令、计划和决策看成是自己唯一的使命。德正成亲后，诸事不管，由着她丈夫高定国和大伯子高定邦发号施令，她又骂德正："太阳高高升树梢，从此君王不早朝。"（梅芳有引用古典诗词的习惯。可说实话，就我所知，没有一次用对过。）她与春琴差不多同时怀孕，龙冬如今一天天长大，她却因流产伤了胎气，再也没能怀上。看着又白又胖的龙冬满地乱跑，她也只能用"恨不得一脚把他踹到河里"一类的狠话来撒气了。

一年冬天，公社在魏家墩开挖昆山河，马老大见春琴伤风未愈，嗓子里咳个不停，料想她肩上是压不得担子的，也没向大队干部请示，就拉春琴在工地的窝棚里帮着做饭。中午收工开饭，梅芳一见春琴不去工地挑土方，却跟着几个老太太围着锅台转，就窝了一肚子火。这倒也罢了，梅芳到伙房讨水喝，春琴按住锅盖，冷冷地说了句"水还没开"，竟然立刻转过身去，跟正在烧火的妓女王曼卿有说有笑。

梅芳一个人吃着饭，越想越气，就用筷子敲了敲碗边（那意思，是让大伙都安静下来，听她说话。高定国已经提前知道他老婆要发作了，一个劲地朝她递眼色，梅芳视若无睹），扬声道："哎，这正宫娘娘和皇妃，都知道躲在伙房里图轻省，难道我们这些做丫鬟的黄脸婆，天生是累死累活的命？"

她这一喊，正在吃饭的赵德正不由得停住了筷子，呆了呆，终于没说话。春琴手里拿着一把烧得通红的灶铁，早从伙房里蹿了出来："看我不把她那张屄嘴捣烂！"被马老大和老鸭子死死抱住了，还发了疯似的吱哇乱叫。

小武松见这么闹下去也不是事，就劝德正赶紧出来说句话。谁知赵德正把碗一丢，打了个嗝，谁都不理，跑到屋外抽烟去了。

这时，平常在村里一贯老实巴交的更生，开了句玩笑："打嘴仗有个屄意思。你们两个不就是谁也不服谁吗？不如省省劲，两个人下午都去工地上挑土方，分出个高低胜负。"

本来是一句打圆场的俏皮话，没想到两个人都当了真。

宝亮和宝明兄弟两个，存心起哄看热闹，也在一旁煽风点火。比赛规则很快就定出来了：两人每从河床下挑上一担土，就从新珍手里拿一只竹筹，以两个小时为限，竹筹多者为胜。

银娣倒是多了个心眼，她悄悄地把赵德正拽到一边："梅芳那人，有一把蛮力气！不要说在我们村，就是在全公社，也是数得上的。你们家那口子，身子骨那么单薄，伤风还没好利落，哪是人家的对手？明摆着让人看笑话。你赶紧劝劝，不要由着他们去胡闹。"

德正笑道："要说我们家那口子，简直就是个野人，连阎王老子都不放在眼里。我怎好拦她？让她去吧。吃点亏，有个教训，也好。"

春琴和梅芳都是心高气傲的人。她们唯恐土装少了，让对方瞧不起，都拼了命地往柳条筐里装土，实在装不下了，还要在筐上拍个塔尖,仿佛一心跟自己过不去。当她们两个挑着第一担土,顺着河床的长阶往上攀爬时,河岸上早已坐满了人——他们可算是找着了一个不干活的借口,一溜烟地坐在扁担上,用草帽扇着风凉,谈天说地,胡乱地喊着号子。在伙房里做饭的几个老人,也都丢下了满桌的碗筷不洗,聚到河边一探究竟。就连隔壁大队的几个小年轻,也干脆歇了工,聚拢过来看热闹。

公社派来督工的袁副书记,手里提着一只铅皮喇叭,"注意了!注意了"地喊个不停,挨个催促他们起身干活,可惜无人理睬。最后,袁副书记一把拽住了小武松,再一次问他:"见了鬼了!你们大队的干部们,怎么一个都不见?"正为春琴捏着把汗,恨不得自己上去替她教训一下宿敌的小武松,凶狠地瞪了袁副书记一眼,吼道:

"我他妈怎么知道?!"

大队干部们那会儿也都正忙着呢!

渔佬柏生对着河床的淤泥撒尿,瞥见一段旧河道中的水潭里,突然露出了"大草笨"黑黑的脊背,尾巴一甩,倏然不见了踪影。巨大的鱼信漩涡,在浑浊的水面上一圈圈地漾开。凭着多年捕鱼的经验,柏生对闻讯赶来的德正和高家兄弟十分肯定地说:"这条草笨,怕是成了精,往少里说,也有七八斤。若是把它逮上来,比赛的奖品就有了,怎么样,干不干?"几个人似乎都没有心思搭理他,眼睛直勾勾地盯着那片水潭,不约而同地脱起了衣服。等到公社的袁副书记找到这里，这伙人已经满头满眼全是污泥了。

春琴很快就落了后。

当梅芳挑完第四担土，一路小跑回到河床下，春琴的第三担土才刚刚开始装筐。银娣不动声色，悄悄地走到了正在人群中探头探脑的王曼卿身边，拽了拽她的袖子，指了指正在发筹子的新珍，压低了声音嘱咐她道：

"你人不知，鬼不觉，走到新珍那儿，咬着耳朵告诉她，今年过年，我许她一只大猪蹄熬汤喝，让她卖个人情，悄悄地多给春琴几只筹子。"

王曼卿笑了笑，对银娣翻了翻白眼，道："那我呢，你拿什么谢我？"

银娣道："一样。也是一只猪蹄子，一言为定。"

王曼卿果然晃动着她那柔软的肥臀，摇摇摆摆地来到新珍身边。先是嫂子长、嫂子短的，套了半天近乎，这才蹲下身子，把银娣的话对她说了一遍。

新珍平常对王曼卿就十分厌烦。就算是在路上碰到，也从不跟她搭话。她耐着性子，与曼卿唠着不搭调的闲话，心里已经火苗乱蹿了。一听说她要让自己卖人情，做手脚，立刻就阴沉下脸来，怒道：

"既然是赌东道，那就要公平合理。青天白日在上，哪能做这般营私舞弊的勾当？我也是有儿子的人，怎能做这等伤天害理的事？"

曼卿吃她这一番数落，面子上有点挂不住，强作笑脸，又道："怕什么？不就是赌个东道嘛，本来就是个玩笑，嫂子也别太当真。"

新珍道："这筹码在我手里，我就是法官。法官都能弄虚作假，这世上恐怕再没天理了。你舔谁屁眼，我管不着，我眼里却揉不得沙子。你现在从我这里走开，我就当没这回事，大家都留点面子。你要再敢啰嗦一句，我就喊出来，到时候不光是你，就连你那幕后的主使，脸上也不好看。窑子有窑子的规矩，我们也有我们的章法。由不得你胡闹。"

王曼卿被新珍结结实实地抢白了一顿，脸臊得绯红，一赌气，也没去银娣那里回话，一个人抹着眼泪径自往伙房去了。银娣看见王曼卿斜着身子往伙房跑，一路上不停地抬袖拭泪，就知道她出师不利。一想到事情没弄成，反倒送了一个把柄在人手里捏着，心里又气又恨。正在心烦意乱之中，忽听得嘴里镶着一枚金牙的老鸭子突然咕哝了一句：

"梅芳怕是要输！"

银娣他们几个呼啦一下，就把老鸭子给围住了："怎见得？你老人家别是看错了眼，认错了人吧？"

老鸭子道："依我看，梅芳一准要输。别看她多挑了两担土，抢了风头，你们要看她那双脚。挑着空担子下河床，脚底下已经在开始扭麻花了，这不行。你们再看看那一个，起头是多大的步子，这会儿还是多大的步子，稳稳当当，不急不慌，一看就是个翻过筋斗的人。梅芳这丫头，打小就凶蛮，从没服过谁。可这一回,她算是遇上对头了!"

老鸭子的话很快就得到了验证。

春琴最后所获得的筹码,比梅芳多出了宝贵的两枚。

那天傍晚,春琴收工回到村里,似乎还觉得意犹未尽,趁着天还没全黑,又一口气往自留地里挑了好几担粪。

而梅芳当晚就发起了高烧,第二天又开始尿血了。

那尾作为奖品的大草鱼,重达九斤四两,春琴并未一人独吞。她将草鱼切下一半,又匀出一块豆腐和一把香葱,让我送给梅芳去熬汤喝。还没等我说明来意,梅芳就劈手从我手里抢过竹篮,直接扔在了门前的灰堆里。

梅芳的病经久不愈,她妈妈和娘家的一个表哥从窑头赵村赶了过来,要去春琴家"讨个说法"。他们走到巷子口,硬是被新珍和长生拦了下来。新珍道:

"自古以来,愿赌服输。这事双方自愿,那天在场的人,包括你们家定国都可以作证。人家本来就没错,能给你个什么说法?社会主义劳动竞赛嘛,输赢并不要紧。"

当时,赵锡光也在场。他用"一时瑜亮"这个典故,对儿媳妇的话做了一番补充,可并未起到什么实质性的效果。眼看着这两个娘家人不依不饶地大呼小叫,师娘冯金宝一句话就把他们镇住了:

"那两口子,一个韩世忠,一个梁红玉,那是什么身手?别说你们两个,就是再来十个八个,打上门去,也不见得能讨到什么便宜。"

后来，梅芳的母亲远远地站在巷子口的一棵大杨树下，跳着脚骂了半宿，见无人出来搭腔，只得悻悻离去。

猪倌

我父亲死后，叔叔见我孤贫无依，早早就动了心思，有意栽培我当一名猪倌，赶着大猪郎，走村串户，去给母猪配种。他说，等我再大一点，再把他那一手劁猪的绝活传授给我。他的腿脚有毛病，每到阴雨天，大腿的膝盖犹如"针刺锥凿"般痛不可忍。婶婶劝他"不能忍，也得忍"，好歹再坚持几年："眼睛一眨，孩子就大了。大的要娶亲，小的要嫁人，你把这门好手艺交给人家，钱从哪里来？"

那会儿，堂哥礼平已经认了赵宝明做师傅，跟他学木匠。金花是个女孩，总不能让她去干配种劁猪一类的龌龊事吧。因此，见叔叔铁了心地要提携我，婶子后来也就不说什么了。叔叔赶着猪郎去外村配种，总要特地让我跟着去"熟悉业务"。说实话，虽说我当时年幼无知，但毕竟还跟着赵先生读过几年书，知道给猪配种算不得什么特别光彩的营生。说句不好听的，我总觉得给母猪配种，与妓院里拉皮条的老鸨、淫媒一类的勾当没什么太大的区别。整整一个夏天，我心里郁郁不欢。每天看着那头大猪郎，晃动着两个硕大无比的卵子，刚从一头母猪的身上下来，呼哧呼哧，又跳上另一头母猪的臀背，好一阵胡捣乱捅，心里总有一种难以忍受的耻辱和悲凉：假如让我一辈子都干这种事，还不如趁早死了好。

我知道自己遇到了一个迈不过去的坎。心中那个惨然，不说也罢。不知怎么，我忽然就想到了父亲——他那么冷静地在便通庵悬梁自尽，也一定是遇到了什么迈不过去的坎吧。

有一天，我在燕塘边遇见了正在码头上淘米的春琴。她见我一个人在河边发傻，就伸手勾了一下我的鼻子，笑道："你还真要跟你叔叔学配种啊？要是干上了这一行，长大了连老婆都娶不到。到时候别怪我没提醒你啊！"听她这么一说，我当时真的恨不得一头扎到河里去，死了完事。

俗话说，天无绝人之路。礼平在宝明家当学徒不到一年，就闹出了一桩让人难以启齿的丑事来。

我曾亲耳听见宝明对叔叔这样说（他在大队部门前拦下我们，满脸怒气）："要不是看在你老哥已经瘸掉一条腿的分上，我非得把那杂种的一条腿打折了不可！"他既然如此说，表明这件事的严重性显然非同小可。可到了同彬的口中，这事就变成了："礼平那小子，把丽华按在灶堂里，霸王硬上弓。丽华人事不省，被人送到医院，缝了十七针。"

真不知道"缝了十七针"这种言之凿凿的说法从何而来。我所了解的事实是：趁着家里没人，礼平强行搂着宝明家的大闺女丽华亲嘴，把人家的嘴唇给咬破了。后来，伤口结了痂，留下一条细细的疤痕（猛一看，还真看不出来！），可以佐证这一说法的可靠性。礼平的木匠生涯戛然而止，被人家轰了出来，只得兔回旧窝。婶子当即决定，干脆让他取代我的位置，子承父业，独当一面。

至于说我的前途，婶子以"车到山前必有路"一语加以宽慰。她殷切地勉励我说："你就好自为之吧。社会主义饿不死人。我劝你横下一条心，到革命的大江大河、大风大浪中锻炼成长！"

那些日子，春琴每次见到我，都要说上一箩筐婶子的坏话。什么无情无义啦，什么自私自利啦，什么小人之心啦，唠叨个没完。我被婶子遗弃这一事实，促使春琴坚定了将我纳入她羽翼之下加以保护的决心。她说服小武松潘乾贵，将生产队的一头耕牛，交给我来饲养，每年额外给我计上八百个工分，来报复婶子对我的刻薄寡恩。春琴所不知道的是，我对婶子默默的感激是发自内心的，毫无保留的。她的一个小小决定，就立刻使我从无边的苦海中超拔出来，重获名誉和自由，我当然求之不得。至于说她性格中的那一点冷漠、吝啬又算得了什么呢？这就好比说，一个拥有生杀予夺之权的君王，一纸圣谕，就慷慨地免除了你的凌迟之罪，他的眼睛有点斜，鼻子有点歪，又关我什么事呢？

从很小的时候起，我就明白了一个道理：如果这个世界上果然存在着所谓的幸福，那它一定就存在于某个看不见婶子的地方。换句话说，婶子和幸福不能同时待在一块儿。所以，在一个下着蒙蒙细雨的早晨，当我睡眼惺忪地赶到叔叔家，打算跟他去野田里配种，却被突然告知"以后你就别去了"这一从天而降的喜讯时,你可以想象我当时如释重负的狂喜。

峰回路转,天地一片空阔。

我记得,我没有立刻回家,而是独自一人在雨中走了很久,来慢慢消化心里秘密的喜悦。当我看到肥硕的杏子和梅子在雨中悄然发了黄,看到斜雨在河塘里腾起一片蒙蒙轻烟,看到远处田野里雪白的麦花向天边伸展,似乎觉得压抑了我两个多月的羞耻和烦恼,被呼呼刮过的春风荡涤一空。

出了这桩丑闻,堂哥倒也没觉得有什么见不得人的,相反,他走到哪里都梗着脖子。他看人的眼神,变得更加阴沉、乖戾,就像一头凶狠的小兽,仿佛在咬牙切齿地警告每一个他所遇见的人:"你们都给我等着吧!"村里的女孩子一看到他赶着猪郎出现在视线之中,立刻就会远远地躲开。同彬和我也很少与他来往。就连叔叔见到他,也绕着道走,有点怕他。

据说,出了那件事后,叔叔照例拿着一根棒槌,将礼平关在猪圈里暴打。开头几下子,礼平一声不吭地忍了下来,后来,他见父亲当真要往死里整他,就突然哼哼怪笑了一声,对父亲道:"我念你是个瘸子,不和你计较,让你打几下算了。可你这老狗,这么不识相,居然得寸进尺!你他妈再不收手,就不要怪老子不客气了。"叔叔被他一吓,呆呆地在墙上靠了半天,气得整个人都瘫软在地。

事后,他仍然没忘了逢人就为儿子的丑事辩解,说他

"本质上是个要求上进的好青年,一时鬼迷心窍罢了。只要他痛改前非,浪子回头金不换"。

说到同彬与礼平的疏远,其实也不完全是因为丽华那件事。同彬曾多次提醒我,"你那狗日的堂哥为人险狠,又一肚子坏水。对他来说,世界上根本就没有'规矩'二字。我们惹不起他,倒还躲得起!"他对礼平的看法与父亲生前的预料如出一辙。

有一次,我和礼平、永胜、同彬四个人在一起打升级。我与同彬合家,永胜与礼平一伙。礼平摸了一手五分牌,说了句"造反",就将牌往桌上一摊。同彬是个细心人,怀疑有诈,就一张一张地查验,最后发现了一张藏着的梅花五。同彬跳起来,骂他耍赖。礼平倒也不急,只是淡淡地道:

"这老规矩也该改一改了。文化大革命,造反有理嘛!五分也可以造反!"

随后他又威胁说,如果不让他造反,他立刻起身回家睡觉。同彬眼见好不容易聚起的牌局要散,只得咽下这口恶气,同意礼平修改规则。可是,没过多久,同彬也摸到了一手五分牌,便摔牌造反。礼平要比同彬大气得多,他根本不屑于去查牌,只是冷冷地说:"你又不是造反派,他妈的造什么反!你们家本来就是漏网地主,根本没资格造反。赶紧把牌拿回去,我们接着打。否则的话,我们即刻散伙回家。"

贪玩的同彬权衡了一下利弊,再次决定忍气吞声。那天晚上,由于心里别扭,怎么也压不住屈辱的邪火,我和同彬输得一塌糊涂。我输掉了两张珍贵的中华牌烟壳，同彬那顶别着五角星的草绿色军帽，最后也戴到了礼平头上。

还有一次，我们四个人加上雪兰和堂妹金花，在一起躲猫猫。

礼平、金花和永胜先躲。他们藏在红头聋子家和老福家夹墙的甬道里，我们三个人没费什么力气，就把他们找了出来。轮到我们躲了，正撞上更生从唐文宽家下棋回家。他远远地朝永胜喊了两声，永胜正与礼平悄悄地商量着什么事，没顾上理他。更生就又开大步走了过去，也不说话，照着儿子的肚子就是一脚。随后，不由分说，揪住永胜的耳朵，将他提溜回去了。

天空忽忽地打了两道闪，滚过一阵响雷。一阵风过，地上的树叶随着尘土打起了旋子，闷热的天气陡然间变得凉风习习。雪兰看了看天色，说："好像要落雨了，不如散了。我明天一大早还要跟奶奶去皮村卖花生呢。"

可礼平不让，"两个小时之内，如果我找不到你们，等明天卖棒冰的人来了，我输你们每人一根赤豆棒冰。"

听他这一说，同彬就来劲了。他督促礼平和金花冲墙站着，高举双手，以标准的行刑枪决的姿态紧贴在墙面上，十分钟之内不准回头。为了防止他们偷看，我们故意先向东边的桑树林里跑，中途又悄悄地返回，沿着燕塘对岸的河堤，重新潜回到村中。最后，我们翻过蕉雨山房的一段倾颓的围墙，来到了死鬼赵孟舒杂草丛生的院中。

第二章　德正

我们先在院中堆满太湖石的凉亭里躲了一会儿，后来，同彬又建议我们干脆躲到楼上去（谁都知道，那里是赵先生服毒自杀的琴房）。因为这样一来，即便兄妹俩找到了蕉雨山房，"借给他一万两千八百个胆子，也绝对不敢到楼上来"。虽说当时心里有点害怕，但见雪兰没说什么，我也不好意思反对。由于担心踩到毒蛇，我和雪兰跟着同彬，用树枝开路，蹑手蹑脚地来到了二楼琴房的窗下。

透过破碎的窗纸，我看见琴房里漆黑一片。有几只萤火虫，绕着梁柱间的蜘蛛网，飞来飞去。当闪电的龙爪颤抖着扑向我们的瞬间，我无意中看见，琴房的墙上挂着一幅赵孟舒先生的画像（我还是第一次对赵孟舒的长相有了清晰的概念）：他身穿中式棉袄，略胖，表情威严。赵先生的面容虽说一闪而过，却在日后的许多个夜晚一直映在我的脑子里。不知为什么，在我以后的生活中，我总是用他的样子来想象鬼魂一类的形象。或者说，正因为有了这幅画像作参考，那原本是无形的鬼魂，立刻有了具体可感的样貌。

我执意要下楼。

雪兰哆哆嗦嗦，原本也是打算跟我下楼去的，但同彬一把拽住了她。

我一个人来到楼下，背靠着一根圆木廊柱，坐在门厅前长满苔藓的台阶上。伴随着不安的心跳，我竭力想把赵孟舒的影子从脑海里赶出去。可急于想忘掉他，只能使他的样子在我的脑子里镌刻得更为清晰。不久之后，在凉爽的夜风中，我终于感到困倦了（在不断袭来的甜蜜的睡意中，我感到那张让人害怕的脸终于变得模糊不清，心中略感安慰），就靠在柱子上打起盹来。

在迷迷糊糊的睡意中，我能感觉到下了一场疾雨（密密的雨点打在芭蕉叶子上的飒飒声也让我感到安宁），不过，持续的时间并不长。后来，我又听到雪兰的奶奶在很远的地方喊她回去睡觉。因无人应答，老太太原本充满慈爱的叫喊声，终于转变为愤怒的咒骂和威胁（"看我明天怎么收拾你！我要让你的屁股烂得能种菜！"）。不过，不管她怎么叫唤，雪兰似乎铁了心，躲在楼上一声不响。

我被雪兰奶奶的叫喊声惊醒，迷迷糊糊地睁开眼睛，心头不由得一紧，下意识地趴在一丛鸡冠花的背后。

我马上意识到，雪兰在楼上对她奶奶的呼喊充耳不闻，是有原因的。

我们是第二天凌晨离开那个院宅的。直到现在我还记得，当我们经过那处爬满茑萝青藤的凉亭时，我看见圆桌边的四张石凳上，有两张铺着旧报纸。东边的天空朝霞欲燃，一条宝石般的曙光河流，浮现在树木的顶端。我不安地想到，这个清风拂面的黎明，究竟藏有多少不为人知的秘密？

第二天我和同彬在磨笄山下遇到了金花。

当同彬得意地向她炫耀昨天的壮举时（"猜猜我们躲在哪儿？你和礼平昨晚一定找得很苦吧？"），金花提着满满一篮子番茄，也不搭理他，只顾笑着往前走。同彬追上她，问她

第二章　德正

有什么好笑的。金花终于决定告诉他真相：

"你们三个人都是傻瓜。不折不扣的傻瓜。傻得没法说。天底下再也找不出第四个。告诉你们，昨晚你们刚走，我哥哥就拉着我，立刻回家去睡大觉去了，一分钟、一秒钟都没耽搁。昨晚你们躲在桑树地里，一定被暴雨淋成落汤鸡了吧？"

同彬就是从那时决定与礼平绝交的。

很多年后的一个初秋，同彬来南京出差，我俩在邗桥镇一个肮脏的小酒馆里喝酒。说起礼平的近况，同彬仍为那晚的事感到愤愤不平："礼平是属于那种既能把游戏变成阴谋，也能把阴谋变成游戏的人。今天的世界，正是人家的天下。"

在往后的岁月中，仿佛就像梦中注定了似的，我和雪兰将会再次回忆起这个七月的夜晚，搜寻黑暗中的吉光片羽，咀嚼着飞速向前的时间留给我们的隔世之感。如果说，那个传说中闹鬼的蕉雨山房，院中的假山、凉亭和一草一木，在回忆中已经呈现出全新的面貌和意义，也许仅仅是因为，在那个雷电交加的夏夜，还发生了另外一件事。

礼平当上猪倌后不到半年，他的事业就有了突破性的进展。赵锡光一改过去对堂哥的厌恶与不屑，逢人就夸他是一个有出息的好青年。礼平劁猪的名声，不仅让他的父亲自叹不如（用赵锡光先生文绉绉的话来说，叫作"有出蓝之概"），甚至完全盖过了公社兽医站大名鼎鼎的徐海靖。由于他刀法精纯，动作迅捷，劁猪取卵犹如探囊取物一般。绝大部分公猪在毫无痛苦、全无知觉的情况下，就被他割走了睾丸，模糊了性别。那些日子，礼平有一句口头禅，常常挂在嘴边。原话我记不太清楚了，大意是说，他如此好的刀法，只能施于畜生之身，简直是人才的浪费。

是啊，在一个没有了太监的年代，堂哥多少有点生不逢时。

若说起礼平在给母猪配种方面的一系列发明，更是令人瞠目结舌。他跟赵宝明做过一年的木匠，虽没有满师，却也略知鲁班之法。在他赶着公猪前往邻村配种的路上，手里总是挽着一个自制的折叠木架。在公猪扑向母猪的瞬间，这个木架即被迅速地放置在母猪的脊背与公猪的前蹄之间。这虽不能说是一个多么了不起的发明，但却极大地缓解了母猪在交配过程中所承受的巨大冲击力。如此一来，母猪们通常在一种安静、貌似愉悦的状况下，一动不动地完成交配。过去那种因交配导致母猪后腿骨折的事不再发生。后来，堂哥大概是觉得赶着公猪走村串巷，有点太过费事，就开始研究人工授精法。

我婶子虽然对儿子的"聪明绝顶"很有信心，但她认为所谓的人工授精，纯属异想天开："你想啊，这新郎官和新娘子都不拢边，不到一张床上睡觉，怎么能怀上小宝宝呢？"礼平对母亲的担忧和劝告完全不予理会。他用废木料做成了一只假猪，盖上一张完整的母猪皮来冒充真猪。公猪倒也管不了许多，照样呼哧呼哧，卖力地交配——它的精液通过特殊的装置，被采集到一个玻璃瓶子里。这项发明的成功，不仅减少了工时、大大提高了致孕率,而且从根本上改变了堂哥的个人形象:他身背帆布挎包(里边装着盛有精液的瓶子、一段带有气囊的橡皮管),穿着雪白的的确良衬衫,手腕上戴着闪闪发亮的钟山牌手表,骑着全村第一辆自行车,在清脆的铃声中,风驰电掣地出入村庄。他看上去已经不再是一个牵着公猪到处给人配种的猪倌,更像是一名形象清新的农业技术员。用婶子的话说,儿子所经之处,"连风都是香的"。

人工授精法的成功,被作为一项重大的发明,由高定邦及时地上报给了公社的郝乡长。堂哥当年就被评为公社的先进生产者,郝乡长亲自给他佩戴了一朵大红花。第二年春天,公社在我们村举办了一次人工授精现场交流会。县革命委员会的一位副书记、公社书记郝建文、兽医站站长徐海靖悉数到场。邻近大队的书记和主任们,也都慕名而来。就连平时不爱凑热闹的赵德正,那天也穿了一件崭新的中山装,笑嘻嘻地站在龙英家的猪圈门口,亲自出面接待来自四面八方的宾朋。

由于人来得太多,我和同彬、永胜他们几个不得不爬到龙英她们家猪圈的围墙上,目睹这一激动人心的新生事物。可惜,大概是因为人多而受了惊吓,龙英家的母猪不怎么愿意配合,似乎有意要给礼平难堪。手执玻璃瓶和橡皮管的礼平,刚跨入猪栏,老母猪朝他又拱又顶,在木栅围栏里到处乱撞乱跑,四蹄溅起的猪粪,弄了礼平一脸。

那天也多亏了德正在场。他瞅见可怜的礼平在猪圈里跟着母猪绕圈子，就是近不了身，担心给全村丢脸，就果断命令小武松、朱虎平两人前去帮忙。小武松身手敏捷地跳入猪栏，一下就把母猪掀翻在地。虎平也赶紧过去帮忙，两个人将母猪死死按住，惊魂未定的礼平，这才顺利地完成了配种。

站在一旁看热闹的王曼卿，对眼前的情景大失所望。她不失时机地评论说："这哪是什么人工授精，分明就是强奸嘛！"

她这一说，一脸严肃的县革委会副书记，憋了半天，终于忍不住噗噗地笑了起来。

新田

儒里小学（第二年更名为向阳小学）建成后，魏家墩、窑头赵和观前村的孩子们都来这里上学。老菩萨唐文宽和赵宝明的哥哥赵宝亮，成了学校的第一任教师。赵宝亮是个厚道人，早年跟着周蓉曾读过几年私塾。他知道，大队革委会最初议定的校长人选是唐文宽，只是由于后者的坚决推辞，校长这顶乌纱帽才最终落到了他的头上。他在心底里对唐文宽的感激与敬重可想而知。虽说学校当时只有两位教师、三十七个学生，可每当宝亮听见村里有人恭敬地称他为"赵校长"，还是笑得合不拢嘴。他更加卖力地干起了巡夜、打扫操场、清洁厕所一类的杂活。他对唐文宽言听计从，学校的大小事务，仍由唐文宽一人定夺。

没过多久,赵宝亮就有了一个响亮的绰号,叫作"二菩萨"。

赵锡光对于学校的落成怀着嫉恨。这么大的决策,关系到儒里赵村千秋万代的文脉传承,大队的干部居然没来找他商量,征询他的意见。"好不令人憋闷!"这倒也罢了,把好好的一个学校,交到死敌唐文宽手里,赵先生实在有些想不通:"他唐文宽是个外乡人,胸无点墨,懂个什么尧舜禹汤、成武周康?纯属误人子弟。我看他不过是换了地方,给孩子们讲小人书罢了。"

"你实在是太老啦。牙也掉了,嘴也歪了,还要去管这等鸟事!"师娘冯金宝劝慰他说,"去年你在菱塘放虾网,一跤跌到河里,若不是小木匠拼了命把你救上来,早就做了落水鬼了。省省心好不好?"

当然,对新建的学校怀有仇恨并冷嘲热讽的,不只赵先生一人。梅芳对龙英这样抱怨说:"建学校,本来是桩好事。这个是不用说的。可你想想,这学校早不建,晚不建,等到他们家龙冬长大了,眼看到了入学的年龄,嘿,这学校也像变戏法似的建成了。你说说,怎么就这么巧?"

这一次,龙英对梅芳的冷言冷语未予理会。因为,学校正式开学时,她的儿子小满与银娣家的小斜眼一起,成了儒里小学的第一届学生。

可那年九月,开学后没过多久,学校就发生了一件蹊跷事。

龙英提着一把菜刀，不顾赵宝亮的拼命阻拦，发了疯似的冲进了教室，对着正在给学生绘声绘色讲解"三打祝家庄"的唐文宽一顿猛砍。其实，早已被吓傻的唐文宽站在讲台前一动没动，但龙英砍出的十三刀，却刀刀落在了讲台上，唐文宽本人毫发未伤。

春琴诱导龙冬讲出实情的时候，我和德正都在场。龙冬说：

"那天我们在上课，唐先生说，祝家三兄弟本领好生了得，正说得高兴，就见龙英姑姑举着菜刀闯了进来，要杀唐先生。她不朝人身上砍，光砍桌子，真是怪事！龙英姑姑问，我为啥要砍你，你狗日的可晓得？唐先生赶紧说，晓得的，晓得的。然后，唐先生扑通跪了下来，哭丧着脸，说，你今天饶我一条狗命。哈哈，他说他自己的命是狗命。你今天饶我一条狗命，我来世给你当马骑。后来，宝亮伯伯就冲了进来，把姑姑拖走了。再后来，再后来就没有了。"

春琴还要追问什么，德正就给她递了个眼色："这件事大队既然已经处理了，你就不要再提了。"

德正站起来，往我杯中倒上了酒（我心头一热，差一点落泪。因为我长这么大，还是第一次有长辈像模像样地给我倒酒），嘱咐我说："生产队的牛既然交给你养，你得用点心才好。你父母都不在了，往后这就是你的家。你有什么委屈尽管跟我说，我来替你做主。你婶子这个人，有点小心眼，也是人之常情，你不要记恨她。"

从德正当时的神情来看，他已经知道龙英和唐文宽之间发生了什么事，他给我倒酒，不过为了转移话题罢了。奇怪的是，对于这件事，各怀心事的大队干部们极为难得地统一了口径，迅速达成了某种一致意见，村里的大人们也口风极严，讳莫如深，将这件事封得严严实实。到了第二天，再也没人提及，就像这事从来没有发生过的一样。

同彬挑着一担粪，在龙英家门口歇脚。他笑着向躺在椅子上半死不活的老牛皋打听这事的始末。没想到，气息奄奄的老牛皋，一骨碌从椅子上翻身坐起，勃然大怒，指着同彬的鼻子骂道：

"这事是你该管的吗？快给我闭上你那张臭嘴！"

同彬吓得赶紧挑起担子就跑，粪汁洒了一路。

随着学校的落成，德正所谓的三件大事，总算是完成了头一件。龙英大闹学校事件发生后不久，第二件大事也开始浮出水面，并被立刻付诸实施。

我记得，那是一个寒风凛冽的夜晚，德正召集大队干部以及部分村民，在祠堂里召开了一个扩大会议。附近几个村也派了代表来参加。我被春琴叫去，在伙房的灶下烧火，她和银娣两个人，则忙着给与会者端茶倒水。

原来，赵德正这些年来成天在磨笄山上转悠，并不像梅芳所讥讽的那样，只是"饭后散步消食"；也不像春琴所咒骂的那样，是"去那荒山野岭寻他那前世的魂"；更不像老福奶奶所担忧的，是"被腊保的魂迷住了心窍（至于腊保是谁，我当时一无所知)"，而是在酝酿一个野心勃勃的庞大计划。

他用足迹把磨笄山丈量了无数遍之后，画出了百十来张草图，精确地计算出，如果把磨笄山推平，余土填入沟壑，可以凭空多出多少亩的良田。而且，按照他的反复演算，沟壑被填平后，"恰好"与便通庵的墙根持平。他说，磨笄山现有荒坟五十多座，且大多数属于"五服"之外的无主坟，可随时清除。山上埋有大小岩石"最多不超过七十多块"。他昨天去了一趟青龙山矿场，找来了几个技工实地查看。技师们说，那些岩石并不难弄，爆破工作全部由他们承担。接下来，德正仔细地报出了一组数字：磨笄山被推平后，这凭空多出来的一大片土地，按每亩七百多斤来计算，每年可以多打多少万斤粮食，"我们把其中的一半上交国家，支援社会主义建设，剩下的一半，就可以解决大队春夏之交的饥荒问题"。赵德正还向与会者公布了他所计算的土方量，投入的劳动力，以及完成整个工程所需的时间。"如果一切顺利的话，最迟后年春节，我们就可以用磨笄山上出产的小麦来蒸馒头了。"

最后，赵德正用这样一句话结束了他的报告："事情呢，就是这么个事。如果大家说行，可以干，现在正是农闲时节，事不宜迟，我们明天就上山。要是大家说不行，我刚才说的话就算是放屁，我们马上散会，大家回去睡大觉。"

德正话音刚落，大队会计高定国第一个站起身来，把膝上那顶新买的蓝绒鸭舌帽往头上一戴，不耐烦地说了句："我这就回去睡觉。还当是什么事呢，兴师动众，一惊一乍的。"

头也不回地走了。

梅芳倒是没走。不过，她对赵德正严重脱离人民群众的个人英雄主义，进行了严肃的批评："就算你的计划是可行的，也要事先上报公社和县委，由上级部门统一决策，统一布置，而不是像有些人那样，仅凭长官意志，一拍脑门，任意胡为！"

经她这一嚷，朱虎平、龙英、小木匠赵宝明和更生他们几个，都表示反对。红头聋子低声嘀咕道："你这是在说梦话呢！这磨笄山，自古以来就是村里先祖殡葬的吉地。我还巴望着将来死了，能把骨灰葬到山上去呢。你说平就平了，成何体统！"说完站起来，把身上的棉袄掖了掖，也走了。

同彬当时也在场。他张着手，绷着一扎绒线。见他母亲新珍低着头，一声不响，只顾飞快地绕着绒线，同彬就用脚尖轻轻地踢了她一脚，大概是想怂恿他母亲发言。

后来，同彬告诉我，前天上午，德正和春琴专门到他们家去过一次，让新珍在德正发言完之后，抢先表示赞成，以"主导舆论走向"。新珍当时是爽快地答应了的。可是，到了会上，她瞅见几乎所有的人都反对，就吓得不敢说话了。她不会不知道，此时的德正，坐在台上，一个劲地朝她扬脖子、眨眼睛，似乎在哀求她发言。正在心烦意乱之间，被儿子一催促，就突然恼怒起来，高声骂道：

"你个兔崽子，没事踢我干啥？"

祠堂里早就乱成了一团。朱虎平和小木匠他们几个，已经在凑打牌的搭子了。从魏家墩、窑头赵等几个自然村来的干部，此刻也准备离开了。他们用同情的目光看着德正，笑道："赵书记，天太冷，路又远，先走一步了。这事咱们从长计议，急不得。"

眼看开会的人纷纷散场，坐在德正旁边、脸色阴沉的高定邦突然把手举起来。

他没有马上说话，而是在等待人群慢慢安静下来。一直等到会场上鸦雀无声，正准备离去的几个外村的代表重新落了座，他这才看了一眼会场，大声道："这个事，我赞成。谁要不想干，谁他妈滚蛋！"他又瞅了一眼坐在一边的赵德正，板着脸，像是跟谁赌气似的说道："明天一早，咱哥两个就上山平地。本来嘛，愚公移山，也用不了那么多人。"

应当说，高定邦那晚的举动，出乎所有人意料。它直接印证了半年来村子里一直在议论的"兄弟反目"的传言。

那天深夜，春琴在厨房的灶下洗茶杯，如释重负地对我说："你刚才注意到没有，高定国开会时，没有与他哥哥坐在一起，而是独自一人靠在门边的一张竹椅上。这是破天荒头一遭。"

第二天，我跟几个老太太在仓库里选稻种。马老大忽然说，据她所知，高家兄弟突然失和，是因为"有一回定邦不敲门就直接闯入了弟弟的房间，而当时梅芳一丝不挂正在洗澡"。她还说，兄弟俩闹翻之后，高定国一怒之下，把堂屋通往前院的门用砖头砌死了。定国与梅芳从此由后门出入，与住在前院的高定邦"牛头不见马面"。

不过，马老大的这番话很快就被证明是无稽之谈。不久后的一天下午，老福奶奶让我去梅芳家借定盘秤卖兔毛，我亲眼看见他们家堂屋的门不仅没有堵死，门板上还新刷了桐油，上面贴着这样一副对联：

近水楼台先得月
向阳花木早逢春

由于高定邦的意外表态，赵德正差一点胎死腹中的计划终于重现生机。小武松潘乾贵、银娣、我叔叔赵月仙和新珍，都相继发言表示支持。就连手腕上绷着绒线的同彬，也站起来凑热闹。

德正一看同彬要说话，立即拍了拍手，示意大家安静，听"革命小将"来发言。可让德正这么郑重其事地一喊，同彬反而有点不好意思了，朝他娘看了一眼。新珍手里绕着绒线，嘴里道："有屁快放！"

同彬说，如果磨笄山被推平了，村庄与大港镇的直线距离"立即"被缩短了"十分之七八"（新珍插话：吹牛吧你！若说缩短了三分之一，还差不多！），从后村就可直插江边码头（新珍插话：你去轮船码头充军看电影，倒是方便了），如果走得快一些，他去码头看电影（新珍插话说：可不？），半个小时就可以打个来回（新珍插话说：你飞呀？），那可好咧！（新珍插话：好什么好？）

听着母子俩像说相声似的一唱一和，坐在他们旁边的王曼卿，笑得把嘴里的瓜子壳都喷了出来。这时，在墙角旮旯一张梯子上抽旱烟的赵宝亮忽然提出了他的问题："磨笄山推平之后，地势仍要比平陆高出许多，这水引不上去，怎么种粮食？"

"你不要死脑筋！"我婶子插话道，"我们可以先种些耐旱的红薯啦，玉米啦，花生啦，土豆啦，连公粮都可以省了。你要是把花生、红薯送到粮管所，粮管所也不收啊！我们正好吃独食。"

来自魏家墩的一个干部听婶子这么说，就出语讥讽道："这还没开工，有人就打定主意要吃独食了。既然你们一个村想独吞，大晚上把我们叫来干什么？"

可我婶子并不打算就此让步，她一手叉着腰眼，一手拿着线板，胡乱地挥了挥，回敬道："谁请你来的？笑话！脚在你身上，你爱来不来。"

高定邦这时出来打圆场，拍了拍那个干部的肩，让他坐下来，"至于分配的事，以后再商量。不过别担心，我们牙缝里剔出来些碎末末，就够你们吃的了。"

到了最后，梅芳的态度也发生了微妙的变化。她不再坚持原先的意见，只是说，这么大的事，还是先请示一下公社为好。德正就顺水推舟，责成她赶紧起草一份报告，明后天就去公社，向郝乡长当面汇报。深知郝建文为人的高定邦，没忘了提醒自己的弟媳，到时别忘了给他买一条丰收牌香烟，最好再给他买上一斤桃酥,"郝乡长牙口不好,他喜欢把桃酥泡软了再吃"。

随后,德正宣布散会。

两天后,郝乡长看了梅芳的报告,既没有反对,也没有表示支持,只是说,有些事说得做不得,有些事做得说不得。"你可懂我的意思?"

梅芳说:"懂,懂,我懂。郝乡长心里是赞成的。"

郝建文就朝她跟前凑了凑,手搭在她背上,笑道:"你能看出我的心,我怎么就看不出你的心?"

梅芳一听他的话有些变味,就赶紧跟他道了再见,溜出了公社大院。

远在地区行署的严政委,在得知这一消息之后,专门给德正写来一封长信,明确予以支持。这封信,当年赵德正让我给他念过几遍。可他到底写了些什么,我现在已经差不多全忘了,只记得在这封信的结尾,严专员引用了毛主席的诗,那是《七律·到韶山》中的两句:

喜看稻菽千重浪
遍地英雄下夕烟

等到磨笄山最终被推平,新垦的土地上长出了第一茬油菜,漫山遍野的蜜蜂嗡嗡地闹着,在沁人心脾的花香中酿蜜时,已经到了一九七三年的初春。那时,从合肥来的几个插队知青，已经在村里落了户。

赵德正把便通庵修葺一新，作为知青的宿舍。随后，他又在知青点边上新盖了七八间矮平房，建了一处养猪场。我叔叔和红头聋子一起，被派去养猪。起先，梅芳别出心裁地给这块新垦地取了一个名字，叫做"狼窝掌"，但遭到了老福奶奶的一顿啐骂——她唯一的儿子腊保，十二岁那一年，在磨笄山上遭到两头灰狼的围攻。他的内脏被吃空以后，尸架由德正背了回来。

她听不得"狼"这个字。

于是，大家就把那块新开垦出来的高地叫作"新田"。

曼卿的花园

透过阁楼朝东的木窗，赵锡光先生家那幢青砖黑瓦的大宅院就可尽收眼底。三个灰扑扑的屋顶的斜坡和一面乱砖墙，围成一个长方形的庭院。在庭院的东北角，有一棵年代久远的西府海棠。亭亭如盖的树冠高出瓦楞之上，深黑色的虬枝疏朗地探向院外，将东边那间厢房遮去了一半。到了每年的三四月间，在春风的梳拂下，那株海棠总是在不经意间悄然开放。花苞初呈秾丽的胭脂色，丝丝缕缕，有一种黯然神伤的幽逸。但空濛的春雨很快将它的颜色洗淡，绽放出一派饶有风韵的粉白。花瓣层层叠叠，累累纷披，在初生柔叶的映衬之下，独立斜风细雨，瞻望四方，蹙然有思。

当然，赵锡光先生家的庭院中不光有海棠。

每到盛夏七月，绚丽的大烟花迎风怒放之时，那些妖冶多姿的绛红色、紫色或白色的花朵，挤挤攘攘，织成一块色泽斑斓的云锦。这些传说中的销魂之花，仿佛一心要为自己洗去莫须有的恶名，使出浑身的解数来涂脂抹粉，顾盼之间，流波横溢，摄人心魄，为这座古旧、冷清的院落平添一抹活泼的明丽。

赵先生偷种罂粟的名声，早已远播乡里。到了一九七一年夏末，郝建文书记专门把德正叫到公社，拍着桌子对他说："我不管你狗日的用什么办法，三天之内让老东西将烟花自行铲除，否则，县公安局直接下来拿人！"赵德正倒也没去麻烦赵先生和冯师娘。他瞅准了赵锡光出去放虾网的空当，让小武松带了七八个人，强行冲进赵先生的后院，将刚刚结果的大片罂粟，铲得一株不剩。

赵先生用完了往年囤积的烟膏之后，接连撞了几回墙，终于一病不起。不过，冯师娘说，他一时半会还死不了。"这老不死的，不好这口好那口！他倘若不把手里的几文钱，一个子不剩地交到那个冤家的手里，他是咽不下这口气的。"

师娘口中的那个冤家，谁都知道，指的就是龙英。

如果把目光从赵先生家庭院上空移开，稍稍偏向东南，就可以看见王曼卿家的花园了。与方伯府邸繁复而精巧的宅院不同，曼卿家的园子，不过是用蔷薇花枝密密匝匝地编织而成的一个篱笆院落。桃、杏、梨、梅，应有尽有；槿、柘、菊、葵，各色俱全；蚕豆、油菜、番茄、架豆，夹畦成行；薄荷、鸡冠、腊梅，依墙而列。花园外，就是一望无际的桑林和麦田，斜斜的坡地一直延伸到菱塘那弯月形的波光水线。

唐文宽曾搬出古本小说中的句子，吹嘘自家的花园有经年不败之景，四时不谢之花，其实并不夸张。每当春和景明、蜂飞蝶舞的时节，这座不事修饰、杂乱无章的园子，却有一种说不出的盎然生机。当浓艳、清冽的花香，随着黑暗中的微风，潜入你阁楼，进入你梦乡的时候，你能分辨得出，哪是蔷薇的迷离，哪是丁香的清芬？哪是菜花的甘甜，哪是桃李的浓烈？

在我看来，正是这春天的芳香，将这座迷人花园的精华萃取出来并加以提纯，最终变成了尘世声色的某种象征。正如王曼卿自从有了"逢人配"这个雅号以来，她的美貌和风韵，在各种或真实或虚幻的传说中，也被勾兑成一杯琥珀色的美酒。你从中看到的不光是她的姿容，还有自己隐秘的欲望。当她摆动着柔软的腰肢，从菜地里直起身来，朝你嫣然一笑之时，你可以想象，这座花园藏埋了我们多少青春期的缤纷忧伤！

正因为如此，你完全可以想见，等到有一天，赵同彬坐在我家的阁楼上，喝着我给他新泡的"雀舌"茶，对我说出"其实王曼卿的身体，本身就是一座巨大的花园"这句话时，我可能会有的魂飞魄散。

我知道同彬话中有话。我同样知道，根本用不着我催促，过不多久，他就会把整个事情向我和盘托出——他面有得色，急急忙忙地跑来找我，正是为了让我分享他"天崩地陷、宇宙爆炸"般的狂喜。

且让我慢慢道来。

礼平凭借着劁猪配种的手艺，当上了劳动模范和先进生产者。很快，他又被任命为公社兽医站的站长，接替老眼昏花、劁猪时手会发抖的徐海靖。用我婶子的话来说，礼平"大小也是个官了"。他拥有了全村第一辆自行车、第一块手表之后，又给我婶子买来了漂亮的蝴蝶牌缝纫机，给我叔叔买回一台红灯牌收音机。堂哥与叔叔的位置调了个个——礼平以发号施令、说一不二的家长自居，而我的叔叔则变成了低声下气、事事征求他意见的儿子。我叔叔不管走到哪里，都带着那台收音机。电台里播送的京剧唱段和扬州评话，无时无刻不在塑造并强化着堂哥"成功者"的形象。

对于当年礼平被小木匠赵宝明斥退之事，村里的舆论也有了全新的说法。一些人开始在背后讥讽小木匠的"失算"，嘲笑他没有"识人之敏"，"好好的女婿不要，事到如今，你就是用八抬大轿，将丽华送到人家门上，礼平连看都未必会看她一眼"。而作为受害者的丽华，本来就生性腼腆，不爱说话，现在她在村里人同情和惋惜的目光注视下，反而像是做了什么见不得人的事，显得更加木讷可怜。每当我看见堂哥的自行车叮叮当当地从弄堂里穿过，正拎着一篮子衣服去河边的丽华，吓得赶紧躲到墙边，给礼平让道的时候，心中总会有一种难言的凄恻不忍。

俗话说，风水轮流转。过不多久，在村中显赫一时的堂哥礼平，忽然有了一个新起的竞争者，此人正是赵同彬。

同彬在南京工作的叔叔，替他在县城的缫丝厂谋得了一个质检员的职位。两个月之后，能说会道、口若悬河的同彬就引起了厂领导的注意。他开始跟着一位副厂长跑起了供销。不到一年，他的足迹已经遍布差不多大半个中国。他去过东北的佳木斯、西北的乌鲁木齐、南方的昆明、北方的呼和浩特。据他说，"青海湖边的太阳，要到晚上九点才开始下山"，而"到了冰天雪地的隆冬腊月，海南岛的西瓜才刚刚成熟"。

对于同彬的突然发迹，我的婶婶根本不屑一顾。她认为同彬是仗着亲戚走后门，才捞到这么一个"四处充军"的职业："我们家礼平，靠的是自力更生，白手起家。根本不是一回事，比什么比？"不过，村里的一般议论稍有不同。在他们看来，礼平虽然当上了站长、劳模，私下也攒了不少钱，可毕竟还是一个"拽着猪尾巴"的乡巴佬。同彬则是摇身一变，成了名副其实的"城里人"：不仅装束、做派有城里人的风范，一开口，也都是标准悦耳的普通话。

我还记得，起先，当同彬的红唇白齿间一嘟噜一嘟噜往外冒普通话的时候，还有点心虚脸红，总要事先来一段开场白："这些日子，在外面东跑西颠的，成天都说普通话，说惯了，连家乡话都忘得一干二净。"他不断重复这段开场白，以使他的普通话腔调合法化。其实，他根本没有必要这样做。说不说普通话，跟"家乡话是否忘得一干二净"本没多大关系。在我们村里人看来，普通话是一种资格——既然他如今成了城里人，理当说普通话。

同彬有两件厂里发的汗背心。红背心上印着白色的"丹丝"字样，白背心上印着红色的"丹丝"字样，在回家探亲的夏季，轮换着穿。当他跷着二郎腿，手摇檀香折扇，在大门口的场院里，给村里乘凉的人海阔天空地讲述各地的见闻（他耐心地告诉龙冬："黄山的天都峰，有一半在云里头。"）时，我们吃惊地发现，他的塑料凉鞋里边居然还穿着丝袜。龙英笑着问他"大热天穿袜子热不热"，同彬这样回答："恰恰相反。夏天穿袜子，不仅不会热，反而有助于排汗。"

就这样，同彬一劳永逸地取代了老菩萨唐文宽的地位。唐文宽就算接连不断地向孩子们兜售那些谁也听不懂的怪话，再也无人发笑。那些令人昏昏欲睡的《水浒传》《三国演义》和《小五义》故事，开始让位于同彬口中那些让人心惊肉跳、呼吸急促的《梅花党》《一把铜尺》《绿色尸体》以及全国各地的离奇见闻。

如果说，村里有一个人对同彬的故事具有天生的免疫力，这个人就是更生。他时常去找唐文宽下棋，路过同彬家门口，偶然也会停下脚步，听上一耳朵。他离去时，嘴里照例会发出呵呵、呵呵两声干笑，听上去多少有点奇怪，不知是赞赏呢,还是不屑。直到有一天,他听到同彬说"据可靠消息,就在不久前,美国人已经坐着飞船跑到月亮上去了",更生不由得抬起头,看了看天上的一轮满月。这一次,他没再发笑,而是拉下脸来,一本正经地教训同彬说:

"年轻人,你编出这样狗屁不通的故事来逗人开心,不觉得害臊吗?你去过北京、沈阳、齐齐哈尔,我们没去过,只能听你瞎吹。吹牛可以,但也不要豁了边。天上又没有水,怎么还要坐船?你这不是明摆着胡说八道吗?"

说完,更生倒剪着手,气呼呼地走了。

有一天,同彬眉飞色舞地讲到,盘踞在台湾的国民党特务,如何将一枚定时炸弹装在橡皮婴儿的腹中,妄图炸毁南京长江大桥,地上忽然卷起一阵怪风,一粒沙子钻进了他的左眼。同彬揉了揉眼睛,硬撑着又讲了一小段,最后不得不提前结束他的夏夜故事会,回屋里找他母亲翻眼皮去了。

新珍凑在油灯下,翻开他的眼皮找了半天,也没看见什么沙粒,就嘱咐他早点休息:"没准睡一觉,沙子就化了。"

第二天早上醒来,同彬悲哀地发现,沙子不仅没有化掉,伴随着钻心的疼痛,他的左眼已经肿得睁不开了。那会儿,他母亲新珍出早工,去磨笄山给挑土方的人发筹子去了。同彬只能去找老福。老福用一根火柴棍将他的眼皮翻开,见眼球红得厉害,就建议他去找王曼卿——谁都知道,妓女出身的王曼卿,拥有两个非同一般的绝活,一是给人翻眼皮去沙,一是用针给人挑刺。

同彬捂着左眼，一口气跑到磨笄山上，去找王曼卿。正在给社员们舀大麦茶的银娣告诉他，曼卿早上倒是来过，只是她挑了两担土之后就喊肚子疼。"大概是回家睡大觉去了。她这个人，简直没法说！只要为了逃避劳动，什么借口都找得出来。"说完，又是摇头，又是撇嘴苦笑。

同彬只得又回头去了她家。

曼卿倒也没在屋里睡懒觉。她正戴着一顶破草帽，蹲在自家花园的菜地里，用木勺给茄子浇水呢。

"她说肚子疼，全是鬼话。"在我们家的阁楼上，同彬笑着对我说，"我看见她一手拔着地上的杂草，一手给茄子浇水，嘴里还哼着歌呢。我隔着篱笆叫了她一声，没想到把她吓了一跳。"

同彬说明了来意，王曼卿站起身来，朝他讪笑了一下，道："噢，到这时想起我来了，偏不给你弄！回家找你那世上最正直、最贤良的老娘去，她不是说眼里揉不得沙子吗？你眼里的沙子是哪来的？"

话虽这么说，她还是赶紧丢下手里的木勺，去铅桶里净了净手。她将同彬拽到了墙边的一张木凳上坐下，让他头靠着墙。然后，她从头上拔下一枚黑色的发卡，咬在嘴里，翻开同彬的眼皮看了看，很快命令他："别动，看见了。"同彬乖乖地靠在墙上。他能够感觉到，大太阳光穿过树荫热烘烘地照在身上，带着一丝青草的香味和薄荷的苦味。

"园子里真他妈静呐！我都能听见蚯蚓在地里松土的声

音。她整个身子都扑在我身上,我当时真以为自己会被她身上的香风熏化了呢。说实话,我是多么希望她慢一点找到那粒沙子,就算眼睛瞎掉也没关系。我心里只有一个念头,就这么挨着她,挨着她垂到我鼻尖的胸脯。可事与愿违。她翘着兰花指,用那枚发卡的圆头在我眼睛里轻轻一捋,那粒沙子就已经到了她的指尖上。随后,她往我眼睛里噗地吹了一口气,说了声'好了',就放开了我。

"如果我那时马上向她道谢,立刻走开的话,就不会有后面的事了。

"我闭着眼睛靠在墙上,略微打了个盹。她刚刚向我吹出的那口仙气,还没有完全散尽。这时,我听见曼卿说,虽说沙子已经挑出来了,可我的眼睛红得跟兔子一样。她说她房里有眼药膏,问我要不要上点药。我当即表示赞同。

"我跟着她进屋的时候,已经是晕头晕脑,完全分不清东南西北了。腿不是我的腿。头不是我的头。从耀眼的阳光下忽然来到幽暗阴凉的房子里,我一时有点不太适应,先是一头撞在了他们家的门框上,接着,又把他们家墙上挂着的一个竹匾碰落在地,匾一直滚到了洒满阳光的天井里。我跟着她进了卧房,在黑暗中定了定神,咬了咬牙,心里下定了一个决心。俗话说机不可失,时不再来。我打算豁出性命来犯个大险,干件蠢事。就是上刀山,下油锅,死上一百五十八次,也在所不惜。

"趁她在抽屉里找药膏的时候,我在她身后拦腰抱住了她。

"你猜猜看，曼卿当时是什么反应？"

同彬从耳朵上取下一支烟，扔给我，自己又从烟盒里取出一支，叼在嘴上，笑着卖起了关子。我在到处找火柴时，同彬又接着往下说道：

"她慢慢地转过身来，手里没有眼药膏，却捏着一把花剪刀。为什么说是花剪刀呢？因为两个半月形的剪刀把上，密密麻麻地缠着蓝颜色、绿颜色、黄颜色、红颜色的玻璃丝。大概是怕剪东西时硌手吧。我问她，拿剪刀干吗？她只是把头拼命地往后仰，咬着嘴唇，像笑不像笑，用极小的声音对我说：'我要把你身上的小黄瓜剪下来。'我死死地箍住她腰。她的身体软塌塌的，脖子里全是汗。过了一会，她见我不吱声，突然又笑了一下，说：'要不，剪舌头也行。快，把舌头伸出来！'我就闭上了眼睛，真的把舌头伸了出来。嗨，你猜她怎么弄？嗨，她把我的整个一条舌头，全都裹在了她嘴里……"

为了证明他所言不虚，同彬把身上的衬衫解开，露出印有"丹丝"字样的红背心和白皙的肩膀，让我去查看他肩膀上一块尚未来得及消退的咬痕。据他说，那是曼卿"像饿虎一般乱咬"后留下的齿印。

那天临走时，同彬对我说了这样一句话："现在就是让我立刻去死，这辈子也值了。"

同彬口中的这场艳遇，我没有亲见。但由于他肩膀上乌青斑的存在，我没法不相信它是真的——尽管后来小斜眼曾提醒我"有些事，太像真的，反而有点让人起疑"。

第二天，永胜把这件事当成"绝密新闻"向我兜售的时候，整个事情的过程，与同彬本人的亲口讲述，细节上已经有了太多的出入。当然，同彬也让他看了肩膀上的咬痕。

连春琴也听说了这件事。

她去半塘探访重病的母亲，带回来半只腌好的板鸭。她晚上请我去她家吃鸭子烧冬瓜，顺便问起了村子里沸沸扬扬的这则新闻。春琴在灶下悄悄告诉我，这段时间风声有些紧，再加上德正晚上睡觉老是做噩梦、盗虚汗，他在半年前就与曼卿断绝了往来。"我晓得，这骚货早就夹不住了……"

堂哥礼平在听说了同彬干出的这件"惊天大事"之后，表面上没什么反应，甚至还嘲笑同彬"不过是个人尽可夫的半老徐娘，有什么可吹的"，可他暗地里却踩着同彬的足迹，在唐文宽带着孩子们做广播体操的晌午，悄悄地溜进了曼卿的花园。他将自己瞒着母亲偷偷积攒下来的二十六块五毛钱，全部"拍"在王曼卿家的八仙桌上，直接跪在地上，要求曼卿"可怜可怜"他。他的要求遭到了王曼卿拼死的抵抗。她从桌子下抽出一根擀面杖，劈头盖脸地朝礼平打了过来，礼平抵挡不住，只得抱头鼠窜，落荒而逃，再一次在村子里留下令人不齿的笑柄。

那天晚上，王曼卿来到了婶子家，将礼平留下的那笔钱，一分不少地交到了婶子手里。她哭哭啼啼地对婶子说："他多大？我多大？说句不好听的话，我要是能生养，儿子如今也和他一般大了呗？这孩子，怎好动我的脑筋？"

第二章 德正

就这样，王曼卿把这些话颠来倒去地说了好几遍。婶子看见曼卿递上来一大沓钱，喜从天降，早已高兴得合不拢嘴了。她亲热地搂着王曼卿的肩膀，半真半假、绵里藏针地安慰曼卿说：

"身正不怕影子斜。嫂子平时是哪样人，村里谁人不知？快别和那兔崽子一般见识了。我们家那个小畜生，昨天还穿开裆裤呢，没成想，如今也知道做这等事了。看他回来我不敲断他一条腿！"

她把锅里新蒸的芋头送了曼卿两只，好说歹说将她哄走了。回到里屋，婶子对着正躲在门后偷听的叔叔道："她是个什么货色！撒泡尿自己照照！这会子又装什么贞女烈妇？哎，你可别说，一个不留神，孩子就大了，也知道偷腥了！哈哈！我们也该合计合计，给他说个媳妇了。"

这件事从金花的口中传出。金花传给了雪兰，雪兰告诉了永胜。永胜在向我转述的时候，还叹了一口气，加上了这样一条精辟的评论：

"唉，有些人不费吹灰之力就能办成的事，换了个人，倒贴了许多钱，却比登天还难。奇了怪了！"

白虎堂

这年夏天，随着新田出产的第一批大麦运到了公社的粮管所，德正也被临时叫到县上，参加为期一个半月的三级干部培训班。当他从县里回来的时候，已经是公社党委副书记了。有消息说，用不了多久，德正将会被提拔为朱方公社的第一书记，以接替在一桩未经查实的腐化案中名誉受损的郝建文。

丈夫的突然升官，反而让春琴感到忧心忡忡。她说："我和德正都是穷苦人出身，生来就是吃苦受累的命。坏运气来了，你会觉得这是你命里该受的，可好运气一来，心里哪儿都不踏实，反而觉得不太吉利。"她又说，郝建文知道德正不识字，却偏偏让他去分管公社的宣传与文教，"明摆着是要出他洋相"。公社给德正准备了办公室和宿舍。德正偶尔会去公社点个卯，却从未在朱方镇住过一宿。到了后来，他连办公室也很少去。郝建文倒也假装看不见，听之任之。

春琴说，自从德正从县里回来之后，就成天愁眉不展，有时一连几天也说不上几句话。很快，他就得了一种怪病。

如果你认为一个人总是重复梦见同样的事情，还算不得一种病的话，那么我必须马上告诉你，这种看法是十分幼稚的。说实话，差不多三十多年之后，我也不幸染上了同样的病，品尝过这种疾病带给人的那种生不如死的滋味。

德正老喊头晕，同时，他开始变得疑神疑鬼。他总是疑心背后有人，可转过身来，却发现身后什么都没有。在梦中也是同样的情形：只要一闭上眼睛，他就能感觉到，有一个穿红衣服的小孩躲在他背后，朝他冷笑，窸窸窣窣地跟他说话。公社卫生院的苟大夫让春琴不必担心。他说，精神上出现幻觉，不过是身心过于疲惫的一种自然反应。养好了身体，那些症状就会"自动消失"。可德正吃了他开的十几副中药，丝毫不见好转。春琴说，德正从未有机会见过那个红衣孩子的脸——不管他用多快的速度转过身去，那个精灵总是以同样的速度遁迹于无形。一天深夜，德正大汗淋漓地从梦中醒来，对妻子说了这样一句话：

"要是我后脑勺上也长着一双眼睛，那该多好！"

那年春天，春琴的母亲去世了。她带着丈夫去半塘奔丧。等到料理完丧事，夫妻两人心事重重地回到村头，已经临近中午了。他们沿着风渠岸边的大路走得好好的，德正突然就站在了路当中，一动不动。问他什么事，德正只说是头晕。春琴的心猛地往下一坠，一种不祥的预感促使她慢慢地转过身去。

中午的田野一片空阔。丝棉般的云朵堆在天边，河边刚刚长出新叶的菖蒲在春风中簌簌有声。除了天上盘旋的一只鹰隼，周围什么人都没有。只是在很远的地方（停着一辆水车的池塘边），有一个从高桥来的捡垃圾的哑巴，身背竹篓，头戴方巾，在麦垄中踽踽独行。她那时已经很老了。

像以前那样，凡是遇到解不开的心事，春琴就去找老福商量。老福说："不要紧，我疑心他是被我们家的那个孽障给缠住了。当年，腊保被狼吃空了肚肠，是德正把他的尸体给背回来的。我记得那天他就是穿了一件红棉袄。我这就去他坟上烧纸。"

一连七天,老福天天都到腊保的坟上喊魂烧纸,也没见到什么明显的效果。

"要说我平常最恼的人,就算是你爹了。"春琴有一次对我说,"他成天跟我娘捣鬼,东算西算,就把我算到你们村来了。不过,现在我总算明白了,这世上的事,皇帝管的,太监管的,各有不同。这世上,还真的少不了你爹这样的人。要是他现在还活着,兴许能看出我们家德正到底得了什么病。"

她不断怂恿丈夫,找个算命先生来排排八字,看看阴阳,可每次都遭到了德正严厉的呵斥。德正说,等什么时候有空,他就去一趟镇江,找他的老上级严专员,交交心,谈个通宵。"什么妖魔鬼怪,早就跑得没影了!"听他这么说,春琴只得偷偷地一个人流泪。

因为,严政委本人如今也已成了阴间之鬼。

就在半个月前,高定邦从公社开会回来,找到了正在菱塘捞浮萍的春琴,将她叫到没人的地方,这才压低了声音告诉她:严政委死了。他们逼他吃了屎。当天晚上,他用一枚双面刀片割断了自己的喉管,死在了四牌楼臭气熏天的公共厕所里。他特意嘱咐春琴,暂时不要将这事告诉德正,等他病好了再说。

德正身上的这个怪病,并未发作太长时间。到了这年深秋,在一场突如其来的滂沱大雨中,村子里发生了一桩极其诡异的事。这件事为德正的政治生涯画上了句号,却也导致了一个谁都意想不到的结果：德正的怪病，一夜之间霍然了。

不过，在讲述这件事之前，我还要提及另一个"插曲"——简单地来说，那是我做过的一个梦。如果你有足够的耐心，并稍加思考，你不难发现，这个插曲与后来发生的轰动一时的大事之间，是有联系的。

春琴关于我父亲的那段议论，我听了以后十分难过，这倒不是因为她言语中对我父亲有所不敬，而是缘于我对父亲不可救药的忘却。我得承认，我的确有很长时间，想不起世上曾经有过这样一位算命先生了。

那天晚上，我回到家里，把父亲当年和我在朱方镇照相馆里拍摄的唯一一张小照，从抽屉里翻了出来。父亲的头歪向一侧，紧紧地抵住我的脑袋，脸上挂着很不真实的微笑。事隔这么多年之后，我才终于看出，他那破碎而凄恻的笑容，暗藏着多少对我的宠爱和担忧！我第一次意识到，在他带我去拍小照的时候，实际上已经做好了自杀的准备。他大概是希望我日后想起他来，不至于空无凭据，就特地拍了这张小照，留给我做个念想。它被夹在了一本名为《梵天庐丛录》的旧书中。可自打他去世之后，我居然一次也没有端详过这张相片。我看着那张二寸见方的黑白小照，怀着对父亲的愧疚和思念，一个人哭了半天。谁能想到，到了后半夜，我就在床上做起梦来了。

我梦见父亲嘴里咬着一根火柴棍，头发湿漉漉地贴在前额上，坐在灶台边的木凳上，看着我抿嘴而笑，似乎在说："小伙子，近来过得如何？"我几乎不假思索地将德正伯伯生了怪病的事，跟他说了一遍，问他有没有什么解救之法。我还假惺惺地向父亲赌咒说，每当我想他想得不得了的时候，就把那张相片拿出来看一看。父亲想了想，说："没关系的。让春琴不要着急。唐文宽家的宴席已经准备得差不多了。他的病会好的。"说完身影一闪，就不见了。

我从床上醒过来，窗户纸上已经透出一派灰蒙蒙的鱼肚白。我怎么也想不出，德正的病与唐文宽家的宴席有什么关联，心里犹豫着，第二天要不要把这个梦告诉春琴，想着想着，不觉中又睡了过去。

这天中午，德正在大队部接待一位来自公社的文教助理。看见唐文宽在门外探头探脑地张望，德正就转过身来，问他有什么事。文宽眯眯一笑，说："瞎转，瞎转，你忙，你忙。"随后就走开了。可是等到公社的文教助理从大队部离开，只剩下德正一人的时候，唐文宽却不知从哪里又钻了出来。德正招呼他坐下，还给他沏了一杯茶。文宽向德正谈起了学校里的事。他提到，前年从合肥来的三个知青中，有一个名叫付瑞香的女青年，读过高中，数学好，能歌善舞，还会拉手风琴。"我一直在琢磨，能不能请她来学校教书？"

德正立刻就同意了。他让文宽直接去新田的知青点找小付谈。如果她本人同意的话，明天就可以到学校上课。

文宽说完了学校的事，没有要走的意思，却又扭扭捏捏不说话，似乎有什么难言之隐。德正在送他出门时，文宽这才四下里张望了一眼，干笑了两声，说，今天晚上，他特地在家中备下了几样酒菜，请德正赏光。他有一件"顶要紧、顶要紧"的事，要向赵书记汇报。

德正也没多想，一口应承下来。

等到他回到家中，说到唐文宽请客的事，春琴鼻子里哼哼了两声，把手里端着的一碗豆腐，往桌上重重一放，怒道："那老菩萨，与你非亲非故，从无往来，请你喝个什么酒！人家老婆被你弄了这么多年，心里不怀恨，还要巴巴地备酒来谢你？那唐文宽晚上睡在学校里，谁人不知？你这么三不知摸到人家门上去，成个什么样子？莫不是与那大屁股的风骚娘们又死灰复燃了吧？你这会子怎么也不头晕了？我劝你省省心，少跟我编瞎话。就算她王曼卿是金枝玉叶，被你拢这么多年了，生地也犁成了熟地，生面也叫你揉成了熟面，恩恩爱爱的话也说破了嘴，还有什么丢不开的？姓赵的，你若是把我逼急了，信不信我提把菜刀，杀上门去，大家鱼死网破，都图个清静！"

说完，伏在桌上，嘤嘤地哭了起来。

德正只好赶紧赔笑，安慰她道："文宽说，有一件顶要紧顶要紧的事，晚上要和我商量。老菩萨这个人，你又不是不知道，向来神神鬼鬼的，我也不知他为何要请我。既然你这等疑心，晚上不去也罢。你下午有空去一趟学校，告诉他，我夜上有事，去不了，别让人家空等。有什么话，让他明天一早，到大队部来谈。"

听丈夫说得有鼻子有眼，春琴冷静下来一想，反倒觉得自己过于多心。她转身去房里匀了匀脸，回到桌边，刚坐下，就看见儿子龙冬跌跌滚滚地从门外跑了回来。三人围桌吃饭，都不说话。因见丈夫讨好似的往自己的碗里夹菜，春琴忽然停下筷子，轻声道："也不知这尊菩萨烧的是哪炷香。上回他做出那等没出息的事来，要不是你出面替他兜下来，他这会子还在大牢里蹲着呢！既然他有事叫你去商量，你就去呗。只有一样，少喝酒，少说话，夜上早点来家。"

龙冬听见春琴提到他们学校的唐先生，就抬起头来，翻着白眼，吃惊地看着他娘。春琴拿筷子在他头上敲了一下："大人说话，小孩子别竖起耳朵听，好好吃你的饭。"随后，她又对德正笑道：

"你晚上去喝酒，别忘了替我在他们家园子里摘一点天竺叶带回来。过两天，半塘的姨奶奶要做寿，我要给她做寿桃。"

德正说："你要天竺叶，随时去他们家园子里揪一点罢了，这等费事！"

春琴即刻把脸一沉，冷笑道："他家的门槛，千人跨，万人踏。你能去，我却不能去。"

两人你一句我一句，说着闲话。吃完了饭，德正就去里屋睡中觉了。龙冬爬到一张方凳上，抓过灶台上的一把弹弓，仍回学校去了。

春琴在灶下洗碗,忽听见银娣在院子里叫她。

银娣说,队里派她下午去供销社买萝卜籽,问春琴想不想一起去。春琴二话不说,解开腰上的围裙,往灶上一扔,正要走,听见德正在里屋的床上叫了句"带伞",就抬头看了看天。可不,一阵阴,一阵晴,云赶着云,像是要变天的样子。她顺手从门后抓过一把油布伞,来到院中,搂着银娣,两人有说有笑地往朱方镇去了。

那天傍晚,赵德正等了半天,也不见龙冬从学校回来。他换了一件干净裤子,正想出门,看见很少来家的梅芳站在了院子里。她是追着雨脚来的。那会儿,天空狂风大作,电闪雷鸣,天低云暗,黄叶纷飞,已有豆大的雨点扑扑簌簌地砸在院子的尘灰上。梅芳一边飞快地把晾在铅丝绳上的衣服收下来,递给德正,一边没头没脑地责问他,为什么魏家墩、观前村都通了电,家家户户都用上了电灯:"我们村怎么一点动静都没有?"

还是像过去那样,梅芳说话阴阳怪气的,不冷不热。她称德正为赵主任,害得德正也只好叫她梅副主任。德正问她要不要进屋去喝杯茶。梅芳一摆手,硬邦邦地回了句"不必"。德正给她解释装电灯的事,梅芳打断了他的话,又问他知不知道窑头赵村丁寡妇喝农药自杀的事。她还说了一句半文不白的老话:"疾风暴雨,不入寡妇之门。"

德正说,丁寡妇自杀的事,大队昨天专门开过会了,处理意见已经上报给公社。"哎,你这不是明知故问吗?昨天开会,你不是也在嘛!"

梅芳帮他把两只老母鸡赶入鸡窝,插上鸡窝门,又道:"这天黑得像锅底,雨要是落下来,一定小不了。"

赵德正见梅芳东一榔头,西一棒子,说的话全不着调,就抬腕看了看新买的手表,笑道:"不瞒你说,我这会正要出门呢。梅副主任,要是没什么别的事的话……"

这时,梅芳猛然转过身来,盯着德正的脸,端详了半天,脚底的鞋子不住地踢着地上的一块碎砖,也没问他去哪里,只是压低了声音,似笑非笑地对德正说:

"要是换成我是你,今天晚上我哪儿都不去。躺在自己家的床上,听着雨声,美美睡一觉,多好!"

德正急于将梅芳打发走,只得对她笑道:"老菩萨唐文宽要请我喝酒,还有要紧的事跟我谈,这不,时间早过了。"

梅芳扬起脸,笑了笑,用德正从未听到过的温柔语调,幽幽地说了一句:"你就不怕误入了白虎节堂,中了别人的拖刀之计?"

话既然已经说到了这个份上,以我之见,德正应当可以准确地判断出梅芳突然来访的真正目的。她在这样一个节骨眼上来到德正的家中,并不是为了在暴雨之前帮他收衣服、关鸡窝门,而是为了向他传递一个重要的消息。我认为,德正后来之所以对梅芳露骨的警告置之不理,仍然固执地去唐文宽家喝酒,并不像春琴后来所分析的那样,"这个不知香臭的木鱼脑袋,根本听不懂人家的话外之音",原因只有一个,德正天生的骄傲不允许他这么做。也许，他压根就不相信，在儒里赵村，还有哪个人胆敢动他一根汗毛。不要说设计加害，就连别人对他动了加害的念头，德正也是绝对不能忍受的。既然，他已有很长时间被躲在身后的那个精灵折磨得睡不成觉，如今，终于等来了一个机会，可以看清这个精灵的真正面目，德正当然不愿错过。

我的上述看法，后来得到了赵锡光先生的首肯。我从集市上买了十个鸡蛋，到先生家探病，冯师娘想听听我对德正遭难一事的看法，我就坦率地说了我的观点。赵先生眼窝深陷，面色萎黄，在床上对我频频颔首，并朝我竖了竖大拇指。

那天晚上，赵德正刚刚跨进唐文宽家的门，就被门后躲着的两个人"像杀猪一样"掀翻在地，脑袋上随即重重地挨了一棒槌。等他清醒过来，已经被人剥得一丝不挂，绑得结结实实，扔在了文宽家的天井里。

天井里站着五个人。

他只认得其中的一个，那就是公社武装部的部长曹庆虎。此人留着络腮胡子，下巴上有一颗黄豆大的痦子。德正问他为什么要绑得这么紧，麻绳都勒到肉里去了，疼！曹庆虎身穿黑雨衣，一只脚踏在板凳上，对德正微微一笑，说了一句顺口溜：

"绑虎不牢，反被虎咬。"

德正又问他（他客气地称对方为小曹），能不能给他穿上衣服，并解释说，他倒不是怕丢人。如今入了秋，雨淋到身

望春风

上，透心凉。

曹庆虎冷笑着反问他:"你见过哪只老虎穿着衣裳?"

德正道:"好家伙!公社武装部直接下来拿人,也算是看得起我了。能不能劳烦你告诉我一声,我犯了什么法?"

曹庆虎决定不再搭理他。他一晃脑袋,一个手下不知从哪找来了王曼卿的一双红色的棉袜。曹庆虎将红袜团成一个球,塞在了他的嘴里。

随后,他被关进了文宽家的羊圈里。

在德正被捉的同时,春琴和银娣正在严村的牛棚里躲雨。风大得撑不住伞,银娣的鞋也掉了一只。两人哆哆嗦嗦地挤在一起,看着满天划出的闪电,竟然还有心思开玩笑,春琴说:"我们家德正,这会应该喝完了酒,回到家里了吧。别的我不担心,就怕冬瓜没人管。"银娣捏了她一把,笑道:"早着呢!等喝完了酒,怎么也得替人家老婆插上两竿子。要不然,人家这钱不是白花了吗?"

两个人在后半夜才回到村中。春琴点上灯,看见龙冬衣服都没脱,歪在床边睡了。德正还没回来。一想到银娣的那句玩笑话,她的气就不打一处来。她已经在床上躺了一会了(满脑子都是王曼卿那一身白肉),又一骨碌从床上爬起来,心里实在气不过,就冒雨走到院子里,上了两道门栓。

武装部的人没有连夜将赵德正押解回公社,瓢泼大雨只是其中的原因之一。在天光大亮时,押着赵德正(五花大绑,一丝不挂,嘴里还咬着曼卿的红袜子),在村里走上一圈,让全村的男女老幼开开眼,也许才是他们真正的意图所在。当赵德正脖子上挂着一个"强奸犯"的牌子,被人从唐文宽家中推出来的时候,门前黑压压的人群中,有一半都齐刷刷地转过脸去。只有小武松家的雪兰,愣头愣脑地盯着德正看。她奶奶刚把她的脑袋扭过去,雪兰又挣扎着回过头来张望,最后,老太太只得给了她一巴掌,把她拽回家去了。

这伙人押着德正,沿着燕塘河岸,走到了老福家门口。老福眼里噙着泪,手里拿着一件她丈夫过世时留下的旧裈子,要替德正披上遮羞,还说了一句不该说的话:

"天底下哪有这样的王法?就是国民党抓人,也没见过剥人家衣裳的。"

曹庆虎喝道:"老人家,单凭你这句话,关你几年大牢,一点都不冤枉。我念你这么大岁数,就不来和你计较了。如若再不滚开,我连你一块抓到公社去。"

红头聋子一看不是事,赶紧奔过来,搂着老福的肩膀,硬是把她拉走了。几个人押着赵德正,推推搡搡来到村头,向南拐了个弯,走上了风渠岸边宽阔的大道。他们不得不在大路当中停了下来,因为那里早早地就站定了一个人。

此人正是春琴。

春琴张开双手,拦在大路中间。那伙人往左边走,她就拦左边,往右边去,春琴就移向右边。他们很快就失去了耐心。一个大胖子往前赶了几步,一脚就把春琴踹倒在路当中的一片水洼里。春琴从泥水中爬起来,浑身都是泥浆,也不哭，也不说话，又赶到那伙人前面，再次张开双手。

这一次，曹庆虎打算亲自动手。

他恼羞成怒地走到春琴跟前，一伸手就锁住了她的咽喉。随后，微微侧转身，右腿向前跨出，轻轻一推，春琴仰面便倒。这一回，春琴没能从水洼中爬起来。大胖子的一只脚，死死地踩住了她的脸，用力地向下碾压。春琴双手扑打着泥水，腰一次次徒劳无益地耸起来，像一张弯弓。可任凭她怎样挣扎，就是翻不过身来。村里人聚集在池塘边，一时都看呆了，连大气都不敢出。

银娣实在看不下去了。她随手抄起一根扁担，正要往前冲，却被龙英和新珍紧紧地抱住，动弹不得。这时，白发苍苍的马老大，在人群中突然高喊了一句：

"村里的男人都死绝了吗？"

经她这一喊，四下里忽然鸦雀无声。

众人都纷纷转过身来，把目光投向了红头聋子家的猪圈。村子里的男人差不多都在那里呢。有的蹲在地上，有的坐在磨盘上，都眼巴巴地望着高定邦，等他做出最后的决定。

高定邦那天正在打摆子发烧。他倚在猪圈的泥墙上，虽说是裹着军大衣，还是忍不住浑身筛糠，抖个不停。他一直默默地注视着风渠岸那边的动静。小武松潘乾贵第三次催问他："赶紧说句话，干还是不干？再迟，人就叫他们打死了。"定邦哆嗦了半天，仍然一动不动，从牙缝里轻轻说出一个字来：

"烟。"

朱虎平赶紧给他递上一支烟去。

高定邦抖抖索索地点了火,猛吸了几口,这才对身边站着的小木匠道:"奇怪呀,宝明。公社武装部直接到我们村来抓人,还设了这么大一个局,怎么一点风声都没透?要不是村里有人做内应,这事怎么办得成?"

朱虎平插话道:"这容易!除了日屄的老菩萨、妖精王曼卿,还有躺在床上等死的赵锡光,村里的男女老少都在塘边站着呢!你把人数点一点,谁不在场,谁他妈的就是内应!当年他抄我的家,搞突然袭击,用的是同样的手法!"

听虎平这么一说,高定邦就抖得更厉害了。

等到定邦把手上的那支烟抽完,把嘴里的一缕烟丝吐出来,就转过身来,对小武松吩咐道:

"既然要动手,就得打出我们儒里赵村的威风来!你们先替我收拾那个络腮胡子曹庆虎。看见没有,那小子狂得没边啊!欺负一个女人,算他娘的什么本事?得让他长长记性。要打得这狗日的,将来经过我们村得绕着道走路。去吧!不要缩手缩脚。打死人我去偿命,天塌下来我一人顶着。"

小武松和朱虎平、柏生他们几个正要走,定邦又把他们叫住了:"他们是五个人,我们也上五个。别让人家笑话咱们以多欺少。"

说完了这句话,他把军大衣裹了裹,扶着墙,回家睡觉去了。

期待中激动人心的五五对决，其实一点都不刺激。当天晚上，同彬从缫丝厂回到村里，让我们把这场斗殴的全过程，从头到尾跟他说说。永胜说："也没看见他们怎么打。一眨眼的工夫，武装部的那几个怂包，就东一个，西一个，躺在风渠岸的地上，不能动了。简直没劲透了。"

快到中午的时候，受伤较轻的两个人，一瘸一拐地来到了村里，说是要借大队部的电话向公社反映情况，可大队部的门早就被人上了锁。他们又到了红头聋子家，要卸他们家门板做担架。据说，曹庆虎断了几根肋骨，要赶紧送公社的卫生院抢救。红头聋子手里拿着一把大竹刀，站在院门口，对那两人道："谁敢动我的门，我就要他的命！"

最后，那两个人只得去了唐文宽家，卸下一扇门板，抬着满脸是血的曹庆虎，往朱方镇方向去了。

高定邦将德正藏在了便通庵的养猪场里。他担心武装部再来抓人，还在村头安排了专人做眼线，日夜盯守。白天是银娣和新珍，她们装着割草，在村头转悠；晚上则是宝明和小武松，牵着一条狗，在红头聋子家通宵打牌。一有风吹草动，他们打算让赵德正从野田里过江，去江北藏身。

定邦的担心是多余的。大约四五天之后，公社派了两个干部来调查情况。他们找了十几个村民去大队部开会。问起那五个人的名字，谁带的头，谁先动的手，村里人都说没看见。马老大更是一口咬定，那天刚下过雨，"曹部长脚底一打滑，自己摔了个狗吃屎。可怜！硬生生地把肋骨给摔断了,怨不得别人"。

那两个人由高定邦陪着,喝了两顿酒,笑眯眯地回公社汇报去了。此事最终不了了之。到了第二年春上,公社宣布了对赵德正的处理决定:除保留党籍之外,所有官职一撸到底。他的罪名,已从"强奸"变成了"搞腐化"和"擅自克扣公粮"。

高定邦被任命为大队书记兼革委会主任。会计高定国升任公社武装部部长,接替在县医院养伤的曹庆虎。在公开场合,高家兄弟彼此之间主任、部长叫得挺亲热,一旦回到家中,两人怒目相向,互不搭话。

梅芳还当她的副主任,夹在丈夫和大伯当中,在以后很长一段时间里,处境十分尴尬。

亲事

德正去职之后,燕还旧窠,仍回祠堂,当了一名仓库保管员。从春琴口中"定邦这个人还算有良心"这句话来判断,她对德正最后的安排也是满意的。毕竟,他用不着跟社员们一块下地,工分按甲等劳动力计算,倒也乐得自在。德正原本就是从祠堂里走出来的,如今辗转几十年,又回到了儿时熟悉的环境中。用他自己的话来说,"好比做了一个梦"。

夏天时,德正常常手执钓竿,在燕塘的树荫下钓鱼。到了冬天，他就坐在祠堂门口晒太阳，顺便帮邻居照看一下晒在那里的稻麦和黄豆。那个时常躲在他背后的红衣精灵，终于不在他的梦中出现。

"我看他的病，是被吓好的。"春琴说，"被人押着，一丝不挂地在村里丢人现眼，老赵家祖宗八代的脸都叫他丢尽了。倒也好，吃这一吓，那块心病也跑得无影无踪了。"

在德正抱怨自己"骨头闲得发了霉"的同时，他衰老的速度也十分惊人。刚刚五十出头，两鬓的头发差不多全白了。脸颊上核桃般的沟壑里，布满了大大小小的"老人斑"。德正比春琴大了整整二十六岁。成亲之后，也许是不好意思直呼其名，春琴一直叫他"喂"；有了龙冬之后，春琴跟着儿子叫他"爸爸"；到了后来，干脆就称他为"老爷爷"了。

定邦上任后的第二天，就把唐文宽从学校里赶了出去。村里有人议论说，定邦将老菩萨清理出教师队伍，是在替赵德正的蒙冤报仇，这其实是个误会。在村子里的男人与王曼卿的复杂关系中，高定邦开始得有点晚，但却是坚持得最久的一位。在赵德正被抓的第二天晚上，高定邦高烧还没退，就独自一人急急忙忙地到了王曼卿家"调查情况"。平时流里流气的小斜眼，这回倒说出一句精妙的话来，在村子里流传了很久：

"高定邦不仅继承了赵德正的官职，也把王曼卿顺便继承下来了。"

定邦决定立刻开除唐文宽，其实另有原因。他接到了县公安局发来的一份有关唐文宽历史问题的正式公函。据亲眼看到过这份公函的赵宝亮回忆说，其实，唐文宽原本不叫唐文宽，而叫卢家昆，祖籍盐城。他父亲卢祖棠是当地赫赫有名的绸布商人，一直寄寓上海。赵宝亮说：

　　"他好像早年在北平上过大学。不知怎么的，大学上得好好的，又去投了军。先是去了缅甸。他的胳膊就是在那里被日本人的飞机炸掉的。后来，他的部队长年驻扎在怀化。湖南的怀化。再后来，又忽然想起要去上海找寻他的一个同父异母的哥哥。他哥哥也是行伍中人，居什么官，我也弄不清。他化装成了一个桐油商人，来到了镇江。不过，这鬼东西与我们村非亲非故，怎么会想得出到这里来藏身？"

　　唐文宽的身世和经历，赵宝亮说得颠三倒四、漫不经心。不过，对唐文宽与知青小付办理交接手续时发生的一件小事，宝亮却说得十分详尽。

　　那天下午，唐文宽将办公室的抽屉清理干净，又从口袋里摸出一串钥匙，交给了扎着羊角辫的小付。本来，办完交接，他就该走了。可是，唐文宽却靠在桌边，直勾勾地盯着小付看，直到她捏弄着衣襟，不好意思地低下了头。随后，唐文宽冲着小付奇怪地笑了一下，说出了一长串谁也听不懂的怪话。

　　在我儿时的记忆中，对着孩子说怪话，一直是唐文宽让他们大笑不止的法宝。可是，这一次，有点不一样。一听到

望春风

他说怪话，知青小付的脸顿时白得像一张纸，张开的嘴，就再也合不拢了。等到唐文宽的脚步声在走廊里已经听不见了，小付仍然惊魂未定，若有所思。赵宝亮上前轻轻地在她背上拍了一下，又推了推她的胳膊，笑着问她，唐文宽刚才跟她到底说了什么？"莫非他的怪话，你能听得懂？"

小付这才转过身来，对宝亮道："他说的不是什么怪话，而是标准的英文。比教我英文的表舅说得还要流利。如果把那段话翻译过来，它的意思大致是说：一年当中，有三百六十个日日夜夜。这些日子就像一把把刀、一把把剑，又像漫天的霜、漫天的雪，年赶着月，月赶着日，每天都赶着你去死。等到春天结束的那一天，花也败了，人也老了，我们都将归于尘土。这世上，再也没有人知道我们这些人曾经存在过。什么痕迹都不会留下来。他的那番话，大概就是这样。我也不知道他为什么要跟我说这个。奇了怪了，你们这个穷山沟里，怎么会有这样的人？"

宝亮道："话倒是实话，就是太颓气了些。"

唐文宽真实身份暴露之后，村里人倒也不怎么在意他最终的命运——因为据年长的老人们推断说，如果不枪毙的话，二十年的监牢是跑不掉的——他们真正关心的是，在唐文宽这个人身上，究竟还藏有多少不为人知的秘密？

同彬说，根据他从"某位不便透露姓名的重要首长"那儿听来的消息，唐文宽在胳膊没被炸断之前，就算骑在风驰电掣的摩托车上，也能双手打枪。说打你左眼，不打你右眼。"他身上还有一件大事。我就不说了,说出来,当场吓死你!"

我很快就搞清楚了,同彬所谓"骑在摩托车上双手打枪"的说法,来自雪兰的弟弟斜眼。而斜眼的虚构,则是受到了当时一本名叫《红岩》的小说的启发。斜眼还认为,不出半个月,唐文宽就得被押上刑场挨枪子,啪的一声,老命归西。

至于同彬说的"另一件大事",直到十几年后,我们在南京再次相见时,同彬才原原本本地告诉我。只是到了那个时候,这桩事尽人皆知,早就不是什么秘密了。

不过,公社对唐文宽最终的处理决定,还是让村里人颇感意外。斜眼所期待的枪决,并未如期到来。甚至,唐文宽连一天牢都没坐过,只是被安上了一顶"历史反革命"的帽子,在村里接受劳动改造。每当批斗"四类分子"的群众大会召开之际,唐文宽也会被押上台去,走走过场。他之所以获得人民政府的宽大,原因很多。其中最重要的一个因素,据说是因为有"贵人"暗中相助——他当年在新六军共事的一位姓仝的兄弟,一九四九年投诚之后,长年在民政部门身居要职。

在病榻上淹留多时的赵锡光,本想多挨些时日,熬到他冤家唐文宽被绑走的一天,终于未能如愿。在唐文宽处理决定被公布的当天晚上,他立刻就死掉了。

早在半年前,郭济仁的儿子郭昌师最后一次来给赵先生诊病。自知来日无多的赵锡光，向师娘冯金宝提出了最后一个要求：请龙英来服侍他，直至归天。师娘当然不会答应。她怒不可遏地质问丈夫："你裤裆里的鸡巴都烂成了一堆狗屎了，怎么还动这个歪脑筋？挑三拣四的，莫非一碗水经了龙英的手，就会变甜了？"赵锡光既不解释，也不生气，只是傻笑。每当冯师娘给他端来鸡汤、莲子汤和银耳羹时，都被他笑嘻嘻地摔在了地上。他的理由似乎也不容辩驳：

"你看噢，龙英自从嫁到我们村来，除了照顾老牛皋，就没干过别的。她最会服侍人了。本乡本土，再也找不出第二个像她这样的人来。牛皋年年作死，可到现在还活得好好的，最近倒能下地挑粪了。被龙英服侍过的人，想死都死不了啊。"

冯金宝揉了揉哭得红肿的眼睛，颠着小脚，去找她的儿媳妇新珍诉苦：

"这个老东西，也不知是怕死呢，还是心怀鬼胎，死活要请龙英来家服侍，这么大年纪的人了，亏他说得出口！"

新珍的看法倒与婆婆有些不同："你儿子这个人，你是晓得的，天还没黑，就上床挺尸，一觉到天亮，天塌下来都不管。指望他去照顾老头子，不现实。我这个做儿媳的，成天在公公床前，为他擦身洗澡，倒屎倒尿，怎么说也不太方便。不如就找龙英来，许她几个钱，倒也罢了。爸爸这么大年纪了，还有什么鬼胎不鬼胎的？说句不好听的话，大不了也就是摸摸捏捏，还能怎么样啊？你老人家，心也该放宽些个。"

一番话，把老婆子说得闭口无言，最后叹了口气，走了。

新珍连夜赶到龙英家,请她来家帮忙。龙英倒也爽快,满口答应:"左右是帮个忙,什么钱不钱的,嫂子不要放在心上。"

在赵锡光"眼看就要不好了"的最后两个月中,冯师娘只在赵先生的书房里睡觉。赵先生的房间,她连到也不到,随他们怎样"摸屎抹屌",只想图个耳根清净。有时候,偶尔经过赵先生的卧房,往里探探脑袋,还是免不了要跺着脚骂上两句:

"你就行行好吧!早死早升天。这么硬撑着,白白遭罪,能多喘几口气呀?"

据新珍说,老太太倒也不一定是巴望着赵先生早死,而是舍不得自己被赵先生随手送出去的财物。一天晚上,龙英去婶子家,把叔叔的那台红灯牌收音机借走了。据她判断,赵锡光"挨不了多久了,也就是这三两天的事"。她对婶子说,深更半夜的,她一个人守着那个嘴里嘶嘶往外冒气的"死鬼",既无聊,又心慌,"听听收音机,兴许还能壮壮胆"。

赵锡光先生是听着李奶奶"痛说革命家史"的著名唱段离世的。死后头七未完,冯师娘就去大队部找到高定邦,哭闹了整整一个上午,"钱花得一个子不剩,也就不去说它了。家里但凡值钱的东西,都叫龙英那没廉耻的货搬回家去了"。她还绘声绘色地向定邦揭发说,龙英如何如何在赵先生床前,解开自己的裤子,让老东西过眼瘾。害得定邦频频背过身去,掩口而笑。最后,高定邦硬着头皮去了龙英家,磨了半天嘴皮子，这才让她把冯金宝冬天取暖用的一只"宣德炉"还了回来。

早上放完牛，我刚回到门前，在园子里拔菜的老福叫住了我。她说王曼卿刚刚到家来过，"不知是什么事"。我回到家中，看见灶台的木桌上放着一堆衣物，是德正出事那天被剥下来的衣裤。王曼卿已经把它洗干净了，烫得整整齐齐，大概是想让我给春琴送过去。在这堆衣物的旁边，还有一只蓝边碗，碗里放着七八颗刚刚从树上摘下来的枇杷。等我把那碗枇杷吃掉之后，我看见碗底上用铁杵凿出的一个"唐"字。这碗枇杷，应该算是给我跑腿的酬劳吧。

这天中午，我抱着衣服来到春琴家，她正在灶下的水缸边洗头。春琴说，她和银娣两个在大晒场扬了一上午的麦，满身满头都是麦芒，"浑身上下哪儿都痒"。那会儿早已用上了肥皂，可春琴还是喜欢用枸杞叶搓出泡泡来洗头。她让我搭把手，把水壶里的热水倒在一只铝勺里，掺上凉水，慢慢地往她头上浇。她穿着一件红色的格子衬衣，脖子上搭着的干毛巾已经被水浸湿了一半。我按照她的吩咐，一边帮她洗头，一边小心翼翼地把头发丛中那些碎碎的枸杞叶一一拣掉。

洗完头，她就坐在太阳照得见的窗下，用篦子篦着头发，背靠在柱枣上，不时扭动着身子蹭痒。她让我自己去灶上舀粥喝。我告诉她我已经吃过饭了，春琴就把眼一瞪，道："废话怎么这么多？再喝一碗，能撑死你？"

我只得按她说的去做。

等我喝完了那碗豇豆粥,站起身来正打算离开,春琴抬头看了我一眼,道:"干吗急着走?坐下。我有话要跟你说。"

我只得坐了下来,可春琴并不急于和我说话。她慢慢地剪完了手指甲,把身上的碎屑拍了拍,这才神秘地朝我扬了一下脖子,笑道:"来,我给你看样东西。"

我跟着她出了灶房,由一个堆放着山芋的门厅,进了她和德正的卧室。春琴打开了五斗橱最顶层的一个抽屉,拿出一个信封,从中抽出一张照片递给我。

原来是春生。

这么多年没怎么见他,早年那个病恹恹的孩子,摇身一变,仿佛在一夜之间就长成了一个高大白皙的青年。他身穿军装,扎着武装带,腰上还别着一把手枪(很可能只是一个拍照用的道具手枪),眉宇间透着勃勃的英气。从相片上"红光照相馆"以及"安顺"的字样来看,我知道,春生此刻已身在贵州。春琴说,他是去年秋天入伍的,是空军。因为走得急,他甚至都没来得及赶上半塘大队组织的行前欢送会。她还说了说春生在贵州那边的情况,言语之间,颇为她的这个弟弟感到骄傲。

她仍然把照片装入信封,放回到抽屉里。随后,她挨着床沿坐下,身体稍稍后仰,双手撑在被褥上,忽然冲我做了个鬼脸,也不说话,只是望着我,无声地笑。我不知道她为什么要笑,为什么会用那种诡谲的眼神看我,心里七上八下,脑袋有些发木。我愣愣地望着她，不知怎么就想起同彬和王曼卿的那档子事来，心里早已开始怦怦狂跳。正在手足无措之际，忽听她低声对我说："你去把房门关上吧……"

你可以想见，我当时真的有些怀疑自己是不是在做梦，或者说，是不是听错了她的话。脑子里出现了一连串令人心惊肉跳的疑问句，每个句子都是以"莫非"开头的。

春琴见我站在那儿没动，只得自己从床上下来，走过去，嘭的一声，把房门给撞上了。那时，县广播站的大喇叭里，正在播送京剧《智取威虎山》。房门一关，屋外喇叭里的锣鼓声顿时小了很多。

"成天都是样板戏，吵死人了！"春琴斜睨了我一眼，笑道，"我说你这人今天到底是怎么的啦？一副丢了魂的样子。你也老大不小的了，也没做什么坏事，怎么像个女孩似的，动不动就脸红！我来问你，你觉得丽华这个人怎么样？昨天下午，我跟她妈在棉花地里拔草，她托我帮她留意一下，看看有没有合适的人家。她今年虚岁二十一了，算起来，跟你差不多大。我心里就琢磨着，干脆把丽华说给你做老婆，好不好？"

我心里这才长长地松了口气。

春琴虽说只比我大五岁，可既然她嫁给了德正，按辈分，我是应当叫她婶子的，可我一次也没这么叫过她。即便是大年初一见到她，我依旧叫她春琴。父亲去世后，她早已习惯了对我的事大包大揽，同时，我对她也产生了一种越来越深的依赖——其深邃悠远，只有我本人心里清楚。村里人也早就认可了我与春琴之间的这种关系。他们有事要找德正走后门，就会想到春琴的门路。他们在春琴那里碰了壁，有时也会跑来找我，央求我给德正和春琴传话。王曼卿把要还给德正的衣服直接送到我们家，就是一个例证。

不过，春琴代替我做出的决定，并不是每次都对。比如说，有一回，县文工团来公社招收演员，她执意要我去朱方镇的群众艺术馆"碰碰运气"。我被她逼得没办法，只好去了。临走前，她让我穿上德正结婚时的一件中山装，又在我两边的脸上都涂了些胭脂，使我那苍白的脸显出一些血色。结果，等到我出场，我那首有点跑调的《我们都是来自五湖四海》还没唱完，文工团的一位副团长早就趴在桌子上笑岔了气。甚至，她在打了一个喷嚏之后，仍然接着笑。

随着年龄渐长，对于春琴那些有道理或蛮不讲理的命令，我从来没有反抗过。我知道，顶撞、违拗的结果，无非是加深了我对她的依附而已。因此，那天中午，当她半仰在床上，让我给她一句痛快话，"要，还是不要"时，我就气急败坏地对她说："这事你看着办。何必问我？"

说完，我扭头离开了她的卧房。

几天之后，我推着独轮车，跟着送粮的队伍，去粮管所交公粮。我和永胜远远地落在车队的后边。我们在路边的一棵大榆树下歇脚。我向永胜透露了一点春琴的想法，永胜说："丽华如今瘦得像一根葵花秆了，你同她成了亲，一抱一把骨头，有什么意思呢？若是换成了她妹子丽娟就好了。这丫头，一个不留神，倒是长成了一个小美人。除了鬼心眼多，其他方面都好。"

谁说不是呢！这些年来，丽华就像被寒霜打枯的茄子，越发地显得蔫头巴脑、干瘪委顿，性情也变得有些乖张。她跟谁都不说话。长年穿着一件打满了补丁的灰褂子，蓬头垢面，有点自轻自贱。一次，在秧田里拔秧，她竟然当着我们的面，只是稍稍侧了一下身，就在水田里褪下裤子，叮叮咚咚地撒起尿来，吓得我跟斜眼、永胜几个目瞪口呆，面面相觑。

可就是这样一个女孩，我竟然也高攀不上。

这件在春琴看来"十拿九稳"的亲事，很快就宣告破产。丽华的母亲听了春琴的一番告白之后，半天没有吭气，"脸上有些难看"。而坐在一旁的小木匠赵宝明，则稳稳地笑了一下，对春琴说："妹子，你糊涂啊！同姓不相婚配，这是祖宗传下的规矩啊！"一句话，就让春琴羞惭而退。

在小木匠家碰了一鼻子灰，未能打消春琴为我物色老婆的念头。她的下一个目标是雪兰。可是，这一次，她的失败更加惨痛。春琴这回学乖了，用旁敲侧击、半开玩笑的方式来试探小武松和银娣的口风，可觉察到她意图的小武松还是勃然变色，他厉声质问春琴："你这些日昏了头的想法，是从哪里来的？"言下之意，不要说让他女儿跟我成亲，就是脑子里闪过这样的念头，都是荒谬的，都构成了对他名誉的侮辱。"我们家雪兰，就是嫁不出去，也不能跟了他去拽牛尾巴。这事趁早休提。"春琴还有些不识相,她竟然列举了我的种种优点(大部分我都不具备),试图让对方回心转意。最后,她的"好姐妹"银娣,脸上仅剩的一点耐心,也都被她磨光了。她明确警告春琴不要再说下去了,否则的话:"我们连姐妹也不要做了!"

当时的情形,我未亲见,但在春琴告诉我结果之前,就已经听到了一点风声。有一天,我在放牛的路上,遇到雪兰的弟弟斜眼。这小子在路边斫草,一个劲地冲我刮鼻子,呵呵地笑个不停。我问他笑什么,斜眼就放下手里的镰刀,站起来提了提裤子,道:"你是癞蛤蟆想吃天鹅肉啊!"

听斜眼这么说,我就知道,雪兰的事也泡了汤。

连续两次提亲未成,对我来说,倒也没有什么影响——反正,不论是雪兰、丽华,还是永胜口中貌若天仙的丽娟,我一概都没有什么兴趣。这事的唯一后果,就是让我彻底看清了自己在村子里的糟糕处境。

一九七六年

冷雨飘瓦,雪霰打窗。在一阵紧似一阵的朔风之中,历史悄然迈入一九七六年的门槛。

可惜,擅观天象的赵锡光已于去年归了道山。没有人向我们提前预告,到底有多少不平常的事,注定了要在这一年里发生，也没有人有能力对那些接踵而至的重大事件做出解释和评述。这一年的一月八日，周恩来总理与世长辞。人人都说"这棵大树不能倒"，可它还是在一个雪晴之日静静地倒下了。

到了四月份，村头的高音喇叭里，播出了一条爆炸性新闻：一群反革命分子，聚集在天安门广场，以悼念周恩来为名，散发反动传单，举行反动集会。被作为反面教材、在新闻中予以批判的那些诗歌作品，小斜眼竟能倒背如流，一字不差。他的拿手绝活，就是模仿夏青的嗓音，在村中向人们一遍遍地朗诵这些诗作，而最后，总是以这样几句诗作为结尾：

> 我们要的是真正的马列主义
> 让那些阉割马列主义的秀才们
> 见鬼去吧！

村里的老百姓无法分辨这些诗句中暗藏着的毒素和政治倾向。他们在插秧或者割麦的小憩中，为了消除疲劳，总要怂恿斜眼"再来一段"，以作娱乐之资。可随着七月份的唐山大地震的发生，二十四万人葬身于瓦砾之中的可怕传闻，使村里人再也不能让自己置身事外。在公社和大队的统一安排下，家家户户都搭起了防震棚。

在盛夏时节，暴雨和酷暑轮番而至，老牛皋又"死"过一回。这一次,他"作死"的过程相当漫长。不过,在地震的恐惧中,没人再有闲心关注他的死亡表演。当龙英发现丈夫"这回真的死透了"之后,便让儿子给分散在临近各村的亲戚们报丧。亲戚们终于可以不再抱怨跑"冤枉路"了,他们打算用拖拉机将牛皋直接送到县火葬场。没想到,手扶拖拉机突突的马达声再一次将他震醒。他睁开眼说的第一句话,就是要龙英将他"转移到更安全的地方"。因为,据他判断,他们家的防震棚紧挨着柏生家房屋的山墙,一旦毁灭性地震来临,瓦砾会像洪水一样将他淹没。

在大家被各种谣传和小道消息弄得人心惶惶的时候,他们其实并不知道,所有这些事情,其实只不过是一个更大事件的序幕而已,真正意义上"翻天覆地"的重大事变,还远远没有开始。

就好像嫌这个世界还不够乱似的,在一系列社会事件相继爆发的同时,我们村庄不甘寂寞,在这一年中,也发生了一连串不可思议的怪事。这里说它不可思议,并没有任何夸大其词、耸人听闻的意思。对我来说,问题在于由于事情太多,我一直拿不定主意,究竟应该先说哪一件。

我想,最稳妥的办法,还是应该从小事说起。

就在天安门事件后不久,我堂哥礼平已经从公社兽医站自动离职,在我们大队办起了第一家胶木厂。他自己兼任厂长、模具工和供销员。虽说这个厂名义上是属于集体的,可由于堂妹赵金花担任了胶木厂的会计,没人知道究竟有多少利润悄悄地流入了私人腰包。这也是让高定邦一直耿耿于怀、寝食难安的原因之一。堂哥的钱,已经多到可以带上全家去杭州旅游的地步了。而婶子从杭州返回,居然用农用三轮车运回了一车橘子,挨家挨户地分发,使得那些暗地里指责礼平公私不分、账目混乱的传言顿时平息。

不过,婶子也有她的烦恼。因为有消息说,儿子似乎正和知青小付谈恋爱。听说,小付对礼平的进攻表现得左右摇摆,举棋不定。礼平除了不断给她送钱送物之外,暂时还没有什么好办法。每当婶子看见小付换了一身连衣裙、一双新皮鞋,置办了一只新手表、一辆新自行车时,就心如刀绞,这是可以理解的。在婶子看来,儿子与小付的恋爱,免不了竹篮打水一场空。就像俗话说的,"狡兔满山跑,还得归旧窝",人家小付是城里人,迟早还得回合肥,可儿子扔出去的那些钱物,就再也回不来了。

一天下午,正在河边洗菜的老鸭子告诉婶子,她"亲眼看见"礼平跟小付有说有笑,并排走进了学校的大门。婶子当即决定采取行动,将儿子从那个"花钱如流水、中看不中用"的安徽知青手里解救出来。

那天下午,赵宝亮带学生去学农了,操场上空荡荡的。学校的大栅栏铁门被人从里面上了栓。越过沙坑边上的一处散发着甜香的金银花丛,她看见小付的那扇深绿色的房门,也关得紧紧的。婶子当然不甘心就此离开,可她也担心一旦叫起门来,会招来左邻右舍看热闹,从而影响到儿子的名声。她决定坐在门槛上等。渔佬柏生挑着一担黄鳝笼子,打学校门前经过。他看见婶子一人坐在门槛上打盹,就停下担子,对她说:"老姐啊,大热天的,你坐在太阳心里,就不怕中暑吗?"婶子睁开眼,冲着柏生说了句"走你的路,少管闲事",又闭上了眼睛。

太阳一会就偏了西。门边的一棵大榆树枝叶摇动,筛下丝丝凉风。婶子在蒙眬中听到门栓被拨开的声音,接着,身后的那扇大铁门吱吱嘎嘎地打开了。不知哪里伸出一只手,抵住了她的脊背,以防止她仰面跌倒。婶子扭头一看,脸都吓灰了。原来,从门里出来的不是她的儿子赵礼平,而是公社武装部长高定国。

定国将她扶了起来,狐疑道:"嫂子,你大热天坐这里,有什么事吗?"

婶子没有马上接话,而是探出脑袋,向宿舍那边张望——小付手里拿着一个白色的搪瓷盆,正要出来倒水,一见婶子,头一缩,又退回去了。婶子一连说了几个"没事",爬起来,掸了掸身上的土,急急慌慌地走了。她一边在心里大骂老鸭子"瞎了狗眼",一边朝地上吐着唾沫,以驱散撞见"好事"的晦气。可她没走多远,高定国就把她叫住了。

定国迈开大步,追上她,亲热地将手搭在她肩上,笑道:"小付的父母明天从合肥来,好不烦人!现在是新社会,我和小付是自由恋爱,原本用不着什么三媒六证。可小付的妈妈有点老脑筋,死活要守古礼。嫂子就帮我当一回媒人怎么样？事后我有礼谢你。"

婶子呵呵一笑，当即满口答应。可往前走了几步，转念一想，心里暗自吃了一惊：他高定国可是有老婆的人呐！他这里三不知与小付成了亲，梅芳可咋办？她正在心里七上八下地胡思乱想着，走出去很远的高定国，像是想起了什么要紧的事，绕过一块放满了水的秧田，又踅了回来。他来到婶子跟前，阴沉着脸，轻声嘱咐婶子说：

"忘了告诉你一件事。刚听到广播，毛主席他老人家，死了。我得赶紧回公社。你去通知一下潘乾贵，今天晚上的电影就不要放了，停止一切娱乐活动。"

婶子心事重重地往家走，脑子里翻来覆去，想的全是她儿子的事。原来礼平并未与小付谈恋爱。他频繁地给小付买首饰、衣服和手表，不过是变相地向高定国示好罢了。高定邦开始就反对办这个厂，后来又对厂里的账目和财务横加指责。他甚至公开放话说，礼平的工厂年年亏损，不过是账面上的假象，盈利全都进了个人的腰包。婶子做梦都在担心，复员军人出身的高定邦，会不会突然下令将工厂关闭？在这样一个背景下，来自公社方面的支持，就显得特别重要了。儿子与高定国的突然走近，表明他已经意识到了问题的严峻，并正在设法渡过难关。她把这件事前前后后想了两遍，心中顿时云开雾散。

当她走到大队部门口时，看见村里的老人们都在晒场上哭泣。婶子愣了很久，才明白过来他们为什么哭。她揉了揉眼睛，也跟着他们胡乱哭了几嗓子。在感叹了几声"可怜、可怜"之后，就转身拐进了一个弄堂，回家做晚饭去了。

早在这一年初夏（我记得是在端午节前不久），距离我们村七八里外的观前村发生了火灾。当报警的铜锣敲到我们村的时候，朱虎平家柴屋里那尊建造于清代的大水龙，发出了一连串低沉的呜呜。水龙因火灾而自动报警，是村里人相信这头水龙具有灵性的直接依据。实际上，在小木匠赵宝明看来，水龙在火灾时发出鸣叫，不过是因为报警的铜锣敲响时，锣声使水龙的锡制水箱发出了共鸣。为了证明自己的猜测，宝明专门找来了一面铜锣，进行了一番试验。不用说，试验的结果准确地印证了宝明的判断。但村里人还是愿意相信，我们村的这头水龙不仅深通人情，还能预知灾信。

奇怪的是，观前村失火的那天，当我们村的水龙射出冲天水柱时，其他村庄抬来的水龙，却没有一个压得出水来。朱虎平得意地解释了其中的原因：因为我们村的水龙是"公龙"。只要公龙一到场，其他村中的母龙全都吓得不敢出水。那天，我恰好也在救火现场，目睹了我们村的水龙鹤立鸡群、技压群芳的一幕。但在我看来，其他村庄的水龙压不出水，或许是由于我们这一带好久没有发生过火灾了，那些老龙年久失修，一遇急用，机械难免出现故障。

这次火灾，除烧掉了两间破旧的牛棚之外，没有造成太大的损失。

在盛夏时节，因灯烛不慎或灶灰外漏而引发大火，并不奇怪。但观前村的火灾之所以如此引人注目，并在日后数年中成为人们时常谈论的话题，是因为在这个多事的年份，在短短几个月的时间里，诡异的火灾竟然一连发生了六次（我亲历了其中的四次，并被火苗灼伤了膝盖，留下了一块永久的疤痕）。用不着等到县委、公社、大队的联合工作组宣布他们的调查结论，村民们心中早就有了他们自己的答案：事情明摆着，有人故意纵火。

每次大火所烧掉的，如果不是牛棚和猪圈，就是仓库和柴房（第五次火灾让这个村庄建于元代的一处道观化为灰烬），并未造成任何人员伤亡。这说明，纵火者还未丧失最后的理智。躲在暗处的嫌疑人似乎仅仅想通过重复纵火，向人们传递某种深奥难解的讯息。简单来说，也可以这么理解：火灾不过是一个谜面，它频频发生的目的，在于诱导人们猜出它的谜底。尽管第三次火灾后，工作组已经进驻观前村，且在晚上安排了流动岗哨，但仍未能阻止火灾的一再发生。

一天晚上，朱虎平蹲在院中的碌碡上，一边喝着山芋粥，一边警惕地朝观前村的方向瞭望。他很快发现，在黑得像锅灰的地平线上，出现了一片"模模糊糊的红光"，虎平对他爹朱金顺说了声"不好"，就扔下了碗筷，通知梅芳，叫齐了村里的七八个青壮年，未等观前村的报警锣声响起，就抬起水龙，向着那片红光一路狂奔。

当他们来到观前村头，发现那里根本就没有失火——地平线上的红光,不过是因为村里正在打谷场上放映电影。由于他们的到来,刚刚开始的电影不得不中断了放映。哄笑、奚落和叫骂是免不了的。不过,他们也并没有白跑。观前村一位姓邵的书记,特意让放映员将电影倒片重放,以款待这些来自邻村的精神可嘉的冒失鬼。

朱虎平盘腿坐在高高的水龙之上,嗑着香喷喷的葵花籽,津津有味地欣赏着新拍的彩色电影《渡江侦察记》。他并没有注意到,在湛蓝澄碧的天宇下,在灿烂的银河中,有一颗耀眼的"长庚"星,正在向他露出微笑。伴着电影放映机的胶片咔咔转动的声音,一个皮肤白皙、脸上微有雀斑的女孩,穿着过于宽大的白衬衫,正与她的同伴一起,斜靠在晒场边的一个圆锥形草垛上,扑闪着漂亮的大眼睛,一动不动地瞅着他。而在更远的地方,梅芳则倚靠在一根光溜溜的电线杆上,打量着这两个陌生的女孩。

电影散场之后,虎平与梅芳、宝明、更生他们几个,抬着水龙返回村庄。那两个女孩,一直走在虎平的前面。空气中浮动着的一缕令人沉醉的雪花膏香气,也一路伴随着他。那个穿白衬衫的女孩,在岑寂、空旷的田野上,一会儿远,一会儿近,不时回过头来朝他望上一眼。在途经一个名叫"花溪"的小村庄时,姑娘们的身影终于离开了大路,向南走上了棉花地中间的一条田埂。在远远的狗叫声中,夜幕和竹园很快就遮住了她们的身影,唯有一月在天。

当虎平毫无必要地指挥大家停下来歇息,并踮起脚尖,朝那片棉花地里张望时，只有梅芳知道发生了什么事。她当时还说了一句俏皮话："千年的铁树就要开花了。"除了虎平之外，无人知道她这句话中所包含的复杂内涵。

两个半月之后的一天下午，当观前村最惨烈的一次火灾（也是最后一次）发生时，朱虎平的水龙再次经过那片开阔的棉花地。他又闻到那缕熟悉的，"让人心荡神驰、可以为它赴汤蹈火"的异香。由于这个姑娘一步不离地跟着他，朱虎平完全感觉不到灾难的氛围。整整一个下午，他都处在一种昏昏然的甜蜜和恍惚之中。两具被烧焦的尸体，骇人地摆放在一片瓦砾之中。浑身湿透的姑娘手里提着一只印有牡丹花的搪瓷脸盆，在一旁默默流泪。虎平则挨着她站着，用老实巴交的微笑向她示好。

尽管两人的年龄相差十多岁，这段奇异的姻缘已经变得不可阻挡。女孩的父母想尽了一切办法，试图阻止这桩婚姻。她的父亲（一位在公社计划生育办公室任职的干部）甚至直接来到我们村，警告红头聋子朱金顺："你儿子若敢踏进我们花溪一步，我就把他的卵泡揪下来当球踢！"但实际上，他们改变不了什么。那个姑娘喝下了一瓶"农药"（实际上是用蜂蜜和红醋混合而成的液体）且"人事不省"之后，她的父母终于开始为这桩婚事物色体面的媒人了。

这个姑娘有一个好听而雅致的名字，叫蒋维贞。那天下午，当朱虎平的水龙抵达花溪村外的那片棉花地时，正好听到了高音喇叭里传来的刺耳汽笛声和汽车喇叭的持续鸣叫——在这个国家的每一个角落，几乎所有的男女老幼都默然伫立，朝着想象中天安门的方向，为一代伟人垂首致哀。看着观前村上空漫天蔽日的滚滚浓烟，身为救火会会长的朱虎平，一连三次拒绝了梅芳要他停下来默哀的恳求，用沙哑的嗓子发出了"加速前进"的命令。蒋维贞的泪水夺眶而出。她的心里只有一个念头（伴随着一种从未体验过的高尚情感的连续撞击）：

要么嫁给这个人，要么谁也不嫁。

事实上，在那天下午的火灾中，只有我们村的水龙独自抵达了现场。观前村的人，拖家带口，全都跪在烈焰腾空的巷子口，磕着头，迎接他们唯一可以指望的救星。直到黄昏时，大火才被彻底扑灭。由于犯罪嫌疑人（一位面目姣好的龚姓女子）已在大火中丧生，其纵火动机无人知晓。村里代销点的一位售货员，在大火被扑灭之后当起了事后诸葛亮。他说，"龚西施"早在一年多前，就已经开始大量囤积火油。而据消息灵通的同彬后来回忆说，龚西施曾在公社的业余京剧团出演过《红灯记》中的李铁梅。她的长相，比王曼卿"还要好上一百倍"。

与龚西施一同被烧死的，还有她那年近七旬的婆婆。朱虎平带人清理火灾现场时，在死者家中的厨房里，看到了一只倒扣的水缸。掀开水缸，发现里面藏着一个满身污泥、刚过周岁的男孩。当这个孩子被挨个传递、送到梅芳手中时，他第一次睁开了双眼。他的一只小手紧紧地揪住梅芳的衣袖，

望春风

小脸依偎在梅芳的怀里，向她发出讨好的微笑。当时，被离婚弄得心力交瘁的梅芳，再也没能控制住扑簌簌的热泪。

她当即决定收养这个孤儿，并为他取名"新生"。

这年秋末的一天，村里的几个妇女在新田收棉花，梅芳与银娣因剧烈的争吵而彻底反目。新珍事后说，事情的起因，不过是为了银娣和龙英之间的"几句闲话"。银娣对龙英说："都说毛主席何等英明，料事如神，他怎的就没能识破自己身边藏着的白骨精？与自己的结发妻子离了婚，反与白骨精成了夫妻，你说，这是怎么回事？""头脑简单"的龙英此时接话道："要我说呢，天底下的男人，都一个德行。见了个美女，就魂不在身了。"

落在她们身后不远处的梅芳一听此话，心中陡生不快。由于银娣刚刚被提拔为副大队长兼妇女主任，梅芳不得不对她有所忌惮。她朝前走了两步，压住心头的邪火，教训银娣道："毛主席他老人家，早就识破了江青的反动面目。他亲自选定了自己的接班人——这就是英明领袖华主席，没让'四人帮'的阴谋得逞，就是明证。毛主席他老人家，虽说和江青结了婚，但他们一直是分开睡的，从来就没睡过一个被窝，一次也没有。"

她这一说，银娣和龙英两个人，你看我，我看你，都吃吃地笑，眉眼中全是不屑。她们对梅芳的教训未予理睬，继续低头摘棉花，弄得梅芳一时不知如何是好。正在迟疑间，忽听得银娣用很小的声音对龙英说："要照这么说，那高定国与白白嫩嫩的安徽女知青结了婚，也不睡一个被窝？"

梅芳终于失去了控制。她先是痛骂龙英趋炎附势，"墙头草，两边倒"，随后又指责银娣："主席如今尸骨未寒，你就用如此恶毒的反革命言论，来污蔑伟大领袖，简直猪狗不如！"银娣倒也不生气，她笑着对梅芳道："你怎么不去武装部报告，让高定国把我抓起来？"银娣脸上的笑容气定神闲，实际上却寒气逼人。她在明白无误地向对手传达这样一个讯息：她已不将梅芳视为合格的对手。

梅芳气得浑身发抖，脸上一阵黄，一阵白，僵在那里，面露惊骇，双唇紧咬，却也一时找不到合适的话来反击。新珍赶紧跑过来打圆场，劝她们"也不为个事，都少说两句"，把梅芳拽走了。银娣见梅芳吃了个瘪，却一声不吭地走了，心里就有几分得意，她回过头来又补了一句：

"你他妈以后少跟我咬文嚼字，上纲上线。告诉你说，你的好日子已经到头啦！"

正是因为这句话，两天之后，梅芳出人意料地向公社提交了报告，辞去了大队革委会副主任一职。面对新任公社书记陈公泰的苦苦慰留，梅芳只是灰灰一笑："算了吧。我让他们。"从此以后，梅芳带着她从观前村收养的小新生，深居简出，谨言慎行，黯然度过了她的后半生。看着她那曾经光芒四射的生命一天天委顿下去，我心里也很不是滋味。她辞职时的一句伤心话，曾经让我回味了许多年：

望春风

"我以为自己沐浴着时代的光辉，其实一直生活在耻辱之中。还不如一条狗。"

现在，也许应该简单地提一下这年冬天发生在我身上的一件事。

如果我告诉你，与此前发生过的那些事相比，这件事还要离奇、诡谲得多，你一定会觉得难以置信吧？可事实就是事实。不要说你，就拿我来说，直到三十年后的今天，当我回忆起这件事到底是怎么发生的，仍然一头雾水。

一天中午，我赶着生产队的两头水牛，到风渠岸边的溪沟里喝水。初冬的太阳暖暖地照在身上，我懒洋洋地坐在岸边，手里捧着一本名为《烈火金刚》的小说。我看见蓝天下的雁阵，一排接着一排，越过村庄上空的枯树和灰扑扑的瓦楞，嘎嘎南飞；我看见老福奶奶举着一根长长的竹竿，爬到凳子上，正想把树梢上已经干瘪的老丝瓜捅下来；我也看见了春琴。她站在燕塘的水码头边上，一边喊着什么，一边远远地朝我挥手。大概是见我没什么反应，春琴干脆绕过池塘，沿着风渠岸朝我这边飞跑。

我实在想不出会发生什么事，让她顶着风猛跑，以便在第一时间告我详情。她吃了太多的风，以至于跑到我跟前时，不得不一手叉住腰眼，大口大口地喘气。我正要问她出了什么事，她一把就把我抱住了。她还是第一次这样抱我。事实上，经过我仔仔细细的回忆，她当时满头大汗地憋了半天，只说了一句话：

"菩萨显灵了！"

我把牵着水牛的绳子交到春琴手中，在她焦急的催促下，往村里的大队部跑去。我的脑子想的事太多，反而一片空无。耿耿于心的只是这样一个疑问：春琴口中所谓"天上掉下一个大馅饼来"，指的到底是怎么一回事呢？

大队部的门前停着一辆中型军用吉普。德正和高定邦站在门口，都望着我笑。两个身穿绿色军服的人喝着茶，隔桌而坐。他们在大队部已等候多时了。

告 别

诸位或许还记得，尽管我父亲很早就去世了，但我在这个世界上并非孤身一人。我还有一个母亲。她一直生活在传说中。她的存在，对我而言，也可以说就是不存在。我一会儿听人说她在合肥，一会儿又到了什么襄樊。随着那两位负责外调的军人的到来，我终于知道，她如今就在南京。

如果说，在这么多年的岁月中，我很少想起她来，那当然不是事实。不过，我有自己对她的记忆方式——那就是遗忘；我也有自己渴慕她的方式——那就是"只当她死了"的冷漠与憎恶。在父亲下葬的前一天，我曾问过老福奶奶，假如我母亲听说父亲过世了，知道家里出了这么大的事，会不会突然回来？那时，老福奶奶正和老鸭子、马老大她们几个，在我们家门前的灵棚里张罗着做丧服。她扭过头来，用一种既悲悯又吃惊的眼神望着我，似乎在说："你这孩子，怎么会有这样的想法？"但她还是擦了一下眼泪，朝我笑了笑：

"没准吧。"

应当说，在那段悲惨的日子里，正是期望着母亲突然从天而降的幻想，多少减轻了我的悲哀和恐惧。这么多年过去了，我没有得到过她任何准确的讯息。每当看见邮递员骑着自行车沿着风渠岸边的大道，一路颠跳着来到村子里，我也曾怀着一个收到母亲来信的可笑梦想。她从来没给我写过一封信。可是现在，在事先毫无征兆的情况下，这个被人尊称为"首长"的女人，不知怎么就忽然想起来，她还有一个生活在穷乡僻壤的儿子。她用军用吉普派来了神秘的使者，要接我去南京同住。全村的人都在替我高兴。老人们得到这个讯息，都无一例外地抹起了眼泪，用老福奶奶的话来说：

"毕竟是母子连心。老天爷终于开眼了。"

我不知道，这事是福是祸，也不知道应当为此事感到高兴还是悲伤。我这个人，从未出过远门，对于村庄以外的人和事，都感到莫名的畏惧。我在很早以前就有了一个根深蒂固的想法：像我这样一个人，似乎不配有更好的命运。打个比方说，一只在黑暗的罐子里孵卵、长大、老死的蛐蛐，一旦跑到了炽烈的光线下，是好是坏，我也说不清。另外，当我意识到自己即将告别这个村庄时，一种陌生而强烈的依恋之感，不知从什么地方钻了出来，就像一枚看不见的铁钩子，紧紧地钩着你的皮肉，牵着你的心。

请原谅，我这里扯远了。其实，我真正想说的是，在我母亲决意将我"召回"之时，我对这件事情的疑虑和冷漠，与村里人众口一词的艳羡形成了巨大的反差。我的郁郁寡欢和前途未卜的不安，很快就抵消了最初的那点可怜的虚荣。甚至，在我内心，我宁愿此事未曾发生。

依照本乡自古以来的风俗，腊月二十九这一天，是家家户户除灰掸尘的日子。所谓的掸尘，指的并不是一般意义上的洒扫庭除，而是要在一根长长的竹竿上绑上竹枝，掸除屋顶瓦楞上的灰尘。父亲死后，十多年间，我从未掸过尘。你可以想象，我们家的屋顶、梁柱、瓦楞上积了多少蛛网，而蛛网上又有多少蚊虫、飞蛾的尸体！除此之外，我们家的墙壁上还覆满了一个个铜板大小的圆点——那是不知名的小虫的分泌物形成的斑痕。如果你小心揭下它，可以用来制作笛膜。

那天早晨，我起床后，照例去村西的牛圈出粪。出完牛粪，还得清除尿迹，撒上干土。随后，我照例要带牿牛去风渠岸边喝水，再给它们换上新鲜的草料。当我忙完这些事回到家中的时候，看见院子里的屋檐下，停着一辆半新不旧的女式自行车。自行车上还搭着一件红色的棉袄。

我进了屋，只见雪兰身穿宝蓝高领毛衣、黑色的灯芯绒裤子，站在我们家的灶台上，举着一根绑着扫帚的小扁担，正在清除屋梁明瓦上的烟炱。雪兰见我进屋，就把口罩往下拉了拉，冲我笑了一下，对我道："屋里的烟灰呛人，你先到院子里待会儿吧。"于是，我按照她的吩咐，没头没脑地退到了院子里。

只有当峭厉的北风刮在我脸上，我才能发现自己的额头有多烫。我晕乎乎地在院子里溜达了一圈，最后坐在了门边的一个树墩上，望着燕塘结着冰碴的水线，望着远处的晴空和光溜溜的树林，开始认真地琢磨起这件事来。可任凭你想穿脑袋，也不明白这他娘的到底是怎么一回事：

雪兰，这个我原本跳起来也够不到的天鹅，这个据说让同彬和永胜同时害了相思病的女孩，怎么会猛不丁地出现在我们家里？

我很喜欢雪兰戴着口罩的样子。戴上了口罩，非但没有减损她美丽的姿容，相反，它使我熟悉的那个脸庞带上了一种神秘的陌生感，使得她的美变得更加锐利。可惜，当她再次来到我身边，问我"干吗坐在冷风口，你不冷吗"的时候，她的口罩已经摘了下来，吊在耳边晃荡着。她不由分说，把我从树桩上拉了起来，让我回屋去，帮她烧锅热水。她想帮我把床单、枕巾，还有被褥，统统洗一遍。

我告诉她，被褥和床单，上个月春琴已经帮我洗过一次了，还是干净的。至于枕巾呢，我从来就没见过。我一直用我爸爸的一件破棉袄当枕头。雪兰没再搭理我。她自己爬到阁楼上,把拆开的被褥和床单一股脑地抱了下来,扔在了大木盆里,鼻子里哼了一声,笑道:"干净什么呀,一股酸馊味!"

我只好由她。

我在灶下烧水时,雪兰哼着歌,拿着一块湿抹布,在灶上帮我洗碗。有一阵子,她凑到灶下,和我并排坐在一条矮凳上,把她那冻得通红的手伸向灶口去烤火。随后,她抱着我的一只胳膊,低声地对我说,今天一早,她爹将家里的黄狗杀掉了(他将麻袋套在狗的头上,一棒子敲下去,那黄狗来不及哼一下,就断了气),晚上要请我去喝酒。见我不说话,她就在我胳膊上掐了一下,凑向我耳边,柔声道:

"天一黑,你就来家。不许摆臭架子!临了还得让人家三请四邀的。"

雪兰把洗好的被单晾在院中的铅丝绳上,就推着自行车离开了。临走前,她叮嘱我说:"这天阴晴不定的,看样子,被单今天还干不了。你就先对付一夜,我明天抽空再来帮你缝上。"

雪兰前脚刚走,我后脚就去了春琴家。

我知道,雪兰的突然来访以及晚上的酒宴均非儿戏,这事我得好好和春琴商量一下。要去春琴家,就得经过雪兰他们家门口。如果碰上他们家任何一个人,都会有些尴尬。我多了个心眼,兜了一个大圈子,从更生他们家背后斜插过去,像做贼一样溜到了村后。

春琴家大门上落了锁。院子里空无一人。两只大公鸡悠闲地踱着步子，咯咯地叫着。我转头又去祠堂的仓库找德正。

新珍和长生正在门口的竹席上晒麦子。新珍拦住我说，德正一连几天高烧不退，昨天夜里被送到了公社卫生院。长生早上才从医院回来。"他们一家三口，都在医院里待着。"我又问长生，德正得的是什么病？长生说："听医生说，红血球，噢，没准是白血球什么的，有点不正常。是高还是低，我也搞不太明白。不妨事的，吃上一服药，蒙上被子睡一觉，出身汗，兴许就能好。"

见他们这么说，我也没顾上多想，又按原路回到了家中。整个下午，我和衣躺在阁楼的床上，满脑子都是雪兰那件宝蓝色的毛衣。一想到她朝我微笑时露出的洁白牙齿，想到她捋起袖子洗衣服时露出的雪白手臂，想到宝蓝色的毛衣所包裹的修长、匀称的腰身，我知道，除了晚上准时赴约之外，事实上我不可能还有别的选择。

还没等到天黑，雪兰的弟弟斜眼就一脸坏笑地来到了我们家。他站在院子里，也不进屋，而是"呆子、呆子"地连声叫唤。不知道为什么，过去别人叫我呆子，我倒也没觉得有什么不合适，可今天，让斜眼这么一叫，还真是觉得有点刺耳。我压着火，故作冷漠地问他有何贵干，斜眼咧嘴一笑，在我的腰上捣了一拳，道：

"装什么装啊！我赶早叫你几声呆子，你也别不高兴。等到我姐过了门，我就得改口叫你姐夫了。"

斜眼这个人，脾性跟他爹小武松迥然不同，成天嬉皮笑脸的，没一句正经话。我只得问他，晚上他们家摆宴，是单请我一个，还是有别人在场？斜眼吐了下舌头，笑道："人倒是请了不少。高定邦、宝亮宝明兄弟俩、朱虎平、媒人马老大，还有我姨夫和二舅，都是搭台敲锣的，要说唱戏的，恐怕只有你一位。还磨蹭什么呀，赵姐夫，走吧？"

我跟着斜眼，心事重重地往他们家走，心里想着，待会儿见到了小武松和银娣，该如何说话。斜眼一路上都在冷嘲热讽地嘀嘀咕咕。比如，"你这家伙，算是交了狗屎运"，再比如，"我姐那么一个粉妆玉琢的人，怎么就落到了你这么一个呆子手里"，还有"到了南京，可不兴把我姐扔下。我这个人，你晓得，最恨陈世美"。我只能装着没听见。到了他们家篱笆墙外，我远远就看见那张早上剥下来的黄狗皮，吊在一棵枣树上，冻得板硬，在风中飘来荡去。

来年的农历二月十八，我与雪兰成了亲。

我现在还记得，春琴在得知我应允这门亲事时的激烈反应。那天，我去河边挑水，正撞见春琴端着一盆洗好的衣裳，从码头上来。春琴说：

"男儿无刚不立。你可记得，我当初上门为你提亲，那两口子是怎么打发叫花子的？换成我，就算这个世上的女人全都死绝了，也不会跟他们家闺女成亲。再说，你去了南京，以你妈那样的地位，什么样的女孩找不着？人还没走，就弄出了这么一桩麻烦事来，将来有你的罪受。更何况——"

村中久不露面的老菩萨唐文宽，那会儿正拎着一篮刚挖出来的茨菰，朝这边走来，春琴终于忍住了没往下说。为了缓解不安的尴尬，我谨慎地转换了话题，小声地问起了德正的近况。我们都已知道了那个不幸的消息。德正的病，并不像长生所说的"不妨事"。他得的是白血病，根本无药可医。

不提德正倒也罢了，我这一问，春琴立刻就把脸放下来，带着一种让人害怕的冷笑，从齿缝中挤出一句话来：

"真的是难为你。你倒还记得他！"

就像是被人劈面浇上了一盆雪水，我心里有一种彻骨的冰凉和刺痛。我呆呆地望着春琴远去的背影，好一阵子回不过神来。

唐文宽来到码头边，嬉皮笑脸地对我说："小哥去了南京，家里有吃不完的油条和麻花，带几根回来给我尝尝。"没等我接话，他又接着说，"你娘住在南京的糕饼街，街上有一家油条店，有一家麻花店。你娘家里养着两只雀子，一只金雀子，一只银雀子……"

当唐文宽旁若无人地朝我哈哈大笑时，我瞥了一眼亮豁豁的巷子口。春琴早已不见了踪影。

不过，到了我结婚的前一天，春琴还是给我送来了一床缎子被面、一块毛呢裤料。第二天一早，她带着龙冬来家里帮忙，灶上灶下忙个不停，强打精神跟银娣说笑。

对于我的"好运气"唯一表示不屑的，是我婶子。她不知从哪里得到消息，说我母亲在嫁给那位副司令之前，司令与前妻已育有两儿一女。"突然多了个乡巴佬去分家财,人家嫡亲的儿女怎肯善罢甘休?还不知道闹成什么样子呢!都说'侯门一入深似海',我料他去了南京,也不会有什么好果子吃!"

那时,我堂哥礼平已经兼任了朱方钢管厂的厂长。春节前,他从上海运回了村中第一台黑白电视机。电视机的出现,彻底终结了同彬作为"讲故事的人"的历史——每当黑夜降临,全村的孩子一扔下碗筷,就会往我婶子家跑,坐在那台十二寸的电视机前,透过飘闪着雪花、滚动着波纹的模糊画面,张着小嘴,探测着未知世界的辽阔和浩瀚。

这年春上,我和雪兰往公社跑了七八趟之后,终于办齐了所有的材料和手续。按照春琴的建议,我不妨"一个人先去南京探探路",等到安顿下来之后,再回来接雪兰不迟。雪兰虽说也同意了,可一直哭哭啼啼,担心我"一到南京就会撇下她,另找新欢"。到了出发前,她染上了重伤风,卧床不起。

同彬和永胜约我去朱方镇洗了个澡。晚上由同彬做东,在澡堂附近一家新开的小酒馆里,点了几样小菜,要了一箱啤酒,算是为我饯行。永胜送了我一支英雄牌钢笔。同彬则递给我一个嫩绿色的塑料封皮笔记本,还在扉页上写下了两句唐诗:

仰天大笑出门去,
我辈岂是蓬蒿人?

可是说实话，在端午节前一个阳光灿烂的清晨，跟在春琴身后，挑着铺盖卷赶往朱方镇的时候，我心里怎么也笑不出来。雪兰执意要从床上爬起来，送我去朱方汽车站。她母亲劝了半天，才拦住了她。

汽车票是中午十二点一刻的，我有足够的时间去公社的卫生院，与德正告别。

德正坐在卫生院廊下的一张竹椅上，望着我静静地笑。树木的荫翳在他脸上笼罩了一层幽暗之色。由于虚胖和浮肿，他的脸有些异样。原先那种刀凿斧削的刚硬轮廓变得模糊了，看上去，更像是一个脾气温和、慈眉善目的老太太。那天上午的大部分时间，德正都在谈论我的父亲。

自打父亲过世之后，我一直不敢去探究他自杀的原因。我小心翼翼地保护着那个我不想知道的秘密，以免父亲突然暴露出来的那些"反革命行径"，抵消掉我对于他的全部思念。而今天，德正终于有机会把这个秘密揭开了。其实，这个被层层包裹起来的"内核"，并不像我事先想象的那样可怕。

我父亲的师傅名叫戴天逵，江西修水人。他的身份极其复杂，据说早年与日本人、青帮头目以及南京的汪伪，都有过往来。一九四八年的冬天，他抵挡不住金钱的诱惑，在上海受命组建了一个秘密特务组织，据点在浦东川沙。这个组织的成员，一共十个人，除了戴天逵本人之外，剩下的就是他的九个弟子。

"你父亲自然也在其中。"德正从小桌上拿起一只国光苹果，先用一边的牙齿咬，咬不动，又换到了另一边，最后，他终于把苹果放下了，"你父亲并没有接受那份属于他的金条，用于暗杀的一把无声手枪，你父亲以不会打枪为由，也没有接受。"

戴天逵并未等到上海解放的那一天。两个月之后的一天黎明，他的尸体在外白渡桥头被发现——他撞上了一辆飞驰而过的有轨电车，当场毙命。由于戴天逵的突然死亡，在那个兵荒马乱的日子里，这个组织与上线的联络随即中断。也就是说，它既未向台湾提供任何一份情报，也没有来得及做什么破坏和暗杀活动。但那份按了手指印的潜伏人员名单，长期以来，一直是父亲的一块心病。戴天逵的九个徒弟中，有六个都在上海。剩下的三个人，大师兄徐新民住在南通，老九陈知辛在泰州。

我父亲排在老八。

到了一九六四年冬，随着徐新民在南通被捕，我父亲实际上已经开始做最坏的打算。我还记得在那段日子里，父亲脸上隐藏不住的惶恐、悲哀和茫然失措。

"徐新民是在一九六四年冬天被捕的，你父亲出事是在一九六六年。当中相隔了整整两年，你不觉得奇怪吗？"德正皱着眉头，飞快地瞥了我一眼，接着道，"我的意思是说，假如徐新民真的供出了这个组织的所有情况，你父亲为什么要拖到两年之后才自杀？这是第一。第二，以你父亲身上的那点事来说，即便被捕，也罪不至死。也许判个七八年就会放出来。你晓得，你父亲是一个聪明人，行事周密，深思熟虑。他完全没有必要慌慌张张地上吊自杀。第三，你父亲刚死，从省城来抓捕他的公安就来到了村中，他又怎么能知道自己要被捕的消息？而且时间掐得那么准？难道是他自个算出来的？这事没这么简单！

"你父亲死后，全村的人都去为他送葬。但我注意到，在送葬的人群中，有一个外地来的妇女，头上戴着绿色的方巾，缠着老福问这问那，说个不停，显得特别刺眼。在她离开村庄时，我在她后面不远不近地跟着。到了十八亩的一条小沟边，她发现我还跟着她，就厉声责问我到底想干什么。我说不干什么，你走你的路，我走我的路，互不相干。对付这样的女人，我还有些办法。等到我跟着她上了过江的船，这个女人也许觉察到了哪儿不对劲，她悄悄地挤到我身边，问我到底是什么人，为何像鬼一样，一步不落地跟着她。我说，你过你的江，我过我的江，互不相干啊。她又问我要到什么地方去，我说，你去什么地方，我就去什么地方。她当时没说什么，可嘴唇已经开始打哆嗦了。我们过了江，走到一个名叫丁卯的小镇上，天又开始下大雪。她终于停在了一个理发店门口，再也不肯往前走了。我判断她的家应该就在附近不远。她把身上所有的钱都掏给了我，蹲在地上哭了起来。她叫我菩萨老子，哀求我行行好，别再跟着她了。我这时才告诉她，我和赵云仙打小一块长大，是一辈子的兄弟。如今，他不明不白地吊死在尼姑庵里，我有责任知道真相。一听我这么说，这个女人立刻就装疯卖傻，向我发誓赌咒说，她可不认识什么赵云仙、李云仙的，她之所以出现在葬礼上，是因为走道迷了路，既然撞上了，就去看个热闹。我倒也不和她争辩，只是说，你要这么耗着，我们就一直耗下去，反正丑媳妇总是要见公婆的。最后，她犹豫了半天，大概是实在想不出什么办法，就狠了狠心，将我领到了丁卯镇的一个裁缝合作社，把我交给了一个戴眼镜的驼背裁缝。这人正是陈知辛。

"正是从陈知辛的口中，我了解到，徐新民在南通被抓，并不是因为他们的组织被公安机关破获。徐新民跟一位小学老师发生了不正当的男女关系，他被捕的罪名是破坏军婚。你父亲的口风极严，他在上海的所有情况，从未向我吐露半句。这件事的来龙去脉，都是我从陈知辛的嘴里知道的。他当时是裁缝合作社的副社长。事实上，不论是陈知辛，还是徐新民，到现在都还活得好好的，什么事都没有。依我看，你父亲的死，或许另有原因。"

春琴从食堂买了饭菜回来。茶缸里是百叶结烧肉，铝制饭盒里装着蚕豆炒莴笋，饭盒的盖子上，是两个白面馒头。除此之外，还有一瓷碗米饭，外加一小碟红方腐乳。简单几样东西，倒也在小方桌上摆得满满当当的。德正只吃了半个馒头，就放下了筷子。他说，嘴里有一股铁锈味。

其实我也没有什么胃口。为了不惹春琴生气，为了不让她充满哀伤、强作欢颜的脸上增添任何不悦之色，我任由她一次次地往我碗里夹菜。她夹多少，我就吃多少。

趁春琴去门外水槽边洗碗的工夫，我问了德正这样一个问题：在他上任之初，曾经发愿要做三件大事。可等到他最后下台，其实只完成了其中的两件：建了一所学校；推平了磨笄山，开出了一片新田。我很想知道，他没有来得及做的那件事是什么。

德正正从一次短暂的小睡中醒来，他似乎对我的问题感到有些吃惊，眼神里有一种"不知从何说起"的迷惘。不过很快，他就坐直了身体，朝我眨了眨眼睛，用很小的声音对我耳语道：

"现在，我正在做这件事。"

用不着我来饶舌，你大概也能想明白，德正正在做的这件事，指的大概就是"死"。

一辆满是尘土的长途汽车徐徐停靠在朱方车站。春琴从一个腋下夹着红旗的工作人员手里，拿过一把梯子来，架在了刚刚停稳的汽车上。她爬到梯子上，从我手中接过铺盖和大件行李，放在汽车顶部的大网兜里。当她从梯子上下来的时候，猛然间有些头晕，差一点没栽下来。我赶紧上前扶住她，问她要不要紧，可司机已经在很不耐烦地按喇叭了。

我记得当时正是六月天气。透过公路边的树荫，可以看见生产队的社员们在一条亮汪汪的河边，正开镰割麦。

　　汽车开出去没多远，突然就熄了火。我看见春琴摇摇晃晃地冲下了车站的陡坡，朝这边跑了过来。可没等她跑到汽车跟前，引擎再次打着了火，汽车又在往前开了，把春琴扔在了马路当中。

　　汽车很快就拐了一个急弯。

　　一段写有"八字宪法"标语的红砖矮墙，遮住了她的身影。

第三章

余 闻

章珠

章珠,小名珠子、珠儿。一九三〇年九月生于沙洲兴隆。在章家的四个姐妹之中,章珠排行第三,所以母亲又叫她"小三子"。在她六岁那一年,父亲在遍尝各类仙丹妙药之后撒手人寰,留下了一个遗腹子和大笔的债务。为了确保章家的这根独苗能够在兵燹和饥荒中存活,母亲只能从四个女儿身上打主意。

大女儿被卖到了苏北的东台;二女儿由一艘下水船带到了常州的夏溪,给人当童养媳;而章珠则被"过继"给了长江对岸南徐巷的一户人家。那一年她十三岁。

南徐巷的这户人家姓彭,养父长年在无锡与河南许昌之间往返,贩卖烟草。一年中的大部分时间,家中只有养母一人。养母刚过五十岁,眼睛几乎全瞎了。章珠除了照顾她的饮食起居之外,还要时常陪她去庙上烧香拜佛。如果你认为,一个白白胖胖、成日在家吃斋念经的女人脾气也一定很温和,那就错了。这个瞎子念及自己的双目失明、丈夫的薄情寡义,以及世上的种种不顺,满腹的怨毒无从发泄,就会变着法子来折磨这个赢弱的"江北佬"。养母在心情比较好而又寂寞难耐的时候,也会教她认几个字。有时在庙里的禅堂吃茶,在外人面前,她总是亲昵地称章珠为"我的小拐杖"。

章珠在彭家待了不到半年,就开始了自己的第一次逃亡。当她顶着六月的大太阳,凭着自己离家时的模糊记忆,终于抵达江北老家时,母亲正在村头的秧田里拔草。她见到章珠,先是惊愕,继之以笑,然后是哭,最后则是一整宿辗转反侧的愠怒与哀叹。

第二天一大早,母亲将半碗大麦粥端在她面前的桌子上,一字一顿地问她道:"告诉我,你姓什么?"章珠一愣,忙说:"我姓章,叫章珠啊。"母亲立刻神色严厉地纠正她:

"不对,你不姓章。现在你姓彭,你叫彭小三。你生是彭家的人,死是彭家的鬼,与我们这个死人的人家,再无半点瓜葛。记住,若让我再看见你回家,有你没我,有我没你。你不要怪我心狠。这扬子江,一年到头水流不绝;那南徐巷,凡有人的地方,就有口井。你若是熬不下去了,可以投江,也可以跳井,这家你不能回。喝完了这半碗大麦粥,你就走你的路,从哪里来,回哪里去。我和你永生永世不再相见。"

章珠见母亲这么说，就知道这家待不住了。她没有喝那半碗大麦粥，回到房中，和躲在门后偷听的妹妹相拥而泣。然后，她在熟睡的弟弟脸上亲了一口，狠狠地吸了口气，咬了咬牙，出了家门。

从他们家到长江的渡口，整整十二华里。她只顾着哭，没看见母亲在身后一路跟着她。在等候过江船的时候，母亲将手里的一只鼓鼓囊囊的袜子递到她手中。那是母亲从邻居家借来米，昨夜里为她煮好的白米饭。那团装在袜子里的白米饭，在六月的酷暑中早已变了味。瞅着眼巴巴望着自己的瘦弱母亲，章珠默默流着泪，将它吃得一粒不剩。母亲安静地坐在女儿身边，用手撩起她的头发，问她头上的包是怎么回事。章珠说，那是在墙上撞的。母亲又问她眉角上的疤痕是怎么落下的，章珠说那是"江南的妈妈"用熏炉砸的。最后，母亲的手久久停在了她胳膊上的一大块淤青上。章珠原以为母亲会问她这块淤青是怎么回事，可母亲只是哭，没再吭气。等到她哭够了，就将女儿的头扳过来，死死地搂在怀里，说：

"你走后这半年，娘没有一次睡觉不梦见你。不要怪娘，要怪就怪你上辈子投错了胎。儿啊，十个手指伸出来，有长有短，可少了哪一根，都连着筋，带着肉，做娘的哪有不心疼？开弓没有回头箭，你自己去奔你的生，奔你的死。船已经靠岸了，娘看不得你上船。这就先回了。去吧，上船时不要回头看。"

第三章　余闻

章珠一上船就开始呕吐。当她把刚吃下去的米饭都吐干净以后，船已到了江心。她一抬头，发现母亲并没有离开。她一个人孤零零地站在江边的堤岸上，身影越来越小。她知道母亲在哭，在喊，在呼天抢地。除了船侧静静的水响，她听不到任何声音。

章珠第二次从南徐巷出逃，是在一年后的春末。这一日，她没敢贸然回家，而是躲在家门口外的一片竹林里。她在那里一直躲到天亮，终于等到了早晨来河边挑水的妹妹。妹妹告诉她，母亲已在浙江富阳镇上给她找了一户人家，让她跟那里的一个茶叶商人做小。妹妹送她去渡口，两人坐在江边的芦穗丛中，哭了一下午。等到最后一班过江船渐渐拢了岸，妹妹从怀里取出一双油皮纸包着的布鞋，交到姐姐手中。她让章珠把脚上的那双旧鞋子换下来。妹妹噙着眼泪，对章珠说，那是母亲给她新做的一双绣花鞋，本打算出嫁那天穿的。"如果我们姐妹今生不能相见，就让这双鞋子做个念想。你看到它，就如同看见了我。"

正如诸位已经知道的那样，章珠就是我母亲。

一九四八年冬，我祖父带着媒人马老大（还有我父亲的一张小照）来到了南徐巷的彭家提亲。一路上，马老大不时地提醒我祖父，据她探知来的消息，那个瞎子的脾气颇有些古怪。"他们从江北辛辛苦苦收养这么个女儿，为的就是防老。万一她提出让男方入赘,我们如何答复?"祖父让她见机而作,便宜行事,但也给了她谈判的底线:"倒插门的买卖我们不做。一闻此话,我们扭头就走。"

马老大的担忧是多余的。瞎子除了对彩礼的数目稍微表示了一些异议之外,对这门亲事倒是一口应允。据马老大后来说,瞎子在无锡卖烟草的丈夫,叶落归根,要回到南徐巷来养老。这老头对养女的非分之想,让瞎子成天忧心忡忡。她什么也看不见,但这不妨碍她从丈夫跟养女说话时那"丑态百出"的腔调中,推断出我母亲的容貌。她巴不得我母亲即刻从南徐巷消失。最后,她甚至对马老大这样说:"我们当初买她是多少钱,你们就付多少钱。就当我们白养了她五年。人呢,今天下午就可以带走,何时成亲,全凭你们一句话。"

当马老大笑眯眯地来到前厅,将正在和香烟贩子喝茶的祖父拽到一边,眉飞色舞地告诉他下午就可以把人带走时,我祖父把眼一瞪,苦笑道:"带什么带?乱弹琴。我儿子人还在上海呢!"

我的父母在第二年春天结了婚。他们的第一个孩子(是个女儿)出生不到三天就夭折了。两年后,他们生下了我。后来的事,各位都知道了。在我出生还不满周岁的时候,母亲就撇下了我,从此离开了朱方镇,直到她去世,再也没回来。

据我婶子说,他们离婚的直接原因,是父亲去马祠村给人算命时,对一个黄花闺女动手动脚,做出了"没出息的丑事"。事后,这户人家纠合了三四十个亲眷和乡邻,连夜打上门来，闹了个鸡犬不宁、天翻地覆。这话也许不错。可老福奶奶对这件事的说法，则要详尽、具体得多。那是我即将去南京的前夕。老福说：

"有一年，你爸爸去马祠，就是魏家墩后的那个小村，给一个睡觉老梦见蛇缠身的姑娘摸骨。不知道你父亲对人家用了什么法术，他前脚从马祠回村，那姑娘后脚就跟了过来。她这一来，就不走了。拽着你父亲的衣袖，死活不撒手。你母亲那阵子在乡里当妇女主任，晚上回到村上，见家中多出这么一个哭哭啼啼的黄花姑娘，如何不气恼？事情闹开了，德正、宝亮、银娣和新珍他们，都赶来劝解。新珍让你妈在我家先对付一晚，第二天一早，她和银娣负责将这个姑娘送回家。可当天夜里，马祠那户人家访到了姑娘的踪迹，带了一伙人，举着松明火把打上门来了。这也不能怪人家，一个十八九岁的独生女，凭空就不见了，怎能不急红了眼？我听见那伙人口口声声要放火烧你们家房子，就打开窗户往外一望，好嘛，邻近各村的人大晚上不睡觉，都赶来看热闹，把燕塘围得密不透风。你妈一边在窗前给你喂奶，一边哭着问我，万一将来有个山高水低，能不能帮着照顾一下这个孩子？我当时就知道事情不太好。还真别说，那姑娘对你爸爸也是铁了心。后来，你父母办了离婚，这户人家听说了，又回过头来托人上门找我，有心要撮合这门亲事。那姑娘成天在家中寻死觅活的，眼见得就要疯了。我去探听你父亲的口风，他一脸苦笑地对我说：'我连杀她的心都有了，如何能与她成亲？'"

如果老福奶奶的话是真的，我父母之间的感情纠葛，远比我姊子所描述的要复杂得多。我相信，假如没有发生那个轰动乡里的事件，他们的婚姻本来是可以挽回的。

好吧，我现在长话短说。

事实上，在母亲离开我的二十多年里，她一直在给我写信。它们被记录在了十四本清一色的硬面笔记簿上。这些信本来就没打算发出，严格地说，它们或许不能被称作真正意义上的信件吧。但若称它为日记，也不合适。因为这些在不同时间里写出来的文字，都有一个想象中的读者，不用说，这个人就是我。母亲有时候称我为儿子，或者老儿子。更多的时候，她喜欢叫我小宝、宝贝、小屁屁、香咕隆咚宝、心头肉、小混球，诸如此类。这些被我编了号的文字多达七百六十余封。有的信只有短短几行字，有的则长达十多页——由于使用了不同颜色的墨水，我能判断出这些长信不是一天写成的。我还注意到，在她由南京辗转合肥并最终调往湖北的那一年中，差不多有四个月的时间没有写信。

顺便说一句，她从南京去湖北，并不是什么正常的工作调动，而是劳动改造。先是在武汉，随后到襄樊，最后则是咸宁。

如果把母亲的第一封信与最后几封信做一个简单的对比，你很难相信这些信件出自同一个人之手。在最初的那些信中，母亲的字迹歪斜、稚拙，文法颇多舛误，至于错别字，更是随处可见。可到了差不多十年后，她那工整娟秀、一笔不苟的楷体，已足以让人赏心悦目。她不仅时常引用古典诗词，甚至能用晓畅优美的文字进行一些简单的哲学思考。比如说，她曾在一九七四年六月的一封信中，对自己的人生做出过这么一番抽象的思索：

假如她的父亲没有过早离世，她"如今"的世界会是怎么一个样子？

假如她的养父从无锡来家，在一个下着瓢泼大雨的夜晚，没有悄悄溜进她的房间；假如她当时选择忍受，而不是大喊大叫，并在他的腿上扎上一剪刀；假如，在一九五〇年，她没有在祠堂里因"一时冲动"站起来发言；假如，我父亲没有在新婚之夜向她吐露上海那个特务组织的所有秘密；假如她在一九六六年的初冬，没有"心血来潮"，向组织上提交那封让她"肝肠寸断、后悔终生"的检举信，她"如今"的生活会是什么样子？

每一个假如，都是一个微不足道的偶然，而每一个偶然，都足以改变她日后的人生轨迹。那么，她"如今"的生命，与这些数不清的"假如"之间，到底是一个什么样的关系呢？母亲的哲学思索，恰当地停止在这里，不再向前延展。母亲或许已经敏锐地意识到了一个危险：她若再往前跨一步，就会陷入宿命论和虚无主义。这对于母亲这样一个立志拯救全人类的共产党员来说，是难以想象的。

再比如，在编号为一○二、二一四、六六七的几封信中，母亲对白天和夜晚的自然更替展开了一系列令人震惊的遐想。她觉得既然一个人的一生，由许许多多个白天和夜晚组成，如果把这些日子加以简单的压缩，实际上我们一辈子只经历了一个白天和一个夜晚。因为白天和夜晚完全不同——在白天，世界是明朗的，阳光灿烂，鸟语花香，你感到踌躇满志，精力充沛，意志坚定。而夜晚则是暧昧的，凶险的，令人生疑的。当她在灯下写信时，她时常感到，一到晚上，自己就变成了一个"只会在墙根下喃喃低语的油蛉"，软弱多疑，烦躁不安，周遭的世界忽然变得像人心一样虚妄、脆弱、深不可测。

因此，母亲觉得，她的一生既不是活在白天，也不是活在晚上，而是生活在白天与夜晚"一刻不停的撕裂与搏斗中"。

在第二十七封信中，母亲首次提到了严政委。我也是第一次知道，严政委名叫严御秋。这封信长达十一页，母亲详细记录了她与部队"首长"的结识过程，从中我们不难窥探到她后来与我父亲离婚的一段鲜为人知的隐情。

一九五二年夏天，母亲在县里的干部培训班学习。严政委有一次去省里开会，出人意料地带上了母亲，让她去南京长长见识。三天的会开完后，严政委想去看望一下自己当年在部队的老首长，也"顺便"捎上了她。首长家的院子异常阔大，"白里透红的水蜜桃挂满了枝头"，给客人端茶倒水的"仆人"，是个年轻英俊的军官，"戴着雪白的手套"。老首长其实并不老,且十分平易近人。他话不多,可句句话都"耐人寻味、掷地有声"。吃晚饭时,首长亲自给她斟酒,让她一时手足无措。她说她从来没喝过酒。首长说:"哎,不会喝酒干什么革命嘛!"于是她就喝了酒。酒醉之后,她和严政委都留在那个大院里过夜。第二天早上醒来,母亲四肢无力,头痛欲裂。她披着衣服,来到院子里转悠,看见首长那么大的官,竟然头戴草帽,脖子上搭着一条白毛巾,手执铁皮花洒,亲自给花草浇水,心里"不知为何,就有些感动"。

母亲从南京回到了县里后不久,就接到了首长本人给她写来的一封长信。她面红耳赤地读完了这封信,"简直不敢相信自己的眼睛"。她找到了严政委,向他报告说"有人冒充首长的名义,给我写流氓信",可严政委读完了这封信,只是哈哈一笑:"你胡说什么呀!正常的感情表达嘛!你看噢,人家与你见了面,又不知道你已经成了家,对你表示好感,这怎么是流氓信呢?现在是新社会,恋爱自由,婚姻自主,人家有表达感情的权利,你也有拒绝的权利嘛!"

母亲回到住处,又偷偷把这封信从头至尾读了一遍。奇怪的是,这一次不一样了。她觉得这封信写得光明磊落,情真意切,可"怦怦乱跳的心,连一秒钟都静不下来"。"他那样一个人,莫非也会看上我这样一个人?"在令人难以置信的惊愕中,她对首长的尊敬增加了。

几年之后,在南京与首长正式结婚之前,母亲给严政委写过一封信。在严政委的回信中,除了例行的问候与祝贺之外，真正的内容只有"早该如此"四字。这四个字，让聪慧的母亲想了整整一个晚上。她把这些年的事，前前后后想了无数遍之后，对严御秋的为人，第一次产生了痛苦的怀疑：

"这个严秃子，到底在搞什么鬼？"

在编号为五〇六至五一七的十二封信（前后时间跨度长达九个月）中，母亲记述了她生命中那个最黑暗的时刻。

她丈夫（当然是后来的丈夫）有位老部下，在上海的公安部门任职。一年夏天，他来南京出差，在酒桌上提到了不久前刚刚破获的一宗绝密案件：他们在追查国棉六厂一桩贪污案的过程中，无意间发现了一个潜伏多年的国民党特务组织。在被围捕的过程中，为首的两名骨干在开枪击伤了多名公安干警之后，在曹家渡附近逾河逃脱。

这人口中的"曹家渡"三个字，如雷轰顶，惊醒了母亲长年饲养在心中的那条毒蛇，让她陷入了持续的失眠之中。经过接连四五天夜不成寐的煎熬，母亲确信，如果不把那条盘踞在心中成天喝她血、吃她肉的毒蛇弄出去，她很快就会发疯。办法当然是有的，而且早就在心中盘算好了——她给部队党委写了一封检举信，将我父亲在新婚之夜向她透露的那个秘密和盘托出。检举信送出后，那种让她长吁一口气、如释重负的感觉，只维持了不到两个小时。一阵更为凶猛的锐痛，顷刻间刺穿了她的心脏。

她很容易想到那封检举信所带来的必然后果：一旦我的

父亲被捕，她那在农村的可怜儿子（当时不满十二岁）将会立刻成为真正意义上的孤儿。

眼看着她茶饭不思、形容憔悴且举止乖戾，首长先是带她去了三四家医院诊病，药石无效之后，又不断地敦促她去青岛疗养。最后为母亲分担忧愁的，是在首长家帮佣多年的农村妇女张嫂。她一直在暗中观察母亲，并费尽心机，获知了全部的事实真相。最后，张嫂给母亲出了这样一个主意：

"你把检举信交给部队，部队把检举信转去上海，那边的公安局开个会，研究研究，做出决定，再由上海转来江苏，然后一级一级地布置下去抓人，少说也得个把月。你赶紧给孩子的爹拍份电报，让他远走高飞，逃他个无影无踪。"

母亲并未采用"拍电报"这个方式（因为她本能地意识到了这样做的危险性，何况她也不知道朱方镇邮电局能否接收电报）。她给父亲写了一封信，由张嫂（借口回乡探亲）带到三十多公里外一个名叫龙潭的小镇，在那里的邮电所投递。为保险起见，她写给父亲的这封信使用了隐语，只有十个字，那是父亲所属的特务组织一度使用过的接头暗号：

花须连夜发

莫待晓风吹

我在离开家乡前夕，去朱方镇公社卫生院探望过赵德正。当时，他实际上已经向我暗示了父亲的死与母亲的关联。大概是考虑到我正要去南京投奔她，德正不能把话说得更为明了。如果我的判断是正确的话，那么我们不难做出如下推断：父亲在接到母亲的那封信后，自忖他那赢弱的身体抵挡不住想象中的刑讯逼供，为了保全他分散在各地的八位兄弟以及可能会有的一大堆家小，他冷静地选择了自杀。

母亲没有想到的是，这封检举信不仅没有给予她想象中一劳永逸的安宁，相反，这一鲁莽的举动，给她和她的家庭带来了无穷无尽的烦恼。她本人被隔离审查，前后达三月之久；她的丈夫被不明不白地停了职，且立即被调往安徽的合肥。半年后，又举家迁往湖北的武汉。在启程前往合肥的前夜，母亲一连几次想把整个事情的来龙去脉告诉丈夫，请求他原谅，都遭到了老首长的阻止：

"你不用告诉我发生了什么事。命里注定我们两人要同舟共济。南京我已经待腻了，换个地方，不也很好吗？"

事实上，母亲在信中提得最多的一个名字，既不是她的老上级严御秋，也不是与她情同姐妹的女佣张嫂，而是一个名叫孙耀庭的人。

孙耀庭是江西于都人，原是车队的一名司机。母亲在信中，有时也会把孙耀庭称为"小灵子"。我猜测那意思，大概是说这个人特别的机灵吧。从后来我与孙耀庭的交往来看，他的确无愧于这个称号。五十年代末，孙耀庭作为首长身边的工作人员，犯了一个大错（具体事实母亲没有交代），首长一怒之下,就让他返回江西原籍。在人生面临重大转折的紧要关头,母亲救下了他。她说服老头子,让孙耀庭去部队所属的前进砖瓦厂"戴罪立功",当了一名副主任。

毫无疑问,这个孙耀庭就是我母亲一生中最为信赖的人。

当我乘坐的长途汽车停靠在南京中央门汽车站时,孙耀庭亲自到车站来接我。

他穿着一件灰色的短袖衬衫,头差不多全秃了,只是在两边的鬓角上还残留着一撮硬发,猛一看,就像额头上长出了一对犄角。我们站在出站口的铁栏杆边寒暄了几句。他说,我的母亲不久前住进了鼓楼医院,目前还不能跟我见面。在住院前,母亲嘱咐他暂时负责照料我的一切。他现在的身份是邗桥砖瓦厂的厂长。

孙耀庭抬腕看了看表,抱歉似的冲我笑了一下,说他还有一些事要办,打算在南京再待几天,等过两天回到厂子里,就为我设宴接风。随后,他把我交给了身边的一位梳着齐耳短发的中年妇女。

说实话,孙耀庭的那番话让我有点听不懂。当时,我心里咯噔了一下:他怎么会说"在南京再待几天"?莫非我要去的那个地方,并不在南京?

没错。

那位妇女领着我上了一辆公共汽车。半个小时后,到了中华门。随后,我们在一段颓圮的城墙下,换乘一〇二路区

230　　望春风

间车，一路往东。又过了两个多小时，我们终于抵达了一个名叫邗桥的荒僻小镇。

好在那时天已经黑了，除了空气中那股刺鼻的煤灰味，什么也看不见。

雪兰

邗桥砖瓦厂的前身是国民政府时期的一座监狱。一九四九年八月，南京军管会接收了这个监狱之后，将附近的六合、义宁、大丙和龙潭四个砖窑厂合并，在这片历朝历代烧制城砖的地区，兴建了一个规模庞大的劳改营（原名前进砖瓦厂），作为临时审查和关押国民党政府官员及战犯的集散地。实际上，只有极少数的犯人会被正式编入前进砖瓦厂的劳改序列。为了给那些源源不断押解来此的新犯人腾出地方，大部分经过甄别和初步审查的劳改犯则会被押上一辆辆军用卡车，定期送往南京的和平门，由火车转运至最终的目的地——甘肃的西固。

一九七一年九月，随着新式霍夫曼轮窑和隧道窑相继研制成功，二十四小时昼夜不息的新式砖窑取代了传统土窑，"前进砖瓦厂"被正式更名为"邗桥砖瓦厂"。与此同时，在基本完成改造任务之后，这座砖瓦厂也由地方政府接管，成了一个每年向国家上交百万利税的大型地方企业。

孙耀庭也是从那时转业，由原先军管会的一名副主任，变成了邗桥砖瓦厂的厂长兼党委书记。

来中央门汽车站接我的那个妇女，名叫沈祖英。她穿着一件珠灰色的短袖衬衣，鼻梁上架着一副金丝边的眼镜，略瘦，皮肤白皙，窄窄的脸庞，牙齿细而密。我猜她顶多不过三十来岁，可她说她今年已经四十六了。我知道她不是在开玩笑，震惊之余，又忍不住朝她多看了两眼。

她有点不苟言笑，说起话来言简意赅。她告诉我，她是工会图书馆的管理员，在我正式去那里上班之前，目前整座图书馆只有她一个人。

在开往厂区的一〇二路公交车上，她不像其他乘客那样，东倒西歪地张着嘴酣睡，而是端坐在位子上，一动不动地直视前方。你要说她一门心思在看什么，倒也不见得；可你要说她什么也不看，那也不对——因为你能感觉到，她眼角的余光一直在兜着你，同时鼻子里吭吭有声。这大概就是所谓的城里人的派头吧。我记得，在车上，她也曾问过我是哪里人，怎么会想到来这个厂工作，我及时地想起了父亲去世前的忠告，用"一言难尽"四个字来敷衍她。她也没再多问。

最终，一〇二路公共汽车停在了漆黑一片的山野里。

我挑着被褥行李，手里拎着一个装有脸盆的尼龙网兜，走在了前面。沈祖英在我身后打着电筒。青蛙一声接着一声地叫着，就像是彼此之间正在打电话，呱呱的应答声，在旷野里响成了一片。热风从腐沤的池塘里吹过来，在令人窒息的煤渣味中，你还可以闻到收割后清新的麦秸秆的香气。我们沿着一条布满车辙的黄泥大道往南走了一段，就看见了邗桥砖瓦厂那简陋而荒凉的大门。

厂区的道路虽说铺着方砖，可你不知道踩到哪块砖上，就会突然冒出一股浓稠的泥浆来。我们经过一个挑着电灯挖土的工棚，绕过一块水泥篮球场，穿过一片地势低洼、长满齐人高茅草的荒地，就看见了工厂宿舍区那片微暗的灯火。

沈祖英对我说，按照孙厂长的安排，我得暂时在一位姓薛的高工家住一段。"不过，你可别担心，薛工去外地出差了，一时半会儿还回不来。我今天下午去他家看过一次，屋子收拾得挺干净。你就凑合着住两天，等厂里为你安排了宿舍，再搬出来住。"

薛工的家，在一个简陋低矮的小院里。两间正屋。门前的空地上，有一块菜地。西侧还搭着一个灶披间，紧挨着山脚下的一座变电站。如果你凝神屏息，就可以听见变压器嗡嗡的电磁蜂鸣声。

沈祖英没有随我进屋。她告诉我，厨房的灶台上有一个塑料袋，里边装着挂面、鸡蛋和西红柿。随后，她又嘱咐我，明天用不着去图书馆上班，不妨先休息几天，熟悉一下周围的环境。有空的话，也可以去邗桥镇上转一转，买一些生活用品。交代完了这些事，祖英将钥匙交给我，就晃动着手里的电筒，沿着斜斜的山坡，高高低低地走了。

第二天早上，听着屋顶上噼噼扑扑的雨声，我憋着一泡尿，在熹微的晨光中醒了过来。起先，有好长一阵子，我都误以为自己躺在故乡安静的阁楼上，心里还在惦记着去给牛圈里的两头牯牛换草，带它们去风渠岸边喝水。被子上那股淡淡的烟味以及对面墙上贴着的几张电影海报，把我拽回到了全新的现实中。

我趿拉着鞋子，拉开门，走到了细雨蒙蒙的院子里。

厨房门前的空地上，零星地长着几株旅生的玉米和向日葵。院墙边堆放着几捆劈柴和树枝，树枝的缝隙中，长出了大片的牵牛花——它们顺着石头垒成的墙面，一直爬到了厨房的屋顶上。我所在的这个小院，建在一个陡峭的山坡上，高压电线从房顶上越过，在山坡下的一大片草滩里荡出了一个巨大圆弧。顺着这个圆弧往下看，我发现整个厂区蜷缩在三面环山的一个亮汪汪的沼泽地里：星星点点的厂房、工棚和砖窑依山而建，被挖开的山包露出了大片的石块和黄土。挖土机在雨中静伏。一道山间溪流，裹挟着泥浆和沙石，从茂密的树林里奔冲而下，最后汇聚成了一条宽宽的洪流，沿着山脚蜿蜒西去，将昨晚经过的那处篮球场浸泡在一片汪洋之中。

越过脚下那片长满芦柴和茅草的滩地，可以看见一排居民楼正在雨中施工。而在更远一点的地方，是大片纵横交错的河道、收割后的麦田以及隐隐约约的一带远村。

应当说，除了乱、脏和荒僻之外，这个地方与我曾经生活过的乡村没有什么不同。你知道，我在村里人艳羡的目光中，只身一人离乡背井，来到繁华的都市，可不是为了欣赏什么山野风光！在这个荒凉的山坳中，唯一显示出现代气息的设施，大概就是那条横贯整个厂区的铁路了——为了便于砖瓦外运，工厂铺设了专用的铁轨，它一直延伸到了东山的山脚下。没过多久，我就看见一辆小火车突突地冒着浓烟，从杂草丛生的铁轨上缓缓驶过。

从某种意义上说，此刻，站在蒙蒙细雨中正在打探、掂量这座工厂的人，其实并不是我，而是雪兰。或者说，自从我跨上一〇二路公共汽车的那一刻起（我刚上车，一个趔趄，就把一个年轻姑娘脱在地上的凉鞋踢得找不见了。她不停地骂我乡巴佬，直到沈祖英帮她找到了那只鞋，并代我向她一再道歉），我就在用雪兰的目光，偷偷地打量这个陌生的地方。我必须将自己变成雪兰，并在心里暗暗推测，在将来的某一天，雪兰来到"南京"之后，可能会有的种种心理反应。

坦率地说，经过一连几天的冷静观察，我没有找到一丝一毫可以让我妻子感到舒心和高兴的理由。这无疑加重了我的忧虑。到了夜深人静的晚上，一阵阵向我袭来的思乡之情，也让我的心急速坠入黑暗的深渊。

当然，这个地方也并非一无是处。

这里似乎应当顺便提一下，在东边那片起伏的山峦背后（那里矗立着霍夫曼窑高耸入云的两根大烟囱，一刻不停地喷着白烟），还趴着另外一个规模更大的工厂。这座名为

"九三二七"的钢铁厂，与它建厂时的神秘传说一样充满传奇色彩。我后来听说，空军的两架战机在例行训练时，每次飞越这片山峦，仪表盘的指针都会发生奇怪的偏转。不久之后，从北京派来的一个地质勘探队，很快就探明了巨大的磁性铁矿的准确方位。一九五九年三月二十七日，随着大批上海钢铁工人和技术人员陆续抵达，九三二七钢铁厂破土动工。

大批上海人的到达，一夜之间，为邗桥这个荒僻的小镇增添了许多时髦的亮色——他们不仅使得邗桥有了"小上海"的名号，也在相当程度上改变了这里的风俗、生活方式乃至语言习惯。比如说，我所遇见的任何一个邗桥人，都会自然地把"茄子"称为"落苏"，把"洗澡"称为"打浴"，把他们不喜欢的人通通称为"垃圾瘪三"。在写给雪兰的第一封信中，我已经将"小上海"这个地名的由来，向她详细地做了介绍。

在九三二七钢铁厂与我们工厂之间，有一条不长的隧道在山间彼此通连。一到星期六的中午，那些从上海来的男男女女，就会穿着鲜艳时髦的衣服，成群结队地从隧道里拥出来，穿过我们工厂的厂区，前往一〇二路公共汽车站，去南京和上海过周末。每当这个时候，我们砖瓦厂那些衣衫褴褛、自惭形秽的工人就会谦卑地闪向路边，自动给他们让道。

如果我现在就提前告诉你，在将来的某一天，雪兰也会身穿颜色鲜艳的连衣裙，混杂在这伙花花绿绿的上海人中，从黑黢黢的隧道一端拥出，突然出现在我的视线之内，你会不会感到有些吃惊？

这年的九月，我回了一趟老家，正巧赶上了德正的葬礼。

德正的遗体火化后，骨灰被埋在了村东的那片桑树地里，离我父亲的坟不远。在桑树的浓荫下，春琴蹲在地上，一边为德正烧纸，一边哑着嗓子对我说：

"我不管你什么薛工不薛工的，这一回，你无论如何得把雪兰带走！我就不信，你把老婆带去，你们厂长会拦着不让她进屋。你可不知道你丈母娘那张嘴！这世上难听的话都被她一个人说尽了。别说是住在别人的房子里，你在南京就是露宿街头，也得把雪兰带走。谁叫你当初急吼吼地要跟人家成亲，现在知道懊恼，迟了！说句你不爱听的话，更懊恼的事，还在后头呢。"

我对春琴说，我倒也不后悔跟雪兰成亲，而是根本就不该去南京。"早知道去那个地方烧窑做砖瓦，去窑头赵岂不是更省事？我现在连做梦都想回到村子里来放牛。"

"回来好啊！"春琴揶揄道，"你要是回来了，我们就并家过日子。家里有了个男人，也省得我们孤儿寡母受人欺负。"

大概是觉察到在德正的墓前说这样的话有些不太合适，春琴静默了一会儿，丢下手里的树枝，站起身来拍了拍身上的纸灰，接着道：

"不跟你说这些没边没沿的话了。有一句话我要先说在前头。龙冬今年十二了,等他年满十六岁,我就让他去南京找你,好不好?到时候你托托人,替他在厂子里谋个差使。"

我家的那个阁楼空关了几个月,一时无法住人,这次回乡,我只得寄居在雪兰的家里。在我终于答应带雪兰去南京之后,银娣和小武松对我的态度骤然改观。在雪兰不断的暗示、央求和撺掇下,我把心一横,生平第一次改口叫银娣妈妈。当时,银娣嘴里正含着一口饭,被我冷不防这么一叫,明显地吓了一哆嗦,被饭团噎得直翻白眼。等到她拼命地把那口饭咽了下去,泪水夺眶而出。老两口一激动,当天晚上就把家中唯一的一张大床让给了我们,他们和小斜眼三个人,挤在了灶屋里的两张竹床上。

那天晚上,我和雪兰躺在岳父岳母的大床上,在樟脑球的清香中,久久难以入眠。帐外蚊声如雷,帐内汗出如浆。我在心里琢磨着,如何将邗桥那边的糟糕境况向妻子透个底,雪兰忽然翻过身来,把湿漉漉的头埋在我胸前,低声道:

"城里总不会像乡下这般热吧?你住的房子里,有没有装空调?"

我应当老实承认,这还是我头一回听说"空调"这个词,还不能确定它到底是一个什么样的物件,只是模模糊糊地意识到,所谓的空调,大概是一种远比电风扇还要高级的东西吧。我知道,雪兰之所以会这么问,多半是缘于我在信中对"小上海"的过度吹嘘,让她对未来产生了不切实际的幻想。

我永远都忘不了雪兰第一次来到厂区时的眼神。我的目光叠入她的瞳孔，用不着看她的脸，我就能准确地感觉到，触目所见的荒凉和脏乱，在她心底里激起了怎样惊恐、畏惧和失望的涟漪。

烈日下的热浪，携带着令人窒息的煤烟味扑面而来。道路两旁的石棉瓦小屋，低矮，丑陋，一座接着一座。树木和植物的叶面上都覆盖着厚厚的灰土。几个头戴安全帽的工人，蹲在破烂不堪的工棚外打牌。一个肥胖的女人在面馆门口一边轰着苍蝇，一边用镊子给猪头拔毛。雪兰拎着箱子从汽车上下来，没走几步，一只脚就陷在了路上的烂泥里，怎么也拔不出来了。随后，一辆手扶拖拉机从我们身旁急驶而过，溅起沉重的泥浆，劈头盖脸地打在我们身上。

我知道雪兰心里在想什么。如果说她的眼睛睁得越来越大，显然不是因为眼前的"城市风貌"给她带来了应接不暇的喜悦，而是源于心中"妈的，我倒要看看，究竟还能糟糕到哪里去"一类的疑问、惊异和难以置信的愤怒。

在厂区大门到我宿舍的路上，我们走了半个多小时，雪兰没有跟我说过一句话。当她走进我的小屋，在桌边坐定（我端给她的一杯凉水，她视而不见），她那漂亮的大眼睛终于变得黯淡无光了。

她默默地打量着这个房子，眼里闪动着泪光，长长地吁了一口气，朝我凄然一笑，像是在安慰我似的，轻轻地吐出两个字来：

"挺好！"

平心而论，雪兰刚到邗桥的那阵子，还是打算跟我好好过日子的。孙耀庭也还算帮忙。雪兰来后不久，就被他安排到了工厂的医院，做了一名垃圾清运工。她从医院弄回了一捆浆得硬硬的纱布，拆开来，缝缝剪剪，糊在窗户上做窗纱。她受不了医疗垃圾的血渍和污秽，随后又去找孙耀庭调换工作，去公共澡堂卖起了澡票。

她在澡堂工作的那段时间里，养成了时不时地往家里"捎"浴巾的恶习。我们家的床上、饭桌上、椅子上，到处都铺着蓝白条纹的浴巾。我委婉地提醒她，把公家的东西拿回自己家来，不好。再说，我们家也不需要这么多的浴巾。雪兰的回答是：

"不拿白不拿。等将来有了孩子，用它来做尿布，正好。"

雪兰很快就和左邻右舍混熟了。她来后还不到两星期，邻居们已经开始让孩子往我们家送饺子了。就这样，琐碎的日子一天天过下去，平淡无奇，波澜不惊。雪兰成天乐呵呵的，从未在我跟前流露过一丝一毫的抱怨和不满。可我总觉得她哪儿不对劲。尤其是每当夜深人静，她咬着被角无声地哭泣（第一次，我还以为她在被窝中咯咯地笑呢）的时候，我能感觉到，在雪兰不让人触碰的内心深处，那片不祥的云翳始终还在。正因为她不愿意让我知道她在半夜里偷偷地哭泣，我也只能装出熟睡的样子，不闻不问。直到有一天，她哭了半天，在黑暗中突然对我说（这表明她知道我是醒着的）：

"你闻闻，这屋子怎么老有一股怪味？怎么像是死耗子的味道？"

我立刻从床上坐起来，使劲地嗅了嗅。还别说，在陈年的烟味中，确实能闻到一缕似有若无的怪味。

我正想着如何去安慰她，忽听雪兰又道：

"要是那个该死的薛工半夜里突然回家，我们该怎么办？"

是啊，这的确是个问题。

有一天傍晚，我从工会图书馆下班回家，刚走到门前的那片草滩里，突然发现我们家的院子里冒出了滚滚浓烟。起先，我还以为是家里的房子失了火，兀自吓了一跳。可等我跑到近处一看，原来是雪兰把墙角的那个柴禾堆点燃了。她像是跟谁赌气似的，正把被褥、床单、蚊帐一股脑地扔到火堆里去烧。邻居家的孩子远远地站着，朝这边张望，被浓烟呛得直咳嗽。我问雪兰到底发生了什么事。她铁青着脸，不答话，也不正眼看我。她很快又回到家中，把床上的一张竹席拿了出来。她的动作过于莽撞，竹席让门框挂了一下，差一点把她带倒。等到这块竹席在烈焰中化为了灰烬，雪兰嘭的一声甩上门，就怒气冲冲地走了。

那天晚上，雪兰一夜未归。

第二天上午，在全厂职工大会结束后，我在工会礼堂的侧门口截住了正想匆匆离开的孙耀庭。我跟他说了妻子放火烧蚊帐的事，问他那个姓薛的工程师到底是怎么回事。孙耀庭一脸茫然地打量了我半天，满脸堆下笑来：

"噢，他出差去了。你看，我这里忙得七手八脚的。你来了这么些日子，我还没请你吃过饭。噢，对了，你妻子好像跟我说过，要把工作从医院换到澡堂去，换了吗？"

我压住心头的火，把昨晚雪兰在院子里放火烧被褥的事，再次从头到尾跟他说了一遍。孙厂长挠了挠头皮，表情就有些凝重。随后，他略一思索，拍了拍我的肩膀，笑道：

"薛工的确是出差去了。我没骗你。不过呢，他这趟差，出得有点远就是了。"

"什么意思？"

"死啦。回不来啦！"孙耀庭朝我诡秘地眨了眨眼睛，"这不挺好？那房子也没人跟你抢，你们夫妻俩，可以一直住下去。"

说完，他就在一伙干部的簇拥下，绕过一排夹竹桃树林，急匆匆地走了。

这天下午，沈祖英在工会图书馆的水房里洗衣服，笑着告诉我，就在我来厂前不久，薛工好端端的，不知得了什么急病，半夜死在了床上。等到他的尸体被人发现，早就烂得不成样子。"孙厂长怕你们乡下人忌讳，不让我跟你说。要我说，你可算是捡了一个大便宜。你想啊，要不是薛工出了这档子事，厂里专门给高工、专家准备的房子，独门独院，你一个刚进厂的小青年,怎能住得上?"

现在回想起来,正是这件事的发生,导致了我和雪兰夫妻关系的急转直下。本来就岌岌可危的婚姻,一旦越过某个危险的临界点,就只能朝着它既定的最后目标撒足狂奔了。差不多一年以后,雪兰突然辞去了澡堂里的工作,去隔壁的九三二七钢铁厂当了一名质检员。起先,一个星期中,她总有一两天不在家住。到了后来,有时一连两三个月,你也看不见她的踪影。再后来,我就听说,雪兰跟九三二七的一个上海技术员已经公开同居。有时候,她回家来取东西,那个技术员就在院子外面站着,抽烟,等她。奇怪的是,对于生活中的这个重大变故,雪兰从不解释,至于离婚一事,雪兰也只字不提。我心里暗暗琢磨,或许,她是在等着我把离婚这件事提出来。于是,趁着她有一天回来翻箱倒柜地找耳环,我就主动地挑起话头,与她商量起了离婚的事,就像是我做了什么对不起她的事。

雪兰明显地愣了一下,笑嘻嘻地在我头上摸了摸,道:"我说你是装傻呢,还是真傻?这时候离什么婚?你们厂邗桥新村的房子已经封顶,眼看就要分房了。我在这个节骨眼上跟你离婚,你一个单身职工,分什么狗屁房子?难道说,你愿意一直在这个死人的屋里待下去?房子分下来,全归你。我一片瓦也不要。我早就想好了,你什么时候拿到了新房的钥匙,我们就什么时候去民政局办手续。我们之间的事,好商量,一日夫妻百日恩嘛!"

听她这么说，我心头一热，差一点落下泪来。

五年后的一个秋末，我在南京新街口百货商场门口，最后一次遇见雪兰。

那是在她搬家去上海的前夕。我正往百货商店里边走，看见一个熟识的身影，正拎着一大包东西往外走。当我认出他就是我以前的岳父小武松时，想躲已经来不及了。随后走出门来的，是我的前岳母银娣，她手里抱着一个小孩，一看见我，忽然就僵立不动，上嘴唇黏在牙龈上下不来了。雪兰倒是反应快，她把手里举着的一只黄色的气球交给丈夫——一个留着山羊胡子的中年人，走过来用手指挑了挑孩子的嘴，让他叫我"娘舅"。

小武松给了我一支烟。我们都没有说话。没抽几口，银娣他们已经在公共汽车站向他招手了。小武松潘乾贵把烟头往地上一扔，用脚碾了碾，在我肩上重重地捏了一把，黑着脸，一声没吭，走了。

我还记得，雪兰跟我离婚差不多两个月之后的一天傍晚，她曾经到我的住处来过一次，取走她寄放在这里的一包衣物。那时已经是深秋了。她穿着一件薄薄的藏青色毛料短大衣（这使她的皮肤显得更为白皙），耳朵上吊着一对翠绿色的耳环（这使她看上去既放荡又羞怯，笑容变得稍稍有些陌生），身上散发出的气息，有点像山野里随风飘来的晚桂的芬芳（这使她身上乡下姑娘的气质消退殆尽）。她在屋里四处嗅了嗅，问我晚上做了什么好吃的，怎么这么香？我说了一句客气话，留她一块吃晚饭，没想到雪兰爽快地答应了。我赶紧去厨房，将一盘肉丝韭黄回锅热了热，又炒了一盘水芹，还烧了一大碗西红柿鸡蛋汤。

我知道她刚带着爹妈去了一趟上海，吃饭时，就随口问了问她去上海的情形。雪兰说，别的都还好，就是她爹小武松与公公"搞不到一块去"。她公公是上海益民糖果厂的副厂长，骨子里有点瞧不起乡下的这个亲家翁。不过，这也怨不得人家。小武松公然在他们家客厅里吐痰不说，吐完了，还要习惯性地用鞋底擦一擦，烟灰更是弹得到处都是。

关于她与"小胡子"在上海的婚礼，雪兰一句都没提。

大概是实在找不到什么话说，雪兰盯着对面墙上的那一溜电影海报，笑着问我，从小到大看了那么多的电影，"有没有在心里偷偷地喜欢过哪一位女演员？"。

我知道她在没话找话，可还是认真地想了想，对她说，我起先喜欢过扮演金环和银环的王晓棠，后来是《柳堡的故事》里的陶玉玲，最后是《杜鹃山》里的杨春霞。

"你呢？你是不是也喜欢过电影里的什么人？"我把这个问题还给了她，就好像我真的对她的回答充满了好奇。

雪兰说，她可不像我那么花心，从小到大，她只迷恋庞学勤。庞学勤这个名字有点耳熟，至于他到底演过哪些电影，我一时倒也想不起来了。说到这里，雪兰忽然停下筷子，问了我一个奇怪的问题：如果说，在她的少女时代，在乡下，她的心里一直珍藏着某个不为人知的秘密，想不想知道它是

第三章　余闻

怎么回事？换句话说，如果她曾长年累月默默地思慕着一个人，连做梦都想跟他在一起，想不想知道这个人是谁？

她一动不动地望着我，眼睛里亮晶晶的。

我首先想到的这个人，当然是同彬。

雪兰摇了摇头。

我接下来提到了脸上微有麻点却不乏英武之气的复员军人高定邦，提到了那个戴着眼镜、文静秀气、仿佛每时每刻都在偷偷打量别人的小白脸高定国，提到了耳朵上成天夹着一支短铅笔、说话幽默刻薄的赵宝明。

雪兰从我手中拿过烟头，抽了一口，轻轻吐了一口气，道："你想歪了。"

就在起身去灶下盛饭的时候，雪兰突然说出了那个人的名字。

朱虎平

现在，我们不妨让时间倒流，回到许多年前的那个暴风雨之夜。

那天晚上，我和雪兰、永胜、同彬还有礼平兄妹在村里躲猫猫。快到半夜时，一阵闷雷滚过，大风骤起，天气陡然变得清凉。雪兰说，要下雨了，不如散伙回家，她第二天一早还要跟奶奶去皮村卖花生呢。可礼平不同意。他说，时候还早。虽说永胜被他爹拽走了,还有他和金花。如果他们在两个小时之内找不到我们,就输给我们一人一根赤豆冰棍。雪兰让他发誓,礼平就发了毒誓。我、雪兰和同彬躲到一边商量了一下,就决定去村西赵孟舒先生吃砒霜的那个蕉雨山房里去藏身。雪兰和同彬躲在楼上,我一个人坐在楼下的台阶前。

很快就下起雨来。

我听见雪兰的奶奶在村中焦急地呼喊她孙女的名字,可雪兰没法应答。据说,同彬那时候正死死地捂住她的嘴。因为,几乎在同一时刻,一道闪电过后,他们俩被眼前出现的一幕吓得魂飞魄散:在蕉雨山房西南角的那个凉亭里,突然多出了两个人影。

同彬和雪兰蹑手蹑脚,弓着腰,从楼上下来,一左一右地蹲在我边上。两个人都确信看见了赵孟舒的鬼魂。我心里也有点害怕,可还是没忘了问他们:如果两个人中的一个是赵孟舒的鬼魂,那另一个又是谁呢?

正这样想着,电闪雷鸣中,我们总算看清了。他妈的!在凉亭里面坐着的,根本不是什么赵孟舒的鬼魂,而是朱虎平和梅芳!

另一个问题接着又来了:在这漆黑一团的暴风雨之夜,时间早已过了午夜十二点,这两人神不知,鬼不觉,跑到蕉雨山房的凉亭里来做什么?

"一定是在搞腐化!"同彬一脸严肃地叮嘱我们说,"千万不能让他们发觉我们躲在这里。否则，他们的奸情一旦败露，狗急跳墙，是要杀人灭口的。"

雪兰小声嘀咕说："照我看，他们倒也不像是在搞腐化。两人隔得八丈远，好像谁也不愿搭理谁。"

同彬鄙夷地看了雪兰一眼，道："着什么急啊？我敢打赌，用不了五六分钟，他们俩人就会抱在一起，亲嘴，摸奶，脱裤子。"

我们几个趴在一丛芭蕉的后面，忍受着蚊虫的叮咬，连大气都不敢出。

时间一分一秒地过去了，期待中激动人心的一幕并没有发生。

虎平和梅芳两个人，隔着凉亭里的石桌，东西对坐。石桌上除了一只白铁手电筒之外，别无他物。朱虎平两手放在膝盖上，腰板挺得笔直，正在滔滔不绝地跟梅芳说着什么。当梅芳跟他说话时，虎平的身体会微微前倾。有时，他偶尔也会抬头看一看天色。梅芳呢？她正在把披在肩头的长发重新盘在脑后，并不时腾出手来，拍打着腿上的蚊子。看得出，她不怎么在意虎平跟她说什么，可她一直在笑。

蟋蟀和青蛙早已停止了鸣叫，满院的萤火虫此刻也已经看不见了。雨点打在荆棘丛中，打在芭蕉宽宽的叶面上，打在屋顶的碎瓦上，打在庭院的石阶上，满耳都是沙沙的雨声。当闪电从厚厚的云层中钻出来，在天空绽放火树般的裂纹时，我们才能看见梅芳的那张脸，看见她那光裸的手臂。

雪兰忽然说:"要是能够听见他们在说什么话就好了。"

她这么一说,倒是提醒了同彬。他二话没说,就把身上的白背心脱了下来,一猫腰,翻过长廊,钻进了东边院墙下的树丛里。他光裸着脊背,在荆棘丛中一点一点地向凉亭靠近。大风中被刮得东倒西歪的树木,给他提供了很好的保护。

闪电让梅芳的脸在黑暗中闪闪烁烁。每一张被定格的脸,都在笑。没过多久,雨就渐渐小了。朱虎平和梅芳不约而同地站起身来。

"走?"虎平问了一句。

"走。"梅芳答道。

朱虎平抓过桌上的手电筒,一个人走在了前面,梅芳深一脚浅一脚地跟在后面。当他们翻过蕉雨山房院墙的豁口时,虎平伸手扶了梅芳一把。仅此而已。

两人在院墙外道了别,一个往西,一个往南,消失在了我们的视线之外。

虎平和梅芳刚离开,雪兰就仰着脸问同彬,刚才朱虎平跟梅芳都说了些什么。同彬从她手里接过汗背心,把满身的树叶和草茎胡乱地捋了捋,低低地骂了句"晦气",没有接话,眼神略微有些落寞。

我们三个人走到同彬家附近的弄堂口,正想各自回家睡觉,雪兰再次拦住同彬,问他刚才虎平到底说了什么话,让梅芳笑得差一点昏死过去？

同彬笑道："虎平跟梅芳说了一个故事。"

雪兰道："什么故事？说来听听！"

同彬道："你真想听？我可告诉你，挺下流的。"

雪兰道："下流就下流，怕什么？"

于是，同彬想了想，就靠在弄堂口的墙上，和我们讲起了下面这个故事。

一个村庄。

一户人家。

一对夫妻。

有一天傍晚，老婆嘱咐丈夫去邻村的代销店买东西。买什么东西呢？一斤火油，一刀草纸。丈夫出了门，但并没有走远，他躲在门前的一棵枣树下，查看动静。很快，他看见住在隔壁的村长从门里探出脑袋，四下里望了望，偷偷地溜进了他们家。丈夫不声不响地绕到了西窗下，踮着脚，听壁根。他听见自己的老婆和村长在床上翻云覆雨，还听见老婆断断续续地问村长：

"怎么样？惬意不惬意？"

村长说："惬意的。惬意的。"

老婆又问："什么感觉？"

村长道："什么感觉我倒有点说不上来。反正是一惊一惊的。"

村长问老婆:"你呢？惬意不惬意？"

老婆道:"惬意的。惬意的。"

村长又问:"你什么感觉？"

老婆道:"什么感觉我倒也说不上来，反正是一张一张的……"

接下来的内容，因实在难以启齿，这里只能略过不提。不过，在我们家乡一带，这个故事在上世纪六七十年代，几乎每个成年男性都倒背如流。虽说存在着不同的版本和变体，但基本内容大同小异。雪兰是女孩，没听过这个故事并不奇怪。同彬刚开了个头，我就感到腻烦透了。应当说，这个故事虽然有些淫秽，但并不好笑。因此，当同彬刚刚讲完，雪兰发出一连串夸张的纵声大笑时，我和同彬面面相觑，彼此都有些疑心，这个故事，雪兰或许根本就没听懂。

雪兰心满意足地离开后，同彬看了我一眼，道:"你说雪兰这丫头，在那方面，是不是有点缺心眼啊？"

雪兰在心里偷偷地喜欢朱虎平，据说只有一个简单的原因，那就是朱虎平长得有点像电影演员庞学勤。在我们的少年时代，要说起心中第一号的美男子，当然非王心刚莫属。可奇怪的是，雪兰横竖都看不上王心刚。她说王心刚的牙齿太大且不整齐（不如庞学勤那般细腻雪白），王心刚的脸盘太肉（不像庞学勤那般精致、坚毅，简直像刀刻似的），说话的嗓门水叽叽的（不像庞学勤那般瓷实、爽利、干净，就像被砂纸打磨过的）。听她这么一比较，你还别说，朱虎平与庞学勤两个人，不论是外貌还是嗓音，真还有点像。在雪兰看来，区别仅仅在于："虎平的腿比庞学勤还要长一些，笑起来的时候，比庞学勤还要好看一些。"

打我记事的时候起，红头聋子朱金顺就一直在忙着给儿子朱虎平介绍对象，仿佛全世界的漂亮姑娘都排着队，从四面八方来到我们村，任由虎平挑选。看来看去，朱虎平没有一个稍稍中意的。起先，媒婆要是领过来一个姑娘，虎平还耐着性子与人家周旋一番，到了后来，他从外面收工回家，一见家中来了陌生女子，连照面都不打，扭头就往外躲。眼看三十出头，还没有说上个媳妇，红头聋子急火攻心，三天两头往隔壁的老福家跑，央求她赶紧给想个法子。

老福倒是给朱金顺出了个主意：让姑娘预先脱得一丝不挂，钻到虎平的被子里等着，虎平一进屋，"你就把房门从外面锁住。到不了天亮，我保险你生米做成熟米饭"。

红头道："好倒是好，只是不晓得人家女方肯不肯依。"

老福想了想，说，她娘家村倒是有一个现成的姑娘，人品、面相和脾气都好，就是胖一点。"这事包在我身上，不由得她不依。你就等着抱孙子吧。"

那天晚上，虎平从邻村看戏回来，红头聋子见他哼着戏文进了屋，就依照老福的嘱咐，把房门从外面给反锁上了。不一会儿，红头聋子就听见儿子发了疯似的哇哇乱叫起来，还没等朱金顺打开房门,虎平穿着一条三角短裤,早已从窗户里跳了出去,蹿到了隔壁的老福家,逼着老福奶奶给他做个见证,在他床上躺着的那个姑娘,他连碰都没碰。

老福笑着问他,那姑娘人怎么样,虎平道,就见床上汪着一堆白肉,别的没看清。老福问他愿不愿意与这个姑娘成亲,虎平道,成亲不行,拿她来熬油还差不多。老福笑了半天,只得摇头叹气。

"那你晚上在哪里睡啊?"老福问他。

"跟你睡啊。天气这么冷,我正好给你老人家焐焐脚。"虎平笑道。

老福只得依了他。

虎平刚上床,老福奶奶就用脚去踹他:

"孩子啊,你要是一直追着自己的影子跑,下辈子也追不上。你要想在这世上找一个和梅芳一模一样的人,下辈子也找不见。这女人好不好,过起日子来才知道,围着锅灶转起来才知道。好孩子,听我一句劝,赶紧回家,搂着你自个儿的老婆去睡吧。"

虎平在被窝里偷偷地挠老人的脚板底,呵呵地傻笑,就是不说话。

我曾听老福说过,朱虎平的娘还活着的时候,与窑头赵的梅家就结了娃娃亲。每年春节,梅芳都会跟着母亲到虎平家来走亲戚。到了春夏之交的农忙时节,虎平也时常被他娘赶去窑头赵村,帮着梅家耕田、插秧、收麦子。自打虎平的母亲去世后，两家的来往就慢慢地疏淡了。后来，梅芳因为当了干部，与高定邦兄弟的来往多了起来，一来二去，就与高定国成了亲。

朱虎平是个痴心孩子，他因心里惦记着梅芳，倒也没觉得单身过一辈子有什么不好。只是苦了他爹朱金顺。

当然，为朱虎平的单身而成天忧心如焚的，还不光是朱金顺。梅芳也渐渐感到了一丝难言的苦涩。每当她看见红头聋子满含怨恨地从身边走过，心中的委屈可想而知。两人平常在村子里见面，也总有些不自在。她有心要好好劝劝朱虎平，想来想去，就在灯下给他写了一封长信，大段大段地引用了最高指示，恳求虎平忘掉自己，开始崭新的人生。

虎平给梅芳回了信。不过，第一个拆阅此信的人并不是梅芳，却是会计高定国。高定国在对朱虎平恨得咬牙切齿的同时，也对妻子写给虎平的那封信，产生了很不健康的遐想。想象乃至虚构信件的内容，成了他夜不能寐、妒火中烧时的唯一消遣。一九七〇年夏天，高定国突然带人抄了虎平的家。他没能找到妻子写给虎平的那封信，却意外地起获了两床古琴和一张金丝楠木的琴案。他一时恼羞成怒，不顾朱金顺的拼命阻拦，不顾闻讯赶来的赵锡光如丧考妣的苦苦哀求，将那些"封资修"浇上柴油，付之一炬。

一天深夜，雪兰从灶间的竹床上一觉醒来，听见母亲银娣正用很小的声音与父亲在隔壁说话。银娣说：

"要说虎平这辈子，可算是被梅芳那货害惨了。那么俊朗的一个小伙子，这么熬下去，真要打上一辈子光棍，就太可惜了。"

父亲笑着说："你要看他可怜，不如自己送上门去让他解解馋。我度量大。"

银娣怒道："放你娘的屁！姓潘的，好好说话行不行？"

父亲道："要我说呢，这屎盆子也不能扣到梅芳一人头上。红头聋子不知从哪里弄来那么些个丫头，歪瓜裂枣的，一个比一个长得丑。虎平如何能看得上眼？这小子，心气高，凡事就爱掐个尖。若是遇上个把像我们家雪兰这个模样的，保管一箭就穿心！"

从父母的这番喁喁低语中，雪兰不难得出以下两个结论：第一，即便在母亲的眼中，朱虎平也称得上是一个响当当的美男子；第二，在父亲看来，也许只有自己的美貌，才能配得上虎平的俊朗英秀。就这么翻来覆去地想着，不知不觉中天就亮了。在她脑子里，萦绕不去的，始终是这样一个大胆的假设——假如自己变成了那些求亲者中的任何一位，情况究竟会有多大不同？虎平会不会有完全不同的反应？

雪兰身上一阵冷，一阵热，被自己的骄傲和虚荣折磨得像打摆子一样。

当然，雪兰内心十分清楚，鉴于两人的辈分和年龄，她对虎平的渴慕只能烂在肚子里。因此，在她虚构的与虎平生死相恋的种种情节中，天下大乱和世界的突然毁灭就成了必要的前提。换句话说，假如地球上的人全都死光了，只剩下他们两个人，年龄和辈分自然就不是什么问题。

而在更多的时候，故事总是以虎平对她粗暴的蹂躏作为结局。

一天中午，雪兰正在磨笄山上寻羊草，远远看见朱虎平头戴一顶发黑的破草帽，肩上扛着一把铁锨，高挽着裤腿，懒洋洋地出了村，径直往西去了。那是六月的一个大热天，田野的秧苗刚刚返青，烈日烤得人昏昏欲睡，四下里静谧无声，望不到一个人影。伴随着心房的狂跳，雪兰甚至能听见流水在干涸的稻田里流过时发出的滋滋的响声。雪兰后来告诉我，不是她存心要在后面跟着，而是心里有一个"鬼"，在不断地催促她迈开双腿，懵懵懂懂地撵上他。

朱虎平的身影，在翠绿的秧田里转悠。他一会儿挖开田埂，让沟里的清水流进稻田；一会儿又在水沟里拦起一道水坝，让不断升高的水流漫过田垄。雪兰其实并不想靠近他。在割羊草的间歇，她偶尔抬起头来朝他望一眼，知道那个人还在，她心里就会涌出一阵阵秘密的喜悦：

在这个阒寂的午后，田野里只有他们两个人！

地球虽然还没有毁灭，可是在这片空旷悠远的苍穹之下，只有他们两个人！

可是，当朱虎平走到十八亩的一个树林边，人影一晃，忽然就不见了。唯有光溜溜的一截地平线，还有在天上堆得厚厚的白云。

雪兰绕着那片树林，来来回回地走了两遍，也没瞅见虎平的人影，心里就有点惆然若失。她正准备往家走的时候，却在溪沟边的一棵大榆树下再次看见了他。

噢，原来，他正躺在溪沟的草坡上睡觉呢！

雪兰丢下草篮和镰刀，下到沟里，慢慢走到虎平的身边，一屁股坐在他身边的树荫下，伸手就去推了推他的胳膊。虎平还在梦中。他睡眼惺忪地睁开眼，扫了雪兰一眼，皱了皱眉，又接着睡，很快就打起鼾来。雪兰在他身边坐了一会儿，实在无聊，又去捏他的鼻子。这一次，虎平倒是醒了，鼻子里吭了一声，一骨碌翻身坐起：

"我当是谁呢！原来是你。鬼丫头，搅我一梦。"

雪兰道："朱虎平，你睡觉还张着嘴，就不怕树上的杨瘌子掉你嘴里啊？"

虎平笑道："你这丫头，没大没小的。'朱虎平'这三个字是你该叫的吗？"

雪兰道："那我该叫你什么呀？"

"叔叔可以叫，舅舅也可以叫。哎，我说你不好好去寻草，一路悄没留声地跟着我干什么？"

雪兰听他这么说，心里就吓了一跳。原来自己在后面不远不近地跟着，虎平嘴上不说，心里全知道。

雪兰咬着嘴唇，想了想，又道："朱虎平，你狗日的也别神气！我手里拿着你一个天大的把柄，你知道吗？"

朱虎平略微愣了一下，扭过头来看了看她，似笑非笑地说道："什么把柄？说说看。"

雪兰道："那天夜里你和梅芳躲在蕉雨山房的凉亭里，鬼鬼祟祟，捣什么鬼？我要是把这事捅给高定国，保管你吃不了兜着走。"

她这一嚷，虎平反倒笑了，露出一口庞学勤般雪白的牙齿：

"先别说这事，我倒要问你，你是怎么知道我和梅芳在凉亭里躲雨的？"

雪兰把虎平的那顶破草帽抢了过来，看了看，按到了自己的头上，道："你别管我怎么知道的。若要人不知，除非己莫为。"

虎平道："那天晚上，我们几个人在祠堂里开会。散会后，我和梅芳一路回家。没想到走到半路上，忽然就下起大暴雨来。瞅见那处院子里有个凉亭，就在那躲了一阵雨。噢，对了，那晚开会，你爹也参加了，你回去问问他就清楚了。"

"说得倒轻巧！"雪兰冷笑道，"既然是去避雨，那你干吗跟她讲什么下流故事？"

"下流故事？"虎平吃了一惊，像是被蒙在鼓里似的，完全摸不着头脑，"等等，什么下流故事？"

"怎么样，害怕了吧？你难道还要我把这故事跟你再说一遍吗？"

"你，说说看。"虎平的喉结猛地一伸缩，咽下了一大口唾沫。

雪兰见他死不认账，一赌气，就"一个村庄，一户人家"地讲了起来。

故事讲到一半，当那些令人难堪而羞耻的词语像水流一样从她嘴里汩汩而出，雪兰生平第一次准确地领悟到了那些语汇的真正含义。她的语速明显放慢，语调变得犹疑，支支吾吾，脸上一阵阵发烫。她低头弄着衬衣的衣角，根本不敢看虎平的脸。就在她犹豫着要不要再讲下去的时候，她清晰地听到虎平在她耳边用一种她从未听过的温柔的语调对她喃喃低语：

"说下去。"

与此同时，她忽然感到自己半个肩膀变得麻酥酥的，因为虎平的一只手不知什么时候已搭在了她的肩上，然后顺着她的胳膊一直往下滑。她知道虎平的指尖不经意间轻轻地触碰到了她衬衣下的乳头（她浑身像过电似的打了个激灵），但她拿不准虎平是不是知道。她能听见虎平变得越来越急促的鼻息声。她在心里默念，唯愿时间停止在这一刻。淫荡、甜蜜、羞耻、忧伤和恐惧，彼此紧紧纠缠在一起。

雪兰的故事还在持续。

虎平还在喃喃地怂恿她："说下去。"

雪兰一字不落地把这个故事讲完，偷偷地抬起头来，打量了对方一眼。这一看，雪兰不由得吓了一跳。

那是一张彻底变了形的扭曲的脸。

雪兰说，她还从未见过这么一张恐怖的脸。那不是朱虎平的脸。那不是她平常所熟悉的庞学勤的脸。仿佛是正在经历什么难以忍受的痛楚，豆大的汗珠密密麻麻地堆在他的额头上，汇成了一道水流，从两鬓滑落。他的眉毛全都拧到了一块，喉结一伸一缩，眼睛直勾勾地瞪着她。这张脸，贪婪，丑陋，甚至有几分猥琐，看那架势，就像要一口把人吞到肚子里似的。

看着这张脸，雪兰忽然感到有些害怕。这时，她听见虎平在叫她。

"雪兰。"
"嗯。"

"雪兰。"
"嗯。"

"雪兰。"
"嗯。"

虎平叫一声，雪兰就应一声。同时，她在心里下了一个很大的决心：只要他豁得出去，我是无所谓的。

可就在这个时候，虎平忽然怪笑了一下，朝她脸上喷出一口热气，松开了她的胳膊。他像是跟谁赌气似的，阴沉着脸，从斜坡上爬起来，弯腰捡起那顶破草帽，按在头上，扛起铁锨，一句话没说，走了。当他走到溪沟的坡顶上，忽然站住了，又回过头来望了雪兰一眼，随后，就加快了步子。

雪兰一个人在榆树下呆坐了半天。清澈的溪水漫过倒伏的水草，淙淙有声。在不远处的一个水潭里，一只刚刚长出新羽毛的野鸭子不时扎着猛子，游得飞快，在水面上划出一道长长的波纹。弯弯曲曲的溪沟逶迤远去，草色旷远芊绵，流水凝碧。

虎平的身影，在河道的另一端，已经走得远了。

在回家的路上，雪兰再次遇见了朱虎平。当时，他正在一块秧田里查找漏水的暗洞。他假装没有看见雪兰。雪兰走过他身边，用小得不能再小的声音对他道："朱虎平，你放心。我什么都不会跟旁人说的。"

那时的朱虎平，早已恢复了原先的理智、宽厚和温柔。他的那张脸，也重新变得磊落而俊美。他朝雪兰凄然一笑，伸手摸了摸她的头，低声道：

"别那么没大没小，以后见面记得要叫我叔叔。"

朱虎平和蒋维贞育有一子一女。无论是他们的爱情传奇，还是后来的婚姻生活，在我们那个民风放逸的山村里，一时间都堪称纯洁的堡垒。不过，若照同彬的话来说，所谓堡垒，本来就是被用来攻破的。到了一九九二年前后，自从三十七岁的蒋维贞被我堂哥赵礼平带到深圳和珠海去"开拓业务"之后，夫妻俩过起了聚少离多的日子。朱虎平慢慢地就变成了一个酒鬼。

我在二〇〇六年的夏末遇见他时，他已经六十多岁了，为朱方集团旗下的一个成衣公司看守厂门。酒精中毒所导致的手颤，已让他拿不稳一根香烟了。凌乱的白发在头上飘动，眼神空洞而茫然。只有当马路上的消防车发出刺耳的鸣叫呼啸而过时，他那木讷浑浊的眼球才会突然放出一丝亮光。

我不知道在那一刻，朱虎平会不会想起自己家那台早已被废弃的水龙，想起自己身为救火会会长的那段光辉灿烂的日子。

孙耀庭

工会图书馆是一个两层楼的灰砖建筑，隐没在一片翠绿的杉树林中，紧挨着职工食堂和工会俱乐部。墙砖宽厚、陈旧且结实，长着毛绒绒的碧绿苔藓。在炎炎烈日之中，只要你一走进这座建筑，就会立刻感到一缕迎面扑来的阴凉，令人郁燥顿除，神清气爽。

沈祖英告诉我，这座图书馆建成的时间顶多也就十年。当年，厂里要修建一条通往江边码头的专用铁路，被一座巍峨的团城挡住了去路，主事的人说了声"挖"，筑路工人就在城墙上扒开了一个大豁口。厂部的领导觉得旧墙砖几乎完好无损，丢掉了有些可惜，就用这些城砖盖了这座图书馆。虽然经过了数百年的风吹日晒，这些城砖敲上去仍然当当作响，俨然金铁之鸣，"这样的砖头，我们厂连一块也造不出来"。

祖英说，几百年来，南京城头旗帜变幻，屡攻屡陷。每一块城砖，都吸饱了兵士们的鲜血，那些疯长的绿苔，正是兵士们的魂魄，"没人的时候，你稍稍凝神屏息，就会听到房子里刀剑相叩，喊打喊杀的嗡嗡声"。沈祖英在向我说这番话的时候，我已经发现这个人有一个天生的弱点：胆小，且联想丰富。

我刚去图书馆上班的那阵子，正值盛夏，几乎每天午后都会下暴雨。当狂风从屋顶上呼呼地刮过，空旷的房子里的确回荡着一阵阵尖利的嚣鸣。不过，那声音听上去，倒不像刀剑相叩的厮杀和叫喊，更像是一声声满含幽怨的叹息。

按照厂里的规定，图书馆在周末照常开放，只是在每周三的下午，有半天的闭馆休息时间。祖英负责楼上两万多册图书的借阅和编目，而我则在楼下照看报纸和期刊阅览室。除了一些退休职工时常来阅览室翻看报纸和电影画报外，很少有工人来这里借书。为了给自己找点事做，打发难熬的清闲，祖英每天都会把家里的衣服拿到单位来洗。等到她把那些衣服洗了又洗，一件件抖开抚平，挂在晾衣绳上，差不多就要花去大半个上午。到了下午，照例是收衣服、烫衣服、叠衣服,沈祖英总有办法让自己一天到晚忙个不停。

沈祖英洗衣服的水房就在走廊的尽头。严格来说,那个水房只是一个天井——地上铺着青砖,水池的上方装有防雨的塑料顶棚,西南两边的砖墙上各有一扇人字形瓦片搭成的花窗。水房里还有一只烧开水用的煤球炉。

两棵高大的枣树筛下一地的浓荫。

在祖英不洗衣服的中午,我也会搬一张折叠椅,躺在满眼翠绿的天井里,嗅着衣服上淡淡的肥皂味,随便找一本书来看。看累了,就把目光投向窗外的野地。透过那些鼠耳状的枣树叶,我注意到,在远处的一片收割后的麦田里,矗立着一座古老的砖塔。一座砖塔孤零零地耸立在麦地里,的确有些奇怪。砖塔后面,是一个月牙形的荷花塘(雪兰刚来的那些天,我曾带她去砖塔下转了转。可雪兰当时心绪不佳,对满塘的荷花和四周幽深古朴的景致无动于衷)。再往前,就是邗桥镇了。祖英的家也在那里。

我到达邗桥已经一个多月了。母亲那边没有任何消息。

有一天,阅览室来了一个人。这人看上去五十来岁,梳着齐耳短发,穿着一件白色的确良衬衣。她一边翻阅着杂志,一边偷偷地透过鼻梁上方的眼镜,不时地觑我一眼。可她一旦发现我也在打量她,脸色就突然变得很严肃,迅速把目光移向别处,装出没有看我的样子。

我一连试了几次,每次都是这样。

我脑子里突然闪过一个荒唐的念头：这人会不会就是我的母亲？她把自己装扮成一个读者的样子，悄悄地溜进阅览室，会不会是为了在暗中观察我，留意我的一举一动？

我正乱七八糟地想着这些事，沈祖英双手蘸满肥皂沫，从水房里悄悄来到我身边，朝我递了个眼色，小声地叮嘱我，让我给那个女人倒一杯凉开水，送过去。除了这个女人之外，当时的阅览室里还有另外的七八个人。沈祖英为什么单单让我给她一个人送凉白开呢？我心里犯起了嘀咕，但还是决定照她的话去做。当我把水杯端到她跟前，她连头也没抬，不冷不热地说了句"谢谢"，仍旧在翻看杂志。我正要走开，忽然听见她向对面坐着的一个老头悄声道：

"村里的青壮年都被敌人抓走了……"

那老头把手里的报纸一抖，抬头看了那个女人一眼，笑了一下，立刻朗声道：

"崔大嫂下落不明！"

随后，老头起身走开了。他独自走到窗边一个静僻的角落里，背转身坐了下来，跷起二郎腿，继续看报。

坦率地说，我当时被他们之间的对话弄糊涂了，心里想，像唐文宽那样喜欢说怪话的人，原来哪儿都有啊。我悄悄地来到水房，把这件怪事和祖英说了说。她在搓衣板上使劲地搓着一条灯芯绒裤子，不吭声，只是笑。等到她把那条裤子在脸盆里投干净，让我帮她拧干，这才甩了甩手上的水，小声对我说："那人是个疯子。你要留点神，千万别去招惹她。

要是她发作起来,那可不是闹着玩的。"

说起来,人的意念有时候十分可笑。你要是对某个事情动了念头,即便你明明知道这个念头是错的、荒唐的,但要消除它在心里留下的印记却绝非易事。你大概还记得,在我小时候,是以王曼卿的样子来想象母亲的。自从我在图书馆见到那个疯子之后,就开始以这个疯子的形象,来想象母亲年老后的样子。毫无办法。后来,我知道她就是孙耀庭的前妻,知道这人姓秦,知道她在"文革"时期,作为南京戏剧界的一代名伶,曾一度头角峥嵘,风光无限,但这个疯子,仍然会盘踞在我的记忆里继续扮演母亲的形象——夜半时分,当我大汗淋漓地从梦中醒来,在黑暗中试图要挽留住母亲那正在消退的虚幻面容时,每次拼合出来的,总是那个疯子的形象。

这样的情形一直持续到两个月之后。

八月末的一天中午,厂办宣传科的小于来图书馆找我。他笑嘻嘻地通知我,下班后去一趟厂长办公室,孙耀庭有要紧的事要跟我谈。

那时,我已经预感到,孙耀庭终于要跟我谈母亲的事了。

经过整整一个下午的反复思量,我在心里已经做出了一个决定:假如母亲提出来要和我见面,我不应该立刻答应。到了这个时候,怎么也得端一端架子。她晾了我足足二十一年。二十一年音信全无。我也应该晾她一晾。假如她一招手，我就像只哈巴狗似的，摇着尾巴冲她跑过去，也许反而会被她瞧不起。当然，如果她再三哀求，我最后还是会让步的。因此，你大概可以想见，当孙耀庭在办公室里跟我一见面，就直截了当地告诉我母亲去世的消息时，我首先感到的并不是晴天霹雳的悲伤，而是一种痛彻肺腑的羞惭和难以置信。

孙耀庭给我泡了一杯茶，刚刚在对面的椅子上坐定，就用一种不容置疑的口吻告诉我，我母亲已经走了。就在五一劳动节的第二天。她被人推入手术室之后一直昏迷。事实上，她的喉管被切开后，又在监护室挺了两个多月。

孙耀庭说，他之所以拖那么久，才将这个事情告诉我，也是为我好。他担心我初来乍到，人生地不熟，猛然得知这个消息，人会受不了。他还说，母亲过世之后，他也曾考虑过，要不要派人去乡下报个信，但后来还是决定放弃。一来是路远，二来，自从首长得了老年痴呆症之后，部队的那户人家一下子拥来了很多陌生的亲戚，都不太好打交道。他们自己弄了一个简单的遗体告别仪式，就在殡仪馆，没有通知任何人。

"这么说，我母亲已经不在了？"我眼巴巴地望着孙厂长。

"是的，不在了。"

孙耀庭说，我母亲去世时，留给我一堆遗物，被装在一个大纸箱里，搁在她南京的家中，已经很久了，"过几天我让小于给你送过去"。

我问他母亲死后葬在哪里,能不能带我去她的坟前看看。孙耀庭想了想,叹道:"没有坟。你母亲去世后留下遗嘱,让人把她的骨灰撒入扬子江中。至于他们撒没撒,我就不清楚了。"

我记得,那会儿天已经差不多黑了,可孙耀庭并没有开灯。他大概觉得,谈论这种事,待在黑暗中,我们彼此都会更自在一些。头顶上方吊着的一个摇摇欲坠的电风扇,晃晃悠悠地转动着,发出吱吱的刮捎声。热风吹在我脸上。屋子外面起了一层薄雾。

"我听说,你在乡下有一个老婆?"孙耀庭点了一支烟,问我道,"去年,部队的人回来说,你是单身啊,哪里来的老婆?"

"那时还没有,后来就有了。"

"人死如灯灭。你妈妈的事,我们就先不说了。"孙厂长像是下了一个很大的决心,提高嗓门对我道,"这样吧,我给你放一个礼拜的假,你回一趟老家,休息两天,把老婆接来。你妈不在了,你的事我来管。老婆的事也管。她什么时候来厂,我什么时候给她安排工作。一直想请你吃个饭,总抽不出时间,忙啊!你看这样好不好,等你把爱人接过来,我就在南京为你们接风。"

宣传科的小于将母亲的遗物送到家中时,我正在图书馆上班。箱子是雪兰接的。她事后曾告诉我,是有这个箱子。

里边"除了账本似的黑本子之外，没什么稀奇东西"。她记不得将它塞在哪儿了。当然，房子就这么大，如果我真的想找，一定能找得到。为了不让雪兰对我们未来的生活完全绝望，从一开始，我就决定向她隐瞒母亲已离世的真相。直到她在隔壁的钢铁厂找到新的工作并时常夜不归宿，我才重新想起了母亲留给我的那箱遗物。我在墙边堆放蜂窝煤的一堆杂物中找到了那个箱子。

伤痛依旧新鲜锐利。

除了十四本清一色的硬面抄之外，母亲留给我的遗物，还包括一只墨绿色的绒面眼镜盒，一柄放大镜，一枚刻有"章珠之印"的塑料图章，一双穿坏了的鞋子，还有一个用泥土烧制而成的哨子。哨子的形状是一头小猪，从上面"皮村李"的字样来判断，这枚哨子是从皮村的集市上买的，至于她为何将这枚哨子带在身边，我不得而知。

我应当坦率地承认，尽管多年来我对母亲的离开一直抱有怨恨，但我在阅读她写给我的这些信件时，眼泪从未断过。有时我端着一盆饭，一边吃，一边看信，看着看着，天就亮了。母亲所写的每一个字都在燃烧。正是那些正在燃烧的字迹，照亮了她那张缥缈不真的脸。她那忧郁、痛苦的形象，终于穿过时间的铁幕，具体而真切地呈现在我面前。我知道哪里是她的脸，哪里是她的身，哪里是她的手，哪里是她的呼吸，哪里是她默默看着我的慈祥而哀矜的目光。

那是一个初冬的午夜，我读完了母亲的全部信件，拉开门,悄悄地走到了院子里。东方未晞,残月在天。满地的梧桐树叶上覆盖着雪白的寒霜。瞻望四方,我终于意识到,自己在这个世界上已是孤身一人。

我朝东边看
我朝西边看
我朝南边看
我朝北边看

不管朝哪个方向眺望,我在这个世界上已没有亲人。

妈妈,妈妈。
妈妈,妈妈。
妈妈,妈妈。
妈妈,妈妈。

我沿着厂区的那条铁轨往西走,抱着一种"看看到底能够走到哪里去"的麻木,终于在天亮之前来到了江边的货运码头。我找了个静僻的地方坐了下来,呆呆地看着滚滚东流的扬子江,看着晨风中吐着白絮的芦苇,看着初升的太阳将江水染成一片波光粼粼的金红。

如果他们真的把母亲的骨灰撒到了扬子江中,它一定会顺流东下。它一定会飘过燕子矶,流经焦山的古塔,穿过甘露寺和瓜洲古渡外的汀洲，一路来到我的家乡。随着江水在圌山一带分流，母亲的骨灰将经由数不清的河湖港汊，最终抵达她的出生之地兴隆镇，停在她家茅屋西侧的河道中。

在最后一封长信中，母亲仍把她儿时的故乡视为世界上最美丽的地方。她详细地记录下了多年前的一个午后。母亲说，那是她一生中最快乐的时光。那天，我外公带着她们姐妹四人去河里采菱角。外公为了逗她们笑，故意把小船踩得左右摇晃。小船在剧烈地晃动，天空中的云朵和水面中的倒影也跟着晃动。外公摇啊摇啊，她们笑啊笑啊。没人知道几年后她们姐妹四人就将天各一方。

唯有小姨妈留下来的那双被穿坏了的绣花鞋，恰如其分地说明了母亲悲剧性的一生。

二〇〇一年的秋天，我抽空专门去了一趟母亲的老家兴隆。茅屋早就不见了，曾经长满菱角的河道也被填平。上面盖了一座电镀厂。污水四溢，蒿草遍地。

一个小孩在厂门口拉屎。

在邗桥的二十多年里，我与孙耀庭见面的机会其实并不多。他把家眷安顿在南京市区，待在厂子里的时间本来就很少。我刚进厂那阵子，孙耀庭不管到哪里，都骑一辆破旧的自行车。后来，自行车就换成了波罗乃兹，再后来，波罗乃兹换成了桑塔纳。等到他终于坐上了奥迪之后，连开关车门都由司机代劳。

一九九六年，邗桥镇四周的山峦被附近几家砖瓦厂夷为平地之后，因烧砖的原料难以为继，我们厂开始了第一次转型，成了一家生产钢门钢窗的股份制企业。孙耀庭在第一时间就告诉了我工厂改制的消息。那天，他穿着一件崭新的皮夹克，带着小于，来图书馆找我，问我愿不愿意跟他去南京的公司总部做秘书。那时，沈祖英已在一年前退休，我一时找不到个人商量，就对孙耀庭说，能否容我考虑两天。说实话，我还真的有些舍不得离开图书馆这个安静的地方。

差不多三个月后的一天，图书馆突然来了几个穿西装的中年人。他们把楼上楼下转了个遍，一边东张西望，一边煞有介事地点头，什么话都没说就走了。再后来，我就接到了厂部"图书馆全部腾空，改作他用"的通知。当几个身穿工装服的人来到图书馆，将楼上那两万册图书成捆打包，运往纸浆厂回炉的时候，我才听说，原来，这座用旧城砖盖起来的建筑，被新上任的董事长看中了，他要把一家老小都安顿在这里。

我被人从图书馆扫地出门之后，又过了一个月，才在公司的园林科找到了一份新工作，负责照料厂区的花木和草皮。有一天，孙耀庭陪着董事长夫人来园林科挑选花木。在跟他握手的时候，我暗暗地加了把劲，心里很希望他能"猛然想起"当初让我去南京当秘书的承诺。不过，孙耀庭仅仅在我肩上拍了一下，笑道：

"还好吧？什么时候有空？我们一起聚聚。我还欠你一顿饭呢！"

几年后，改制后的公司因经营不善、连年亏损，再次陷入困顿之中。在年末的职工大会上，孙耀庭在与职工代表对话时，被人打伤，住进了医院。他让小于传话给我，希望见我一面。我买了一兜子红富士苹果和一箱猕猴桃去医院看他。他头上缠着绷带，把正在给他喂汤的护工赶到门外的楼道里，这才神神秘秘地问我：认不认识一个名叫赵礼平的人。

经他这一问，我才反应过来，到了上世纪九十年代末，即便是在南京的地面上，堂哥赵礼平都已经是一个响当当的人物了。

孙耀庭说，厂里经营困难，几千张嘴都冲着他张着要饭吃。如今他连跳扬子江的心都有了。唯一能救他的人就是我的堂哥赵礼平。他在省委党校的一个礼堂里见过礼平。孙耀庭递上名片，态度谦恭，堂哥连一句话都没有跟他说，转身就走了。孙耀庭让我看在死去的母亲的分上，无论如何要帮他这个忙。

"你看这样好不好，等我伤好了，你，你堂哥，一块坐下来吃顿饭，好不好？只要他答应来，我就派专车去接他。"

从医院出来，我就给堂妹金花打了个电话，问她能不能请堂哥来南京见个面。金花说："见什么见，他人还在蒙特利尔呢！"我给孙耀庭回了话，他在电话中"噢噢"了两声，没头没脑地问了我一句：

第三章 余闻

"蒙特利尔是个什么鬼地方？"

我最后一次见到孙耀庭，是在二〇〇二年的冬天。那时，我已经在公司里办理了退休手续，买了一辆旧红旗，在邗桥开出租车。有一天，在中华门附近的一个酒楼门口，一个身穿白色西服的年轻女孩拦下了我的车。她手里扶着的那个喝醉酒的老头，正是孙耀庭。在我认出他的同时，我相信孙耀庭也认出了我。他横下心来，装出不认识我的样子，对我们双方都好。说实话，其实我也很担心，我的这位老熟人会在车上突然跟我寒暄起来，真担心他嘴里突然冒出一句这样的口头禅：

"哪天有空，我请你吃个饭。"

我的车开出去没多久，孙耀庭就很不客气地喝令我停车。他和那个女孩下了车，很快又拦下了另一辆出租车，从我车旁嗖的一下，过去了。

婶子

一九八一年九月，我从薛工的宿舍搬到了邗桥新村的新工房里。我的那个单元在一楼，靠西，只有一间半，不过一个人住也足够了。我是那种只有在独处时才会感到轻松自在的人。只要有扇门，我就可以把整个世界关在外面。除了冬天的风雪和夏日的蚊虫，平常很少有谁光顾我的小屋。直到五六年之后，我的住处才终于迎来了两位访客。

当我的婶子带着堂妹金花找到这里的时候，天已经黑了。应当说，不论是对我的婶子，还是堂妹金花，多年来我一直没有什么好印象。不过，说实话，离家多年后，我第一眼看见婶子，心里还是挺高兴的，甚至有些激动。可我的好心情没能持续多久。我正打算问问婶子，大老远来找我有什么事，婶子像是看穿我心思似的，抿嘴一笑：

"我来看看你在城里过的是什么好日子！"

她进了屋，东看看，西瞅瞅，很快又感叹了一句：

"我还当你在城里过上了什么好日子！"

初一听，这两句话差不多，仔细一琢磨，意思完全不同。

不久前，我曾收到过一封龙冬寄来的信。他告诉我，我们家的那处空房子被堂哥占了。赵礼平没跟任何人商量，就在我们家的院子里加盖了几间房，在那里办了一家五金配件厂。高定邦出面阻止，说了几句公道话，被婶子指着鼻子好一通大骂，最后，定邦也只得由他们去了。"有什么办法呢？"龙冬在信中感慨说，"不要说高定邦一个小小的村长，就连乡长陈公泰都在走他们家的门路，抢着给赵礼平拎包呢！"

我判断，婶子和金花大老远从乡下找到邗桥来，多半与房子的事有关。果然，当我们三个人围着过道里的小方桌坐定之后，金花就从包里取出一份房屋转让合同，让我在上面签字。婶子说：

第三章 余 闻

"这处房子,原本就是老赵家的祖产。当初分家时,你爷爷如果不偏心的话,应该一碗水端平,两兄弟一人一半。可怜你那瘸腿的叔叔,人老实,又拙智,净身离了门户,连根针都没带出来,招到我们家做女婿,这些事,一场一节,你都是晓得的。过去的事就过去了,不提了。现如今,你在南京立住了脚跟,吃上了公家饭,乡下那个房子你也住不上,难道一直空关着养蛇不成?俗话说,肥水不流外人田,这房子不让给至亲的骨肉,难道还要让与外人?老刀笔不在了,这个文书我是请他儿子长生做的。八百块钱的转让费,一分一厘不会短少。你今天签了字,我明天回家后就把钱给你汇过来。"

婶子的一席话,说得我心烦意乱、焦躁不安。为了压住心头那不时蹿动的火苗,不至于立刻与婶子翻脸,我只得赌气似的在合同上签了字,希望此事尽快了结。签字之后,心里忽然又觉得隐隐作痛。我知道,一旦房屋出手,我跟家乡之间的最后一点联络也被切断了,心里就觉得空落落的。可这些话,我一句也没跟她们说,说了她们也不会懂。我接连抽了两根烟来平复心情,然后,猛吸了一口气,装出高高兴兴的样子,请她们去邗桥镇上找馆子吃饭。我原打算吃完饭后,顺便将她们安顿在工厂的招待所里,可婶子执意不肯。她说不如在家随便弄点吃的,对付一晚,第二天一早她们就走人:"你们家,总不至于连挂面都没有吧?"

婶子在厨房里忙着下面,我和金花就坐在过道的桌边聊天。

金花那时已嫁给了宜兴的一个老板，说起话来带着一点无锡腔。金花说，早些年，生产队的田都分到了各家各户，现在村子里几乎没什么人种地了。这也难怪，一年忙下来，累个半死，一亩地只有五六十块钱的收入，谁愿意干？大家都忙着办厂，政府也鼓励村民办乡镇企业。"除了我哥之外，宝明放下好好的木匠不做，办了一个模具厂。宝亮也从学校辞了职，办了家五金电配厂，生产灯头底座和电烙铁的手柄。小武松潘乾贵和银娣两个人，张罗了一个酱菜厂，酱萝卜、酱黄瓜、酱大头菜、酱生姜芋，说起来，大小也是个老板了。就连王曼卿也懒得种地。她和柏生合伙，在菱塘养了几百只鸭子。老菩萨呢，成天拎个录音机，叽哩哇啦地去各个学校门口转悠，专门帮人家补习英语，钱也没少挣。夫妻俩去年还买了一辆摩托车。你还别说，王曼卿开起摩托来，也是一把好手。成天神气活现的，到哪里都是突突突，一阵烟。"

我明明记得，小武松和银娣两个人都已跟着雪兰去了上海，怎么会又在老家开起了酱菜厂呢？

金花说："上海倒是去过。后来小武松失手将亲家翁打成了重伤，夫妻两个又回来了，靠着儿子小斜眼，一块过日子。"

我问小武松因何与亲家发生争执，堂妹只是笑，不肯说。正在这时，婶子把满满一盆西红柿鸡蛋面放在桌上，在围裙上揩了揩手，接话道：

"你别瞎说，不是这么回事。听银娣说，小武松根本没动手,他只是在亲家的耳边吼了一声,那老头的耳朵就聋了。"

吃过饭,婶子和金花就挤在我那张小床上睡了。我仍旧回图书馆过夜。

第二天早上,我在厂门口的路边店里,买了包子、油条和茶叶蛋,准备回家招呼婶子她们吃早饭,没想到,她们一大早就已离开了。从那以后,直到婶子去世之前,我与她再也没见过面,转让房产的那八百块钱,也终于没有寄来。我听说,堂哥的生意做大之后,在深圳和珠海都买了房子。婶子有半年住在宜兴的女儿家,另外半年就待在深圳,像候鸟一样在两地飞来飞去。

二〇〇三年末,我开车去南京禄口机场接人,在途经郊外的一座石桥时出了车祸,在医院里躺了十多天。我不得不另谋出路。大半年后,几经周折,我终于在青龙山采石场的传达室找到了一份新差事。

一天中午,我接到了叔叔从镇江康复医院打来的电话。他在电话中没说有什么事,只是让我尽快去一趟。此前,我已经听说,婶子病得很重,已经从深圳回到了朱方镇。

我赶到康复医院的住院部,叔叔在病房门口等我。他说婶子刚吃了药,正在昏睡之中,让我等会再进去看她。他把我带到了隔壁的一个宽敞的休息室里。金花也在那里。她的身旁坐着一个十四五岁的小伙子,正在低头玩手机游戏。金花让他叫我舅舅,那小伙子白了我一眼,没吭气,金花也没再坚持。房间里还坐着三四个陌生人,他们眉头紧皱,都在抽烟,不说话。大约二十来分钟后,护士夹着一个病历本,推门走了进来。她刚问了一句"谁是呆子",我立刻就站了起来,把护士也逗乐了。

我跟着护士,来到了婶子的床前,坐在了窗边的一张红色的塑料椅子上。婶子微微转过头来,看了我一眼,还没说话,两行浊泪就从深陷的眼眶里溢出,顺着脸颊无声地滚落。婶子把叔叔支到门外,以便"让我们娘儿两个,安安静静说说话"。

一听见婶子说"我们娘儿两个",我心头一热,眼泪就止不住地流了下来。婶子抬起她那只插着吊针的手,轻轻地拍了拍床沿,大概是希望我坐得离她更近一些。随后,她用小得几乎听不见的声音,对我喃喃道:

"呆子。呆子。我叫了你一辈子呆子。叫惯了,你的真名叫个什么,我就一点都想不起来了。我知道你是有名字的,你的大名叫个什么?"

我说,我有自己的名字,我叫赵伯渝。"你要习惯叫我呆子,就呆子吧,没事。"

"没错。是叫赵白鱼。你娘生你的那天,有一条白鱼从燕塘的水码头跳上岸来,你爸爸去河边挑水,捡着了。他是个算命的,大概是觉得吉利吧,就给你取名叫白鱼。白鱼啊,你说婶子怎么就这么倒霉?我吃的都是有机菜,喝的都是矿泉水,不抽烟不喝酒,早晚散步两次。怎么偏偏叫我得这个病？白鱼啊白鱼，婶子得了这个病，也不奇怪。婶子做过一件对不起你的事，这病就是报应。对不起，白鱼。对不起。真是天打雷劈。我对不起你，也对不起你那苦命的妈妈……"

我一边替她老人家擦去眼角的泪，一边在心里想，婶子说的这件事，指的会不会是她没给汇来的八百元钱？可听到她说天打雷劈，又觉得不太像。第一次听见婶子一迭声地说对不起，我的眼泪也止不住哗哗直流。

"要说对不起，我第一个对不起你娘。"婶子说，"你娘去了南京之后，没有哪一年不给你寄东西来。糖果啦，饼干啦，本子啦，铅笔啦，小人书啦，什么都有。有时一年寄一趟，有时一年寄两回。要把你娘寄给你的这些东西，堆在一块，准能堆出个小山来。有一回，她还寄过一块手表。是上海产的宝石花。我第一次收到你娘寄来的东西，一时财迷心窍，就没让你爹知道。有了头一回，就有了第二回。糖果和饼干，都被礼平和金花吃到了肚子里，剩下的东西，全都送到皮村的供销社，让魏广国那狗日的代卖。卖来的钱，我和他平分。我既然做了这件缺德事，就该受这场报应。我这个人，就是死了也不值个价。

"白鱼啊，婶子今天叫你来，不光是要给你赔礼道歉。我是想告诉你一件事。自打你娘离开朱方镇，她一天都没忘记过你。她的肠子一天都没有直过。她的心没有一天不是揪着的。看着她寄来的那些东西，我就知道，她的心一直在你身上。我担心，要是哪天夜里一蹬腿，这世上恐怕再也没第二个人知道你娘对你的好,知道你娘对你的心。我把骨头里的一点力气都给攒下来了,挺着,硬挺着,等你来,就是为了告诉你这些话。"

叔叔把门推开了一条缝,圆圆的脑袋探进来觑了一眼,又将门关上了。我陪着婶子哭了好一阵,实在拿不准,在这个时候应该如何来安慰她,就问她,这件事,从头到尾,叔叔是不是一直被蒙在鼓里?

"他哪里是什么好人?"婶子舔了舔皲裂的嘴唇,勉强笑了笑,对我道,"你妈妈寄来的那块宝石花手表,现如今还戴在他的手腕上。"

婶子的遗体火化后,骨殖仍由叔叔带回朱方镇的集体公墓安葬。那时,儒里赵村已完成拆迁,差不多有一半的村民,被安置在朱方镇一个名叫"平昌花园"的小区里。春琴的家也在那里。

落葬那天,堂哥礼平和堂妹金花都没有露面。我在青龙山的采石场央人选了一块上好的大青石,叫了一辆金杯车,把石头运回去,给婶子做墓碑。叔叔站在他们家的单元楼下,正在招呼几个前来诵经放焰口的和尚。他见我和司机把石碑从车上卸下来,就一瘸一拐地赶过来,抢着给司机付钱。

门口还站着一堆人。他们都远远地望着我,都冲着我笑。一个满头白发的老太太,领着一个五六岁的小孩,走到我跟前,问我还认不认得她是谁。一开始,我还以为她是新珍,可仔细一看,又觉得不像。我猜她是老鸭子,可话一出口,自己都觉得有点离谱。那老太太一拍大腿笑了起来,露出了一口稀疏的黄牙齿:

"我看你也快掘墓了。老鸭子,你怎么不说我是马老大!告诉你,老鸭子早八辈子就死了。她是和老福同一天死的,赶了个前后脚。真是贵人多忘事,你真的认不出我来了?我是龙英啊。"

噢,原来是龙英。

龙英望着我笑,我望着她笑,两人都不知道说什么好。龙英催着身边的孩子,叫我爷爷。叔叔悄悄地塞给我一张五十元的钞票,让我给孩子当见面礼。龙英刚走开,我就小声地问叔叔,龙英的男人老牛皋是什么时候死的。叔叔被我的话吓了一跳。他吃惊地望着我,同时放下脸来,对我道:

"谁跟你说老牛皋死了?快别瞎说!人家活得好好的。昨天上午,我上街买菜,还看见他在公园里舞剑呢。莫慌,定邦来了。我去迎迎他。"

顺着叔叔行走的方向,我看见小区的南门口急急地闪进两个人来,被一名保安喝住了。高定邦佝偻着背,挑着一担厨房做饭的炊具,走在前面。在他后面跟着的,是他的儿子高国柱。国柱穿着一件破旧的军大衣,也挑着一担竹篓,里面装着盆碗杯碟。大概是因为瘦弱的身体稳不住担子的重量,这个脸色苍白的年轻人,一进门就耸着肩膀,翻着白眼,站在保安的岗亭边,原地直打转。

高定邦

早在一九七四年冬天，高家兄弟就已反目成仇。为了平息日甚一日的闲言碎语，高定邦一赌气，就依了马老大的撺掇，与野田里的一个寡妇匆匆忙忙结了婚。但谣言并未就此歇绝。两年后，高定国与梅芳离了婚，知青小付调到朱方中心小学任副校长，夫妻二人在朱方镇上找了个房子住了下来，从此很少在村里露面。村子里有人议论说，如果高定国早一点离婚，或者说，高定邦晚一点和寡妇结婚的话，梅芳一定会"毫不犹豫"地投向大伯子的怀抱。当初，高定邦单身的时候，村里人编出瞎话说，兄弟俩合娶了一个老婆。如今呢，梅芳一个人落了单，与哥嫂同在一个屋檐下，村里人又说，高定邦等于是娶了两个老婆——前半夜和寡妇睡，后半夜与梅芳睡，"过的是神仙般的日子"。

翻过来，覆过去，闲话一样有的说。

一天晚上，高定邦去野田里岳丈家喝酒。在回家的路上，他醉醺醺地走到便通庵附近，往金鞭湾里撒了一泡尿，心中忽然就生出一个念头来：金鞭湾的水直通长江，如果在便通庵建一个排灌站，把长江水调入新田，再在新田里开挖一条河渠，取之不竭的长江水将会沿着水渠注入全大队的每一寸良田。他让弟媳梅芳帮忙，连夜给公社起草了一份报告。新上任的公社书记陈公泰正在四处抓典型、树标兵，也很想闹出点动静来，当即就拍了板。他亲自出面，和野田里所属的东升公社协商，不到一年，就在便通庵旁修了一个排灌站。剩下的事情就变得极其简单了——高定邦只需在村庄与便通庵之间，开挖一条两三米宽的人工渠就可以了。他对陈公泰夸下海口说，半年之内，就请陈书记来村里为新修的水渠剪彩。

可是这一次，高定邦对形势做出了错误的判断。

他在祠堂里召集了社员大会，到场的人寥寥无几。定邦又让银娣和新珍去各家动员，所有的人都笑脸相迎，满口答应，可到了开工的那一天，除了大队和生产队的十几位干部之外，只来了三个人：老鸭子、春琴和王曼卿。

那时，年老色衰的王曼卿傍上了她生命中最后一位相好赵柏生，两人搭伙在菱塘养鸭子。王曼卿只干了半天活，下午就溜了号，去菱塘边照料她的鸭子去了。

这天下午，一场突如其来的暴雨，将开渠的人驱赶到了便通庵中。高定邦坐在一张小板凳上，望着屋檐的雨帘发愣。小武松潘乾贵走到他身边，挨着他蹲了下来，递给他一支烟。小武松说：

"时代不同了。如今田地都分到了各家各户，所谓的大集体早已名存实亡。除了我们这几个老杆子，你说说你还能指挥得动谁？你要修这条日屄的水渠，目的无非是为了防旱排涝，多打粮食，这是好心。大家都看在眼里，不用说。可你想一想，就算是年年风调雨顺，村子里也没人愿意种地了。种地不赚钱，弄不好还他娘的赔钱，邪门啊！我们大队的地，差不多有一半都撂了荒。每个人做梦都想办个厂子，做点生意，一夜发家。就连王曼卿那等货色，也都知道从鸭屁眼里往外抠钱。我劝你不如趁早收手，别再干这吃力不讨好的事了。我的话先说到这里，你琢磨琢磨。"

那时，高定邦正憋了一肚子火没处发呢，小武松的一番话，句句都戳到了他的痛处。定邦心烦意乱地站了起来，铁青着脸，对小武松道："如果你不想跟我再打一架的话，就请你滚远点吧！"小武松也不愿示弱，他把头抵到定邦的胸前，挑衅似的笑道："老哥，别那么不识相。如果我们再打一架，你掂量掂量，谁会赢？"说完，没等雨停，就一把拽过他老婆银娣，回家去了。小武松夫妇这一走，干部们很快也溜走了一大半。第二天来新田的工地上干活的，就只剩下了四个人：高定邦、梅芳、春琴和新珍。

没过两天，新珍从公社的卫生院弄来了一张"腰椎间盘突出"的证明，向定邦告了假。春琴本来就和梅芳不对付，新珍在的时候，她还有个人可以说说话，新珍这一走，春琴总觉得哪儿有些别扭。她在村中遇见了回娘家探亲的赵金花。金花说："人家大伯子和弟媳妇正打得热火朝天，你一个寡妇人家，硬要搅在里边，碍手碍脚，有意思吗？"经她这一顿抢白，春琴一生气，也就不去了。

当高定邦与梅芳在新田里挖沟的时候，村里的几个二流子就聚在更生家的山墙边，端着饭碗一边吃一边看他们的笑话。这个说，"男女搭配，干活不累"。那个说，"累了有什么要紧？亲个嘴，加点油，接着干，浑身是劲"。这些话传到梅芳的耳中，她就哭着离开了。

新田的工地上终于只剩下了定邦一人。

春琴的家就在新田的边上。她从窗户里看见高定邦挥锄开渠的身影，心里就有点着急。她知道定邦是在跟自己斗气，知道他跟当年的丈夫赵德正一样，作茧自缚，画地为牢，掉在自己挖好的坑里出不来了。她把儿子龙冬叫到跟前，央求他"好歹给定邦叔叔去做个伴，搭把手"。龙冬倒是很听话，他二话没说，扛起一把铁锹就出了门。可他还没走到新田，就被龙英的儿子小满截住，几个人去祠堂打牌去了。

高定邦没撑多久。他在吐了几口鲜血之后，终于晕倒，被人送到了公社的卫生院。当天晚上，高定邦在病床上醒来，发现除了哭哭啼啼的老婆和眼巴巴望着自己的儿子之外，病房的椅子上还坐着一个人。等到眼前那影影绰绰、重重叠叠的影子终于在瞳孔中聚上了焦，定邦才认出来，那人正是我的堂哥赵礼平。礼平告诉他，他已经垫付了全部的医药费，并从镇江的江滨医院请来了一位专治胃出血的内科主任。"你安心养病。至于新田的那条河渠，你也不用操心，我来替你挖！"

高定邦一听礼平要替他修渠，不由得笑了："你来挖？你会变戏法？"

礼平道："这你就不用管了。蟹有蟹路，虾有虾路，我自有办法。"

定邦瞥了一眼堆满床头柜的水果和补品（还有一束鲜花），在确定自己不是在做梦之后，再次笑了起来：

"赵董事长，这么大的人情，我高某人可还不起啊！"

"高书记客气了。"礼平不紧不慢地笑道，"要说人情呢，高书记求我的时候少，我求高书记的时候多。过去如此，将来恐怕还是如此。你好好养病。我们来日方长。来日方长。"说完，礼平站起身来，朝定邦拱了拱手，弓着身子，倒退着离开了病房。

大约半个月之后，大病初愈的高定邦在老婆的搀扶下，沿着刚刚竣工的河渠堤岸漫步的时候，不由得百感交集。他听人说，赵礼平出钱，不知从哪里弄来了几百个安徽民工，几乎在一夜之间，就把水渠修得又宽又直。高定邦望着河渠两岸新栽的整齐的塔松，禁不住悲从中来，老泪纵横。小武松说得没错，时代在变，撬动时代变革的那个无形的力量也在变。在亲眼看到金钱的神奇魔力之后，他的心里十分清楚，如果说所谓的时代是一本大书的话，自己的那一页，不知不觉中已经被人翻过去了。

老婆看见定邦哭，也跟着他哭。两人哭了半天，老婆道："老高啊，自打我跟你成了家，还从来没见你这么高兴过呢。"

高定邦吃惊地回过头，望着老婆瘦小的身躯，心中悲悯难忍，不知道该对她说什么。最后，他噙着热泪，对老婆笑了笑,道:"高兴。高兴。"

这年秋天,高定邦辞去了大队书记一职。他的职务由我原先的小舅子斜眼暂时代理。

但事情还没完。

一年初春,来自福建的一位蒋姓老板,酒足饭饱之后,由赵礼平陪着,在村里村外转悠了一整天。据说,蒋老板对我们村一带的风水赞不绝口。他站在便通庵的那处破庙前,手在空中胡乱地划了一个大圈,要把这一带的土地"全都吃下来"。礼平问他怎么个吃法。蒋老板说:"这好办,我们各出一半的钱,把这块地方盘下来。至于将来做什么,再说。只要有地,我不怕它长不出花花绿绿的票子来。我在朱方镇找地方建造安置房,项目报批和全部的拆迁,你来负责。"

事情就这样定下来了。

等到了第二年夏末,朱方镇的安置房已悄然封顶,可礼平这边的拆迁仍然一筹莫展。他咬咬牙,将原先许诺给村民的拆迁补偿费提高了一倍,村民们照样不理不睬。礼平一着急,就把刚刚在刑警大队升任大队长的高定国叫到了跟前,责令他找来些虎狼枭獍,动用"非常手段",给那些冥顽不化的村民一点颜色瞧瞧,"出了事,我担着"。

高定国哭丧着脸道:"人好办,你要多少,我给你叫多少。可都是本乡本土的乡亲,低头不见抬头见,下不去手啊!"

最后，新上任的村长小斜眼想出了一个主意。他的斜眼紧盯着高定国，实际上却是在跟赵礼平说话："当年高定邦不是在新田修了一条水渠吗？他娘的，一次也没用过，如今正好派上用场。干脆，我们来他个水淹七军！"

赵礼平一动不动地望着小斜眼，虽说两个人的眼神怎么也对不上，但他还是笑了。

那时的金鞭湾早已被附近的化工厂污染，浓稠的黑水顺着高定邦下令开挖的水渠倒灌进来，很快就将整个村庄变成了一片汪洋泽国。水退之后，地上淤积了一层厚厚的柏油似的胶状物，叫毒太阳一晒，村子里到处臭气熏天。燕塘的水面上漂着满满一层死鱼。青蛙和蛇类也都翻起了白肚皮，在树林里静静地腐烂。就连井里的水，喝上去也有一股刺鼻的火油味。

没有任何人责令村民们搬家，可不到一个月，村庄里已经是空无一人了。

吃了暗亏的村民，并不怎么憎恨赵礼平。他们在大街上看见赵礼平那辆插着国旗的宝马车远远驶来，仍像往常那样纷纷让道闪避；当赵礼平的形象出现在当地的电视新闻中，他们仍然念念不忘，用"一个刽猪郎如何变成亿万富豪"的励志故事，来教育他们昏昏噩噩的子女。他们把所有的怨恨都发泄到了高定邦的头上——定邦当年提议开挖水渠，仿佛就是为了有朝一日，在拆迁的僵局中给予村民最后一击。他们一刻不停地咒骂高定邦，咒骂他痰中带血、尿中带血，咒骂他全家死光光。

高定邦育有一子，取名高国柱。孩子长到十六七岁时，老婆苦口婆心地劝定邦"放下臭架子"去求求赵礼平，好歹给孩子在朱方集团谋个职位。高定邦用"除非我死了"这样的狠话让老婆闭嘴。至于说孩子的前途，定邦早已经为他谋划好了。一旦他年满十八岁，就让他去部队当兵，因为据他说，"部队是个大熔炉，最能锻炼人"。

高国柱连续两年参加了新兵入伍的体检，两次都因身体单薄（外加哮喘）被刷了下来。最后，定邦就把自己在部队时练就的一手做菜的本领传授给了儿子。父子二人挑着锅碗瓢盆，在朱方镇走东家，串西家，靠给人烧菜做饭，勉强度日。

同彬

到了上世纪七十年代末，同彬的生活中一下子出现了两位"绝世美女"。她们都是丹徒缫丝厂的女工，一个来自高资，一个来自新丰。这两个女孩同样的貌若天仙，同样的性格温婉，同样的聪明过人，就连名字都一样，她们都叫莉莉。

同彬看着这个，脑子里又想着另外一个，一时间难以割舍，委决不下。选择的痛苦如同热病一样，很快让同彬感到了甜蜜的眩晕,就像迷了路的蜜蜂,不知该到哪一朵花蕊中去采蜜。

最后,他决定将这个难题交给母亲。

听了儿子眉飞色舞的比划和介绍,新珍很快就被他弄糊涂了。她不得不频频打断儿子的讲述,问他:"等等,你说的这个莉莉,到底是哪个莉莉?"或者:"丁莉莉是哪个莉莉?"为了不让两个莉莉在脑子里打架,新珍很快就想出一个聪明的办法——她把其中的一个定义为高资莉莉,另一个,自然就成了新丰莉莉。

得知了儿子幸福的烦恼之后,新珍立刻暗中托人去高资和新丰两地寻访,分头打探两位姑娘的家世背景。高资莉莉的父亲是县委办公室的副主任,哥哥是肉联厂的厂长。她还有个舅舅,在镇江市某一个"要害部门"当局长。家境殷实,社会关系也相对比较复杂。而新丰莉莉的父母都是镇供销社的普通职工,为人正派,待人谦和有礼。在得知上述信息之后,略一思索,新珍就在儿子的肩上拍了拍,对他道:"一闭眼,就她了!"

这回该轮到儿子心里犯嘀咕了。他迷惑不解地看着母亲,小心翼翼地问道:"等等,您说的那个她,指的是,哪个莉莉?"

按照新珍内心的想法,她比较看重高资莉莉远为显赫的家世背景。市里县上,都有人做官,攀上这么一户人家,别的不说,儿子将来的前途就可以高枕无忧了。在做出最终的决定之前，为谨慎起见，新珍去了一趟丹徒，嘱咐儿子将两个女孩都约出来，到工厂对面的一家饭馆吃饭，让她这个当婆婆的最后"相相面"。

他们一行四人出了厂门，准备过马路。一个看似微不足道的细节，使选择的天平发生了意想不到的倾斜：高资莉莉一刻不停地跟儿子说笑，而新丰莉莉则始终拽着新珍的胳膊，在满街的车流中左右躲闪。

新珍的心里起了波澜。

在稍后的饭桌上，高资莉莉阿姨长、阿姨短，嘴巴涂了蜜，像小鸟一样聒噪着，叽叽喳喳地说个不停，还时不时往新珍的碗里夹菜（新珍心里道：这姑娘倒也能说会道，跟儿子倒是一路货）。再看看那一个呢？静静地坐在一边，低着头，目光就像受了伤的小动物一样，楚楚可怜，惹人怜爱。每当新珍看她一眼，新丰莉莉都报之以微微一笑，且顷刻间就红了脸。新珍的目光在两个姑娘的脸上跳来跳去，一时间也有些犯晕。最后，经过痛苦的权衡，新珍在心里暗暗地打定了主意：去他妈的！就她了。

在这一年的国庆节，同彬与新丰莉莉结了婚。

问题是，这个看似柔眉顺眼、门风谨严、家庭关系相当单纯的女孩，其实也颇不简单。结婚还不到半年，深谙床笫之事的同彬，就从妻子身上发现了越来越多的疑点，从而挖出了埋在他们婚姻生活中的一枚危险的地雷。这个姑娘在十四岁那一年，就与他们学校的班主任有过一段不伦之恋。

最让同彬不能忍受的是，新丰莉莉甚至在与自己结婚后，仍与班主任暗中来往。在妻子借口回娘家探亲的许多个夜晚中，至少有两个晚上是在班主任的宿舍里度过的。莉莉向同彬发誓赌咒说，她和班主任之间的关系，"就像刚摘下的新棉一样纯洁"，她从未允许那个年届五旬的老师进入过自己的身体，最多也就是和衣躺在床上"温存温存"而已。

妻子口中的"温存"一词，给了同彬太多的遐想空间。他有一次跳着脚，向我咆哮道："你说，什么是他妈的温存？温存，是他妈什么意思？用严格的法律术语来说，不就是肮脏的猥亵吗？"

同彬从妻子口中逼问出实情之后，立即雇了一辆摩托车，怀里揣着一块红砖，来到了新丰镇，找到了那个班主任。同彬在心里盘算好了，一旦班主任向他低头认错，并保证以后不再纠缠，他就会大度地饶恕他。可班主任却摆出一副教训人的架势，搂着同彬的肩膀，咬文嚼字道：

"小伙子，别冲动。听我把话慢慢说完。这个，世界呢，是复杂的。有时候呢，甚至是相当复杂的。人的感情也是复杂的，有时候呢，是相当的复杂的。人对于自己的行为，有时候呢，并不能完全控制，或者说，不能控制。打个比方说……"

同彬没让他把那个比方说完。他将老头按在体育场杂草丛生的沙坑边上，举起红砖，朝他脸上一顿猛砸。他这一疯狂的举动，似乎仅仅是为证明老头刚才的那句话是正确的——人在某些时候，对自己的行为不能完全控制，或者，不能控制。

事后，同彬在拘留所待了几个月后，被判刑四年。他在溧阳监狱服刑的那段日子里，妻子每逢星期三都会去探视。有一次，她还带来了班主任写给他的一封信。在信中，老头承认自己与莉莉的交往有悖伦常，但"从不为此事感到后悔"，也没打算向他道歉，因为据他说，"如果没有激情，人活在世上不过是行尸走肉，而激情总是危险的，阴暗的"。仅仅为了让此事有一个最终的结果，他决定不再与莉莉有任何往来。他嘱咐同彬好好改造，争取早日减刑出狱。在这封信的末尾，老头这样写道：

君子之过，如日月之食。倏忽复明，人皆仰之。

这句话的意思没有什么难解之处。同彬唯一不明白的地方在于：他信中所说的君子，指的是同彬呢，还是他自己？

同彬出狱后不久，在船舶学院西门外的林荫大道上，他和另一个莉莉迎面相遇。那时，高资莉莉已经嫁给了句容的一个装修公司老板。高资莉莉听说同彬已被缫丝厂除名且情绪低落，就建议他去丈夫的公司帮忙。当天晚上，他们两人在汽车站附近的一家小旅馆里第一次袒裎相见。高资莉莉于星眸半睁、娇喘鼎沸之际，仍没忘记这样问他："两个莉莉，哪一个更好？是她，还是我？"

望春风

同彬一心想着在这具丰腴的躯体上报仇雪恨，恨不得将自己这段日子所有的屈辱和不顺，都一股脑地打进她灵魂的深处。他嘿嘿地笑着，一迭声地道："你好，你好。"

　　他的耳边又响起了班主任"激情总是危险的，明暗的"这句话来，要命的是，现在看来，这句话也是对的。

　　同彬在句容只待了不到两年。厚道、迟钝却意志坚定的句容老板，终于从妻子与同彬刻意维持的淡漠关系中，看出了相反的内容。他客客气气地请同彬吃了一顿饭。饭后，他从黑提包里拿出了一大堆的钱，整整齐齐地在饭桌上码好，推到同彬的跟前，让同彬"行个方便"，就此从句容消失。同彬及时地想起了童年时祖父赵锡光对他的一句忠告：

　　　　对老实人的威胁绝不能置之不理。

　　他没有碰那笔钱，第二天就离开了句容，回到了妻子身边。

　　不过，同彬在句容的两年没有白待。高资莉莉的陪伴，帮助他熬过了出狱后最危险的那段年月，同时，他对装修这个行当的生财之道也早已谙熟于心。他很快就把家搬到了南京，在两位叔叔的资助下，在南京成立了自己的装修公司。

　　那已经是九十年代初的事了。

　　同彬到了南京之后，常常来邗桥看我。有一段时间，因他来得太过频密，我就配了一把房门钥匙给他。往往在一个月中，总有那么一两天，我下班回家，看见他躺在我的床上呼呼大睡。在开头的几年中，同彬每次来，都会提到妻子和那个班主任的往事，直到多年以后，这个班主任因肝癌去世。

班主任病故的消息传到南京，妻子一连几天茶饭不思。同彬咬咬牙，主动提出来，陪妻子去了一趟新丰，参加班主任的遗体告别。看着玻璃棺中那张毁损的脸（由于牙齿被打落了六七颗，他的整个面部瘪塌塌的，呈现出刺目的扭曲），同彬第一次感到了深深的自责。实际上，只要把班主任与妻子之间的所谓"温存"，理解为拉拉手，摸摸头，乃至搂搂肩膀之类的亲昵，他觉得自己并非不能原谅他。就算他们之间真的有过什么，那又怎样？反正这人已经死了。

从窗口忽然吹进来一缕清风，夹带着窗外桂花的馥郁的香气，同彬深深地吸了一口气，恭恭敬敬地给死者鞠了三个躬，就把这事彻底丢开了。

同彬如果白天到邗桥来，也会直接到图书馆来找我。他和沈祖英很快就混熟了。每当他口若悬河，半真半假地与祖英打趣逗乐，祖英总是笑得前仰后合。她称同彬为"话痨"，时常不无遗憾地对我说："那个话痨，这么好的脑筋，不去做学问，真是太可惜了。"相较之下，同彬对祖英的看法却让我有些吃惊：

"这人不简单。一看就是在云上翻过筋斗的角色。说来也怪，这人怎么看，都有点梅芳的影子。"

梅芳

早在一九七五年初,高定国与梅芳的婚姻就出现了明显的危机信号。随着"离婚"这个词在丈夫的叱骂声中频频出现,梅芳不得不认真地去思考这个可以预料的后果。在高定国甜黑的鼾声中,梅芳一遍遍地这样问自己:就算离婚,可怕吗?

每一次的答案都是"不可怕"。

也就是说,让梅芳整夜殚精竭虑、夜不成寐的,其实并不是可能的离婚,而是这样一个疑问:一直单身的大伯子高定邦,对自己到底是一个什么态度?当她在心里成功地证明高定邦对自己多少有那么点意思的时候,她又觉得过于虚幻和异想天开。反过来说,当她痛恨高定邦在男女之事上不怎么开窍的时候,又会觉得大伯子的某一个语调、手势和眼神显得意味深长,让她心底里暗暗滋长出朦胧的希望。

她这样考虑,是有根据的。

一天晚上,她和高定邦从公社开会回来,走到十八亩的一处池塘边,天已经完全黑了。在跨过一个水沟的时候,定邦伸手拽了她一把。他们跨过水沟继续往前走,大伯子的手至少有半分钟没有松开。在静谧而神秘的夜色中,在流水和蛙鸣声中,她不安地想到:如果定邦一直不松手,甚至做出进一步的试探举动，自己应该怎么办呢？她在心里做出了一个疯狂而危险的决定——搞腐化就搞腐化！哪怕天塌下来，也顾不了那许多了。

可大伯子的手很快就丢开了。他没事人似的抬头看了看天色，装模作样地对弟媳妇道："天上的星星这么密，说不定明天会下雨。"

当梅芳将这个场景在脑子里想过无数遍之后，她觉得离婚没什么了不起，说不定反而是一件好事，谁知道呢？她终于明白，自己当年之所以会嫁给高定国，或许仅仅是为了离定邦更近一些罢了。一旦定国向她提出离婚，她会立即向高定邦敞开心扉，把自己积压多年的思念向他一吐为快。至于村子里可能会有的闲言碎语，梅芳全不放在心上。让他们嚼舌头去好了。可是，在这一年的年末，高定邦闪电般地与野田里的一个寡妇结了婚，梅芳那些早已想好的词句，只能沤在了心里，变馊，发霉。

野田里来的这个寡妇，对于兄弟俩与梅芳之间的闲话想必也有所耳闻。为了防微杜渐，过门没几天，就找来娘家兄弟，将堂屋的大门用乱砖砌死了。从此高家大院一分为二：高定邦夫妇走前院，梅芳由后院出入，两家各立门户，互不往来。

这时，梅芳只有在想起朱虎平的时候，烦乱的心才会获得暂时的平静。还好，她总算还有一个朱虎平。

她觉得在任何时候，朱虎平都不是问题——她只要朝虎平勾一勾小拇指，他就会像一条小狗一样摇头摆尾地向她跑过来，真正的障碍是他那脾气古怪的父亲朱金顺。

她找到了龙英，让她"旁敲侧击"地去试探一下红头聋子的口风。红头聋子一听龙英提起这个话头，愣了半晌，眼圈就红了。等到他终于平静下来，就往地上吐了口痰，随口说了一个谜语，让龙英去猜：

原本青枝绿叶，
如今面黄肌瘦。
不提起倒也罢了，
一提起眼泪直流。

龙英没敢把这个谜语告诉梅芳，只是用"好牛不吃回头草"一类的话，来好言规劝。可梅芳还不死心。正当她打算找时间与虎平本人直接摊牌的时候，一个名叫蒋维贞的少女突然出现在了她的视线之中。说来奇怪，梅芳第一眼见到蒋维贞的时候（当时，她们在观前村的大晒场看电影。蒋维贞穿着一件肥大的的确良衬衣，靠在草垛上，漂亮的大眼睛，一会儿盯着银幕，一会儿偷偷地打量盘腿坐在水龙上的朱虎平），心里就是咯噔一下。凭着女人特有的敏感，她意识到，自己的最后一块立身之基，已经在咔咔转动的放映机胶片声中轰然坍塌。

朱虎平和蒋维贞结婚后，梅芳终于看清楚了这样一个事实：原来，一直在暗中跟她作对的，其实并不是哪个具体的个人，而就是命运本身。缤纷的阳光，已经悄悄越过她的头顶，走在了她的前头，将她一个人留在了黑暗之中。

一天清晨，梅芳像往常一样起了个大早，去新田里开渠。在深秋的浓雾中，她看不见高定邦的身影，但她知道他就在不远的地方。等到晨雾被初升的朝阳驱散，她看见了他，也看见了更生家的山墙边上聚着的一伙人——他们端着饭碗，小声议论着什么，不时传来一阵阵窃笑。梅芳知道他们在说什么，知道他们为什么笑。不过，梅芳并没有觉得自己受到了多大的伤害，反而在心底生出了隐隐的快意。那伙人的笑声越是淫荡、肮脏，她的心里就越是畅快，伴随着一种无声的幽怨。

定邦的反应却完全不同。

村人的议论和窃笑传到定邦的耳中，很快就化为越来越沉重的叹息和恼怒。终于，他扔掉了手中的铁锹，大踏步地走到梅芳跟前，朝村头看了看，阴沉着脸，恶声恶气地吩咐她：

"这里没你什么事，你回去吧。这条渠，我一个人来修！"

梅芳怔怔地望着他，小声道："都成孤家寡人了，还逞什么能！他们爱怎么说就怎么说，我都不怕，你怕什么？"

这一次，大伯子对弟妹的愚忠完全失去了耐心。他没有心思再和她费什么口舌，直接从梅芳手里抢过铁锹，往地上

一扔,在她的胳膊上推了一把,恶狠狠地骂了一个字:

"滚!"

梅芳勉强笑了一下,捡起铁锹,慌不择路地朝家里走去。回到屋里,掩上房门,这才把头蒙在被子里,放声大哭。等她哭够了,去灶下洗脸的时候,忽见儿子小新生将门推开一条缝,呆呆地望着自己。她第一次意识到了"新生"这个名字所蕴含的奥义。

梅芳把儿子搂在怀里,摸了摸他头上柔软的细发,再次泪如雨下。"你就是上天派来的救星。若不是因为你吊着我这半口气,妈妈早已不在人世了。"

如果说,梅芳在离群索居的生活中,还有一个时相往来的朋友的话,这个人就是龙英。梅芳与龙英保持着最低限度的交往,两人比邻而居是其中的一个重要原因。另外,在梅芳看来,龙英是一个没心没肺、头脑简单的人,与这样的人打交道,无需耗费什么脑力。不过,表面上头脑简单的龙英,其实也有很不简单的一面。

龙英和牛皋有一个独子,名叫小满。小满娶了一个来自四川的幼儿园老师,生下了国义。国义后来与邻村的一个瘸腿姑娘结婚,生下了豆豆。算起来,龙英一家也算是四世同堂了。世纪之交的一个下雪天,国义被朱方集团旗下恒生造纸厂的一辆大卡车撞成了重伤,送到医院没多久就咽了气。交管部门不顾国义被撞死在斑马线上且肇事司机逃逸这一简单事实，认定事故是由于国义在急转弯处强行横穿马路（雪天路滑，卡车司机来不及刹车）所致，应自己承担主要责任。小满去造纸厂闹过一回，被人关了四五天才放出来。门牙掉了两颗，整个人都脱了形，不论你跟他说什么，他总是神思恍惚地望着你，傻傻地笑。

国义下葬那天，全村的人都到龙英家去吊香，梅芳也在其中。那时，小豆豆只有两岁。他头上缠着白色的孝布，由瘸腿的母亲抱出来，给父亲的骨灰盒磕头，全村人尽皆落泪。当老牛皋扶着墙从屋里颤巍巍地走出来，哑着嗓子，发出"天，你不分好歹何为天"这样撕心裂肺的吼叫声，一下触动了梅芳的伤怀。

她转身从龙英家的厨房里拿来一把菜刀，生平第一次说了脏话。

她举着菜刀，指着自己唯一的朋友龙英道："你妈屄。要是有种，你就给我前头带路，我们这就去造纸厂。我来替你讨个公道。"

站在一旁抹眼泪的春琴，也把脚一跺，说道："大不了就是个死，我跟你们一块去。"转身也从屋里捡起了一把镰刀。一见梅芳和春琴挑了头，村里的男人也都红了眼，抄起扁担、钉耙，就跟着她们上了路。就连年近八旬的红头聋子，也梗着脖子，提着一把竹刀，在后边远远地跟着。

这是梅芳最后一次在公共场合出头露面，也是儒里赵村的村民最后一次以"集体"的名义共赴急难。当这伙人顶着北风，踩着薄雪，拥到造纸厂门口时，刑警大队的人早已先期抵达，列阵以待。他们全都背着手，神色肃穆，在厂门口的铁栅栏前站成了两排。

在恒生造纸厂办公楼四层的一间会议室里，高定国透过一面巨大的茶色玻璃，远远地注视着厂门口剑拔弩张的一幕。当他认出挑头闹事的正是他的前妻梅芳时，不由得心里暗暗叫苦。他把烟头朝地上一扔，心事重重地对自己亲手提拔起来的刑警队队长曹小虎说：

"这事不太好弄。"

站在一旁的曹小虎手执对讲机，扭过头来，迷惑不解地看着高定国。和他的父亲曹庆虎一样，曹小虎的脸上也有一颗大黑痣，只是没长在下巴上，而是被移到了眉心。当时，正在会议室里扫地的赵芦花（永胜的二女儿），听到了两个人的如下对话：

曹小虎："怎么不好弄？他们全都带着凶器，你没看见吗？这是在公然对抗国家机器。没什么好说的，把他们全都抓起来，关几天再说。"

高定国："抓不得。"

曹小虎："怎么就抓不得？"

高定国："挑头的那个人，是我的前妻。"

曹小虎（先是一愣，继之以笑）："没事。先抓。前脚抓，后脚放，做做样子。你放心，我不会动她一根手指头。我保证在天黑之前，派专人把她送回家去，你看行吗？"

高定国："我不是这个意思。她是个有名的活阎王。站在她旁边的那个人，名叫春琴，也是个见佛杀佛的货。有这两个人在，不好弄。"

曹小虎："不就两个老娘们吗？你想多了。"

高定国："你如下令抓人，弄不好会出人命。"

曹小虎："有这么严重吗？"

高定国（明显有点生气）："你回家问问你老子曹庆虎，他当年去我们村抓捕赵德正，两根肋骨是怎么断的？"

曹小虎："那我们应该怎么办？"

高定国："给集团总部打电话。"

曹小虎："为这点小事，怎好惊动董事长？"

高定国："你不打，我来打。"

大约四十分钟后，一辆白色的路虎越野车流星一般急急驶入厂区，溅起了一绺绺肮脏的雪泥。赵礼平身穿柔软的驼绒大衣，脖子上围着一条大红羊绒围巾，从越野车上下来，径直走到了梅芳的跟前。他看了看梅芳，看了看春琴，随后又扫了一眼正对他发出胆怯微笑的龙英，目光最后落在了头扎孝布的瘸腿遗孀的脸上，不动了。

礼平盯着这个瘸子，看了半天，直到后者红了脸，低下头去，这才清了清嗓子，说了一句话：

"你要多少钱？"

遗孀不好意思开口,扭扭捏捏地往后挪了两步,抬起眼皮,可怜巴巴地看着她的婆婆龙英。龙英咬了咬牙,接话道:"在医院抢救就花了三万五,殡仪馆的丧葬费有一万多,另外还有些杂七杂八的花销,要论赔,怎么也得有个十万八万吧。"

赵礼平这才转过身来,对龙英皱了皱眉,生硬地问道:"你是她家什么人?"

龙英道:"哎,礼平,你真是贵人多忘事,我是龙英啊。"

礼平严肃地朝她点了点头,然后,伸出右手,张开手指,在龙英的眼前晃了晃,道:"我只能给你这个数。乡里乡亲的,什么事不好商量?非要如此信人挑拨,大动阵仗!你把人带回去,我下午就派人把钱送来。"

当天下午,在安葬了孙子之后,龙英从坟上回来,赵董事长派来的人已经在家门外等候多时了。

让龙英有点不敢相信的是,赵礼平给她送来的钱不是五万,而是五十万。饭桌上码得高高的那堆钞票,在视觉上有一种令人震撼的冲击力,龙英的心中又是高兴,又是惊愕,又是那个惨切。来人还向龙英传达了赵董事长的一个口信。国义死了,孩子才两岁,将来的生活没有着落。董事长有意为国义的妻子安排一个工作。因她腿脚不便,就安排在集团的办公室,过了年,就可以去上班了。

已经到手的这五十万块钱,加上从天而降的这一喜讯,让牛皋和龙英激动得一夜没合眼。牛皋说:"今天早上,我听见门前槐树上的喜鹊一直喳喳地叫个不停，心里就知道有好事，没想到应在这里了。"

到了来年的正月初五，龙英和老牛皋就商量着要办几桌像样的酒席，来答谢全村人的两肋插刀。那时，小满的身体也已康复，见到谁都是笑眯眯的。

牛皋说："赵董事长给小满的儿媳安排了工作，按理也该请请他的。"

龙英说："只是他那么大的一个人物，不知道肯不肯踏进我家这破门槛？"

牛皋道："你托人把他个信，来不来，随他。"

龙英托高定国给礼平打了电话。赵礼平倒是爽快，不仅满口答应，还让司机提前给他们送来了两箱梦之蓝白酒。龙英虽然不识字，可年前闹事那天，赵礼平"信人挑拨，大动阵仗"那句话还是让她颇费思量。她对牛皋说：

"梅芳是挑头闹事的。赵董事长能不记恨？办酒那天，若是梅芳与赵董事长在酒席上撞见了，脸上一定不好看，怎么办？"

牛皋道："是呢。梅芳这个人，如今越活越糊涂。成天拉着个脸，就好像全世界的人都欠了她三百吊。这人是上不了台面的。不如隔一天，我们拿办酒席剩下的菜回锅热一热，专请她一个人来，也不亏待她。"

龙英道："还是你想得周全。"

到了正月初八那一天，龙英大宴宾客，独独漏掉了梅芳一人。

一九九三年夏天，梅芳收养的观前村那个孤儿新生，考取了北京语言学院（后更名为北京语言大学），毕业后与一个马来西亚的华侨留学生结了婚，后来举家迁往新加坡。新生夫妇一直想把梅芳接去南洋共同生活，梅芳没有同意。

她是个闲不住的人。村庄拆迁后，她在朱方镇的环卫公司找了一份工作，每天天不亮就套上橙红色的马甲，扛着扫帚，去街上扫马路。

沈祖英

土鳖、花大姐、臭大姐、百脚、金天牛、斑点天牛、壁虎、蜥蜴、螳螂、蝈蝈、蟋蟀、潮湿虫、鼻涕虫、放屁虫、蜜蜂、马蜂、灰蛾、蟑螂、毛毛虫、蚂蚱、独角牛、蝇虎、蜘蛛、蝎子……

有多少种虫子，沈祖英就会发出多少种恐怖的叫喊声。

每年仲春至冬初的这段漫长的日子里，数不清的小虫会从门缝钻到图书馆里来，有时候也会顺着爬墙虎直接进入二楼的书库。每当祖英发出凄厉而夸张的尖叫时，我就知道，她如果不是看见了虫子，那也一定是发现了虫子的尸体。久而久之，我往往能够通过她尖叫声的高、低、缓、急，大致判断出这些小动物的种类和大小。

不过,这事也不能一概而论。

有时候,她发现了壁虎、蜈蚣,甚至烙铁头一类丑陋而凶猛的动物时,声音反而会小得多,甚至有些像耳语。据说,她担心自己的大喊大叫会惹怒这些动物,进而向她发起致命的攻击。通常,我一听到她的叫声,就会立即放下手中的一切事务,寻声赶到她身边。她那惊恐万状的脸上,满是讨好、央求的温柔神情,重现少妇般的娇羞以及少女般楚楚可怜的无助。

在我与她共事的十几年里,我也曾成功地教会她去辨识一种可爱的小昆虫,帮助她摆脱对昆虫的恐惧。那是一种在我们这一带非常常见的甲虫。有人叫它跳水虫,也有人叫它磕头虫。这是一种体型漂亮的硬壳虫,身体扁瘦、油黑,爬起来动作夸张,身手敏捷,性情十分淘气。如果你想让它安静一会儿,只消把它的身体翻过来,让它仰面躺着就可以了。表面上,它温顺地躺在桌面上想心事,细长的小脚在胡乱蹬踢,实际上却在暗中运气。用不了多久,它脖子一梗,胸前的两截硬甲兀然挺立,随着啵的一声,身体飞速弹起一二十公分,并在空中完成转体,落下来的时候爬得更快,颇有一种"岂能奈我何"的轻蔑。

沈祖英很快就迷上了它。没事的时候,她也会在二楼的办公桌上逗它玩。有一回,我正在楼下睡中觉,忽然被祖英推醒了。她笑嘻嘻地告诉我,她刚刚捉住了一只个头很大的跳水虫，但任凭你怎么让它四脚朝天，它总是懒洋洋的，不肯弹跳。她让我上楼去看看到底是怎么回事。我跟着祖英来到二楼的窗前，看见那只虫子被她罩在一只玻璃茶杯里，绕着倒扣的杯沿爬得正欢。为了防止沈祖英发出尖叫，我用杯底将它按死，并撕下一块报纸，将它的尸体包好扔进纸篓里之后，这才告诉她，她刚才捉住的可不是什么跳水虫，而是一只黑翅蟑螂。祖英吓得面无人色，差点昏厥过去。她一把抱住我的胳膊，命令我即刻把纸篓中的垃圾拿到楼下去扔掉，扔得越远越好。至于那只玻璃杯，"你拿去水房洗一洗，自己留着用好了，不用还我了"。

正是因为那些昆虫和小动物的存在，在工会图书馆工作的那些年中，我和沈祖英始终维持着一种轻松、自然而亲切的关系。但我内心也十分清楚，祖英并不是一个很好打交道的人。即便是她在对我最好的时候，我仍能感觉到我们之间那段无形的距离。若是碰上下雨天，图书馆没什么人来，我闲极无聊，也会上楼去找她聊天。我们之间的谈话，就像钟摆一样，只能在一定的刻度之内来回摆动，有太多的话题我都无法触碰。不过，就算我说了什么不该说的话，问了什么不该问的事，祖英也从来不会生气，更无疾言厉色，通常只是淡淡一笑，不置可否而已。

有一天下午，我捧着一本金庸的小说，偷偷地躲在一个墙角里读得天昏地暗。沈祖英手里拿着一把鸡毛掸子，拂拭书架上的灰尘，悄悄地走近我身边，远远朝我的书上瞄一眼，居然就知道我正在读《书剑恩仇录》。她煞有介事地教训我说："把大好的光阴浪费在一个三流的作家身上，实在是可惜。"我有点赌气似的反问道："如果连金庸这样天下闻名的大作家都是三流的，那还有什么样的作家可以被称为是一流的呢？"祖英随手从书架上抽出一本书，看都不看，就朝我扔了过来。

我接住一看，居然是《奥德赛》。

在接下来的几个月中，我把这本《奥德赛》带回到邝桥新村的房子里，一连读了两遍，怎么也没觉得它有什么好。剩下来的只是这样一个疑问：一个有资格推荐荷马史诗的人，想必绝非等闲之辈吧？

我只知道她老家在天津，父亲曾是天津一家纱厂的老板。至于说她因何流落到江南，在邝桥砖瓦厂当一名图书管理员，则不得而知。尽管她的家就在邝桥镇，奇怪的是，在我们共事的这些年中，她从未请我去他们家做客，也从未向我提及她的任何一位家庭成员。同彬说，祖英应该没有结过婚（否则的话，五十多岁的人，不可能保持如此完美的身材），不知真假。我想，祖英一直刻意避免谈起她的身世，或许并不是因为她的过往经历有什么难言之隐，而是在她看来，人与人之间关系的理想状态，本应如此之淡。她曾不止一次地对我说起过，每个人都是海上的孤立小岛（这个比喻来自《奥德赛》），可以互相瞭望，但却无法互相替代。这是因为，"每个人都在奔自己的前程，也在奔自己的死亡"。从她时常挂在嘴边的一句俗谚中，我们可以隐约窥见她对生活的基本看法：

朝骑鸾凤到碧落，
暮见桑田生白波。

一九九四年冬，我偶然听说，祖英要在年底前退休，心中不由得七上八下，惘然若失。年末时，我接到了龙冬打来的一个电话，说他打算在来年的正月初二结婚。新娘姓夏，是皮村人。春琴对这门亲事横加阻拦，至今还不肯与他的未婚妻见面，成天躺在床上哭，"家里闹成了一锅粥"。龙冬问我能不能提前几天回乡，帮他张罗一下婚事。我向厂里请了假，提前一周返回了乡下，没来得及赶上工会为祖英安排的茶话会。

等到我从乡下回来，图书馆早已人去楼空。正当我以为再也见不到她时，祖英却笑嘻嘻地来了。那是上班后的第三天，正好是元宵节。她手里拎着一只竹篮，上面盖着一块毛巾。一进门，她就嘱咐我去水房里生炉子，等水烧开了，她来下汤团。那天中午，当我们两个人坐在空荡荡的阅览室里，吃着热气腾腾的汤团时，我忽然记起来，十多年来，我还是第一次与她在一个桌上吃饭。

沈祖英是一个一丝不苟的人。即便她来看我这件无需解释的小事，她也一定要让它条分缕析，明明白白。她来看我，是因为一事未了——她还没有正式向我告别（"你回家去了嘛！"），而不辞而别对她来说是不能接受的。她之所以会带汤团来，是因为当天恰好是元宵节，而我单身一人，"恐怕早已忘了元宵是什么味了"。

在那个静谧的午后，祖英一直都是高高兴兴的，但"轻松"两个字，在她的言谈中被重复得太多，反而有点让人生疑。炉子上的水已经烧开好一会儿了。水蒸气顶着铝盖，发出噗噗的滋水声。她坐着没动，我也没动。阅览室里光线暗淡，就我们两个人。透过玻璃窗，可以看见屋外艳阳高照，缤纷的阳光把树林里尚未融化的积雪衬得晶莹剔透。在远处的什么地方，年节将尽的鞭炮声静静地传来，听上去更觉落寞和伤感。

我问她退休后打算做些什么，祖英笑着反问道："还能做什么？"随后，她叹了口气，引用了黄庭坚的两句诗，来说明她退休后的心境。

见我半天没说话，她随即就起身告辞。

除了沈祖英之外，还很少有什么女人让我产生过如此深的依恋之感。我喜欢她干干净净的样子，喜欢她的胆小和恬静，喜欢她脸上那种充满揶揄却欲言又止的神情，喜欢她身上让人无法接近的深切的悲伤。

祖英离开后，我一个人在桌前坐了一会儿。太阳快要落山时，我来到了二楼，在书架上找到了一本《黄庭坚集》，很快就查到了沈祖英刚刚引用过的那首《登快阁》：

痴儿了却公家事，快阁东西倚晚晴。
落木千山天远大，澄江一道月分明。

从那以后，我再也没见过沈祖英，也没有听到过关于她的一丁点消息。我有一种无法说明的感觉：这个世界上或许存在着两个沈祖英。我所见到的这一个，不过是另一个的阴影而已——那么，那个处在明亮的阳光中，果敢、轻率、稚拙、任性而充满活力的沈祖英，又会是什么样子呢？

当她的形象在我的记忆中变得越来越模糊时，我能记住的，就是她跟我说过的一两句话，一两个手势。楼上再也不会传来发现昆虫的尖叫；夏天的中午，每当我在躺椅上睡觉时，也不会有人在我身上盖上一件工作服；当那个发了疯的京剧演员来图书馆看书时，再也不会有人悄悄地走到我身后，用胳膊轻轻推我一下，用半开玩笑的语气对我说："快看，你妈妈来了。"

赵礼平

堂哥礼平看上了赵丽华的妹子赵丽娟，托马老大上门说媒。马老大原是便通庵的一名尼姑，因与摸骨师吴其麓的私情败露而被迫还俗，几十年来说媒无数，可做人还是讲原则的。她平常看不惯礼平的小人得志、飞扬跋扈，就找出两条理由来，对找上门来的婶子推托说：

"做姐姐的都还待字闺中，倒是把个妹妹先嫁了出去，没这规矩。再说，那赵宝明，是个气恨大的人，因着多年前的那桩狗屁倒灶的事，见了礼平，连话都不说。老身若是上门提亲，明摆着是讨骂，你们还是另请高明。"

婶子转而又去央求新珍。新珍说：

"快别提这事。那赵宝明最守古礼。他早早地有言在先，同姓不相婚配。说的也是，两个姓赵的，又在同村，百十年前本是一家人，怎好联姻？"

最后，婶子备了重礼，去找银娣。银娣一口答应下来，第二天就换了一身新衣裳，来到宝明家，卖弄嘴皮子。银娣说：

"宝明兄弟，你难道糊涂了不成？当初那赵月仙倒插门，去了丈人家，做了上门女婿，礼平这孩子，按理说，本该姓杨，他不姓赵。何来同姓婚配一说？你要是忌讳他姓赵，那也好办，让礼平去公社找一下陈公泰，把姓改回来就是了。"

那时，宝明已隐隐听得一些风声，知道赵礼平将他大女儿的名声糟践完了之后，居然又在动他小女儿的脑筋，要来挖他这块心头肉。他耐着性子听银娣说完话，蓦然站了起来，仰着脖子，咬牙对银娣道：

"你替我往他们家带句话。那小狗日的，要是肯脱得一丝不挂，绕着村子爬上一圈，一直爬到我们家门口，给我磕上三个响头，我就让姑娘嫁给他。"

银娣道："哎呀喂，这是什么话！常言道，买卖不成情义在。两军交战不辱来使。你这样倚疯作邪，恶声恶气，我在你屋里的板凳上怎么能坐得住？"

宝明不紧不慢地道："你坐不住，随时可以走。门是开着的呀！"

至此，赵宝明与银娣结下了冤仇，连带着小武松也与宝明失了和。

在上世纪七十年代末，赵礼平身兼两个厂的厂长，又靠倒卖废旧钢材狠狠地赚了一大笔钱，可是，就村里的一般舆论而言，大家似乎仍然看不上礼平的为人。尽管婶子到处吹嘘说，礼平一人的资产就抵得上二十个万元户，可他们家的势力，还远远未到呼风唤雨的程度。银娣在宝明家碰了一鼻子灰，并未改变婶子对宝明一家的态度。婶子在村子里遇见宝明两口子，仍像往常一样笑脸相迎，张口闭口"好兄弟""好妹子"，叫得宝明夫妇心里直打鼓。

在这之前，赵宝明已经为丽娟相中了一门亲事。小伙子是魏家墩人，也是个木匠，人长得讨喜，手脚又勤快，手艺更是没的说，两家去年就订了婚。按照宝明的盘算，他打算先把丽华嫁出去，再将那个小伙子招到家里来做上门女婿，后半生也好有个依傍。本来好端端的一桩姻缘，被赵礼平插了一杠子之后，陡然生变。

没过多久，男方派来了一位嘴里镶着金牙的妇人，没有说明任何原因，就把这门亲事给退了。宝明见那女人横眉怒目、气势汹汹，知道她不好招惹。既然对方执意要退亲，宝明只得向来人赔笑说：

"现在手上不宽裕。等过上个两三个月，把各处欠我的账收一收，定将彩礼如数奉还，分文不少。"

让宝明大为意外的是，对方竟然连送出去的彩礼都不要了。大金牙一手叉着腰，跳着脚对宝明夫妇道："遇上你们这样的人家，算我们晦气。那些钱就不要提了，你们留着买药吃吧。"

大金牙走了之后，宝明和老婆如坠雾中，你看着我，我看着你，都想从对方的脸上寻找答案。

他们很快又托人为丽娟介绍了另一门亲事。男方是乡卫生院的一个外科大夫。宝明夫妇俩假装看病，先去朱方镇的卫生院给未来的女婿相面。见小伙子仪表堂堂，聪明伶俐，两人都高兴得合不拢嘴。用宝明的话来说，"这小伙子，比起魏家墩那一个，不知要好上多少倍。再说了，木匠这个手艺，如今也不怎么吃香了。我们家丽娟本来就是赤脚医生，现在嫁个大夫，正好互帮互学"。

两人兴冲冲地从卫生院出来，没有回家，而是直接去了村里的诊所，探听丽娟的口风。丽娟正守着煤球炉，用一只大号钢精锅煮针头和注射器。她把口罩往下一拉，对她娘笑道："叫你们别管我的事，偏要到处瞎忙！我去年春上就和礼平领了证，早就是合法夫妻了，怎好再与别人相亲？不瞒你说，肚子里的这个孩子也已经三个多月了。"

从诊所里出来，赵宝明眼前一黑，在池塘边跌了一跤，就病倒了。在往后的几个月中，赵宝明成天躺在床上，拍胸打肚，长吁短叹。等到他重新在村里露面，早已须发尽白，人也明显地瘦了一圈。夫妻两人想来想去，不得不回过头来找新珍，央求她以媒人的身份，去婶子家正式提亲。新珍在两家之间跑了七八趟，终于商定，在来年的正月初五，为这对新人补办婚礼。

宝明没脸在丽娟的婚礼上露面，全由老婆一人红着眼眶，人前人后地跳上跳下。隔天新女婿上门，宝明和丽华一大早就躲了出去，由赵宝亮出面，陪新女婿喝了回门酒。

一年以后，在我婶子的极力怂恿下，宝明夫妇为丽华也找了个婆家，把她嫁给了皮村开小店的一个江北佬。这人名叫魏光国，刚死了老婆，算起来，年龄比宝明还大两岁。"爸爸"这个称呼，叫的人别扭，听的人也别扭。既然宝明称女婿为"老魏"，魏光国也就顺水推舟，将丈人尊称为"老赵"。翁婿两人脾气对路，也都好口酒。几年后，魏光国在丹阳开了一家超市，宝明和老婆就把家搬到了丹阳，帮着大女婿看店去了。

丽娟的童年和少女时代，都是在村人艳羡的目光和众口一词的赞美声中度过的。丽娟与丽华，互为镜影，遥相映衬——丽华有多么落寞、阴郁、病态，丽娟就有多么风光、活泼和明亮。丽娟对自己的聪慧和美貌，多年来一直有着牢固的信心。可自从她嫁给赵礼平之后，两者都遭遇到了毁灭性的打击。

她目睹了丈夫的企业，从两家不足三四十人规模的小厂，变成集造纸、化工、房地产和通讯器材为一体的朱方集团的全过程。开始的那几年，她也曾试图参与所有的企业决策，但她的意见，每一次都与丈夫截然相反。那些在丽娟看来荒谬、危险的投资决定，每一次都给企业带来了滚滚财源。很快，她不得不承认，自己的那点小聪明，和丈夫赵礼平天马行空的想象力比起来，简直就是高山之侧的一粒微尘。渐渐地，丽娟对礼平产生了一种死心塌地的依附感。随着财富的急剧增加，她的自我怀疑也日甚一日，最后终于变成了一个性格多疑、猜忌、乖戾、畏首畏尾，且心事重重的女人。

当然，她引以为傲的美貌也在迅速贬值。

据说，对女人，礼平有一种奇怪的理论。他认为，女人的魅力与对女人的熟悉程度恰成反比。他很难对一个认识时间超过两个月的女性发生兴趣。正因为如此，礼平在私人生活方面所表现出来的怪异癖好，一直是公司花边新闻中最引人入胜的段落。有一次，他在出差途中住进了一家宾馆，偶然瞥了一眼正在为他办理入住手续的服务员（按照他的理论，由于刚刚见面，服务员的神秘感和魅力都没有任何的损耗），发现她笑起来的梨涡，有一种沦肌浃髓的美，就当即决定聘请她出任公司人力资源部的主任一职，并在见面后的十二小时之内提取她身体的全部秘密。另一次，他在大市口的一家麦当劳餐厅与朋友吃饭，结账时，看到收银台出纳微微上翘的嘴唇的曲线"有些撩人"，两个小时后就将她约到了宾馆，云收雨散之后，把她带回公司做了一名会计。

还有一次，赵礼平和丽娟从沃尔玛超市出来，见广场上有一对父女正在卖煎饼。女孩淳朴、孝顺，可怜、无助而又楚楚动人。她的贫穷，以及那种未经雕琢的健康与活力，都让堂哥如痴如醉。那么，他可以为这对在冷风中瑟瑟打抖的贫寒父女做些什么呢？他出了一笔钱，帮那女孩开了一家美容院，很快就把这个孝顺、淳朴、健康的女孩，改造成了一个浓妆艳抹、任性撒泼且动不动就对老父恶语相向的老板娘。

不过，礼平的这些匪夷所思的猎艳行径，通常并不能对丽娟构成直接的伤害。这是因为，当丽娟费尽心机，终于抓住了丈夫与某个女人偷腥的把柄时，礼平多半早已对这个女人失去兴趣，将视线投向了下一个目标。

一天夜里，丽娟与礼平不知因为什么事发生了争执，两人进而大打出手。明显吃了亏且无计可施的丽娟，拿出一把水果刀，发疯似的要和三个孩子同归于尽。赵礼平一生气，就选择了自我消失。当他失踪四十多天之后，心高气傲的丽娟终于冷静了下来，不得不低眉顺眼地去向婆婆认错，顺便向她探听丈夫的下落。

我婶子对礼平的行踪绝口不提，教训起儿媳妇来，倒是一点都不含糊：

"夫妻俩吵架，是常有的事，我也不好说你的。半夜三更,动刀动枪地吓唬孩子,要让我们家断子绝孙,还连带着骂我们做上人的娼门无道,什么道理?我改天倒要去问问你娘老子,他们打小是怎么教导你的?顺便也让她点拨点拨我……"

丽娟灰头土脸地挨了婆婆一顿训斥,只得强咽下这口恶气,回过头来去找丈夫的亲信小斜眼。

小斜眼与丽娟是同一年生的,说起来还比丽娟大了三个月,可他仍愿意亲热地称丽娟为姐姐。两个人在朱方镇的一间茶社里坐定了,正是中秋月圆的时节。小斜眼把丽娟递过来的一块月饼吃完,连手里的碎末都舔得干干净净,这才对丽娟笑道:

"姐啊,你也别老盯着什么麦当劳的服务员、卖煎饼的小姑娘,这些个人,董事长尝个鲜,过后就忘。你如果总在提防这些下三滥的人,当最凶险的敌人在身边出现时,反而浑然不觉。我不是吓唬你,这一回,恐怕要祸起萧墙了!"

丽娟一听对方话中有乾坤,不觉吃了一惊。她身体向前凑了凑,对斜眼道:"老弟,这话怎么说?"

斜眼双手相扣,箍住方方的脑袋,半靠在对面的墙上,有心给丽娟指点迷津:"你这时候去一下朱虎平家,看看他老婆蒋维贞在不在。"

斜眼的话说得很含蓄,聪明的丽娟马上就有了正确的反应:"你是说,董事长和蒋维贞双宿双飞?"

小斜眼哈哈一笑,点了点头。

"不会吧。"丽娟道,"那蒋维贞号称是世界上最贞洁的女人,就差让皇帝在他们家门口竖一个贞节牌坊了。再说了,她与虎平两口子夫唱妇随,日子过得好好的,怎么也往这条道上走来了?"

斜眼道:"人人都说她蒋维贞是固若金汤的城池,你信,我信,可董事长他不信呐!"

丽娟略一思索,便决定不再纠缠这些细枝末节:"告诉我,他们俩,人在哪里?"

"莫非你要去捉奸?"

"就算帮姐姐一个忙。"

"要我帮忙,这倒也不难。"斜眼道,"只是,姐姐你也得帮我一个忙。这些年,我对姐姐怎么样,你心中有数。我有一桩心事,也不是一天两天了。白天想,夜里想,一觉睡醒了,还在想,想忍,可忍不住啊!姐姐,你也可怜可怜我,今天就成全了我吧。"

丽娟一见斜眼涎皮涎脸地望着自己,色眯眯地笑,顿时气得浑身哆嗦,羞愧难当,手脚冰凉。小斜眼的眼睛好像是盯着窗外的一轮圆月,但丽娟清楚,他眼神的焦点是在她的大腿上,下腹部不由得一阵阵抽搐。她本能地将裙子往下拉了拉,强忍着心中的屈辱、厌腻和愤怒,正琢磨着如何应答,小斜眼决定再往火堆里添把柴禾:

"姐啊,说一句不怕你生气的话,董事长不在的这些日子,你也没闲着吧?你和司机小蔡好,那是你的私事,我管不着。只是别在车里缠绵,叫人撞见了,影响不好。"

丽娟半天没有说话,脸一直红到了脖子根。她默默地把手里的茶杯转了许久,最后叹了一口气,问道:"这事,董事长知道不知道?"

"可以知道,也可以不知道。"斜眼笑道。

丽娟此刻在心里迅速地下定了一个决心。她知道,除了把心一横,由他去轻薄一回,暂时没有什么好办法。她偷偷地打量了一下小斜眼,发现对方那可笑的眼神在屋里昏暗的灯光下竟然也有几分迷离。她终于找到了一条让自己"豁出去"的理由:小斜眼这个人除了眼睛有点歪斜之外,其他方面都还好。比如说,他衬衫的领子看上去还是挺干净的……

丽娟正在胡思乱想、不知所措之际,小斜眼终于决定向她摊牌。他坐直了身体,两手平摊在茶几上,一字一顿地对丽娟说:

"董事长抬举我做村长,我现在,大小也是个官。可是平常在村里,没他娘的一点威信,为什么?你想啊,村子里有不少人都买了汽车,就连老菩萨唐文宽都买了一辆摩托车,一踩油门,吱的一声,就蹿到了皮村,多威风!可我呢,作为一村之长,还得骑辆破自行车在村里晃荡。手里没把汽车钥匙捏着,我潘宏武一说话,人就矮了半截,如何让我服众?我这个人,姐姐你是知道的,平常没别的什么嗜好,就是喜欢个车。白天想,夜里想,一觉睡醒了,还在想,想忍,可忍不住啊!姐姐你随便牙缝里抠下来点碎末子,就能了却我的一桩

望春风

心事。你要是肯赞助我十万八万，我哪天也买辆车来开。"

丽娟听到斜眼"白天想，夜里想，一觉睡醒了，还在想"这一句，早已笑得趴在了桌子上，双手兀自拍打着玻璃，一口气差点没提上来。小斜眼被她笑得心里发毛，狐疑道："你个死娟子，别光顾笑，倒是给我句痛快的，这车，你是买，还是不买？"

丽娟拢了拢耳边的头发，赶紧对小斜眼道："买，买，明天就买。"

第二天，丽娟就给了小斜眼一笔钱。斜眼托人买了一辆二手的奔驰，改了漆，调装了音响，在车上架了低音炮，每天开着它，一路放着摇滚乐，在大街上"叮咚，叮叮咚"地招摇过市。

据说，蒋维贞被礼平带到深圳之后，尽管已单独与礼平在宾馆住了几天，可任凭礼平如何甜言蜜语、软硬兼施，到了"最后一步"，蒋维贞死活不肯就范。看来，蒋维贞多年来被村里人视为"贞洁"的样板，绝非浪得虚名。最后，赵礼平只得偷偷地在她的茶杯中下药，使用了蛮力。

当丽娟按照小斜眼提供的地址，心急火燎地赶到深圳的时候，礼平和蒋维贞已去了珠海。丽娟追到了珠海，他们俩已经到了澳门。

丽娟没有出境的通行证，只得干瞪眼。

在离开澳门的前夜，赵礼平关切地问蒋维贞："心肝，如果不带避孕套的话，会不会弄出个孩子来？"这时的蒋维贞已经开始反过来宽慰对方了:"我是上过环的,董事长你放宽心。"

婶子去世后,我在康复医院的重症监护室曾经见到过赵礼平。那时,太平间的运尸工正忙着将婶子的遗体搬到地下室的冰柜里冷藏。在那个场合,我和礼平不便寒暄,只是彼此点了点头而已。后来,在下楼时,我在电梯里又遇见了他。因为电梯里只有我们两个人,不说点什么,似乎有些不近情理。于是堂哥就把墨镜摘了下来,对我道:

"听说你在青龙山采石场看大门?"

我点点头。他那么一个大人物,居然还记挂着我的行踪,一时间让我惶愧交加。

"你这个人,一点没变,就是好摆个臭架子。人再穷,架子不散。"堂哥道,"以后若有用得着我的时候,打个招呼。"

电梯下到一楼,我们在道别的时候,堂哥突然让我在大厅里等他一下,因为他有件礼物要送给我。我在大厅门口等了七八分钟,堂哥让司机给我送来了一本书,他本人没再露面。那是一本由自传、讲演录、励志格言、国外旅行见闻和打油诗拼凑而成的出版物。

在返回青龙山的公共汽车上,我翻看着堂哥所杜撰的那些格言警句,总觉得在哪儿见过。也就是说,用不着看这本书,这些滥俗的句子,我也耳熟能详——因为它们常常出现在电视里、电台里、公益广告牌上。这些格言警句,早已无关世诫,也无关警劝,读起来,倒更像是对这个世界露骨的讽喻。

我能记住的格言，包括以下几则：

在一个喧嚣的时代里，最重要的就是要让自己的心静下来。

没有买卖，就没有杀戮。

公平正义是社会的基石。

我们不光是创造财富，也创造全社会的共同价值。

让诚实与纯洁成为我们的天性。

守分身无辱。

像保护眼球一样呵护地球上的一草一木。

唐文宽

唐文宽同性恋身份的首次暴露，还要追溯到一九六九年的秋末。那天早晨，龙英举着一把菜刀冲进学校喊打喊杀，成为轰动乡里的大事。村民们只听说龙英要杀唐文宽,但并不知道这一疯狂的举动背后,究竟藏有怎样的秘密。赵德正在第一时间就觉察到了事件的严重性。当天晚上,他派人将唐文宽叫到了大队部,由他本人和高定邦、高定国兄弟出面,向唐文宽询问整个事件的始末(出于对事情结果的敏感和预判,赵德正没有通知梅芳参加)。

如果说唐文宽一进门就跪在地上自打耳光的行为,已足以让三个人面面相觑,心惊肉跳,他接下来所供述的那桩丑行,更是让人目瞪口呆,神魂出窍。三个人你看着我,我看着你,都不约而同地挠起了头皮。

高定国将唐文宽斥退之后,立即就要给公社党委打电话,遇事老成的高定邦拦住了他:"先别急,听听老赵怎么说。"

赵德正抽光了烟盒里的烟,又向定邦讨了一支,叼在嘴上,这才道:

"这种丑事,要报上去,文宽的命就保不住了。常言道,人命关天。他一个外乡人,丢了一条胳膊,投奔到我们村里来,虽说做出了这等伤天害理的事,但也没到挨枪子的地步。他这一死倒是一了百了,可小满还是个孩子,少不得要受些牵扯。若是文宽被抓,拔出萝卜带出泥,这事就包不住。日后让小满如何做人?再说,出了这事,我们大队连续五年的先进集体、连续三年的流动红旗,统统都得泡汤。两位将来的政治前途难保不受影响。这事还得好好琢磨,事缓则圆嘛。"

说到将来的政治前途，会计高定国也安静下来，陷入了沉思。最后，兄弟俩都拍着胸脯向赵德正保证：此事如何处置，全凭赵老哥一句话，"这一回，我们哥俩都听你的"。

德正道："得把这件事整个兜住。要是以后鼓了包，漏了水，责任由我一人承担，与你们两兄弟不相干。趁着这事还没有传扬出去，当务之急，得赶紧想法子，将龙英的那张嘴封上。你们两个马上去找龙英和牛皋，做通他们的思想工作，事不宜迟。"

当天深夜，高定邦独自一人，敲开了龙英家的大门。

思路缜密的高定邦，想得比赵德正还要远得多。他私下里许诺龙英说，到了年底，大队会多分给她家一百斤红薯，让她无论如何严守秘密。龙英满心欢喜，一口答应了下来。可高定邦还不放心。他问龙英用什么法子死守秘密。龙英说："那还用说！既然高主任发了话，就是上刀山，下油锅，打死我也不吐露半句实情。"

定邦说："这不行。俗话说，纸包不住火。你越是遮遮掩掩，人家的胃口反而会被你吊起来，那样反而坏事。"

龙英仰着脸，朝定邦跟前凑了凑，柔声细气地问他："那我该咋办呀？"

"告诉他们一个假秘密。"定邦顺势将龙英的肩膀扳了过来，把嘴贴在她耳朵上，嘱咐她道："要是有人问起，你就说，小满在学校里淘气，惹恼了唐文宽。那狗日的教训孩子不知轻重,一脚踢在小满的小肚子上,小鸡巴肿得像腊肠一样,几天撒不出尿来。"

龙英也把嘴巴贴在高定邦的耳朵上,微微红了脸,漾漾地笑道:"你怎么说,我就怎么做,绝没二话。时候还早,高主任再坐坐?"

高定邦因听见里屋传来老牛皋的咳嗽声,呆呆地僵了一小会儿,硬起头皮道:

"不坐了。"

第二天一早,社员们在村东的地头拔黄豆时,新珍和银娣等几个好事的妇女都围着龙英,问这问那,变着法子从她嘴里套话。龙英的确很有表演天分,一提起小满,她的泪水就夺眶而出。哭了半天,又将高定邦教给她的那个故事及时抛了出来,害得新珍和银娣同时搂着她肩膀,好言好语地劝慰她。银娣说:

"踢一脚,算是硬伤,消了肿就好了。不妨碍将来生儿育女。"

新珍还介绍给她一个偏方:将樟木树枝放在锅里煎,将水倒在一只尿壶里,在壶口蒙上个毛巾,给小满熏一熏,"立马就能见效"。

正像高定邦所预料的那样,他信口胡编的这个故事,日后就成为了解释这桩奇闻的标准版本。事情很快就平息下来。不过,在后来很长一段时间中,唐文宽本人都一直生活在提心吊胆的恐惧中。他整日整夜睡不着觉，在梦中反复出现的画面只有两个：其一，公安干警拎着手铐，突然出现在学校的操场上；其二，他在刑场上被五花大绑执行枪决的时候，突然想撒尿。

唐文宽有事没事总爱到大队部门前来东张西望，查看动静。只有当他看见赵德正稳稳当当地向他点头微笑时，心中的那种濒临崩溃的悸动不安才会暂时平复。他越是渴望如释重负的感觉，就越加频繁地去大队部门口蹑探，就这样恶性循环，难以遏止。可他并不知道，当时的赵德正，也像他一样，日复一日地生活在莫名的焦虑中。知情不报，或窝藏罪犯，都是天大的责任，不仅有违起码的组织原则，实际上也触犯了国家的法律。除此之外，德正的忧虑还有：既然唐文宽有龙阳之癖，你很难保证，这事过去之后，他就不会去动别的孩子的脑筋。又不能无缘无故地将他从教师的岗位上撸下来——除了唐文宽，他到哪儿去找这么一位什么都能教的先生？思前想后，疑窦丛生，从此落下一块心病。平时挨着枕头就鼾声如雷的赵德正，竟然也因长期的失眠，不得不去公社的卫生院找荀大夫开安眠药。

几年后的一天，当高定国找到唐文宽，将设计捉拿赵德正的计划向他交底，并命令他配合的时候，唐文宽一口拒绝。

高定国可没工夫跟他磨嘴皮。他直截了当地对文宽道：

"我与赵德正没鸡巴仇。是公社书记郝建文想弄他。这是严肃的政治任务，理解要执行，不理解也要执行。按我说的去做，否则的话，后果你是知道的。"

高定国做了一个朝自己的太阳穴开枪的动作，随后扬长而去。惊魂未定的唐文宽哭丧着脸去和老婆王曼卿商量。曼卿说："这事明摆着：你不干，就是个死；干了，也是个死。你想想看，赵德正落了难，被人抓去一拷问，少不得把你牵出来。既然都是个死，我劝你别干。就是死了，也值个价。"

可唐文宽最终还是选择了与高定国合作。

听春琴说，在德正死后，唐文宽一反常态，扑在德正的坟头号啕大哭。每年清明节，他都会一个人去村东的桑树地为德正上坟。在赵德正最后的日子里，唐文宽自觉没脸去医院探望他，只有等他死后，通过清明节的祭拜，来默默地表达对死者的尊敬与愧疚。

到了八十年代中期，唐文宽的同性恋身份不再是秘密。那时候，村子里的人都忙着做生意，办厂子赚钱，对于一个外乡人特殊的性取向并不十分在意。应当说，即便到了那个年代，村里人对于同性恋的知识简直贫乏得可怜。就连见多识广的赵同彬，也把男人之间的性行为比喻为"拼刺刀"，就足以说明问题了。

到了一九九八年，随着我们乡第一例艾滋病患者在魏家墩被查出，村里人出于对这种致命病毒的过分恐惧，错误地将同性恋与艾滋病划上了等号。唐文宽知道自己在村庄里待不下去了，就和王曼卿商量，变卖房产、转让田地，举家搬到了江都的邵伯，去投奔他的一个表弟去了。

最后送他们去江边码头的，是渔佬柏生。

唐文宽夫妇离开后，留下了一个不大不小的疑问：平常总爱去找唐文宽下棋的更生，是否也有同性恋的嫌疑？

顺便说一句，更生是在孤独和屈辱中离世的。唐文宽走后，原本一直躲在暗处的更生，终于被人推到了前台，成了肮脏、变态和猥琐的象征，受尽了村人的冷遇和家人白眼。更生死后，儿子永胜独自一人将他的遗体送去殡仪馆火化，家里众多的亲戚无一到场。

斜眼

斜眼出生的时候，正赶上儒里赵村百年一遇的大洪水。银娣在磨笄山顶的一个草棚里生下了他。为纪念这个特殊的日子，小武松给儿子取名为"洪武"。赵锡光在燕塘边放虾网，遇见了正在秋草地里耕田的小武松，就远远地朝他喊了一句："老弟，'洪武'这个名字，可不能随便叫啊！"

至于这个名字为什么不能随便叫，赵先生可没说。

小武松就让老婆银娣去请教读过私塾的赵宝亮。宝亮一听，满不在乎地哈哈一笑："现在是新社会了，不讲究名讳那一套。我看洪武就顶好。"

潘洪武到了四岁那一年，染上了一场脑膜炎。银娣抱着他四处求医。命是救回来了，却落下了一个眼睛歪斜的后遗症。至此，村里人开始叫他"斜眼"。因为他那斜眼看人时，眼白的成分居多，也有人叫他"斜白眼"。后来，斜眼自己读了书，识了字，知道洪武是明朝开国皇帝朱元璋的年号，就自作主张地将自己的名字改为"宏武"。到了九十年代初，小斜眼当上村长以后，村民们觉得"斜眼"这个绰号有点叫不出口了，但他们也不愿意叫他"洪武"或"宏武"，干脆就直接叫他"皇帝"。

斜眼嘴上不说，心里对这个新绰号还是挺受用的。他手下的那些跟班随从，一旦要怂恿他做些出格的事，也用这个新绰号来激励他："皇帝嘛，一言九鼎，你说了算！"

陈公泰退休之后，县里从外地调来了一个姓邵的人当乡长。此人名叫邵明堂，据说是个眼睛里揉不得沙子、极其清正廉明的好官。到任没多久，"邵青天"的令名就开始远播乡里。邵明堂上任伊始，决意要好好整治一下人心涣散、腐败成风的干部队伍。经人指点，他打算先拿我们村的小斜眼来开刀。

乡里派出的调查小组到村里一查账，好嘛，光是每年吃喝花掉的公款，就高达十五六万。加上贪污和索贿，特别是在村庄拆迁过程中所吃的回扣，小斜眼的贪墨所得，少说也有个百十来万。奇怪的是，乡里派来人查他的账，早早放出风声要来抓他，可在接下来的两个月里，小斜眼除了被宣布接受调查之外，再无下文，就连村长一职也未被正式罢免。

斜眼只能这样认为：邵明堂没有立即抓他，是在等着他上门送钱。

他借口去医院看病，去了一趟上海，找他的姐姐雪兰借钱。可雪兰原先在普陀区的家，据说早已搬到了虹口区，姐姐和姐夫手机均无人接听。斜眼在上海瞎转了四五天，最后连姐姐的面都没见上，就灰溜溜地回来了。

他只得去找父亲小武松。

小武松潘乾贵那时已经重病在床。他的酱菜厂因经营不善，也濒临倒闭。他喘着粗气，将儿子大骂一通，末了，还是给他指出了一条生路："事到如今，只有一个人能救你了。你知道我说的是谁。"

斜眼那时已无法知晓赵礼平的行踪，就去找我的堂妹金花。金花说："我哥这阵子正在尼泊尔的一个寺庙里闭关修行呢，谁都不见。"

斜眼请高定国吃了一顿龙虾，由定国出面，他总算是见到了集团的总经理赵丽娟。丽娟正忙着去开董事会，在通往会议室的楼道里走得飞快。在橐橐的高跟鞋声中，小斜眼一路小跑地跟着她。最后，丽娟在会议室门口总算站住了。她回过头来，白了他一眼，不紧不慢地道：

"你既然已经告诉了我深圳的地址，怎好又打电话通知他们远走高飞？我追到深圳，你让他们去珠海；我撵到珠海，你又让他们去澳门……过去的事就不说了。你放心，我不是那种落井下石的人。你当初从我手里勒逼去买车的八万五千

第三章　余闻

元钱，调查组若来找我，我一个字也不会说。"

说完了这句话，丽娟夹着文件包，头也不回地走进了会议室。

斜眼灰头土脸地离开了朱方集团，心里反而又多了一个恐惧：要是丽娟把他索要买车款的事说出去，没准他的刑期又会增加两年。

随着"即将被捕"的紧箍咒在他头上套得越来越紧，斜眼的最后一点理智也终于丧失殆尽。他决定走一步险棋——在自己的问题形成正式结论之前，不如先下手为强，抢先告发乡长邵明堂。

朱方集团旗下的造纸厂偷偷地向长江中心排放污水，此事经媒体曝光后，邵明堂当即带人去恒生造纸厂调研。他在收取了造纸厂八十万元的礼金之后，决定对此事不予追究。在当天晚上的酒宴上，邵明堂还向造纸厂的陪同人员说了一句俏皮话：

"笑话！废水不往江里排，那往哪里排？长江水，流得急，水一冲就到了上海。这污水反正我们也喝不着。"

在给有关部门的检举信中，斜眼列出了可以为他作证的每一个人的姓名，并连用两个"千真万确"，来强调此事无可置疑。小斜眼还揭露说，邵明堂之所以被当地人目为"邵青天"，唯一的原因仅仅在于，此人在"哄老百姓高兴"方面很有表演天赋。另外，他的私生活也十分糜烂。广大干部表面上戏称他为"邵青天"，暗地里都叫他"笑面虎"。他们还编了一个顺口溜，来形容他平时的做派和为人：

  大衣一披，
  走东窜西。
  不是开会，
  就是日屄。

这封信寄出去没两天，斜眼就被人带走了。

他后来被判刑四年。关押他的那座监狱，也曾关过赵同彬。

小武松很快被医院查出患了肠癌，且已扩散到胰腺。他被两家大医院拒收之后，想起了"生命在于运动"那句人人皆知的格言。他试图通过大汗淋漓的跑步"将癌细胞逼出体外"，当然是异想天开。他天不亮就起来跑步，银娣在后边远远地跟着，尽量不让丈夫看见自己在偷偷地落泪。小武松坚持了五六天，每天的路程以几何级数急速缩短，最后他连路都走不动了，仍坚信自己可以活到小斜眼出狱的那一天。他要把自己这么多年来辛辛苦苦建起来的酱菜厂交到儿子手中。

一个眼睛歪斜的儿子，一个对父母凶神恶煞、不屑理睬的儿子，一个正在监狱里服刑并让他的晚年蒙受羞辱的儿子，毕竟也还是一个儿子。

斜眼小时候，武松常常将他抱在腿上，用硬胡茬去扎他的脸，扎他的小胸脯，扎他的小胳膊。他的胳膊又嫩，又细，又滑溜。他每扎儿子一下，斜眼都会咯咯地笑个不停。在儿子一刻不停的笑声中，在时钟回拨的某一个缤纷虚幻的时间节点上，小武松那曾经强大无比的心脏终于停跳，不再为他甜蜜的回忆之路提供动力。

高定国

我父亲去世前不久，曾经和我一起评论村里所有的人物。说到高定国，父亲的评价只有简单的五个字，叫做"算盘打得好"。每当我想起高定国这个人，就会想起父亲的那句话。其实，仔细琢磨一下，父亲的这五字断语也很耐人寻味。"算盘打得好"，固然是说高定国聪明、精细、会做账，这些都在明处。可要往暗里说，他肚子里也藏着一副算盘，打起来寂静无声。

如果我们把人的一生比喻为布满陷阱的沼泽地，高定国在沼泽地里跳来跳去，跨出去的每一步，都能让他免于陷溺。

他没有过大富大贵的时刻，可从来也和灾厄无缘。

他长年在生产队和大队担任会计一职，后来在公社的武装部当了几年部长。再往后，他去派出所担任了几年指导员之后，就到刑警大队当起了大队长。他还曾被派驻北京两年，专门负责拦截那些去京城告状的百姓，且屡获嘉奖。最后，到了人生的晚年，适逢我们乡成立老年协会。他以七十高龄，又获返聘，重新担任会计一职。他的一生，绕了一个大圈子，又回到了起点。

人们仍叫他"高会计"。

他和安徽知青付瑞香生了两儿一女，三个孩子都很孝顺。晚年的高定国，没有高血压，没有高血脂，没有糖尿病。能吃能睡能打牌，连牙齿都一颗不少。每天晚上看过新闻联播之后，他总爱和妻子手挽手在街心公园里散步。

老福

老鸭子去世后，更生让永胜去请老福来家，帮着穿寿衣。永胜赶到老福家，敲了半天的门，无人应答。他推开门进去一看，发现老福奶奶穿着一身新做的蓝布褂子，脸上盖着一块洁白的纱布，在床上已经咽了气。

她显然已经预料到了自己的死亡。

早在一个多月前，小斜眼带着拆迁办的人登门拜访，她正在给院里的菜地浇水。斜眼征询她对拆迁的意见，老福奶奶笑眯眯地望着他，只说了一句话："我就不麻烦你们了。"对于她的这句话，小斜眼有点摸不着头脑：她是同意拆呢，还是不同意?

她把家里最后一只大公鸡送给了隔壁的蒋维贞。
她为自己做了一身新衣裳,一双新鞋子。
她洗了澡,梳了头。
她将屋里屋外收拾得干干净净。
为了使自己的遗体保持洁净,她穿戴整齐后就不再进食。

写到这里,请允许我暂时搁笔,为亲爱的老福奶奶放声一哭。

永胜

从八十年代起,永胜一直在朱方镇的一家餐馆里做厨师。后来,他和老婆开了一家小吃店,折了本,就在大街上摆摊炸油条。除了城管的骚扰让他们疲于应付之外,据说生意还不错。再往后,永胜的年纪大了,他的油条摊子就由大女儿芦红和女婿接了手。

永胜夫妇也住在平昌花园小区,与二女儿芦花生活在一起。芦花在恒生造纸厂做保洁员。

多年后,我从青龙山采石场辞了职,回朱方镇定居,偶尔也会去找他喝酒。

牛皋

还活着。

春琴

一

第四章

春 琴

1

儒里赵村拆迁一年之后的春末,下着小雨,我终于站在了这片废墟前。

龙冬用摩托车把我送到了这里。我记得摩托车从朱方镇开出后不到二十分钟,就停在了一片遍地蒿草的荒墟里。龙冬说了声"到了",就将车停在了一片瓦砾之中。他说过两个小时再来接我,随后戴上头盔,骑上车走了,把所有的惊异、恐惧和令人揪心的陌生感通通留给了我。

你甚至都不能称它为废墟——犹如一头巨大的动物死后所留下的骸骨,被虫蚁蛀食一空,化为齑粉,让风吹散,仅剩下一片可疑的印记。最后,连这片印记也为荒草和荆棘掩盖,什么都看不见。这片废墟,远离市声,唯有死一般的寂静。

暮春时节的小雨似有若无，落在这片杂乱丑陋、破碎阴沉的荒野里，落在燕塘填平后长出的茂密的苇丛里，落在风渠岸那流淌着稠黑柏油的狭长水道上，也落在我衰朽的记忆深处。我所站立的地方，应当是我们家阁楼的位置。一段木梯从碎砖和霉黑的蚊帐的遮掩下顽强地露出了一角，上面栖息着一只东张西望的喜鹊。一片野生的向日葵，长在了我们家的羊圈里。越过那片肥壮的向日葵丛，就是老福奶奶家的篱笆小院。几株正在蹿秆结籽的芝麻，高出于青草、瓦砾和破旧的竹席碎片之上。再往西，就是红头聋子家被推倒的猪圈和柴屋。笨重的石槽完好无损，一只在那儿觅食的灰鼠不安地望着我，仿佛在说：

喂，你谁啊？

我走过独臂的异乡人唐文宽家。
我走过刀笔赵锡光家。
我走过门前有一方池塘的更生家。
我走过鳏夫柏生家。
我走过曾经的岳父小武松家。
我走过高氏兄弟和梅芳家。
我走过有蕉雨山房之称的赵孟舒家。
我走过村子最西头的老尼姑马老大家。

我仿佛还能听见碗盘杯盏的碰击声，听见嘈杂而遥远的人语声,听见麦秸杆和树枝在灶膛中辟扑直响,听见雨燕的啁啾,烈日下的蝉鸣,蟋蟀在床下谦卑的低吟,听到冬天的雪夜中远远的狗吠。

悠悠苍天,此何人哉?

最后,我来到了被夷为平地的祠堂前。这座始建于宋代的赵家宗祠,在雷击和灾乱中屡毁屡修,屡修屡毁,至此荡然不存一物,唯兔葵、燕麦动摇于春风。数不清的燕子找不到做窝的地方,密集于枯树之巅,喳喳地叫着,盘旋不去。

祠堂前有一块村民们晒谷子的大晒场,遗落的麦粒照例在春天发芽,在晦暗的天空下长成了一块长方形的稀疏瘦弱的麦地。微风吹过,抽穗的麦秆齐刷刷地倒向一边,金黄色的麦地里,突然就露出了绿色的稻秧。一只野雉于麦地中轰然飞出,像箭一样消失在远处灰蒙蒙的荒树之中。

在我很小的时候,从大人欲言又止的言谈和哀矜的目光中,我就已经意识到,自己是一个被母亲遗弃的孩子。遗弃就遗弃吧,反正我还有父亲。当我的父亲在便通庵的大梁上自缢身亡后,我就成了一个不折不扣的孤儿。可是,老福奶奶告诉我,不要紧的,我的母亲还在,她活在一个我所不知道的地方。说不定哪天,当大雁北还,燕塘边的野蔷薇开出成片白色和粉色的花朵,在温暖的春风里,我的母亲就会回来。再后来，我知道我的母亲也去世了。我独自一人被扔在了南京城外的邗桥小镇。即便在那个时候，我也并没有特别强烈的被整个世界抛弃的刺痛感。那是因为，我从未把邗桥的那间公寓看作是永久的栖息之地。就像那个被卡吕普索囚禁在海岛上的奥德修斯一样，我也幻想着，有朝一日能够重返故乡，回到它温暖的巢穴之中去。

其实，故乡的死亡并不是突然发生的。故乡每天都在死去。甚至当我第一次听说儒里赵村将被整体拆迁之后，我也没有感到怎样的吃惊。只有当你站在这片废墟之上，真切地看到那美丽的故乡被终结在一个细雨迷蒙的春天，我才知道，我当初的幻想是多么的矫情、谵妄！

三四天前的一个凌晨，我在邗桥新村的公寓里酣睡，忽然接到了龙冬打来的电话。他没头没脑地说了句"春生死了"，就陷入了沉默。我刚刚从睡梦中被惊醒，需要花一点时间来想一想春生是谁。我问龙冬，春生是怎么死的。龙冬说他也不清楚，反正人是死了。他母亲春琴一连六七天下不了床。她既不哭，也不说话，只是两眼发痴地盯着房梁，"像是在费力地琢磨什么心事"。他和妻子夏桂秋都有点害怕。春生当年去贵州当兵之后，我就再也没有见过他。我获悉他死讯时，脑子里浮现出来的，仍然是当初那个病弱瘦小、目光躲躲闪闪的少年。

那阵子，邗桥砖瓦厂已与上海的一家企业合作，生产钢门钢窗。我也离开工会图书馆，去了园林科养花种草，每月七八百块钱的工资，与下岗或失业相比，也没有什么太大的区别。我在接到龙冬的电话后，也没向任何人请假，就在当天下午返回了朱方镇。

站在祠堂的阅台之上，在纷纷飘飞的细雨之中，想到德正在多年前就已栖身黄土，春生竟然也在不久前埋骨异乡，心里忽然有一种"活着就已死去"的倦怠之感。日来月往，天地曾不能以一瞬。在俯仰之间，千秋邈远，岁月苍老，蒿藜遍地，劫灰满目。我终于意识到，被突然切断的，其实并不是返乡之路，而是对于生命之根的所有幻觉和记忆，好像在你身体很深很深的某个地方，有一团一直亮着的暗光悄然熄灭了。

打个比方说，当你把一段花枝插于花瓶之中，只要有水，花的生命仍在延续。也就是说，在花枝上含苞欲放的花朵，或许一度更为艳丽。不过，由于被剪断了根茎，无论如何，你不能说它是活的。但作为正在开放的花朵，它确实一息尚存，确乎未曾死去。

将死未死之间，是一个微不足道的停顿，是一片令人生疑的虚空和岑寂。

我正打算绕过祠堂的瓦砾堆，爬上一道陡坡，去新田转转，就听见了远处隐隐传来的摩托声。龙冬那虚幻不真的身影，在空濛的水雾的折光中颤动着，一点点地浮现出来，被更生家的池塘挡住了去路。

龙冬哗哗地按了两声喇叭,远远地向我挥手。

我坐在龙冬的身后,双手搭在他瘦削的肩胛骨上,沿着一条宽阔的黄泥大道返回朱方镇。乱针似的细雨仍在斜斜地飘落,四周看不到一个人影。天空陡然间变得更加阴沉幽暗,但也不是全黑——就像《诗经》中所说的"如晦",其实并不是如墨般的黑暗,而是灰灰的一派清冷,暧昧不明,随着摩托车的行进而缓缓移动的地平线上,甚至还透出了些许薄薄的明亮。

2

龙冬将摩托车推进院门,停在了一棵枣树下。他的妻子夏桂秋正在廊下剥着蚕豆,招呼我进屋吃饭。春琴换了一身水蓝色的新褂子,匀了脸,盘了发髻,正在灶下烧火。看到我进门,春琴冲我笑了一下,问我要不要把身上淋湿的衣服换下来。可她也就这么一说,过后就忘了。倒是桂秋听见婆婆的这句话,赶紧去里屋找出了一件龙冬的夹克,不由分说,帮我把衣服换了下来,将湿衣服拿到灶下去烘烤。

老家拆迁后,安置房的水电还没有通。春琴和儿子、儿媳,从新珍表姐的手里租下了一处小院,算作过渡。这处幽僻的宅院,应当就是琴师赵孟舒自尽前最后的造访之地。至于说新珍的表姐（还有粮管所的罗站长）又搬到了哪里，我就不知道了。

在朱方镇的这三四天中，春琴一次也没有向我提起她的弟弟春生。她不提，我也不便贸然动问。在我小时候，隐约就听到村里流传着这样一个俚语：像春琴家那样倒霉。他们家原先有六口人，日子虽说不算富裕，也是中上人家。她的祖父、父亲和最疼爱她的哥哥，居然在不到一年的时间内先后死去，且死得不明不白。她本人在十五岁那一年，嫁给了四十出头的赵德正。后来她母亲也去世了。唯一的弟弟去了千里之外的贵州。

现在，这个弟弟也不在了。

一天晚上，龙冬在陪我喝酒时，眼里泪光闪烁，偷偷地对我道："我真担心她跨不过这道坎。你回来一趟，打个岔，谢天谢地，这事总算过去了。如果单位没什么要紧的事，不妨在家多待两天，陪她说说话。"

可我的看法与龙冬完全不同。

我知道，春琴表面的平静之下，其实暗藏着一种远比悲伤可怕得多的东西，那就是厌倦。那是一种预先接受了最后的结果（死亡），硬起心肠，决意在这世界上再耽搁几天的麻木和呆钝。而这正是我所担心的。她的眼睛盯着你的时候，其实并不在看你。她在听人说话的时候，其实是在走神。她在对你微笑的时候依然眉头紧蹙。她在跟你说话时言不由衷。仿佛这个世界正在发生的一切都与她全然无关。

这天中午吃饭的时候，夏桂秋不时地往我杯中斟酒。她跟着龙冬叫我舅舅。这个来自皮村的姑娘，表面上看，有说有笑，一点也不像春琴向我抱怨的那样凶悍。她一连两次借故与婆婆搭话，脸上带着笑（甚至，她在第二次与婆婆说话时，还伸手捋了捋她的胳膊）。可春琴一直阴沉着脸，只当听不见，对儿媳的真情假意，完全不予理睬。桂秋讪讪地瞥了我一眼，有点下不来台，又不便当场发作，脸色陡然间也变得很难看。稍后，她心绪烦乱地往嘴里扒饭时，不小心咬破了嘴唇。看着餐巾纸上殷红的血点，我暗暗有些担心，桂秋勉强咽下去的这口恶气，迟早会变着法子发泄出来。

等到吃完午饭，春琴去厨房洗碗的这个当口，夏桂秋笑吟吟地将一条热毛巾递给我擦脸，随后扬声道：

"吹！一天到晚就知道吹！什么特级飞行员喽，什么特训大队长喽，今天三等功，明天二等功，好像天底下再也找不出第二个这样的宝货。等到那飞机从半天空往下一掉，轰的一声，腾起一片火来，连尸骨都化成了烟，被风刮得没影了。这下好了，不吹了，歇了屄了。早知今日，何必当初。还口口声声威胁我，让她弟弟回来收拾我，来呀，你怎么不让他来收拾我的屄。"

桂秋在说这番话时，故意提高了嗓门，以便让婆婆在厨房里可以听到。碗碟在搪瓷盆里的碰撞和刮蹭声突然停了下来，厨房里一片静寂。

短短半分钟的停顿过后，春琴仍接着洗碗。

第四章　春　琴

就算天底下的婆媳都是天敌，就算多年的积怨与争斗压在心里不吐不快，春生刚死，桂秋竟然能说出这么一番话，已经不能用"恶毒"或"令人发指"来形容了。直到这时，我才忽然想明白，当初龙冬与夏桂秋谈恋爱时，春琴为何要不顾性命地加以阻拦。当然，春琴成天挂在嘴上的那句"迟早我要死在她手上"，也绝非是一时气话。

本来，我昨晚已经答应龙冬在朱方镇再住两天，到了这时，我只得暗暗在心里编造一个说得过去的理由，以便在当天下午就返回邙桥。奇怪的是，不论是桂秋、龙冬，还是春琴，都没再流露出任何挽留的意思。

我和春琴沿着杂乱而潮湿的街道往前走。我记得当年春琴送我去南京时，走的是同一条路。面目全非的街道，已无任何遗存可以让我去辨认过去的岁月。二十二年的光阴，弹指而过，不知所终，让回忆变得既迟钝，又令人心悸。在经过一家水果摊时，春琴忽然站住了。她问我，知不知道一种名叫海洛因的东西。海洛因与赵锡光偷偷种在院里的鸦片相比，到底哪个更毒？我不知道她为什么要这样问，正想着如何跟她解释，春琴已经转过身去，向水果摊的老板询问芦柑的价格了。她要给我买点芦柑，让我带在路上吃，对我的劝阻完全不予理会。

老板斜靠在一个木椅上看电视。他懒洋洋地看了春琴一眼，说了一个价格。春琴还了价，老板就不耐烦地朝她挥了挥手，决定不再搭理她。春琴犹犹豫豫地往前走了几步，还是站住了。她又回过身去，再次来到了那家水果摊前。她撩起那件水蓝色褂子的下摆，斜着身子，从夹袄的侧兜里往外拿钱。那些花花绿绿、币值不一、叠得整整齐齐的碎票子，被她包在一面皱巴巴的手帕里。老板把称好的芦柑扔给她，带着一种嫌恶的神情，从她手里接过钱，看也不看，一把丢在了放钱的硬纸盒里，仍旧转过身去，瞧着电视机的荧屏，咧开嘴笑。

当年朱方汽车站所在的那个小山坡，已经被推平了。售票处的小屋也不见了，取而代之的是中石化的一座加油站。

我和春琴在路边的站牌下等车。

我终于有机会认真地问她，春生到底是怎么死的。那时，春琴已不愿意再提这个话头。她的嘴唇不住地颤抖，欲言又止，最后终于忍住了，没有掉泪。过了好一会儿，她才叹了口气对我道：

"怎么死的？还不是叫人家给咒死了。说不定哪一天，连我也要叫她给谋害了。死了也好，我让她。"

春琴口中的这个她，指的是谁，不言而喻。

我明知道她们婆媳间的恩怨已势同水火，难以化解，还是说了一大堆连我自己也不相信的话来安慰她。大概是看见一辆挤满了人的中巴车摇摇晃晃地开了过来，春琴把手里的那袋芦柑递给我，勉强朝我笑了笑，让我不用担心她。"到了实在熬不过去的那一天，大不了我就到南京来投奔你。"

她这么说，不过是一句玩笑话。但"投奔"二字，听上去还是让人有些惊心。

第四章 春琴   *349*

我回到邗桥之后，塑钢厂正式宣布倒闭。清算后的资产、地皮以及巨大的债务，都一同转给了南京的一家房地产公司。

我拿着买断工龄的六万块钱，提前办理了退休。

两年后，我从一场车祸中死里逃生。我在医院的病床上苏醒过来，面对大夫"如何通知家属"的严厉质询时，想来想去，这个所谓的"家属"，只能是春琴。但我没有提供她的联系方式。我强忍着麻药失效后剧烈的疼痛，对大夫笑了笑，道："我的情况稍微有点特殊。怎么说呢，我既是病人，同时也是他的家属。"

大夫离开后，我忽然想起春琴"大不了我就来南京投奔你"那句话，不由得满眼落泪。

那时，我已经意识到，我和春琴，在终于走投无路、对糟糕的命运仍抱有一丝不切实际的幻想的时候，都把投奔对方作为自己不假思索的选择。可问题在于，两个选择，不仅方向相反，而且互为矛盾。

我再次见到春琴，已经是五年之后的事了。

3

离职的第二天晚上，与我同时下岗的一位工友请我去街上的一家小饭馆喝酒。说起将来的前途，他极力怂恿我和他一起干出租。这人姓佘，荣炳人，早年跑过运输。他说，出租这个行业来钱快，自由，没有那么多复杂的人际关系需要你去走钢丝，"如果你也打算在这一行里安身，我负责在三天之内教会你开车"。

我很快就学会了开车。经他指点，我从黑市上买了一张驾照，与邗桥当地一家出租车公司签了约。

两年后的一个下雪天的清晨，我开车去南京禄口机场接人。在途经郊外的一座石桥时，为了避让一辆从河边松树林里突然蹿出的电动车，出租车瞬间失去了控制。在撞向大桥的水泥桥栏的一刹那，我本能地向左打轮。汽车在雪地里平移了十几米之后，撞开大桥中间的隔离栏杆，迎面撞上了一辆白色的皇冠。

透过被震碎的前挡风，我看见对面那辆车的顶盖向上高高翘起，露出了扭曲变形的发动机构件。接下来，就是一段漫长的寂静，唯有风从车顶上呼呼刮过。在神智尚未陷入混沌之时，我还来得及认真地比较了一下两种完全不同的后果：

与现在的这个结果相比，如果我刚才听任汽车撞断桥栏，从右侧翻入河中，就此了结我这丢人现眼的一生，哪一个结果更好？

一辆满载大白菜的机电船，劈波斩浪，正从桥下穿过。而在左前方的路基上，一个遛狗的中年妇女已决定回头，向出事地点急速跑来。

三个月后，事故双方的当事人、单位和保险公司，终于在法院的一间会议室里见了面。我已经做了最坏的打算,但由我承担的十一万赔偿费还是有点吓人。见我脸色惨白地坐在桌边一个劲地喝水,主持调解的一位女法官悄悄地把我叫到了门外的走廊里。她往我跟前凑了凑,妩媚的大眼睛朝我眨了眨,带着薄荷香味的清新口气吹在我脸上。她说:

"我们已经发现,你的驾照是伪造的。但我们会假装没有发现。大家都不容易。你懂我的意思吗?"

我马上说:"我懂的,我懂的。"

等到女法官扭着王曼卿似的大屁股回到了会议室之后,她那温柔的眼神一直默默地注视着我。我被她盯得很不自在,就决定顺从她的意愿,在协议上签字。我看见她朝我点点头,向我投来赞许的微笑,我就知道自己是做对了。皇冠的车主是一个看上去有些威严的老头。签完字,老头笑嘻嘻地朝我走过来。尽管他骨折的右手还吊在胸前,但他还是坚持用那只没有受伤的手跟我握别。最后,老头慷慨地向我表示,给个十万就行了,那一万的零头就算了。"大家都不容易嘛!"

我还不知道到哪里去凑齐这十万元的赔偿款,但心里既然已经抱定了"就算已经死过一次,不妨再多活几天看看"这样的想法,也并不怎样慌张。当我得知,只要将邗桥新村的那处公寓挂牌出售,所得款项在偿付所有的赔偿款之后还略有剩余时,心里顿时一阵松快。

当天晚上,我独自一人去饭馆喝酒。我狠了狠心,决定好好犒劳自己一番。我点了平常最爱吃的鱼香肉丝和宫保鸡丁，外加一盘炒猪肝，津津有味地喝了半瓶酒。就算眼泪止不住地落在酒盅里，二锅头还是他娘的二锅头，喝上去还是那么的带劲，我那山穷水尽的日子，也还过得下去。

赔偿的事有了眉目，我的心里就踏实多了。趁着房屋尚未最终交割，我准备去麻烦一下我的老朋友赵同彬，看看能不能在他的公司里找点事做。我父亲在世的时候，曾为同彬看过相。他让我把同彬当成一辈子的朋友来交往，言下之意，到了危急时刻，这个人还是靠得住的。我给他打了一天的电话，他的手机都在关机状态，心里就有点犯嘀咕。

我决定直接去一趟南京。

在玄武区同泰花园的一个双拼别墅前，我见到了同彬的父亲长生。他正在院子里的紫藤花架下打瞌睡。长生七十多岁了，有点轻微的老年痴呆，但气色却很好。他说装修这一行在南京是越来越难了，早在一年前，同彬已把主要的业务都移到了山西。他们夫妇俩，现在有一多半时间都待在那边。可具体在什么地方，他也不清楚。他说新珍去菜场了，一会就回来。她对儿子的情况比较熟悉。老人挣扎着起身，要拉我进屋去泡茶。我按住了他。我说，我来南京办事，顺道过来看看，没什么事情。既然同彬不在，下次再来会他。

我在走出小区大门的时候，看到新珍拎着一兜土豆和番茄，戴着一块乡下人的旧方巾，正从菜场的大铁门里出来。我一时没想好跟她见了面该说些什么，就闪到了门房边一个垃圾桶的背后，没再与她搭话。

第四章　春琴　　　　　　　　　　　　　　　　　　353

同彬后来到邗桥来找过我一次。那时，邗桥新村的公寓已经易主，我去了距离邗桥四十公里外的一个名叫龙潭的地方，在一家建筑工地打零工。中午回到宿舍，看见床上的手机上有八九个未接电话，都是同彬打来的。我没给他回电。

我在龙潭只待了七个月。我倒也不是嫌钱少（老板所许诺的工资，事实上只能领到一半），而是夏日将近，天气渐热，十几个人挤在简易的石棉瓦板房里，那股腥臊味实在让人受不了。经人介绍，我去了上会，帮人照看鱼场。有一个安徽人在那里包了一块湖面养鱼。那年初冬，附近的化工厂向湖里偷排污水。我早上一觉醒来，就看见湖面上白花花一片。层层叠叠的死鱼与吐着白穗子的芦苇荡连接在一起，初一看，还以为湖上下了一夜的大雪呢。我随后就离开了那里，辗转来到了新丰镇，在那里的中心小学做勤杂工。

慢慢地，我就发现了一个规律：就好像冥冥之中有人带路似的，我每搬一次家，就会离老家更近一些。所以说，从表面上看，我只不过是在频繁地变更工作，漂泊无着，而实际上，却是以一种我暂时还不明所以的方式，踏上了重返故乡之路。

我最后的落脚点是青龙山的采石场。如果你的记性足够好，应该还能记得，在我小时候，我父亲曾来这里开矿炼铁。我在采石场的传达室当了一名看门人。这个地方，离我的老家朱方镇，只有十八华里。

我婶子的骨灰落葬那天，我曾回过一次朱方镇，给她老人家运去了一块大青石做墓碑。办完这件事后，我按照龙英告诉我的地址，去探望春琴。那时，她已经搬到了平昌花园小区的一个单元楼里。

夏桂秋为我开了门。她没再喊我舅舅。她只是愣了一下，随后笑道："噢，我当是谁呢！"她正和另外三个人在客厅里打麻将。两个女的，一个老头，我都不认识。随后，夏桂秋望了我一眼，补了一句："她在北屋看电视。"

我进了春琴的屋，看见床头的电视机上罩着一个红色的灯芯绒布套，屋里空无一人。夏桂秋一边打牌，一边转过身来对我说："兴许是她嫌我们吵了，下楼兜圈子去了。"我问她龙冬去了哪里，夏桂秋正忙着吃碰，没再搭理我。我在客厅里勉强待了半小时，在哗啦哗啦的洗牌声中如坐针毡，出了一身汗。起身告辞时，正赶上一副牌结束。夏桂秋歪过身子，看了看下家老头的牌，笑道：

"看你神气活现、咋咋呼呼的样子，我还当你摸了一手好牌呢，原来是个相公！以后少在我面前装蒜！"

由于她在说这番话时，忽然冷冷地瞥了我一眼，我不免有些多心。下楼的时候，我把她的那句话仔细地琢磨了一下，有些疑心她是在指桑骂槐，心里挺不是滋味。

回到采石场，我就给龙冬打了个电话。电话倒是通了，只是无人接听，第二次拨过去，随即就传来了嘟嘟的忙音。

当天晚上，我躺在传达室的床上，在淅淅沥沥的雨声中想着春琴的处境，翻来覆去总也睡不着。不知为什么，我有一种不太好的预感。我为春琴担忧，回过头来想想自己，也实在好不到哪里去。过了年，我虚岁就满五十了。都说人到了五十岁，就开始走下坡路了。可回顾我的一生，既然从来没有上过坡，也就说不上什么下坡路了。不过，如果把人的一生看成是一场演出的话，每个人都有下场的时候。不论你是犬羊之形，还是虎豹之身，不管你是蒲柳之姿，还是松柏之质，都有零落凋谢、草草收场的一天。到了这把年纪，我也该准备下场啦！正像梅芳当年说过的一样，到了该放下的时候，就是放不下，也得撒手。故乡就在十八华里之外，我已经回不去了，青龙山这个地方，眼看着就将成为我人生的最后一站。其实也挺好。虽说是荒山野岭，人迹罕逢，但我一想到我那死去多年的父亲曾经在这里开过矿，心里总觉得这里的一草一木都亲切有味，能在这样一个地方终老，也还算凑合吧。这样想着，天快亮时，我总算迷迷糊糊地睡着了。

第二年盛夏的一天，我记得是中午十二点钟刚过的光景，我正在传达室里看午间新闻，一个身材短小、皮肤黝黑的姑娘来到了传达室的门前。我正要上前问她找谁，那姑娘一把摘下头上的草帽，笑着对我说："伯伯你忘性大。你又不认识我了？我是芦花呀。"

原来是芦花，永胜的二女儿，在朱方集团旗下的造纸厂当清洁工。在我婶子骨灰下葬的那天，我们曾在一个桌上吃过饭。

芦花是来送信的。她说春琴不行了。她还说,永胜的腰椎病犯了,走不动路,让她来采石场报个信,"春琴不行了。你现在赶回去,没准还能见上一面。再晚,就来不及了。"

芦花还要赶回厂里去上班,连水都没喝一口,就急着要走。我送她出门时,芦花一个人在前面走得飞快。我只得远远地问她,春琴得的什么病?怎么好好的一个人,说不行就不行了?芦花又往前走了几步,停下来,回头朝我喊了一句:

"他们家的事,不好说。"

随后,她冲我挥挥手,头也不回地走了。

4

下午三点刚过,我赶到了春琴在平昌花园小区的家中。

龙英和银娣也在那里。

春琴躺在一张由木凳搭起来的板床上,双目微闭,眼窝深陷,已经昏迷不醒了。现在正是六月的酷暑天气,可她身上还盖着一条厚厚的毛毯。每隔几秒钟,她的胸脯会有轻微的起伏,寂静之中,隐约能听到她胸腔里有一缕游气,像拉风箱似的,嘶嘶地响。龙英坐在床边,手里端着一只蓝边碗,用小汤匙撬开她的牙齿,往她嘴里喂红糖水。糖水喂进去,很快就从嘴角流了出来。

夏桂秋扶着门框，从客厅里探进来半个身子，对我们说，龙冬被人抓走的当天，春琴就病倒了。"叫她去医院，好话说尽，死活不肯。龙冬又不在，我一个女人，叫天天不应，叫地地不灵，急得恨不能一头在墙上撞死。四五天来，水米不进，不要说一个病人，就是一个好人，也禁不住这番折腾，眼看着就不中用了。"

我问桂秋，龙冬到底出了什么事，因何被人抓走了？屋子里的三个人，没有一个愿意搭理我。银娣严厉地瞪了我一眼，仍把目光转向桂秋，道："现在送到医院也不迟。说不定，吊上两瓶葡萄糖，这人还有的救。"

龙英也在一旁帮腔道："就是。说句不好听的话，死马当作活马医，也比眼睁睁看着她咽气强！"

桂秋道："到了这时候，怎么说都晚了。我看她眼眶也塌了，耳朵也焦了，还救什么救？若是送她去医院，弄不好就死在路上。到头来，做个野鬼，她去了阴间，不知道要怎样骂我呢。不如就让她好好走。"

听桂秋这么说，银娣和龙英两人彼此对望了一眼，都没有吱声，等到桂秋离开之后，这才摇头叹气。

银娣从龙英手中接过那碗红糖水，坐在了春琴的跟前，将一勺水递到了她的嘴边，低声对春琴道：

"知道你心里苦。知道你想死。我们不拦你。这么多年，我们姐妹一场，也要有始有终。你若是还能听见我说话，好歹喝我一勺水，再走不迟。"

春琴还是牙关紧闭，一动不动。半响，春琴的眼睛里渐渐地噙出了两颗泪珠，从脸颊上缓缓滚落。银娣再也抑制不住心中的悲伤，把蓝边碗往床头的凳子上一搁，一个人跑到窗前，伏在窗台上放声大哭。

天快黑时，隔壁的邻居家中，传来了新闻联播的片头曲。银娣把我叫到了客厅里，哽噎着对我嘱咐道："看这架势，也就是今天晚上的事了。你在这里守着，好歹警醒点。万一有个山高水低，就先去叫龙英，她家住得近。"

龙英随后告诉我，她的家就在对面那座公寓楼里，三单元一〇二，门前有一棵大楝树。交代完了这些事，她们两个抹着泪，一起走了。

坐在春琴的床边，看着她的喘息一点点地微弱下去，看着她胸脯起伏的间歇越来越长、越来越弱，嘴里发出的嘶嘶声，也终于小得几乎听不见了。我知道她的生命正在无可挽回地渐渐衰歇，就像行将燃尽的灯芯，发出的光亮一点点地暗下去，暗下去。我抓住她的一只余温尚存的手，可就是这么一点温温的热量，也正在一点点地变冷。我呆呆地望着她，脑子里乱糟糟的。那时我已经知道，龙冬因为吸毒被抓，已被送去强制戒毒了。我身边连个商量的人也没有。

桂秋送了一壶开水进来。她说她已连续几天没合过眼了。现在总算有个人换一换，她要去好好补一觉，有什么事就叫醒她。

我拨通了同彬的电话。

其实，我也不指望他能帮上什么忙，只是想找个人说说话。从同彬"你老人家终于想起我来了"这句有些讥讽的话中，我可以感觉到他对我的"人间蒸发"仍然余怒未消。我问他人在哪里，同彬立刻敏锐地觉察到了我声音中的异常。

"你别管我在哪里，"同彬道，"你他妈先告诉我，到底出了什么事？"

我跟他说了说春琴的事。开始还好，说着说着就悲不自胜，号啕大哭。电话那头是长时间的静默。

我问他是不是还在听，同彬说："你说，我在听。"

当我在向他描述夏桂秋的为人时，同彬终于有点不耐烦了。他打断我的话，说道："什么都别说了。你等着，我马上就到。"

即便在这个时候，同彬都保持着夸大其词的习惯。他所说的"马上就到"，意味着什么呢？

我在给他打电话的那个时候，他人还在山西的长治。他放下电话，要驱车两百二十公里，才能抵达太原的武宿机场。由于晚上没有直接飞禄口的航班，他必须搭乘十点五十五分的班机，先飞上海，然后再从虹桥机场钻进一辆出租车，用"能开多快你他妈就开多快，要多少钱老子都给你"这样的话对司机软硬兼施，才能于第二天凌晨四点抵达朱方镇。

出租车在沪宁高速上疾驰的时候，同彬已经给朱方镇中心医院急救中心打了电话，因此急救车比他早了二十分钟抵达平昌花园小区的门口。

同彬见到我，嘴角挂着洋洋得意的微笑，像是在炫耀似的对我道："没想到吧！什么叫作千里大营救？！"

他还带来了他的妻子——两个同名莉莉中的"新丰莉莉"。

急救中心的两个大夫正打算把春琴往担架上搬，夏桂秋从隔壁的卧室里听到了动静，睡眼惺忪地走了出来，厉声地喝止了他们。夏桂秋脸颊上带着竹席的压痕，盯着我的脸，讪讪地笑着，咬牙切齿地对我道：

"你从哪里弄来了这么一帮好佬？你们都是仁义的？就我这个做儿媳的不知好歹？婆婆生了病，我们做下人的难道就不晓得送她去医院，不舍得那几个钱？要你们这帮不相干的东西来替天行道？你们去邻居那里访一访，我平常对这个老东西怎么样！哪一样好吃的东西不先尽她挑，哪一回过年不曾给她做过新衣裳？她一个眼看就要咽气的人，半截身子都埋进土里了，你们不让她好好上路，非得这么瞎折腾。要是在路上翘了辫子，谁负得了这个责任？不是我不送她去医院，这人不行了，不中用了。"

桂秋这一嚷，那两个大夫你看我，我看你，一时就没了主意。

桂秋刚从床上起来，头发虚拢着，只穿一条花短裤，裸露着粗壮的大腿，上身罩一件白色的圆领衫，硕大的乳房轮廓毕现，就连深黑的乳头都隐约可见。

同彬看了她一眼，没吭气。接着，他转过身来又看了她一眼，人就有些恍惚发呆。倒是旁边看似文弱的新丰莉莉，接过桂秋的话头，厉声道：

"中用不中用，你说了不算，大夫说了算。我告诉你，这人要是能救过来，算你有福气；万一救不过来，我就去法院告你，告你个虐待致死，少不了请你去监牢里待几年。你要是识相，就让开道，否则我马上报警。"

一席话，说得桂秋噤声无言。

几个人七手八脚地将春琴往楼下搬。缓过神来的桂秋在房里跳着脚大骂："不论死活，出了我这门，一切与我无关！"

同彬嘿嘿地笑着，轻声在我耳边道："这婆娘是哪里人？性子蛮烈的。不过，我刚才瞧她那大腿，倒是白得亮眼。"

朱方中心医院是在原先公社卫生院的基础上建起来的，设施相当简陋。春琴被送入抢救室之后，我们三个人就在一个满地烟头、蚊虫乱飞的观察室里等着。一个患了急性阑尾炎的少年，在病床上痛得死去活来。他的父母因信不过这里的大夫，执意要等镇江的医生赶来主刀。同彬问了问少年的情况，就对这家医院的医疗水平产生了极大的疑虑。他有些后悔把春琴送到这里来，"还不如一手一脚，直接送她去镇江抢救"。

大约四十分钟后，抢救室来了一名大夫。他说，病人虽然还在持续的昏迷中，但病情已经基本稳定。她被送入了监护病房，"应该没什么大问题了"。

同彬问他有没有必要转院去镇江，大夫笑了一下，道："我看没什么必要。我们初步帮她做了检查，没什么大毛病，就是饿的。这年头还能把人饿成这样，没听说过。你们也宽宽心。估计下午或晚上，等她清醒过来，你们可以去探望。"

大夫刚走，那个患病的少年也被家人心急火燎地推到了手术室。观察室里只剩下了我们三个人。新丰莉莉说："不如你们先去街上吃口饭，我在这里盯着。"

同彬说："吃什么吃？你没看见外面下雨吗？"

到了这时，我才发现，屋外大雨如注，电闪雷鸣。天黑得像锅底，狂风把观察室的两面窗户都刮开了，窗框兀自摇晃着，乒乓直响。

暴雨一直下到上午十点多才停。

我们三个人出了医院，在附近的一条杂乱的弄堂里找到了一家面馆。我和同彬各要了一碗鳝糊面。莉莉嫌那里的碗筷不干净，要了一屉小笼包，用餐巾纸包着吃。

人算是救过来了，我心里的一块石头也落了地。可说起春琴病愈后的去处，三个人都有些焦心。刚才夏桂秋已经把话撂在了前头。就算她不说那句话，我们也不能让春琴再回那个家，重蹈覆辙。后来，新丰莉莉想出了一个主意：

"不如你们两人都去南京。我们公司的业务，大部分都转到了长治，南京正缺人手。你们去了，正好帮我们搭把手。"

同彬见老婆开了腔，也笑了起来："这下我们算是想到一块了。我爸妈年纪也大了。他们死活不愿去山西，将他们搁在南京，还真不放心。春琴和他们都是老相识，在一块做个伴，说说话，挺好。你们要愿意去南京，最好不过，就算是帮我们一个忙。"

我没有表示什么意见。我心里清楚，即便我愿意去，以春琴的性格多半也是不会答应的吧。

同彬将碗里的最后一口面汤喝尽了，用纸巾擦了擦嘴，忽然对我说："趁着雨后天气清爽，你陪我回老家看一眼怎么样？我已经二十年没回去过了。我们说走就走，快去快回。"说完，就拿眼睛朝他妻子身上瞧。

莉莉笑道："看我做什么？去呗。这里有我呢。"

随后，她站起身来，从椅背上抓过小坤包，起身去款台付账去了。

"看来，你当初的选择是正确的。"我望着新丰莉莉的背影，对同彬笑道。

"什么选择？"同彬剔着牙，不解地望着我。

"两个莉莉，你只能选一个。"我提醒他。

同彬将脸凑近我，一本正经地低声道："话可不能这么说。高资的那一个，其实也不错。"

5

虽然只有五年之隔，儒里赵村的那片废墟，已不像我第一次来时那么触目惊心。茅草和蒿莱长得很高，把那些乱砖碎瓦遮盖得严严实实。野生的南瓜藤爬满了断墙残垣，杂以野菊、牵牛和蒲公英，远远望去，一派明亮斑斓的绿意，直逼人的眼。村前的那片填了一半的池塘，也变得清亮明澈，芙蕖泛水，萍藻飘风，倒映着天上朵朵的云彩。随着邻近地区大规模的迁移，那些小动物，像野兔、野鸡和黄鼠狼，都被一座座拔地而起的楼房驱赶到了这里——它们猛地从草丛中蹿出，往往吓人一跳。我们甚至还在柏生家倒塌的鸡窝边发现了一只刺猬。如果你不知道这里原先有一座人烟稠密的村庄，乍一看，还真有点同彬所啧啧赞叹的世外桃源般的野趣。

同彬将这一切归因于大自然鬼斧神工的修复力，可在我看来，真正的魔术师，正是雨后湛蓝如洗的天空。天空的清澈和明丽，使得大地上的一切丑陋和粗率都可以忽略不计。一朵朵云翳悬停在碧空中，投下它那静谧的阴影；清风在旷野里横吹，树摇草偃；不杂一丝尘滓的阳光，不论照到哪里，都反射出绮丽、清澈的亮色，就连更生家的那堵没有完全推倒的土墙，光影掠过时，看上去都显得那么珊珊可爱。

同彬在他祖父赵锡光的大院中逡巡良久。他想从遍地的野花中找到哪怕一株罂粟花，没能如愿。我们两个人坐在腰门前的石阶上抽了一支烟。同彬就跟我说起了他祖母冯金宝的一段往事。

有一天，同彬去奶奶屋里玩耍，无意中发现她梳头盒中有一枚磨得锃亮的铜板。这是一枚她用来刮痧的铜钱。同彬偷偷地将这枚铜板拿去换了麦芽糖,吃到了肚子里。第二天,他又去了奶奶屋。他吃惊地发现,梳头盒里又有了一枚新铜板。趁奶奶不注意,同彬再次将铜板装入了衣兜。第三天,当新铜板又在梳妆盒中出现时,同彬不得不去面对这样一个事实:很显然,祖母已经知道他偷了铜板,而且,她正在用一种特殊的方式,与自己的孙子默默较劲。当然,他也知道,祖母佯装不知、不动声色的无言,实际上包含着的潜台词:

我倒要看看,你偷到什么时候为止!

这样一来,他与祖母之间的角力,随之变成了自己与自己的搏斗。道理很简单,他每偷一次铜板,都是在挥霍乃至践踏奶奶对自己无边的爱怜和期望。他睡在床上,只要一闭上眼睛,就能看见奶奶无声地向他摇头。渐渐地,吃到嘴里的麦芽糖,开始变得索然无味。当同彬偷到第六枚铜板时,决定终止这个残酷的游戏。

事情就这样过去了。奶奶从未向任何人提起过这件事。

这是他们祖孙之间一段不为人知的秘密。可同彬说,他从这个秘密中受到的教育,远比从祖父那获得的无数箴言都要深刻得多。

说到这里,同彬的眼圈就红了,声音也变得有些哽噎。经过这么多年的世事变幻,那个我一直不太喜欢的小脚老太太,似乎忽然在我眼前变得慈祥可亲起来。

最后,我们去了王曼卿的花园。

唐文宽和王曼卿举家迁往江都之后，这座院宅由渔佬柏生接手。两年之后，柏生又将它转卖给了宝亮。宝亮为了在拆迁中多要一些赔偿费，在花园里连夜加盖了一处厂房。这座花园几经易手，早已不复旧观，时移物换，环堵萧然。同彬站在当年曼卿为他翻眼皮的那处墙根下，目光追逐着一只黑翅的大蛱蝶，看着它在瓦砾堆上翩然翻飞，神情漠然，若有所思。我提醒他，时候不早了，不如去新田转转，同彬这才回过神来，轻轻地叹了一口气，对我笑道：

"说句真心话，我后来遇到过的那些女人，包括两个莉莉，没有一个及得上曼卿的一个零头。"

儒里赵村决定拆迁的那阵子，得到消息的村民们连夜在新田里栽种果树和茶树，巴望着日后跟赵礼平谈判赔偿款时，手里能够多一些讨价还价的筹码。如今，这些梨树、桃树和杏树长得一人多高，蔚然成林，树上挂满了累累果实。田埂上移栽的那一畦畦茶树，也都抽出了一丛丛的新叶，可惜无人前来采摘。同彬摘下一颗毛桃尝了尝，说又酸又涩。我们小心翼翼地拨开横七竖八的树枝，在茂密的果林中穿行。风从头顶上呼呼刮过，除了很远的地方传来了泄水般的车流声，四下里一片寂静。

同彬忽然转过身来望着我，诧异道："既然他们费了半天的劲，把整个村庄都拆掉了，这么多年来，这块地方怎么也没派上用场，不管不问，任其抛荒？"

其实,我也弄不清到底是怎么回事。我听说,赵礼平的资金链出了点问题。他的摊子铺得太大了。我还听说,当地政府的负债也已经超过千亿元之巨,"这块地,也许还得一直这样荒下去"。

提到赵礼平,同彬告诉我,他们曾在北京的一个订货会上见过面。也许是久未谋面的缘故,同彬当时心头一热,把"打死我也不搭理他"这样的誓言丢到了九霄云外,远远地叫了礼平一声。赵礼平似乎没听见,他没回头。于是同彬又叫了一声。赵礼平终于止住脚步,慢慢转过身来,一脸恼怒地对他说:"你叫什么叫?就像我不认得你似的。"随后,"他连手都没跟我握,就在一帮小喽啰的簇拥下走了。那么,他的那句话到底是什么意思?他是认出我是谁了呢,还是没认出来?"

关于这个问题,我也不能帮他做出判断。这就是赵礼平。他的那点心思,你永远猜不透。

我们从果林里钻出来,太阳已经偏西了。便通庵仍在原来的地方。这座孤零零的破庙远离村庄,虽然看上去破败不堪,摇摇欲坠,却从当年大规模的拆迁中得以幸存。门前的那片池塘还是从前的样子,四周长着菖蒲和芦苇,一片油绿。池塘的一角甚至还可以看见几团荷叶,荷花秆高出水面之上,迎风摇曳,含苞欲放。便通庵往西,是一排低矮的红砖瓦房,那是大队当年的养猪场。墙上用白漆刷出来的"农业学大寨"五个字,在残存的夕照中依然清晰可辨。由猪舍再往西,就可以看到高定邦当年提议开挖的那条水渠。水渠两侧的大堤上，各栽着两排塔松，越过蓊蓊郁郁的松树的树冠，就可以看到远处的城镇以及高速公路上矗立的广告牌。

早在一九七三年春天，随着从合肥来的三个知青在村里落了户，便通庵被改建成了一个四间的瓦房——三间宿舍，一间灶屋，外加一个简易厕所。

灶屋的屋顶坍塌了一块，灶台上落满了树叶和碎瓦，其他的部分基本上完好无损。透过朝北的窗户，可以看见冷杉林中蜿蜒东去的金鞭湾，它绕过远处村舍的废墟，一直通往长江边的衰草连天的船坞码头。

付瑞香曾经住过的宿舍墙上，贴满了当年的《新华日报》。朝南的窗台上，搁着一盘蚊香，一包火柴，都积满了灰尘。原先搁床的地方，留下了两摞青砖，床板早已不知了去向。地上厚厚的尘土和纸屑中，还能隐约看见一只绿色的塑料凉鞋。同彬站在窗前，对着墙上的一张一九七四年的元旦社论，看得津津有味。他见我进屋，转过身来，朝我诡异地笑了笑，问我知不知道他当年也对小付害过一阵子相思病，"毕竟是城里来的姑娘，一举一动都让人看着眼热。她穿着雪白的衬衫，草绿色肥大的军裤，那样子，我怎么也没看够"。

最西面的一间房被杂草封住了门，里边堆满了锈迹斑斑的农具。钉耙、锄头、铁锹、洋锹、连枷，一应俱全。墙角甚至还搁着一摞草帽和斗笠，不过早已烂成了灰。

我们出了门，来到了屋前的一个井台边上。我忽然对同彬感慨说："要是春琴不肯去南京，我和她在这座破庙里住几年也挺好，连锅灶都是现成的。"

同彬正探身朝井里丢下一块石子，来探测井水的深度。他抬头白了我一眼，盯着我看了很久，仿佛在想着什么心思，目光中尽是疑惑和茫然。随后，他拍了拍手上的灰土，说了句"我去转转"，就走开了。

我坐在井台边的一块石头上抽烟。

同彬没头没脑地绕着便通庵转了两圈，随后，他嘴里哼着小曲，径自往西去了，慢慢融入了愈加浓重的黑暗中。

等到月亮升起来，我看见他的身影出现在了养猪场的荒草丛中，徘徊于金鞭湾排灌站的水闸上，隐现于黑黢黢的松林之间。就这样，他在阒寂无人的野地里漫无目的地到处乱闯。只有当他点烟的时候，我才能看见他那张兴奋的脸。可说实话，我不明白他为何突然表现得这么激动。最后，在溶溶的月色中，他独自一人，沿着那条荒废的水渠，渐渐走远了。

大约七八分钟之后，从很远的地方传来了他那高亢而沙哑的歌声。

> 小河的水清悠悠，
> 庄稼盖满了沟。
>
> 解放军进山来，

帮助咱们闹秋收。

拉起了家常话，
多少往事涌上心头。

晚上九点半，当我和同彬回到朱方镇中心医院时，他的嘴里还在哼着这首歌。春琴已经醒了。新丰莉莉正在床边给她喂粥。

6

同彬和莉莉是第二天傍晚离开的。临走前，同彬再次劝说春琴病愈后与我一同去南京。春琴当时还没什么力气说话，在枕头上坚决地摇了摇头。我送他们两口子到楼下。同彬嘱咐我说，春琴虽说已过了危险期，但身体还很虚弱，大夫说还得静养一阵子，"我在结算中心预交了一笔钱，足够你们住上一个月的。南京那边还有些事，我们先回去一趟，过几天再来看你们"。

两个人上了门前停着的出租车。莉莉上车后，又把后排的窗户玻璃摇了下来，把头伸出来，用一种怪异的眼神看着我，笑道："等我们好消息。"

三天后，春琴被转到了普通病房。她已经能够下床扶着墙慢慢走动了。打完点滴,我陪她到院外的树荫下乘凉。我向她说起了莉莉临走前的那句话。"等我们好消息",这句话听上去总觉得有点奇怪,不知这两口子又在搞什么鬼名堂。春琴斜着眼瞅着我,笑道:"都落到这步田地了,你还能盼来什么好消息。莫非是他们给你找了一个新媳妇?"

几天来,我还是头一回看见她笑。

第二天一早,我去了一趟青龙山采石场,准备向单位请假。传达室新来了一个老头。他坐在门前的一张折叠椅上,跷着二郎腿,正在听收音机。他说他姓卞,昨天刚来这里上班,是矿长的侄子介绍进来的。我心猛地往下一沉,马上意识到自己的职位已经让人顶了缺。我赶到厂部的办公室,找到了一位副经理,打算跟他好好解释一下几天前为何不辞而别。副经理冲我一摆手,让我什么话都不要说:"谁都有个急事,你偶尔离开几个钟头,没人怪你。可是你不辞而别、无缘无故地离开了三四天,性质就不一样了。传达室不能一日无人。没办法,我们只好另外找个人来替你。"

"那我怎么办?"我还有点不死心。

"还能怎么办?"副经理反问了一句,就抱着茶杯去隔壁的房间串门去了。

我回到传达室,央求那个姓卞的老头,等我找到新的工作之后再来搬取行李。老头是个厚道人,一连说了几个"不碍事",客客气气地把我送到了门外。

我搭上一辆电动三轮车返回朱方镇,尽量不去想自己的前途。早晨的凉风吹到脸上，不知为什么，心里忽然有一种如释重负的喜悦。如果你也曾像一条狗一样，被人撵得到处乱跑，你就应当知道我所说的喜悦到底是个什么滋味了。

为了不让春琴为我担忧，丢掉工作的事，我对她只字未提。正好，病房里的一个老太太凌晨去世了，靠近卫生间的那张床铺暂时还空着。我可以在那儿对付一阵子。

一天晚上，我扶着春琴，出了医院的大门，走到外面的林荫道上散步。春琴告诉我，在龙冬被送去戒毒的第二天，桂秋就把一个谢了顶的中年人带回了家里，"两个人在床上弄出的声音，惊天动地，我就是关上房门，也都听得一清二楚。她是存心在气我，存心要赶我走。我当时就想从窗户跳下去。只是吃不准，打四楼跳下去能不能摔死。天快亮的时候，我浑身发冷，打起摆子来。人一生病就没胃口，我在床上饿了两天之后，就想起了老福。人要是不吃饭，用不了多久，一准就会死。我打算像老福那样，不再吃东西，就那样躺着，饿死鬼就饿死鬼，我也管不了那许多了"。

我们沿着那条开满槐花的小马路走了两个来回，春琴忽然问我，要是吸毒上了瘾，到底还能不能戒掉？我记得，这是她第二次向我提出这个问题了。这一次，我马上给了她肯定的答复：

"当然没问题。他们既然送龙冬去戒毒，就一定能戒掉。否则的话，为什么还要建戒毒所呢？"

两个星期之后，虽然身体还有些虚弱，春琴已经成天闹着要出院了。"人家靠装修挣来的几个钱,都被我给打了水漂。再住下去,就有点不识相了。"春琴说,"你打电话跟同彬说一声,我们明天就出院。看病的这笔钱,我将来慢慢还他。"

为了证明自己的身体已经恢复如常,她坚持不用我搀扶,一口气爬到了住院部的三楼。主治医师的意见有点模棱两可:"出院可以,再住两天,观察观察,也可以,你们看着办。"我给同彬打了电话,他劝我们再待两天,最多就两天。等他那边的事处理完了,这就过来结账。

那些日子,我已经瞒着春琴,在街上四处为她寻找栖身的房子了。考虑到她的身体,我打算替她租一套底楼的单元,一时还未碰上合适的,也劝春琴再耽搁两日。

第二天中午,龙英和银娣搭了伴,来医院探病。龙英问起出院后的去处,春琴一个人呆了半天,嗫嚅道:"从哪里来的,就回哪去罢了。还能去哪里?"银娣说:"不如先在我那里对付几天。乾贵过世后,我一个人住那么大一个单元,心里头成天空落落的。你过来,我也乐得有个伴,以后的事,慢慢再说。"

春琴想了想,也就同意了。

出院那天,我和春琴收拾完行李,来到了医院底楼的大厅里。同彬和莉莉已经结完账,在那儿等候多时了。我问同彬,是从长治来,还是从南京来。不料同彬眯缝着眼睛,对我笑道:"既不是长治,也不是南京。不瞒你说,这十来天,我们一直待在朱方镇，哪儿也没去。"随后，他指了指停在门外的一辆丰田越野车，示意我们上车。

莉莉将春琴扶到越野车的后排坐下，自己笑呵呵地坐在了副驾驶的位置上，对春琴提出的所有问题，一概不予解答。

正像我所猜测的那样，越野车在经过银娣所居住的海德花园的门口时，并未减速，而是呼啸着一闪而过，绕过尚未竣工的体育馆，驶入了八车道的南徐大街，随后一路向西。汽车途经雄伟而又轻佻的财政局大楼、法院大楼、城投集团公司大楼，途经邮电局、丽晶宾馆以及工业园区的大片厂房，在宜侯墓遗址公园附近，蓦入了一条幽僻的林间小道。

"我们这是要去哪里？"春琴双手扒住前排的真皮座椅，再次不安地问道。

莉莉回过头来，嫣然一笑："我和同彬准备给你们一个惊喜。现在还不能说。"

她今天戴了一个新的发箍，银灰色的金属片，反射出道路两旁的行道树变幻不定的光影。

阳光透过茂密的树林，筛下斑斑点点的光圈和碎影，像水波纹一样，从汽车的前挡风玻璃上一层层地掠过。道路的右侧，是覆盖着一层绿藻的金鞭湾；而在左侧的窗外，远远地现出一片村庄拆迁后留下的废墟。我知道，那个地方就是野田里——小时候，我和父亲曾去那里给人算命。大约七八分钟以后，随着汽车的发动机传来持续低沉的怒吼，碎石子噼噼扑扑地打在汽车的轮毂上，越野车喘息着，跃上了一段长长的斜坡，终于停在了一幢白色的建筑前。

春琴从车上下来，用手掌挡着耀眼的光线，看了看这座隐没在水杉和槐树林中的房屋，看了看门前的水塘，看了看同彬，又看了看我，对搀扶着她的莉莉道：

"这是什么地方？"

同彬摘下墨镜，笑嘻嘻地走过来，用他一贯夸张而扬扬自得的口吻回答道：

"世界的中心。"

半个月前还是破败不堪的便通庵，经过十二个装修工人（算上同彬和莉莉一共十四个人）的日夜施工，如今已焕然一新。他们修补了一处坍塌的屋顶，加固了几处墙基，更换了七八根椽子，疏浚了水井，重修了厕所，粉刷了内外墙壁，添置了家具和生活用品，甚至还在门前搭了一个木廊花架。

"所有的生活设施一应俱全。"同彬带着我，把这座新建筑前后转了一遍，对我道："唯一的缺点，没有电。你们只好将就一下了。另外，井是新淘的，我昨天尝了尝，井水有一点石灰味，过几天也许会好。"

这天中午，在他们返回长治之前，莉莉没忘了叮嘱春琴，一定要在木廊花架下栽几株紫藤。她最喜欢紫藤花了。她还说，等到她和同彬下次再来，说不定就能围坐在紫藤花架下喝茶了。

7

当天晚上，我把刚刚做好的一碗西红柿鸡蛋面端到了餐桌前。尽管春琴此前已经把这所房子看了很多遍，此刻仍在不停地打量着周遭的一切，似乎还没有从惊悸和恍惚中回过神来。她不时地抬手拭泪，一句话也不说。

你不知道她心里是高兴呢，还是悲伤。

这时候同彬打来一个电话，他们的车已经过了安徽的蚌埠，此刻正在一个服务区吃方便面。他们那边正下着暴雨。

我再次劝春琴吃点东西。她拢了拢耳旁的头发，问了我这样一个问题：

"我现在是不是已经死了？是不是我被送到医院之后，并没有被救活，这阵子已经到了阴曹地府？眼面前的这个地方，都是死了以后看到的鬼影？"

我安慰她说，假如真像她说的那样，她现在已经死了，到了阴曹地府，应当看见德正、小武松、老鸭子、老福和我爸爸才对。"想想看，你死了，我却没死。你怎么会和我一个大活人在一起？"

春琴想了想，又问了第二个问题：

"你刚才说，因为在医院陪我，丢了采石场的工作，我们两个住在这里，没有收入，往后喝西北风啊？钱从哪里来？"

我说,我当年开车撞死人,把房子赔出去,还剩了两三万块钱,加上买断工龄的补助金,也有五六万,这些钱,我一个子都没舍得动。如果把我这么多年的积蓄也算上,大概有个十二三万,这些钱,我们在这儿对付个四五年,是不成问题的。"以后的事,走一步,看一步,天无绝人之路嘛。"

春琴抬头看了看屋顶和房梁,随后又道:

"便通庵,是你爹当年上吊寻死的地方。孙猴子一个跟头翻出去,十万八千里,临了还是跳不出如来佛的手掌心。"

她见我没明白她的意思,随即又解释道:"想想看,你爹要寻死,什么地方死不得?为何会单单挑中这么一个破庙?再说了,我们这个地方,方圆几十里,所有的村子都被拆得片瓦不存,为什么只有这座便通庵能够保留下来?"

"你是什么意思?"我吃惊地望着她,实在不明白她在说什么。

春琴接着道:"别忘了,你爹是个算命先生。他在死前一定已经算出了几十年后的运数,料定了我们有朝一日会回到这座破庙里,重新回到他的身边。世上的一切事,不论大小,其实通通都在你爸爸的掌握之下。"

我见她十分认真地说了上面这番话,心中虽感到有些可笑,为了不让她生气,还得装出一本正经的样子,假装对她的这种异想天开信以为真。

"这样岂不更好?"我笑着对她说,"我们一家人,总算在这里团圆了。"

春琴立刻狠狠地瞪了我一眼，骂道："呸，谁跟你是一家！"

我提醒她赶紧吃饭，碗里的面都已经糊掉了。春琴提出了最后一个问题：

"房子里只有一张床，晚上我们两个怎么睡？"

我说："我们都是五十多岁的人了，没那么多讲究。明天一早，我就去街上再买一张新床。今天晚上，不妨就先对付一下。"

春琴又发了半天呆，这才拿起筷子，心事重重地开始吃面。

第二天一早，我从卧室的床上醒来。在浮薄而不安的梦境中，我一度以为自己置身于邢桥新村的公寓中。后来，我又觉得自己是在青龙山采石场的传达室里——我梦见那个接替我的老头正在一刻不停地与我说话，但他到底说了什么，我一句也听不清。我闻着墙上还没有完全干透的石灰和墙漆的甜味，睁开了眼睛。过了好一阵，我才意识到自己是在便通庵里，躺在同彬特地为我们准备的席梦思大床上，只是身边不见春琴。

天色阴阴的，屋外下着小雨。床边橱柜上的一盘蚊香就快要燃尽了。我来到了屋外的井台边，在灰蒙蒙的细雨中，我终于看见了她的身影。

在池塘对岸的一块空地上，春琴正在挥锄刨地。

8

春琴从集市上买来了种子，在池塘边新开出来的大片空地上，种上了菠菜、苏州青、水芹、芋头、芫荽、黄花菜。她甚至还种了一畦澳大利亚的奶油生菜。在新丰莉莉曾经嘱咐她不论如何都要栽上紫藤的木架边，春琴毫不犹豫地种了一溜丝瓜和扁豆。

没有电视。没有报纸。没有自来水。没有煤气。没有冰箱。当然，也没有邻居。当手机的电池耗尽之后，我与同彬的联系也一度中断。

我们用玻璃瓶改制的油灯来照明，用树叶、茅草和柴禾来生火做饭，用池塘里的水浇地灌园，用井水煮饭泡茶。春琴在屋后挖了一个地窖，用来储存吃不完的瓜果蔬菜。我们通过光影的移动和物候的嬗递，来判断时序的变化。

其实，在我和春琴的童年时代，我们过的就是这样的日子。我们的人生在绕了一个大弯之后，在快要走到它尽头的时候，终于回到了最初的出发之地。或者说，纷乱的时间开始了不可思议的回拨，我得以重返时间黑暗的心脏。不论是我，还是春琴，我们很快就发现，原先急速飞逝的时间，突然放慢了它的脚步。每一天都变得像一整年那么漫长。就像置身于台风的风眼之中，周遭喧嚣的世界仿佛与我们全然无关，一种绵长而迟滞的寂静，日复一日地把我们淹没。在春琴"骨头都长出苔藓"的抱怨声中，我则暗自庆幸——便通庵，或许真的是我那料事如神的父亲所留给我的神秘礼物。

我和春琴渐渐地适应这里的生活之后，她脸色也逐渐地红润起来，身体开始了报复性的发胖。当她打喷嚏的时候，短袖衬衫的纽扣随时都有崩飞的危险。我曾多次催促她去街上再买一张床，可是春琴总是借故推托。她说，反正她一个人睡觉也害怕，不如就这样凑合下去算了。她睡东头，我睡西头。

当金灿灿的丝瓜藤开了花，当紫色的扁豆花爬满了屋前的木廊架时，盛夏在蝉鸣和暴雨中悄然结束，硬朗的西风渐渐透出了一丝凉意。在无事可干的晌午和晚上，我们就躺在床上说话。

有一天晚上，天黑得很早。我们俩躺在床上磨牙，春琴忽然对我说，只要一闭上眼睛，过去村子里发生的那些事，就会像放电影一样在眼前浮现。"将来有一天，等我们两个人都死了，这片地方还不知道会变成什么样子呢！也许没人知道，这里原先有过一座千年的村庄，村子里活过许许多多的人，每一个人的身上，都有说不完的故事。"

听她这么一说，我心里若有所动。我告诉她，其实我一直有个愿望，希望有朝一日可以试着把这些故事写下来。春琴既没有反对，也没有表示赞成，只是说："你辛辛苦苦写了半天，我又不识字，给谁看？"我说，我可以把写下来的故

事读给她听。这时,春琴的心思已经转到了别的地方。她一骨碌从床上翻身坐起,对我说:

"我们两个人,孤男寡女,被扔在一个荒野里,前不巴村,后不着店。这到底算是怎么回事?我和你,到底算个什么关系?"

我当时已经有些困了,一丝甜蜜而安宁的睡意,正要把我拽入梦乡。我迷迷糊糊地对她支吾道:"你说什么关系,就什么关系,管他呢!"

可春琴身上那股子蛮劲又上来了。她不由分说,跨在我身上,捏我的鼻子,揪我的耳朵。我拿她没办法,只好爬起来,拥着被子,和春琴并排靠在墙上,假装在思考她所提出的问题。

是啊,我们俩到底是什么关系呢?

春琴虽然只比我大五岁,按照辈分,我应当叫她婶子。可是,当春琴和我在一只脚盆中洗脚——因为怕水烫,她总是将脚搁在我的脚背上;当她坐在床沿上纳鞋底,看到我进屋,本能地移向床头,给我腾出坐的地方;当我在写故事,她蹑手蹑脚地走进来,给我端来一杯刚摘的新茶;当她把实在喝不下的半碗粥推给我,命令我少废话,把它喝得一点不剩的时候,恍惚中,我觉得她就是我的妻子。

但我也知道,我们被什么东西隔开了。我们什么话都可以说,但德正除外。我们搬到新田几个月后,就像事先商量好的一样,一次也没有提到过德正。他离开我们已经很多年了，但他仍生活在我们中间。

这年初冬的一天，似乎永远不会死的牛皋，终于死去了。

老一辈的人都从各个地方赶来，为他送葬。柏生、定邦、定国、梅芳、宝亮、宝明、银娣、虎平，凡是活着的人，都来了。就连远在江都的王曼卿，得到消息后也早早地赶了过来。曼卿把头发染成了酒红色，新装了一口假牙，釉质又亮又白，我差一点没认出她来。这些幽灵般的人物，仿佛突然从地底下钻出来似的，个个蔫头耷脑的，就像是在同一个枝条上干瘪、枯萎的花朵。春琴本来想躲着不去，最后还是改变了主意。临走前，她反复嘱咐我，到了牛皋的葬礼上，尽量不要跟她走在一起，也别跟她说话，最好要装出彼此不认识的样子，以免叫人说闲话。我只能答应照办。

龙英高高兴兴地为年逾九旬的牛皋办丧事。她说，自从她嫁到我们村，一辈子只做了一件事，就是给牛皋端汤倒水熬药。这一辈子，过得真是冤。她在这么说的时候，脸上一直带着笑容。

当她听说唐文宽已在半年前谢世，还拉着曼卿的手，反过来劝慰了她半天。

中午吃豆腐饭的时候，我和春琴与梅芳坐在了一个桌子上。梅芳不时拿眼睛瞅我，又去看坐在一旁的春琴，嘴角上挂着她那一贯的冷笑。春琴被她看得很不自在，就借故向她打听新生在新加坡的事。梅芳漫应了两声，把嘴凑到春琴耳边，说了一句什么话，春琴的脸就红了。

　　下午，在回家的途中，我们经过野田里那片废墟时，看见村头的一个方方的池塘里，挤挤挨挨长着满塘的菱角。春琴趴在塘边，伸手捞起一缕湿淋淋的菱藤看了看——一串串牛头似的红菱已经老了，手一碰，扑扑簌簌直往河里掉。春琴让我把夹克衫脱下来，摘了一大堆菱角带了回去。

　　晚上，我和春琴围坐在厨房的灶台边，在油灯下剥着菱角。春琴主动提起了牛皋的葬礼，其实不过是为了把话题引到梅芳身上，真正的目的，是要告诉我梅芳在她耳边悄悄地说出的那句话。当时，梅芳对她说："你们既然已经住到了一起，就别管那么多。不如堂堂正正地办个结婚证，省得别人说长道短。这是好事，怕什么？"

　　随后，春琴把一只剥好的菱肉递给我，一动不动地看着我。

　　既然她自己挑起了这个话头，我就笑了笑，对她道："只要你愿意，我们明天就可以去民政局登记结婚。"

　　春琴没吱声。

　　我接着说："要是德正在九泉下知道这件事，知道由我来照顾你，我相信他也一定会赞成的。"

　　春琴还是没吱声。

　　我又说："如果你认定了这个世上的一切都掌握在我父亲的手中，那么，他当年从半塘将你介绍给德正的时候，也一定预料到了今天的结果。如果他真的像你说的那样神通广大,爸爸从一开始就知道我们最后会走到一起。既然是命中注定的事,我们就不必再犹豫了。"

见春琴一个人在灶边出神,我情绪忽然有些失控,不知不觉中,声音一下子也提高了许多:

"我们在这个世界上谨小慎微地生活了大半辈子,清清白白,无所亏欠,没得罪过任何人,也用不着看任何人的脸色。再说,你和我都是死过一次的人了。我们其实不是人,是鬼。既然是鬼,这个世界与我们没什么关系。只要不妨碍别人,我们想干什么就干什么,可以不受人情世故的限制。"

春琴拉了我一把,让我重新坐在椅子上,这才叹了口气,对我道:

"不光是因为德正。我们不能结婚。你先坐下,定定心,听我慢慢跟你说。你有没有想过,为什么我对你爹那么恨,他死去多年还不肯原谅他?你有没有想过,很有可能——我说了你不要害怕,很有可能,我就是你的亲姐姐?"

9

春琴说,在她很小的时候,她偶尔会从大人们既猥亵又肮脏的目光的注视下,听到一些零星的传闻:她不是父亲亲生的,而是母亲跟一个算命先生生下的孩子。

"世界上的算命先生很多,也不光只有你父亲一个人。我母亲也不只找过一个算命先生来家中算卦。如果不怕她骂我的话,我也可以直截了当地告诉你,我母亲这个人,年轻的时候,其实并不比你们村的王曼卿好多少。一天下午,我从外面磨面回来,看见春生站在箩窠里直哭,拉了一身屎。我想去里屋找身衣服替他换上,一进房门,就看见母亲和你爹精赤条条地滚在床上,蚊帐都掉下来了,他们也不管。我也许是被眼前的情景吓傻了,反而目不转睛地盯着他们看。我母亲那张汗津津的脸正好侧对着门,她看见我僵在房门口,就恼怒地向我使眼色,让我出去。

"那天,我父亲带着哥哥从新坝运了一船桐油去常州,你爸爸当晚就大剌剌地宿在我家里。吃晚饭的时候,他还嬉皮笑脸地用他的脏手来摸我的脸,还叫我'闺女',可我真是恨不得一刀就把他捅死。每当你父亲到半塘来,村里人就会对我说:'你爹爹来了。'每当他背着蓝布包袱从半塘离开,村里人又会跟我挤眉弄眼:'你爹爹走了。'我从来不敢正眼看你爹,一看见他,我就会想起他那白花花的屁股。

"我父亲和哥哥不明不白就死了,我总觉得是你父亲暗中施了什么法术,把他们给害了。后来,你爸爸带着你来我们家算命。我当时正在堂屋里纺线,看见你们一前一后地进了院子,我就在心里想,假如我真的是这个人生的,那么他身边的这个小男孩,兴许就是我的另一个弟弟。再后来,我就嫁到了你们村。我一直把你看成是自己的亲弟弟。"

"你愿不愿意把我看成你弟弟,这是你的自由。"我猛然从椅子上站起身来,严肃地提醒春琴,"至于我事实上是不是你的亲弟弟,完全是两回事。你不能仅仅依靠几句闲言碎语,就一口断定我们是亲姐弟。这可不是什么小事!"

春琴抬头看了我一眼,似乎仍然沉浸在对往事的回忆中,对我的惊异和愤怒没有什么反应。

"我母亲去世前,我赶回半塘,服侍了她半个月。她已到了油尽灯枯的时候,我不想再提起那件往事来烦她,可我真的担心,她一死,我或许永远也不知道这件事的真相了。在她眼看就要咽气的时候,我把心一横,凑近她耳边,对母亲说:'如果我真是那个狗日的赵云仙生的,你就点点头,如果不是,你就摇摇头,什么话都别说。'

"母亲的眼睛本来是闭着的,一听我的话,立刻像触了电似的,睁得像牻牛一样。她让我把她扶起来,在身后垫了一个枕头,半靠在床上,又抬手指了指床头的矮柜。床头柜上有一碗清水。我喂她喝了几口。她有了点力气,喘了半天,眼泪扑簌簌地掉了下来。她说:'儿啊,妈妈跟他确实做过对不起你爹的事。凡是我做过的事,我都认。但你确实不是他生的。我心里有数。你是你,他是他,你们之间没有半点瓜葛,千真万确。你爹爹、你哥哥的死,与他也没有任何关系。我已经是快要入土的人了,没必要再跟你说谎。我今天跟你说的话,如有半个字是假的,天打雷劈!'

"按理说,听了母亲的话,我就不应该再在这件事上纠缠下去了。可我回到儒里赵村,第一眼看到你,仍觉得你就是我的亲弟弟。没办法,人心里要是存了个念头,是不容易除掉的。"

那天晚上,我们两个人对着满灶台的菱壳,一夜没合眼。春琴吹灭了灶上的油灯之后,屋子里漆黑一团。等到那股淡淡的火油味渐渐地闻不到了,我才发现,天原来已经亮了。

几天之后,永胜请我去家里喝酒。等到餐桌边只剩下我们两个人的时候,我就跟这位老友说起了春琴的事。永胜听了,半天不做声。我们又喝了三四杯酒,永胜又把正在看电视的芦花叫来,让她去灶下炸一盆花生米端上来,这才对我道:

"她死心塌地地认你作弟弟,其实一点都不奇怪。你想想,他们家原先有六口人,最后死得只剩下他们姐弟俩。前些年,春生的飞机在贵州失了事,落下她一个光杆。不要说她,换成谁,心里都会接受不了。她的苦排解不开,就会在心里造出一个弟弟来。虽说她有个儿子,说句不好听的话,还不如没有。那龙冬不务正业,整天在街上与几个小混混在一起瞎闹,犯了事,被人捉到派出所,还得春琴托人找关系去打点。再后来,龙冬吸上了毒,把家里辛辛苦苦积攒起来的几个钱败得精光。夏桂秋又是那么个货色,自己生不了孩子不说,张嘴闭嘴骂她断子绝孙。春琴如果不在心里指望你,指望那个'在南京的弟弟',还能指望谁呢?如果她在心里不存着'我在南京还有一个弟弟'的想法，她恐怕连一天都活不下去。这个人太惨了。自打你走了以后，我瞧她的眉头一天都没有舒展过。你跟她办不办结婚倒也无所谓，两个人能在一块，互相有个依靠，就好。"

我从永胜家出来，在经过农业银行门前的公共电话亭时，又给同彬打了个电话。聊到春琴，我跟他提起了春琴口中的那段陈年往事。听得出，在电话的那一端，同彬一直在笑，末了，他这样劝我说：

"既然她一口咬定你就是她弟弟，你干脆就顺水推舟，认她做个姐姐，岂不更好？"

我对同彬说，第一，我并不是她弟弟；第二，我心里根本就不想做她的什么弟弟。我想成为她法律意义上的丈夫。

同彬打断了我的话，笑着问我："老兄，我怎么听不懂你话里的逻辑？做她弟弟，跟成为她丈夫之间矛盾吗？不矛盾，一点也不矛盾。"

10

第二年初春，龙冬从戒毒所回到了朱方镇。他在一家名为"莲美"的台资化工企业找到了一份工作。夏桂秋在镇江跟人姘居了一段日子，得了乳腺癌，仍旧燕还旧巢，回到了龙冬的身边。桂秋的手术据说很成功，康复后不久，她就和龙冬买了礼品,来新田看望春琴。桂秋仍叫我舅舅。可她在叫春琴妈妈时,春琴只是笑了笑,没有搭腔。春琴给她端来了一大碗鸡汤,一边看着她喝完,一边劝她,等养好了身子之后,再找个好大夫看看,好歹生下个一男半女,日后老了也有个依靠。桂秋皱着眉头,一脸苦笑。

春琴不知道的是,桂秋在做手术的时候,医生为了阻止雌性激素的过量分泌,顺便替她切除了卵巢。

端午节刚过,我们在池塘边种下的小麦已到了开镰收割的时节,梅芳和银娣都来帮着收麦。

夏桂秋也来了。春琴担心她的身体,只让她在灶下烧火。

十月初的一天,长生在南京病逝。据同彬后来说,人老了,受不得半点刺激。都说是风烛残年,一点不假。那天晚上,他们一家人好端端地围着餐桌吃晚饭,长生不知怎么就提到了村里的老牛皋。新珍随即应了一句,告诉他,老牛皋去年冬天就没了。谁知长生听了这句话,人就呆了。他把筷子放下来,眼睛定定地看着新珍,感叹道:"牛皋的命那么硬,居然也死了?"新珍笑道:"又说呆话。人就是活上一千年,临了不还得死?"

当天晚上,长生起夜时在厕所里跌了一跤,没等天亮就走了。

春琴已经喜欢上了我写的那些故事。每天晚上,她都要逼着我将当天写完的故事读给她听。我在写作的时候，她总爱坐在我身后的一张木椅上做针线。有时，我实在受不了背后有人的感觉，就劝她出去，让我一个人静一静。春琴说："你写你的。我不吵，也不闹，碍你什么事？你写不下去，卡了壳，就问问我，我来替你编编。"我也只好随她去。时间一长，慢慢也就习惯了。

冬至这一天，肆虐的西北风在傍晚时分忽然停了。天空阴沉沉的，弥漫着一股昏黄的雾气，越发地寒气逼人。春琴担心晚上下雪，让我抱了一大捆麦秸秆去池塘边的菜地里，把越冬的青菜、菠菜和韭菜都盖得严严实实。她自己刨开地窖，挖出了两棵大白菜。她说要是晚上下了雪，地窖的土就冻住了。

吃过晚饭，春琴早早就在床上躺下睡了。我半靠在床头，借着油灯微弱的火苗看书。快到半夜的时候，我听见春琴在被窝里叹了一口气。我知道她还没有睡着。随后，她轻轻地踢了我一脚。我没理她。过不多久，她头缩在被子里，没头没脑地说了一句：

"我大概也快要死了。"

我只得把书从眼前移开，问她到底怎么了。

春琴把头从被窝里探出来，望着我说，她觉得胸前有一个硬块，像枣核那么大。我被她的话吓了一跳，赶紧放下书，爬到了她那一头。我隔着衣服帮她摸了摸，没觉得有什么硬块，就安慰她说：

"自从夏桂秋得了乳腺癌之后,你就一直疑神疑鬼的。多半没什么事,就算有硬块,也不一定就是癌症。"

可春琴说,不是左边这一个,是右边那一个。我又帮她摸了摸右边的乳房。我的手指不经意中碰到了她的乳头。

我说没有。她坚持说有。就这样僵持了一阵子,我就知道,所谓的"乳房里有硬块",不过是一个借口。我尝试着把手从她内衣下伸进去。她的身体猛地颤栗了一下,发出了一声呃逆般沉重的呻吟。

她紧紧抓住我的手腕,让我先去把灯吹了。我没有理她。在一阵轻微的眩晕过去之后,我对春琴说,就让灯亮着好了。我想好好看看她。

她紧紧地抱着我,把头埋在我胸前,轻声说,她今天早晨梳头时,发现自己头上的白发越来越多。"都已经老得不成样子了,有什么好看的?"

"没关系。"我笑道,"猛一看,头发还是黑的。"

"最近越发胖得不成样子,"春琴道,"一身的赘肉,连腰都没了,丑死了。"

"胖一点其实也挺好看的。有的人就喜欢大胖子。"

"不行了,老了。哪儿哪儿都皱了,松了,塌了。"

"一点都不老。同彬说,你看上去就像四十出头。"

"肚皮都叠了好几层,就像是抱着个球。就算你不嫌弃,我自己都觉得害臊。"

我笑着安慰她:"没准我就喜欢那样的。"

望春风

春琴忽然一把掀开头上的被子，恼怒地瞪了我一眼，骂道：

"你变态啊！"

她的身体仍然像姑娘一样敏感。在微暗的灯光下，她白皙而松弛的肌肤，微凉而光滑，两腿间黝黑的毛丛依然湿润。她那像山丘般耸起的耻骨坚硬如铁。她的乳房软软地耷拉下来，垂向腹部脂肪重叠的皱褶。我突然意识到，这就是我带着对禁忌、罪恶乃至天谴的恐惧，无数次想象过的深邃而黑暗的身体，既熟悉又陌生。我的眼中噙满泪水。我每击打它一次，它都会传出磅礴而空洞的声音，仿佛是波诡云谲的命运所激荡出的苍老回响。

而少女时代的春琴，在我心中依旧铭心刻骨。

我想起十五岁时的春琴，她坐在家中的堂屋里，穿着父亲留下来的棉袄，手摇纺车，向我投来清澈而严厉的目光；我想起了十八岁时的春琴，她那时已经生下了龙冬，坐在村中祠堂前的场院里，敞开衣襟给孩子喂奶。看见我打那经过，她就稍稍偏转了一下身体；我想起，有一次我在替她洗头时，看着她被水浸湿的花格子衬衣，看着她头上雪白的发际线，被心中涌出的一个卑琐的欲念吓得魂飞魄散；我想起在我去南京的那天，她帮我把行李搁在了汽车顶上的网兜里，从梯子上下来，突然感到一阵头晕——我的心里有些害怕。我担心，车一开，我就再也见不到她了；我想起在老牛皋的葬礼上,那么多的人排着队,低着头,前往墓地,只有她一个人回过头来,眼神空洞而迷茫——等到她在几十米外的人流中看见了我,意味深长地朝我发出不易察觉的微笑,这才转过身去。

如果说,我的一生可以比作一条滞重、沉黑而漫长的河流的话,春琴就是其中唯一的秘密。如果说,我那不值一提的人生,与别人的人生有什么细微的不同的话,区别就在于,我始终握有这个秘密,并终于借由命运那慷慨的折返之光,重新回到那条黝亮、深沉的河流之中。

喘息声终于渐渐平息。我们两个人的身体,都被冻成了冰坨。我开玩笑地问她,假如我现在心甘情愿地叫她一声"姐姐"的话,她会不会答应?春琴不敢看我的脸,只是喃喃低语道:

"你这个人,还真的有些变态。"

我知道外面正在下雪。

借着快要燃尽的油灯的光亮,我看见南窗外的大雪纷纷坠落,无声、缓慢而坚定。它静静地落在便通庵的屋顶上、池塘边,落在新田的茶垄和果树林中,落在赵锡光坍塌的宅邸里,落在王曼卿早已荒芜的花园中。我知道,此刻飘落在荒寺里的雪,也曾落在故乡黄金般的岁月里,落在永嘉时浩浩荡荡的扬子江上，落在由山东琅琊来到江南腹地寻找栖息地的那批先民的身上。

第二天早上，喷薄而出的朝阳透过积雪的窗台，照亮了床头一面熔铁般的圆镜。火焰般细碎的光影，微微颤动着，舔着床头的白墙。春琴从睡梦中醒来，迷迷糊糊地从床上翻身坐起，甚至都没来得及把"怎么就睡得这样死"这句话说完，就一头栽倒在床上，拉上被褥，再次沉沉睡去。

我悄悄地下了床，穿上衣服，拉开门，一个人走到了屋子外面，望着这片静谧、空旷的雪原，在凛冽的寒风中打了一个响亮的喷嚏。

11

各位尊敬的读者，亲爱的朋友们，随着新春的钟声在二〇〇七年除夕之夜敲响，我的故事也到了该结束的时候了。我小时候读过几年私塾，后来在邗桥的图书馆看过百十来本书，这大概就是我全部的文学积累。您知道，我这个人知识贫乏，见解浅陋，当然，更谈不上什么才华。我之所以决定写下这个故事，就像春琴所说的，仅仅是为了让那些头脑中活生生的人物不会随着故乡的消失而一同湮没无闻，如此而已。如果你觉得，这个故事也还读得下去，我要感谢你的耐心与大度。如果你不喜欢这个故事，我也只能对你说声抱歉。除此之外，并没有什么多余的话要讲。

不过，就在这个故事快要结束的时候，发生了一件原先未曾料到的事，它在一定程度上影响到了这个故事的寓意和走向。在这里，为谨慎起见，我觉得还是有必要略作说明。

春节过后，在同彬一再的怂恿下，我开始将初稿工工整整地誊抄在干净的稿纸上，准备将它寄到南京的一家出版社去碰碰运气。按照我与春琴的事先约定，每天傍晚，我都会把当天抄录的部分一字不落地读给她听。此时的春琴，早已不像先前那样，动不动就夸我讲故事的本领"比那独臂的唐文宽不知要强上多少倍"，相反，她对我的故事疑虑重重，甚至横加指责。到了后来，竟然多次强令我做出修改，似乎她本人才是这些故事的真正作者。我发现，自从去年年底我与她办了结婚证之后，从前那个野性未驯、蛮不讲理的少女的幽灵，渐渐在她身上苏醒了。当她一边飞快地结着毛衣，一边指责我"瞎编"、"生生变变（到现在我也不知道这个词到底是什么意思）"、"胡说八道"的时候，你可以想象我当时的恼火与怒不可遏。如果你觉得，一个不识字的农村妇女的所谓意见完全可以置之不理，那就大错特错了。拒绝修改的后果，要比"再也不给你买烟"这样的威胁严重得多。

举例来说，故事中的马老大这个人物刚出场的时候，为了交代她的生平，我讲述了她与摸骨师吴其麓之间的一段交往——说实话，文字中颇多狎邪床笫之辞。我正读得高兴，没想到春琴忽然对我喝道：

"等等。"

她一说"等等"，我心里就"咯噔"一下。

"这一段你写得实在太不像话。我听了以后五猫抓心。你还是把它删了吧。"春琴道，"这一大段全部删掉。一个字也不要。"

我望着她，发了半天呆，才想起来请教她为什么要删。

春琴仍在低头织毛衣，她头也不抬地问我："你说，马老大这个人，平时对我们怎么样？"

"挺好的呀。"我茫然不解地望着她，"说起来，我父母结婚，还是她做的媒呢。"

"就是嘛！你在文章中把她写得那么龌龊，怎么对得起她？你把她过去的那点事揭发出来，她知道了会怎么想？"

我只得很不高兴地提醒她，马老大已经死了六七年了，她不可能知道这件事。

"反正我心里不舒服。"春琴提高了嗓门，"直说吧，你是删，还是不删？"

我耐着性子跟她解释，现实中的人，与故事中的虚构人物，根本不是一回事。既然是写东西，总要讲究个真实性。可没等我把话说完，春琴就不客气地回敬道：

"讲真实，更要讲良心！"

话说到这个份上，我知道再这么纠缠下去，大概也不会有什么结果，就板起脸来告诉她，我不打算删掉任何一个字。

春琴立刻把手里的毛衣往床上一扔，蓦地站了起来，从床头柜上端起水杯——我原以为她会把水杯直接朝我砸过来，还好，她只是喝了一口水。随后，她抹了抹嘴，说了句"让你的真实性见鬼去吧"。一扭身，气咻咻地出了房门。

大约一个小时之后，我开始冷静下来。我来到厨房，看见她正在灶下烧火，暗自垂泪。我走到她身边，正想蹲下来劝劝她，可她一把就把我推开了。她从灶下起身，走到灶前，掀开锅盖，将铜勺在铁锅里胡乱搅了搅，对我说：

"明天一早，你就去街上买张床回来。"

"好好的，为什么又要买床？"

春琴就把勺子在锅沿上重重一敲，怒道："从明天开始，我跟你分床睡。"

我知道，事情闹到了这个地步，不服软看来是不行了。我当即向她发誓赌咒，不仅保证将马老大、吴其麓之间的那段故事（总共四千多字）尽数删除，而且，凡是她认为应该删改的地方，我以后一律照办。

从那以后，我在给春琴读故事的时候，为了不让故事中断，特地准备了一个小本子。一旦她提出不同意见，就将它记录下来。等到把整部书读完，再一并做出删改。当然，我自己也留了个心眼。凡是那些有可能引起春琴不快的段落，我都一概跳过不读。可即便如此，她最终提出来的修改意见，竟然也达四十九处之多。

其中改动最大的，是更生这个人物。关于他与唐文宽之间的那档子事,春琴责令我一个字都不许提。前后删改七八处,删掉的内容,大约在七千字上下。这样一来,更生从小说中的一个主要人物,被降格为一个次要人物。这是我始料不及的。

如果说到我的小说中让春琴最为反感的人物,出乎我的意料,既不是她曾经的死对头梅芳,也不是她深恶痛绝的王曼卿,而是一个名叫沈祖英的人。至于说她对沈祖英心生反感乃至厌恶的理由,说来十分可笑——我做梦也不会想到,春琴讨厌沈祖英,竟然是因为我在故事中写她戴着一副金丝边的眼镜。春琴说,她平时最讨厌戴眼镜的女人:"文乎文乎,装模作样,讨厌死人了!再说了,你们两个孤男寡女,成天待在那个图书馆里,一天到晚也不知道搞什么勾当。你竟然还夸她长得漂亮!"

按照春琴的建议,我把沈祖英与我在下午喝茶时"讲文论史"的部分,全部予以删除,并重写了"沈祖英"一节。

不过,春琴的建议并不都是那么荒唐可笑、蛮不讲理,有的地方,也可以说很有见地。比方说,雪兰与我离婚后,我本有一大段文字写到小武松、银娣去上海后的生活经历。可春琴说:"你一会写镇江,一会写南京,一会冒出个合肥,现在又来了个上海,搞得我头大。再说了,他们在上海跟女婿的那点事,与整个故事全不相干,我劝你还是把它划掉为好。"

你还别说,这一大段枝蔓被划去之后,文章的脉络顿时变得清晰流畅了许多。

在这部小说的第四章,我还写到了高定国与春琴之间的一段交往。当时,龙冬因第一次吸毒被抓,经人指点,春琴硬着头皮去哀求定国出面疏通。他们见面的地点被定在英皇酒店的一个套房里。这是春琴亲口告诉我的一段秘闻,其真实性毋庸置疑。关于这段让人心惊肉跳的故事,我在写作时已尽可能地使用了烟云模糊之法,写得极其隐晦。但当我读到这一段,因担心春琴听了以后大发雷霆,就直接跳了过去。后来,经过反复的斟酌,还是决定把它删掉了。

这是小说中唯一一个春琴没让我删我自己主动删去的段落。

不久前的一天,我打出租车去青龙山采石场搬运行李(我寄放在传达室的行李中,有我最为看重的珍宝——你知道,那是我母亲留给我的全部书信)。在出租车上,我听到收音机里,一个著名的作家正在接受记者的采访。他颇为轻佻地对记者说,在中国,作家拥有完全的创作自由,想怎么写就怎么写。我一听他这么说,就知道他在说瞎话,气不打一处来。假如他像我一样,也找一个春琴这样的人做老婆,他就会知道什么叫作"完全的创作自由"了。面对春琴这样一个"暴君",能有什么自由可言?即便她没让你删,你一旦想到可能会有的可怕后果,恐怕早就把那些会惹她生气的字句删得一个不剩了。

可问题在于，我把高定国与春琴之间的纠葛删掉后，高定国这个小说中最大的反面人物，到了最后，反而更像是一个正面人物了。唉，事到如今，也只能由它去了。这个世界原本就讲不得什么是非！

不过，请各位千万不要误会。尽管春琴强迫我修改自己的小说，尽管她在成为我法律上的妻子之后，立即故态复萌，蛮横霸道，试图将我重新纳入她的羽翼之下，尽管我们都已经是五十开外的人了，可我对我们在便通庵的生活，没有任何可以抱怨的地方。我深信，我们之间的爱情和婚姻，与这个世界上其他什么人的爱情和婚姻相比，丝毫没有逊色的地方。我有时觉得她是我婶子，有时候又恍惚觉得她是我姐姐，但在我的内心深处，我还是愿意将她看成是我命中注定的妻子。

写到这里，我本来可以模仿一下《一千零一夜》那个著名的结尾，写上一句"他们从此过上了幸福美满的生活，直至白发千古"，以此结束整部小说，但我知道，我要这么写，就有点自欺欺人了。

我们的幸福，在现实世界的铁幕面前，是脆弱而虚妄的，简直不堪一击。有时候，春琴和我在外面散步，走着走着，她的脸上就会陡然掠过一阵阴云。只要看见路边停着一辆橘黄色的挖土车，她就会疑心这辆车要去拆我们的房子。我们两个人，我和她，就会立即陷入一种莫名的恐惧和忧虑中。

危险是存在的。灾难甚至一刻也未远离我们。不用我说，你也应该能想得到，我和春琴那苟延残喘的幸福，是建立在一个弱不禁风的偶然性上——大规模轰轰烈烈的拆迁，仅仅是因为政府的财政出现了巨额负债，仅仅是因为我堂哥赵礼平的资金链出现了断裂，才暂时停了下来。巨大的惯性运动，出现了一个微不足道的停顿。就像一个人突然盹着了。我们所有的幸福和安宁，都拜这个停顿所赐。也许用不了多久，便通庵将会在一夜之间化为齑粉，我和春琴将会再度面临无家可归的境地。

既然我们那不值一提的幸福，与整个社会的发展趋势背道而驰，那么，我们唯一的指望只能是：赵礼平的资金链断裂得更长久一些。

12

四月六日，是个晴天，刮着东南风。我跟春琴回半塘扫墓。

自从她母亲去世后，春琴就再也没有回过那个村庄。那里埋葬着她的祖父、父亲和哥哥。现在，她既然已经重新嫁人，按照我们当地的风俗，应当回去知会他们一声，在他们的坟前磕几个头。春琴拎着一个印有"莲美化工"字样的白色布兜，沿着风渠岸河道边的大路，走在了前面。我渐渐就有些跟不上她。我看见她的身影升到了一个大土堆的顶端，然后又一点一点地矮下去，乃至完全消失。过不多久，春琴又在另一个土坡上一寸寸地变高、变大。

最后，她停在了一处池塘边，发呆，等我。

太阳终于在废弃的砖窑背后露了脸。那熔岩般的火球微微颤栗着，从窑头赵村的废墟上，一点点地浮上来。顷刻间，天地为之一新。不远处的那片山岗上，在当年大队蘑菇房的位置，停着一辆报废的挖掘机。我隐隐记得，那处池塘位于两条道路的交会点，正是当年我和父亲去半塘走差时，遇见梅芳和高家兄弟的地方。在一种似曾相识的寂静中，我似乎仍能听到当年送喜报的锣鼓声。

西厢门和东厢门也早已片瓦不存，只是那道灰灰的山墩（中间有一个供人通行的方方的大洞）还在。山墩东面的小河还在。一边有栏杆的小石桥还在。当年，我和父亲看见狐狸的那个乱坟岗上，矗立着一个"韩泰轮胎"的广告牌，背后是一个望不到边际的巨大苗圃。一辆满载树苗的小卡车，摇摇晃晃地驶出了苗圃的大门。

这是我第二次去半塘。

我记得，早在四十三年前，父亲带我去半塘走差时，曾不无夸耀地对我说，到了仲春时节，等到村子里的桃树、梨树和杏树都开了花，等到大片的红柳、芦苇和菖蒲都在水沼中返了青，成群的江鸥和苍鹭从江边结队而来，密密麻麻地在竹林上空盘旋，半塘就是人世间最漂亮的地方。我想，假如父亲有机会再到半塘来看一看，他一定会为当初说过的话感到羞愧。没有满村的桃杏。没有遍地的红柳和菖蒲。没有成群结队的江鸥和白鹭。

一条正在建造中的高等级公路,把半塘隔成了南北两个部分。南边紧挨着马路的,是修葺一新的半塘寺。它被建造在一片宽阔的水面之上。水塘对面是一大片有着蓝色屋顶的工业园区。再往南,可以看见居民小区的一排排楼群,隐没在一大团黄色的脏雾中。而在这条公路的北侧,也就是原来半塘村所在的位置,已经被规划成一个半月形的墓园。

清明节刚过,墓园里到处都是扫墓人遗落的黄色菊瓣。一团团的纸灰在风中打着转。一个身穿皮夹克的中年人,一边在墓前烧纸,一边在用手机打电话。我们在那片墓园中转了半天之后,春琴才猛然想起来,她家人的坟墓,很可能不在这片墓园中——当年,半塘村拆迁时,村里派人来通知她回去迁坟,她正在医院里打点滴。尽管如此,春琴还是执意要把这里的每一处墓碑都看个遍,满心希望"说不定在哪个角落里",就能突然看见她家人的名字。

很快,春琴在一棵老槐树下站住了。她转过身来,惊恐地看了我一眼,随后,泪水就溢出了眼眶。

我知道她为什么流泪。

那棵长在墓地中的老槐树,原先长在她家的院子里。借由这颗老槐树,我大致可以推断出他们家正房、厢房以及院落的大致方位和朝向。春琴当年在堂屋里手摇纺车的那个地方,如今耸立着一个黑色的花岗岩墓碑,上边赫然写着"李阿全之墓"五个金灿灿的大字。

等到我好不容易把她劝住了,春琴这才嚷着鼻子,对我嘀咕了一声:"阿全那么年轻,怎么也死了?"

至于她口中念叨的这个"李阿全"究竟是什么人,她没说,我也没问。

随后,我们来到了墓园管理处,向一位姓朱的看门人打听她家人骨殖的下落。老头说:"当时叫你们回来迁坟,是给足了时间的。你们都忙,没空。逾期不迁,我们只好作为无主坟处理了。村里统一将他们葬在了一块。究竟葬在了哪里,我也说不准。"

春琴向他打听村委会在什么地方。她想去那里找个干部问一问。

老头笑了笑:"去了也没用。当年村里闹拆迁,兵荒马乱的,干部们成天焦头烂额,连活人都管不过来,哪有心思去管死人的事?我劝你们在我这里买点纸,就在大门口随便烧一烧,意思意思罢了。"

我见春琴有些犹豫,就给她出了个主意:不如去半塘寺,给他们每人上一炷香,祭拜一番,表表心意,也是一样。

春琴闷了半天,也就同意了。

我们穿过马路,经由半塘寺东侧的山门,径直来到了伽蓝殿。一个二十出头的年轻和尚悄悄地走到了我们身边。他笑着问我们,有没有感觉到有点瞌睡?春琴没顾上理他。等到她上了香，拉着我，一起鞠了几个躬，正要走，小和尚又把我们拦了下来。他故作神秘地向我们介绍说，半塘寺始建于宋代，最神秘的地方就是这座伽蓝殿。每个进庙烧香的人，只要一来到殿前，马上就会昏昏欲睡。"你们二位只需要交上两百块钱，就可以去殿里做梦祈福。在梦中，你可以看见自己的前世，也能看见自己的未来。我现在就领你们进去。不做梦，不要钱。"

他在说这番话的时候，春琴一直紧盯着他的脸，上上下下地打量着他，弄得小和尚满心狐疑，不时低头也朝自己身上瞧。末了，春琴问他：

"温德林是你家什么人？"

和尚道："他是爷爷，我是孙子。"

春琴一听，就笑了。

我们从伽蓝殿出来，快到山门前时，那个小和尚仍然在后面跟着。那时，他已经把进殿做梦的价格降了一半："既然是熟人，我只收你们一百，怎么样？"

春琴回过头去，冷冷道："这半塘寺，如今让这么大的一块墓园给围着，进了殿，除了梦见鬼，还能梦见什么？"

正午时分，我和春琴回到了儒里赵村的村头。

春琴忽然觉得有些头晕。我扶她坐在红头聋子家猪圈边的碌碡上歇息。我告诉春琴，同彬和莉莉五一长假要来便通庵住一段，他们也会带新珍一起来。同彬说，长生去世后，新珍在南京住不习惯。如果新珍也喜欢便通庵这个地方，就让她留下来，和我们一起住。春琴说，去年梅芳和银娣来帮着割麦的时候，好像也说过，要在当年养猪场的边上盖上几间房，搬过来和我们做邻居。

春琴抱住我的一只胳膊，将脸贴在我的身上，轻声道：

"假如新珍、梅芳、银娣她们都搬了来，兴许就没人会赶我们走了。你说，百十年后，这个地方会不会又出现一个大村子？"

我没有吭气，极力控制住自己的泪水。

我朝东边望了望。
我朝南边望了望。
我朝西边望了望。
我朝北边望了望。

只有春风在那里吹着。

我本来想对春琴说，就算新珍、梅芳和银娣她们都搬了过来，也只是在这里等死，而不是生儿育女，繁衍后代。你把石头埋在田地里，不能指望它能长出庄稼来。你把尸首种在花园里，不能指望它能开出花朵来。话到嘴边，又吞了回去。最后，我猛吸了一口气，对春琴这样说：

"假如，真的像你说的那样，儒里赵村重新人烟凑集，牛羊满圈,四时清明,丰衣足食,我们两个人,你,还有我,就是这个新村庄的始祖。

"到了那个时候,大地复苏,万物各得其所。到了那个时候,所有活着和死去的人,都将重返时间的怀抱,各安其分。到了那个时候,我的母亲将会突然出现在明丽的春光里,沿着风渠岸边的千年古道,远远地向我走来。"